MERLINS MAGISCHE ABENTEUER

DIE KOMPLETTE SERIE

MOLLY FITZ

KATZENGEHEIMNISSE

Editorin: Jennifer Lopez, Mistriss with the Red Pen
Übersetzung ins Deutsche: Annika Mirwald
Korrektorat Englisch: Jasmine Jordan
Cover-Designer: Amala Benny, Mayflower Book Design

Katzengeheimnisse
PO Box 873543
Wasilla, AK 99687

ÜBER DIESES BUCH

Merlin ist eigentlich ein ganz normaler, durchschnittlicher Maine Coon. Außer, dass er über magische Kräfte verfügt. Und eine menschliche Vertraute an seiner Seite hat …

In dem verschlafenen Städtchen Elderberry Heights in Georgia lauert die Gefahr hinter jeder Ecke. Aber es gibt auch immer etwas zu lachen. Begleiten Sie Merlin und seine Gefährtin Gracie bei ihren fellsträubenden Abenteuern im Kampf gegen missgünstige Ex-Freundinnen, heimtückische Geister und sogar eine Horde Zombie-Eichhörnchen.

Wenn Sie ein Fan von schrägen Geschichten und verrückten magischen Abenteuern sind, sollten Sie sich diese spannende neue Serie der USA-Today-Bestsellerautorin Molly Fitz nicht entgehen lassen. Voilà! Hier ist Ihre Chance, die komplette Trilogie – *Merlin findet eine Vertraute, Merlin bezwingt einen Geist* und *Merlins letzter Kampf* – in dieser speziellen Sammelbox zu erstehen. Viel Spaß beim Lesen!

ANMERKUNG DER AUTORIN

Hallo. Danke, dass du dieses Buch gekauft hast. Wenn du ebenfalls ein großer Fan von spannenden, schrägen Tierkrimis bist, sollten wir unbedingt Freunde werden.

Wie wäre es, wenn du direkt einmal meine Facebook-Seite besuchst, die ich speziell für meine treuen deutschen Leser eingerichtet habe? Hier der Link dazu: **Facebook.com/Katzengeheimnisse**

Oder melde dich für meinen Newsletter an und sichere dir als Abonnent gratis ein digitales Geschenkpaket, einschließlich einer exklusiven Kurzgeschichte über Octocat: **Katzengeheimnisse.com/Abonnieren**

Ich bin sicher, wir werden eine Menge Spaß miteinander haben. Also schnell umblättern ...

Wir sehen uns dann auf der nächsten Seite.

MOLLY

MERLIN FINDET EINE VERTRAUTE

Mein Name ist Gracie Springs, und ich habe keine magischen Kräfte ... aber mein Kater allem Anschein nach schon! Ich hatte da zunächst so ein Gefühl, als ich sah, wie er einem Rotkehlchen in unserem Garten hinterherjagte und ungewöhnlich hoch in die Luft sprang. Als er dann auch noch mit mir sprach, gab es keinen Zweifel mehr!

Zu allererst hat er sich über den Namen beschwert, den ich ihm gegeben habe – dabei passt „Flauschi" einfach perfekt zu ihm und seinem Wuschelfell! Mittlerweile haben wir uns auf „Merlin, der magische Flausch" geeinigt. Seiner Ansicht nach spiegelt das zumindest seine ehrbare Abstammung ausreichend wider.

. . .

Anschließend hat er mir eröffnet, dass ich als seine Vertraute über seine geheimen Kräfte Stillschweigen bewahren muss, andernfalls würde ich für den Rest meines Lebens ins magische Kittchen wandern. Hätte ich gewusst, dass ich ständig seine Spuren verwischen und mich aus ziemlich brenzligen Situationen herausflunkern muss, hätte ich nicht so leichtfertig eingewilligt.

Als schließlich auch noch mein Chef, der Besitzer des örtlichen Cafés, mausetot umfällt, wenden sich die Dinge von kompliziert zu unmöglich ... insbesondere, weil ich in aller Augen scheinbar die Tatverdächtige bin.

Hoffentlich hat mein magischer Kater noch einige Zaubertricks auf Lager, um uns aus dieser Situation zu retten, sonst stecke ich wirklich in der Klemme!

1

Mein Name ist Gracie Springs und ich bin eine ganz gewöhnliche, junge Frau. Während ich für meinen Masterabschluss in Soziologie studiere, arbeite ich nebenher als Barista. Mit den Kursen bin ich so weit durch, allerdings fehlt mir noch die zündende Idee für ein gutes Thema, über das ich meine Masterarbeit schreiben möchte. Aber genau das brauche ich für meinen Abschluss.

Ups.

Ich wohne in Elderberry Heights, einer kleinen Stadt in Süd-Georgia, in der sonst nur Rentner ab siebzig aufwärts leben. Das Haus, in dem ich wohne, gehörte eigentlich meiner Großmutter Grace, die sich für ihren Lebensabend in ein spritziges Seniorenheim nach Florida zurückgezogen hat.

Also hat sie mir das Haus, in dem sie meinen Vater und meine Onkel großgezogen hat, als frühes Erbe vermacht, weil ich ja schon immer ihre Lieblingsenkelin gewesen sei – und nicht nur, weil wir den gleichen Namen haben.

Sie hat mir zudem ihre gesamte Einrichtung dagelassen, unter anderem mindestens drei Dutzend gehäkelte Zierdeckchen, braungeblümte Sofas und goldbraune Beistelltische aus Eiche. Ich bringe es einfach nicht übers Herz, irgendetwas zu verändern … das kann ich mir auch gar nicht leisten.

Außerdem hat Oma Grace mir diesen zerzausten Kater hinterlassen, der wenige Tage vor ihrem Umzug und meinem Einzug einfach bei ihr aufgetaucht ist. Laut dem Tierarzt ist er eine Maine Coon. Meiner Meinung nach ist er viel größer als normale Katzen, mit den Massen an gestreiftem Fell, das ihn wie einen buchstäblichen Flauschball aussehen lässt.

Deswegen habe ich ihn auch Flauschi getauft.

Unfreiwillige Katzenbesitzerin zu werden, habe ich gern in Kauf genommen gegen ein kostenloses Dach über dem Kopf, und mittlerweile ist mir Flauschi auch ein wenig ans Herz gewachsen. Er ist jedoch nicht sonderlich verschmust. Jedes Mal, wenn ich ihn hochheben wollte, hat er die Krallen ausgefahren. Zweimal ist es ihm sogar gelungen, mich ordentlich blutig zu kratzen.

Also lasse ich ihn, wo er ist. Manchmal, wenn ich ganz still dasitze und so tue, als sei ich abgelenkt, legt er sich auf meinen Schoß. Einmal hat er sogar geschnurrt.

Flauschi ist ziemlich verfressen und bedient sich beim Abendessen oft an meinem Teller. Außerdem scheint es ihm einen Heidenspaß zu machen, mitten in der Nacht wie ein Wahnsinniger durch die Gänge zu rasen.

Eigentlich hatte ich nicht vorgehabt, ihn aus dem Haus zu lassen, aber er ist ein schlaues Kerlchen und findet immer einen Weg. Schließlich habe ich klein beigegeben und eine Katzenklappe angebracht, um mich nicht mehr länger damit herumschlagen zu müssen.

Und das bringt mich zu diesem Morgen …

Ich war spät dran, weil ich mich mit einem viel zu komplizierten Make-up-Tutorial auf YouTube abgeplagt habe. Letztendlich habe ich mir das Desaster wieder komplett vom Gesicht geschrubbt und mich für die vertraute Kombination aus Smokey Eye und dezentem Lippenstift entschieden. Es war definitiv keine gute Idee, etwas Neues kurz vor der Arbeit auszuprobieren.

Vor allem, weil mein fieser Chef nur nach einer Gelegenheit suchte, mir das Gehalt zu kürzen. Es wurmt ihn immer noch, dass vor Kurzem eine beliebte Cafékette ein paar Straßen weiter aufgemacht und ihm den Profit abgeluchst hat. Aber weil er ungeheuer stur ist und sich die Niederlage nicht eingestehen will, hat er sein ganzes Team behalten, teilt uns jedoch nur noch zu kurzen Schichten ein und versucht, an allen Ecken und Enden zu sparen.

Ein echt toller Kerl!

Da ich Flauschi seit dem Frühstück nicht mehr zu Gesicht bekommen hatte, wollte ich vor meiner Schicht noch einmal nach ihm sehen.

„Flauschi! Flauschi! Hier, Katerchen!“, rief ich und schnalzte mit der Zunge, aber er ließ sich nicht blicken. Das tut er nie. Es ist meine Aufgabe, ihn aufzuspüren.

Endlich entdeckte ich ihn im Garten, mit dem Hinterteil in die Höhe gestreckt, den Körper flach auf den Boden gedrückt, bereit zum Sprung. Ein paar Meter entfernt badete ein argloses Rotkehlchen in der steinernen Vogeltränke meiner Großmutter, worin sich noch ein paar letzte Tropfen befanden, die nicht in der Sommersonne verdampft waren.

Flauschis Hintern wackelte gebannt.

Dann sprang er los, aber das Rotkehlchen bemerkte ihn und flatterte davon.

Flauschi flatterte hinterher.

Es war nicht nur ein einfacher Katzensprung. Er wirkte wie ein samtpfotiger Basketball-Spieler, der den Ball im Korb versenken will. Höher und höher folgte er seinem gefiederten Opfer. Selbst nach zwei Metern schien er immer noch weiter Richtung Himmel zu gleiten.

Plötzlich drehte er den Kopf und bemerkte mich. Seine smaragdgrünen Augen hielten meinen Blick gefangen, und für einen Moment schien er reglos mitten im Sprung festzustecken.

Dann drehte er sich abrupt wieder um, durchbrach den eigenartigen Augenblick, landete auf dem Boden und lief davon. *Was zum Henker ist denn da gerade passiert?*

* * *

Ich machte den Schlafmangel und meine wilde Fantasie für die Szene mit dem fliegenden Flauschball verantwortlich und düste mit dem Auto los in Richtung Harolds Kaffeehaus.

Obwohl ich sowohl die erlaubte Höchstgeschwindigkeit als auch ein paar Stoppschilder missachtete, kam ich drei Minuten zu spät zu meiner Schicht. Mein Chef, der gute Harold höchstpersönlich, wartete bereits hinter der Eingangstür auf mich.

Er tippte sich auf das Handgelenk, an dem er überhaupt keine Uhr trug, und keifte: „Wann kapierst du es endlich? Drei Minuten bedeuten drei Dollar, und weil das schon dein zweites Mal diese Woche ist, verdopple ich den Betrag!"

Schnaubend drängte ich mich an ihm vorbei, um mich einzustempeln.

„Gracie! Hörst du mir überhaupt zu?", fragte er und watschelte mir wie ein knatschiges Küken hinterher.

„Ja, Sie ziehen mir sechs Dollar dafür ab, dass ich drei Minuten zu spät bin, obwohl der Laden leer ist und Sie uns ohnehin nur den Mindestlohn zahlen. Und das auch nur, weil Sie gesetzlich dazu verpflichtet sind. Bald muss ich Sie bestimmt für das Vergnügen bezahlen, mir hier die Beine in den Bauch zu stehen, während unsere Kunden um die Ecke bei Mermaid's Brew rumhängen. Stimmt das in etwa?"

Harold lief puterrot an. „Was für eine Frechheit!", schrie er. „Wenn es nicht so teuer wäre, jemand neues anzulernen, würdest du auf der Stelle hier rausfliegen. Hast du vielleicht ein Glück, dass ich ..."

Er stolperte einen Schritt zurück, schüttelte den Kopf, und setzte erneut an. „Hör gut zu, Gracie, du hast wirklich Glück, dass ..."

Erneut brach er ab, japste nach Luft und sank innerhalb von Sekunden zu Boden.

„Harold, Harold!“, rief ich, ließ mich neben ihm auf die Knie fallen und versuchte festzustellen, ob er atmete.

Das tat er nicht.

Ich ergriff sein Handgelenk und fühlte nach seinem Puls.

Nichts.

Oh-oh.

2

Gerade war mein Chef tot vor allen Anwesenden zusammengebrochen – zumindest vor mir und meinen zwei Mitarbeitern und einer einzelnen Kundin, die in einer Ecke des Cafés einen Eiskaffee trank. Obwohl ich keinen Puls fühlen konnte, versuchte ich, ihn wiederzubeleben. Aber es war zu spät für Harold.

„Ich rufe den Krankenwagen!", rief Kelley, unser neuestes Teammitglied, hinter der Kasse stehend.

Drake, unser Schichtleiter, schlurfte hinüber zur Tür, drehte das „Geöffnet"-Schild um und ließ die Jalousien herunter.

„Entschuldigung, Miss", sagte ich zu unserer einzigen Kundin. „Leider müssen wir Sie bitten zu gehen, aber wenn Sie Ihre Treuekarte dabei haben, gebe ich Ihnen ein paar Extrastempel als Wiedergutmachung für die Unannehmlichkeiten."

Wäre Harold noch am Leben gewesen, hätte er mich dafür

sicher gefeuert, da er stets mit Leib und Seele versucht hatte, seinen Angestellten und Kunden gleichermaßen das Geld aus der Tasche zu ziehen. Aber das spielte nun keine Rolle mehr.

Die Frau musterte mich mit großen, grünen Augen, nahm einen letzten, tiefen Schluck und warf den Rest dann in den Müll, bevor sie ihre Sachen zusammenpackte und das Café eilig verließ. Was ich ihr wirklich nicht verübeln konnte.

Im nächsten Moment klebte auch schon Kelley an meiner Seite. „Der Krankenwagen ist unterwegs."

„Das bringt auch nichts mehr, wenn der Mistkerl schon tot ist", erwiderte Drake mit finsterer Miene.

„Sowas solltest du nicht sagen!", rief Kelley aus und fasste sich schockiert an die Brust. „Immerhin hat hier gerade ein Mann sein Leben verloren."

„Es war wahrscheinlich ein Herzinfarkt", vermutete ich achselzuckend. „Tragisch, aber sowas passiert ständig. Außerdem war Harold nicht gerade gut in Form."

„Allerdings", fügte Drake mit einem sarkastischen Lachen hinzu, verschränkte die Arme vor der Brust und lehnte sich gegen die Theke. „Und wenn man bedenkt, dass sein Herz drei Größen zu klein war, ist es ein Wunder, dass er überhaupt so lange durchgehalten hat."

Ich presste die Lippen aufeinander. Auch wenn ich Drakes Meinung bezüglich Harold teilte, war es trotzdem furchtbar, seinen Tod mit ansehen zu müssen. Hinzu kam noch die Ungewissheit, ob ich meinen Job behalten können würde. Alles in allem also ein echt lausiger Tag.

Durch die ein wenig zu kurz geratenen Jalousien spähten einige Schaulustige in das Café. Einer klopfte trotz des deutlichen „GESCHLOSSEN"-Schilds sogar an die Tür. Drake hämmerte von der anderen Seite dagegen und beschimpfte die potenziellen Kunden.

Inzwischen entschloss ich mich dazu, meiner Arbeit nachzugehen, obwohl es nicht wirklich etwas zu tun gab. Ich wischte alle Tische und die Theke ab, in der Hoffnung, dass die Sanitäter bald auftauchen würden. Irgendwie war es richtig unheimlich, mit einem Toten in einen Raum gesperrt zu sein.

Drake schien es ähnlich zu ergehen, denn er tigerte unablässig hin und her, während er vor sich hinmurmelte.

Endlich traf der Rettungswagen ein. Kelly hatte sich in der Zwischenzeit auf einem der knautschigen Klubsessel zusammengekauert und schluchzte leise vor sich hin.

Da keiner meiner beiden Kollegen sprechfähig zu sein schien, begrüßte ich also die Sanitäter, die von einer Polizistin begleitet wurden, und schloss erneut die Tür hinter ihnen.

„Er liegt dort drüben", sagte ich und führte sie in den hinteren Bereich des Gebäudes, in dem sich Harolds kleines Büro sowie unsere Garderobe und die Stempeluhr befanden.

Der arme Harold saß mit dem Rücken gegen die Wand gelehnt, den Kopf in einer ungemütlich aussehenden Position zur Seite geknickt. Eine Hand lag auf seiner Brust, die andere hing schlaff an seiner Seite herab. Sein Gesicht wirkte bereits wachsbleich und blutleer, was auch kein Bestatter mehr mit Make-up würde überschminken können.

Die Sanitäter knieten nieder und untersuchten ihn sofort, während die Polizistin neben mir stehen blieb. „Gibt es hier eine Ecke, in der wir uns unterhalten können?“, fragte sie mit steinerner Miene.

„Klar.“ Ich führte sie zu der einzigen Essnische, die noch aus dem früheren Leben des Cafés als Pfannkuchen-Restaurant übrig geblieben war. „Möchten Sie vielleicht einen Kaffee?“

Sie schüttelte den Kopf und deutete auf das Namensschild an ihrer Brusttasche. „Ich bin Beamtin Dash. Wer sind Sie?“

„Gracie. Gracie Springs.“

Sie holte ein kleines Notizbuch hervor, schlug eine leere Seite auf, zog einen Stift aus der Ringbindung hervor und hielt ihn über das Papier. „Und Sie haben für den Verstorbenen gearbeitet?“

„Ja, seit ein paar Monaten.“

Stirnrunzelnd kritzelte Beamtin Dash in ihrem Notizheft herum.

„Warum ist das wichtig?“, fragte ich und trommelte mit den Fingern auf die Tischplatte.

„Ich will nur die Fakten festhalten, für den Fall, dass wir später darauf zurückkommen müssen.“

„Was soll das heißen?“

Sie sah mich mit hochgezogener Braue an. „Schon mal den Ausdruck gehört: unschuldig, bis die Schuld bewiesen wird?“

Ich nickte.

„In diesem Fall gilt der Tote als ermordet, bis bewiesen wird, dass er einen natürlichen Tod gestorben ist. Wir können nicht einfach annehmen, dass es keine Fremdeinwirkung gab, denn bis der Bericht des Gerichtsmediziners vorliegt, haben wir längst die Gelegenheit verloren, den Tatort zu untersuchen."

Meine Gedanken rasten. Harold konnte doch unmöglich ermordet worden sein. Oder …

„Moment mal", murmelte ich, als mir etwas Furchtbares dämmerte. „Sie glauben doch nicht etwa, dass ich etwas damit zu tun hatte?"

Beamtin Dash grinste spöttisch. „Der Notrufleitstelle zufolge hatten Sie einen heftigen Streit mit dem Verstorbenen bevor er zusammengebrochen ist."

„Ja, aber Sie können doch unmöglich …"

„Und haben Sie sich oft mit ihm gestritten?"

„Schon, aber ich habe ihn nicht …"

„Tja, Gracie Springs, beten Sie besser, dass Harold an einem Herzinfarkt oder Aneurysma oder sonst irgendeinem gesundheitlichen Problem gestorben ist. Ansonsten stehen Sie nämlich ganz oben auf meiner Liste der Verdächtigen."

3

Körperlich und geistig erschöpft kehrte ich nach Hause zurück. Nach Harolds Tod war alles so schnell geschehen. Die Andeutungen von Beamtin Dash waren erst so richtig eingesunken, als ich bereits im Auto auf dem Weg nach Hause saß. Jetzt, da ich Zeit zum Nachdenken hatte, stellten sich mir ein paar dringliche Fragen. Warum war sie so sicher, dass er ermordet worden war? Und warum glaubte sie, dass ich es getan hatte?

Sicher, Harold war bei vielen Leuten unbeliebt gewesen, aber niemand hatte Grund gehabt, ihn umzubringen – ich am allerwenigsten. Wieso hätte ich das tun sollen, wenn ich doch einfach hätte kündigen können, um ihn nie wiedersehen zu müssen?

Mir wurde ganz flau im Magen … und mulmig zumute. Ich wollte diesen Albtraum nur noch hinter mir lassen und zu meinem alten, wenn auch etwas langweiligen Leben zurückkehren.

Obwohl es erst früher Nachmittag und über fünfundzwanzig Grad war, schlüpfte ich in meinen kuschligen Lieblingsschlafanzug aus Flanell. Manchmal vermisste ich meine Heimat im Norden von Michigan, wo es fast ganzjährig kühl war, und mein Schlafi half mir stets – unter Einsatz meines überarbeiteten Tischventilators –, das Heimweh zu bekämpfen.

Gerade wünschte ich mir nichts mehr, als meine Mum zu sehen. Ganz egal, dass ich eine unabhängige Mittzwanzigerin war. Es ging mir nicht gut und ich hatte Angst. Außerdem darf man sich in Zeiten der Not ja wohl an seine Mutter wenden, ob man nun erwachsen ist oder nicht.

Aber das Schicksal schien anderer Meinung zu sein, denn als ich bei ihr anrief, ging sie nicht ans Telefon. Statt ihr auf den Anrufbeantworter zu sprechen, schickte ich ihr eine Nachricht, in der ich sie bat, mich bei Gelegenheit zurückzurufen.

Flauschi miaute und sprang neben mir auf die Couch. Mit bebenden Schnurrhaaren schnupperte er nach etwas Essbarem in meiner Nähe. Als er nichts fand, nagte er fordernd am Ärmel meines Schlafanzugs.

„Gute Idee“, erwiderte ich. „Heute ist definitiv ein Tag für Eiscreme.“

Ich löffelte eine kleine Portion Vanilleeis – unser Lieblingsgeschmack – in eine alte Müslischüssel, schnappte mir einen Löffel und den Rest der Eispackung und gesellte mich wieder zu meinem Kater auf das Sofa. Die Schüssel war für ihn, der Rest des Containers für mich.

Während wir unser Eis genossen, berichtete ich ihm, was am heutigen Tag vorgefallen war. „Die Polizistin war so fies“, jammerte ich. „Wie kann sie einfach annehmen, dass ich meinen Chef getötet hätte? Es war so furchtbar, ihn sterben zu sehen. Das werde ich im Leben nicht vergessen.“

Flauschi setzte sich auf und legte den Kopf schief. Manchmal glaubte ich wirklich, dass er alles verstand, was ich sagte.

„Miau?“, maunzte mein Maine Coon.

„Stimmt, ich sollte wohl besser von vorne beginnen. Also, heute ist Harold, mein Chef im Café, gestorben.“

„Harold ist ein ätzender Name“, murrte Flauschi.

„Ich weiß. Ich hätte auch nicht gedacht, dass heutzutage ...“ Abrupt hielt ich inne und klappte den Mund zu. Lange starrte ich Flauschi schweigend an. War ich so aufgewühlt, dass ich mir jetzt schon schräge Dinge einbildete?

Das war doch lächerlich. „Bin ich doof“, kicherte ich und atmete tief aus. „Jetzt glaube ich doch tatsächlich, dass du mit mir sprichst, Flauschi.“

„Ich heiße nicht Flauschi“, erwiderte mein Kater und sprang mit einem Satz vom Kaffeetisch, wo er sein Eis aufgeschleckt hatte, auf die Couch neben mich. „Also nenn mich bitte nicht mehr so.“

„W-w-was?“, stotterte ich und rieb mir ungläubig die Augen. „Ich sehe nicht recht. Das kann nicht real sein.“

Flauschi schnalzte mit der rauen Zunge. „Wohl eher: Du hörst nicht recht. Aber das tust du. Ich spreche mit dir, Gracie."

Wie von der Tarantel gestochen sprang ich auf und sah mich wild im Wohnzimmer um. „Komm raus und zeig dich!", rief ich hysterisch lachend, obwohl ich keine Ahnung hatte, wen ich überhaupt meinte. „Guter Witz, haha, Flauschi kann sprechen. Jep, ich bin total durchgedreht! Du hast gewonnen. Also komm raus und lass den Quatsch!"

Flauschi gähnte ausgedehnt, legte sich auf das Sofa und steckte die Pfoten unter seinen Brustkorb. „Du verhältst dich definitiv verrückt. Und wie ich bereits sagte: Ich heiße nicht Flauschi, also nenn mich bitte nicht so."

Nach Luft schnappend sank ich auf den Boden, bevor ich noch das Bewusstsein verlor. „Das ist alles nicht real. Das ist nicht real", murmelte ich und wiegte mich, ähnlich wie Kelley auf ihrem Sessel im Café, vor und zurück.

„Was ist nicht real?", fragte Flauschi, während er von der Couch sprang und zu mir herüberspazierte.

„Du kannst nicht sprechen."

„Doch, kann ich, aber du scheinst keine gute Zuhörerin zu sein."

„Willst du mir wehtun?"

„Selbstverständlich nicht. Du bist doch meine Essensgeberin. Dummer Mensch."

„Was willst du dann von mir?"

„Hab ich doch gerade gesagt: Essen. Und dass du aufhörst,

mich Flauschi zu nennen. Ich bevorzuge durchaus den Namen meiner Vorfahren."

„Äh ... na schön. Und wie heißt du dann?"

„Merlin. Ich stamme von einem altehrwürdigen Geschlecht von Magiern ab, die sich bis zu Lebzeiten des König Arthurs zurückverfolgen lassen."

„Du bist magisch?", fragte ich völlig verblüfft.

„Na logisch", fauchte mein Kater. Dann wurde alles schwarz um mich.

4

Als ich wieder zu mir kam, war es bereits dunkel draußen. Zu behaupten, ich hätte einen Moment seliger Ungewissheit erlebt, wäre gelogen.

Langsam öffnete ich ein Auge ... und sofort fiel mir wieder ein, dass mein Chef direkt vor mir gestorben war und ich als Hauptverdächtige in seiner möglichen Ermordung galt.

Mein anderes Auge flatterte ... ach ja, und mein Kater konnte sprechen und behauptete, von einer langen Ahnenreihe von Zauberern abzustammen.

Am liebsten würde ich direkt wieder einschlafen und erst wieder aufwachen, wenn alles vorbei war. Ob es wohl zu spät war, die Uni zu schmeißen und weit, weit weg von hier zu ziehen?

Da ich aber leider wieder wach war, musste ich irgendetwas unternehmen. Ich wusste nicht, was ich wegen meines Katers tun sollte. Es war mir nicht geheuer, allein mit ihm in meinem dunklen Haus zu sein, also entschloss ich mich, zurück zum Café zu fahren, um nach etwas zu suchen, das meine Unschuld beweisen könnte.

Glücklicherweise besaß ich meinen eigenen Schlüssel, da ich unzählige Male sowohl die Frühschicht als auch die Spätschicht aufgebrummt bekommen hatte. Um auf Nummer sicher zu gehen, parkte ich am anderen Ende des Einkaufszentrums und schlich mich zu Harolds Caféhaus.

Ein Schauer lief mir über den Rücken, als ich mir im Licht meiner Handytaschenlampe den Weg zu dem kleinen Büro im hinteren Teil des Ladens bahnte. Eigentlich sollte ich nicht hier sein, aber noch viel weniger sollte ich eines Mordes bezichtigt werden, den ich nicht begangen hatte. Vielleicht würde ich in Harolds Dokumenten Beweise für eine heimliche Geliebte oder einen erbitterten Rivalen finden. Doch während ich mich durch die Papiere auf dem Schreibtisch wühlte, fand ich nichts weiter als die Stundenauflistungen, die mir eröffneten, dass Kelley mehr verdiente als ich, obwohl sie erst seit Kurzem zum Team gehörte.

Dabei hatte Harold, der Fiesling, mir doch beteuert, mehr als den Mindestlohn könne er mir nicht bezahlen! Ich blätterte weiter durch die wöchentlichen Kassenberichte, doch es schien keine auffälligen Abweichungen in den Beträgen zu geben. Gerade als ich mich dem Aktenschrank zuwenden wollte, hörte ich ein leises Klappern vor der Bürotür.

Panisch erstarrte ich und versuchte, mein rasendes Herz zu beruhigen.

„Bitte sei eine Ratte. Bitte sei eine Ratte“, flüsterte ich. Mir war klar, dass ich mich unmöglich vor einem Eindringling würde verstecken können, daher griff ich nach dem schwersten Gegenstand in Reichweite – ein Tacker – und schlich mich aus dem Zimmer.

„Du bist noch unbeholfener als ein lahmendes Fohlen“, ertönte eine tiefe, seltsam vertraute Stimme aus dem Schatten.

Mit gespenstisch leuchtenden Augen trat Flauschi – ich meine Merlin – aus der Dunkelheit hervor.

„Was machst du denn hier?“, zischte ich.

„Ich weiß, dass du nicht allein mit mir im Haus sein wolltest“, sagte er mit peitschendem Schwanz.

„Was? Das ... nein. Das stimmt nicht. Äh, wie bist du überhaupt hierhergekommen?“

Er stieß einen tiefen Seufzer aus, und sein Atem roch dank der Eiscreme, die wir vorhin gegessen hatten, nach säuerlicher Milch. „Na wie schon, mit Magie.“

„Oh, ähm. Warum? Ich komme hier doch allein klar?“ Das kam viel verunsicherter heraus, als es sollte. Wahrscheinlich war ich immer noch zu aufgewühlt wegen meines toten Chefs und meiner sprechenden Katze.

„Natürlich tust du das“, schnaubte Merlin verächtlich und schüttelte den Kopf. „Hör zu, mir ist egal, warum du diesen Harold umgebracht hast. Das ist deine Sache, nicht meine. Aber da du nun meine Vertraute bist, muss ich dich bitten, deine Sicherheit nicht so leichtsinnig aufs Spiel zu setzen.“

„Wie war das? Was bin ich?“

„Meine Vertraute. Alle guten Hexen und Zauberer haben welche, und vor dir steht nun mal einer der Besten."

„Ich will aber nicht deine ..."

„Zu spät! Da ich dir mein Geheimnis verraten habe, sind wir aneinander gebunden. Es gibt kein Zurück", erwiderte dieser unverschämte Kater mit einem selbstgefälligen Grinsen.

Wie betäubt trat ich einen Schritt zurück. „Sorry, aber das ist alles etwas zu viel für mich. Außerdem habe ich Harold nicht umgebracht!"

„Natürlich nicht."

„Das ist die Wahrheit! Deswegen bin ich hier. Ich suche nach Beweisen, dass jemand anderes es getan hat. Obwohl ich ja immer noch der Ansicht bin, dass er eines natürlichen Todes gestorben ist."

„Ist er nicht", informierte mein Kater mich nüchtern und schnüffelte in der Luft herum. „Ich spüre die Wut und das böse Blut an diesem Ort. Es liegt wie ein dichter Dunst über dem Café."

Skeptisch zog ich eine Augenbraue hoch. „Ach, dann weißt du wohl auch, wer der Täter ist?"

„Keine Ahnung, aber die Ermittlung solltest du besser der Polizei überlassen. Du wirst beschäftigt genug damit sein, die Aufgaben einer Vertrauten zu erlernen."

„Dazu fehlt mir die Energie", schmollte ich und gähnte ausgiebig.

Merlin legte seine Pfote auf meinen Schuh, und mit einem

Ruck durchfuhr mich ein kleiner Energieschub – viel effektiver als ein doppelter Espresso!

Mit offenem Mund starrte ich meinen samtpfotigen Gefährten an. „Wow, du bist also tatsächlich magisch, was?“

„Offensichtlich“, erwiderte er augenrollend. Ich wusste gar nicht, dass Katzen mit den Augen rollen konnten. „Oh, das darfst du natürlich niemandem verraten.“

„Werde ich nicht“, versprach ich mit vor Angst zitternden Händen. „Wem sollte ich es schon erzählen?“

„Das ist nicht mein Problem“, sagte er und trottete davon. „Aber wenn du dich verplapperst, landest du im Handumdrehen in dem schmutzigsten, schäbigsten, schrecklichsten Zauberergefängnis, das du dir vorstellen kannst.“

„Oh.“ Mittlerweile bebten meine Hände so stark, dass ich den Tacker fallen ließ. Er krachte mit einem lauten Knall zu Boden und mir blieb beinahe das Herz stehen.

Mein Kater drehte sich um und warf mir einen vernichtenden Blick zu. „Hör auf mit dem Herumgealber! Du bist jetzt meine menschliche Vertreterin, und ich schätze es nicht, blamiert zu werden.“

Verflixt! Wo bin ich da nur hineingeraten?

5

Zurück zu Hause verschwand Merlin in der Dunkelheit mit einer gemurmelten Erklärung, er müsse sich um magische Geschäfte kümmern und würde meine Ausbildung zur Vertrauten am folgenden Tag fortsetzen.

Ich für meinen Teil fiel erschöpft ins Bett und betete, dass die Welt morgen schon wieder ganz anders aussähe.

Am darauffolgenden Morgen wurde ich durch ein beharrliches Klopfen an der Haustür geweckt. Blinzelnd öffnete ich die Augen und stellte fest, dass die Sonne bereits hoch am Himmel stand. Normalerweise weckte mein Kater mich bei Tagesanbruch auf, weil er Hunger hatte, aber heute gestattete er mir anscheinend, auszuschlafen. Warum nur?

Klopf, klopf.

Und wer trommelte da so hartnäckig gegen meine Tür?

„Ich weiß, dass Sie da sind!“, rief die unfreundliche Polizistin von gestern.

Stöhnend rollte ich mich aus dem Bett und fuhr mir halbherzig mit der Hand durchs Haar, um den zerzausten Wuschel zu zähmen. Kaum hatte ich die Haustür geöffnet, drängte sich Beamtin Dash auch schon schnaubend an mir vorbei.

„Bitte, kommen Sie doch rein“, murmelte ich sarkastisch und schloss die Tür hinter ihr.

„Kaffee?“, bot ich an, schlurfte in die Küche und gähnte laut, um der Polizistin zu verdeutlichen, wie ungelegen sie kam.

„Gerade erst aufgewacht“, schüttelte sie missbilligend den Kopf. „Sie schlafen ja ziemlich geruhsam für jemanden, der gerade einen Mord begangen hat. So verhalten sich eigentlich nur Psychopathen.“

Ich ignorierte ihre beleidigenden Worte und zwang mich zu einem Lächeln. „Wollen Sie einen Kaffee haben oder nicht?“

Beamtin Dash hob abwehrend die Hand. „Nein, danke.“

Seufzend drehte ich mich um, fischte meine Lieblingstasse aus der Spülmaschine und steckte einen Kaffeepad in die Keurig-Maschine.

Als ich mich wenige Minuten später mit einer frisch gebrühten Tasse Kaffee in der Hand wieder der Beamtin zuwandte, stellte ich fest, dass diese es sich an meinem chaotischen Küchentisch bequem gemacht hatte.

Ich stellte meine Tasse ab, schob die Artikel, die ich für meine Abschlussarbeit ausgedruckt hatte, zu einem Haufen zusammen und legte sie beiseite.

Gnädigerweise wartete Dash mit ihrer Hiobsbotschaft, bis ich meinen ersten Schluck Kaffee getrunken hatte. „Der Gerichtsmediziner hat inzwischen bestätigt, dass Mr Harold Harris ermordet wurde. Wir warten zwar noch auf den offiziellen toxikologischen Bericht, aber Sie würden uns viel Zeit ersparen, wenn Sie die Tat einfach gestehen."

Ich ließ mich von den falschen Anschuldigungen der Ermittlerin nicht ködern. „Ich habe meinen Chef nicht umgebracht", presste ich zwischen zusammengebissenen Zähnen hervor.

„Ja, das sagen sie alle."

„Keine Ahnung, wen Sie damit meinen, aber ich sage die Wahrheit."

Beamtin Dash lehnte sich mit weit aufgerissenen Augen in einem offensichtlichen Einschüchterungsversuch über den Tisch. „Wenn Sie es nicht waren, wer denn dann, hm?"

„Das weiß ich doch nicht. Ich bin gerade erst eingetroffen, als er zusammengebrochen ist. Jeder hätte ohne mein Wissen vorher kommen und gehen können. Außerdem weiß ich ja gar nicht, woran er gestorben ist, also kann ich keine Vermutungen anstellen." Meine Worte erschienen mir zwar etwas unverblümt, aber das war mir im Moment egal. Ich stand unter Stress, und das viel zu früh am Tag. Dash sollte mir einfach glauben und mich in Ruhe lassen!

Allerdings schien deren Frustration ebenfalls zu wachsen, kleine Schweißperlen bildeten sich auf ihrer Stirn. „Hören Sie mir überhaupt zu? Toxikologie bedeutet Gift. Wir warten nur noch auf die Details."

„Gift? Tja, Harold hatte eigentlich immer einen Becher Kaffee in der Hand. Wir haben immer darüber gescherzt, dass er das Café nur eröffnet hat, damit seine Koffeinsucht ihn nicht in den Ruin treibt." Bei diesen Worten betrachtete ich meine eigene Tasse skeptisch, nahm dann aber doch einen weiteren, tiefen Schluck. Für diese Befragung brauchte ich den Energieschub.

Dash zog einen kleinen Notizblock aus ihrer Tasche und klickte den Kugelschreiber. „Wir? Wer ist damit gemeint?"

Mist.

„Oh, äh. Nur wir Angestellten. Drake und Kelley übernehmen meistens die Schicht mit mir, aber es gibt noch ein paar andere."

Sie musterte mich eingehend. „Also glauben Sie, dass einer Ihrer Mitarbeiter Mr Harris getötet hat?"

„Das habe ich nicht gesagt. Ich habe wirklich nicht die geringste Idee. Der ganze Vorfall schockiert mich ebenso sehr wie Sie."

„Sollte er das Gift durch seinen Kaffee zu sich genommen haben, hatten Sie und Ihre beiden Kollegen ja wohl die beste Gelegenheit, die Tat durchzuführen", stellte sie mit einem unnatürlich steifen Schulterzucken fest.

Ich schüttelte den Kopf. „Damit wollte ich nicht sagen, dass Kelley oder Drake es getan haben. Kelley war furchtbar aufgewühlt."

„Und Drake?"

Statt einer Antwort trank ich einen weiteren Schluck von meinem Kaffee. Ich wollte mich nicht aus der Affäre ziehen, indem ich jemand anderem die Schuld in die Schuhe schob.

Außerdem wollte ich die Spielchen der Beamtin nicht länger mitspielen. Als ich die Tasse wieder absetzte, betrachtete Dash mich durchdringend.

Schließlich erhob sie sich und rückte den Stuhl unter den Tisch. „Wenn ich herausfinde, dass sein Kaffee vergiftet war, dann können Sie mir aber glauben, dass ich im Handumdrehen wieder vor Ihrer Tür stehe."

„Ich habe Harold nicht umgebracht, aber ich werde alles in meiner Macht Stehende tun, um Ihnen bei der Überführung des wahren Mörders zu helfen", rief ich ihr halbherzig hinterher.

„Das sagen sie alle", schnaubte sie mit einem sarkastischen Grinsen. „Ich lasse Ihren Kumpel Drake wissen, dass Sie ihn schön grüßen."

6

Nachdem Beamtin Dash gegangen war, schlüpfte ich in eine verschlissene Jeans und ein sauberes T-Shirt, legte einen weiteren Kaffeepad in die Maschine und wartete auf meine zweite Tasse. Noch bevor das Wasser ganz durchgelaufen war, kam Merlin wie ein Wahnsinniger durch die Katzenklappe gerast.

„Komm schnell, wir dürfen keine Zeit mehr verlieren!", rief er und rannte mehrmals im Kreis durch die Küche.

„Was ist denn los?", japste ich erschrocken. Obwohl ich mich langsam an die Tatsache zu gewöhnen schien, dass mein Kater sprechen konnte, fand ich seinen Hang zur Dramatik noch immer ein wenig überwältigend.

Plötzlich hielt er inne, ließ sich auf die Seite plumpsen und jaulte: „Ganz falsch! Jetzt sind wir beide tot."

„Tot? Warum das denn?"

„Eine Vertraute muss mit ihrem Magier völlig auf einer Wellenlänge liegen. Eine schnelle Reaktionsgabe ist ungemein wichtig. Sie kann den Unterschied zwischen Leben und Tod, Gefangenschaft und Freiheit bedeuten“, belehrte er mich von seinem Platz auf dem Boden aus.

Ich rieb mir die Augen. „Moment mal, lass mich das bitte kurz verdauen. Und gib mir ein wenig Zeit, bis ich etwas wacher bin.“

Mit einem sarkastischen Lachen ließ Merlin den Kopf hängen. „Na toll, natürlich habe ich mit dir die ganz falsche Wahl getroffen.“

„Beleidigungen bringen mich auch nicht dazu, schneller zu lernen“, bemerkte ich spitz, während die letzten Tropfen Kaffee aus der Maschine mit einem *Plitsch* und *Platsch* in meiner Tasse landeten. „Wann bekomme ich eigentlich meine Magie?“

Statt einer Antwort rollte Merlin nur hysterisch kichernd auf dem Linoleumboden meiner Küche hin und her. „Magie! Für dich? Haha, der war gut! Danke, die Aufheiterung konnte ich gut gebrauchen“, antwortete er schließlich.

„Das war kein Scherz. Du hast mich in diese Position gezwungen, also könntest du mich ruhig für meine Mühen entschädigen.“

„Ach, mein liebes, naives Menschlein …“

„Gracie“, erinnerte ich ihn. „Ich habe einen Namen, benutz ihn gefälligst.“

„Gracie“, fauchte er mit gerümpfter Nase. „Irgendeine Chance, dass wir den ändern könnten?“

Ich warf ihm einen vernichtenden Blick zu, als er sich seufzend wieder erhob.

„Na schön, dann bleibt es eben bei Gracie. Und nein, du selbst bekommst keine Magie. Das gehört nicht zu der Rolle einer Vertrauten."

Kaum zu glauben, aber er war tatsächlich noch nervtötender als Beamtin Dash heute Morgen. „Wozu brauchst du mich dann überhaupt?"

„Zusätzlich zu deinen Aufgaben als Futtergeberin und Putzfrau des Katzenklos, bist du nun mein Gesicht."

Ich starrte ihn ausdruckslos an.

„Was hast du denn jetzt schon wieder für ein Problem?", fragte Merlin und legte den Kopf schief.

Seufzend verschränkte ich die Arme vor der Brust. „Was meinst du mit *dein Gesicht*? Das ergibt doch überhaupt keinen Sinn. Du hast doch schon eines."

„Lass es mich dir durch ein Beispiel erklären. Einst lebte ein kreuzhässlicher Kerl mit einer riesigen Nase. Er verliebte sich in eine wunderschöne Dame, fürchtete aber, dass sie ihn wegen seines Aussehens zurückweisen würde, also traf er ein Abkommen mit einem hirnlosen, aber gut aussehenden Jüngling, um ..."

„Erzählst du mir da gerade die Handlung von Cyrano de Bergerac?"

„Oh, gut, du kennst die Geschichte also."

„Und in diesem Szenario wäre ich also dein ..." Ich ahmte mit den Fingern Anführungszeichen nach. „... hirnloser, aber gut aussehender Jüngling?“

„Ganz genau. Streng genommen bist du natürlich nicht ganz so hirnlos und auch nicht ganz so gut aussehend, aber es kommt in etwa hin.“

„Sorry, das ist mir gerade einfach zu viel“, erwiderte ich, schnappte mir meinen Kaffee und marschierte in Richtung meines Schlafzimmers davon.

Eigentlich wollte ich ihm die Tür vor der Nase zuknallen, aber Merlin war zu flink für mich. Um ein Haar hätte ich meinen kostbaren Kaffee verschüttet. „Entschuldige. Ich vergesse immer, wie sensibel ihr Menschen in solchen Dingen seid. Letztendlich habe ich dich erwählt, weil ich überzeugt bin, dass du das Zeug zu einer guten Vertrauten hast.“

„Du meinst, das hirnlose Gesicht für deine Geschäfte zu sein?“, schmollte ich.

Merlin schien meinen Groll jedoch nicht zu bemerken oder einfach zu ignorieren. „Ganz genau. Wie schön, dass bei dir endlich der Groschen gefallen ist.“

„Tut mir leid, aber ich habe Besseres mit meinem Leben zu tun.“

Seine Augen funkelten verschmitzt. „Ach, ja? Was denn zum Beispiel? Wenn du es mir verrätst, könnte ich deine Wünsche wahr werden lassen.“

Verwundert sah ich ihn an, traute mich aber nicht zu fragen, was er damit meinte.

„Im Gegensatz zu dir besitze ich durchaus Magie. Oder hast

du das schon wieder vergessen? Der Job einer Vertrauten ist hart, aber nicht undankbar. Viele berühmte Personen in der Geschichte der Menschheit haben heimlich als Vertraute gearbeitet."

„Ach, wirklich? Wer denn?", fragte ich und verschränkte die Arme vor der Brust.

„Na, mein Namensvetter beispielsweise", grinste er, und seine Schnurrhaare bebten vor Vergnügen.

Mir blieb fast die Spucke weg. „Merlin, der Zauberer?"

„Ha, von wegen! Der Merlin, den ihr Menschen kennt, war in Wahrheit der Vertraute eines mächtigen Katzenmagiers. Allerdings hieß der ebenfalls Merlin, was die Sache ein wenig verwirrend macht. Für seine Rolle als Vertrauter forderte der menschliche Merlin im Gegenzug Macht und Ruhm. Aber als er immer habgieriger und aufgeblasener wurde, belegte der wahre Merlin ihn mit einem Fluch, rückwärts zu altern. Dann suchte er sich einen geeigneteren Vertrauten, einen Mann namens Arthur. Dieser wünschte sich lediglich Ansehen und Respekt unter seinen Mitmenschen, keine magischen Kräfte. Damit kam mein Vorfahre besser zurecht."

„Also war Merlin ein Schwindler und König Arthur nur ein einfacher Vertrauter?", fasste ich etwas enttäuscht zusammen.

„An dieser Position ist nichts *einfach*. Vertraute sind ungemein wichtig für uns. Deshalb tun wir Magier alles in unserer Macht Stehende, um euch bei Laune zu halten."

Fragend hob ich eine Augenbraue.

„Theoretisch könnte ich also die nächste Lady Gaga werden?"

„Dazu bräuchte es schon etwas Talent. Aber auch, wenn du nicht dazu geboren wurdest, könnte ich dich zu einem Superstar machen“, erwiderte Merlin, hielt dann inne und hob eine Pfote. „Ist es das, was du willst?“

„Nein, das war nur so ein Gedanke“, erklärte ich hastig.

„Dann sei etwas vorsichtiger. Wünsche dieses Kalibers werden nur ein Mal erfüllt. Es gibt durchaus kleinere Dinge, die ich öfter zu tun gewillt bin, aber wirklich lebensverändernde Angelegenheiten sind eine einmalige Sache.“

„Ich werde es mir merken“, versprach ich, obwohl ich das alles immer noch nicht ganz glauben konnte.

„Gut, das solltest du auch.“ Merlin schien zufrieden. „Und jetzt komm, lass uns anfangen.“

7

„Wohin gehen wir?“, fragte ich, während ich meinem Kater durch das Haus folgte.

Statt einer Antwort rannte er jedoch schnurstracks durch die Katzenklappe nach draußen.

Hastig schlüpfte ich in ein Paar billige Flip-Flops, die neben der Tür standen, und eilte ihm hinterher. Gerade noch rechtzeitig sah ich, wie er in die Vogeltränke sprang und sich wohlig darin herumwälzte. Ich wusste zwar, dass Maine Coons Wasser mochten, aber trotzdem bot er einen seltsamen Anblick. Bis jetzt waren Katzen für mich einfach Katzen gewesen – Tiere, die Nässe hassten und definitiv nicht sprechen konnten.

„Ich habe dich neulich gesehen“, sagte ich und näherte mich ihm vorsichtig. „Gestern, meine ich.“

Wow, es kam mir vor, als läge das mindestens eine Woche zurück.

Merlin hielt in seinem Geplantsche inne und warf mir einen Blick über die Schulter zu. „Ich weiß. Und was genau hast du gesehen?“

„Du bist g-g-geflogen“, stammelte ich und legte schützend die Arme um mich selbst. „Einem Vogel hinterher, den du essen wolltest.“

Merlin seufzte. „Zunächst mal wollte ich ihn überhaupt nicht essen. Der Kerl hat mir Geld geschuldet.“

Ich blinzelte ungläubig. „Geld?“

„Ja, Geld“, erwiderte er lächelnd. „Zweitens wollte ich, dass du mich dabei beobachtest. Es war ein Test.“

„Ein Test?“ Trotz des warmen Wetters in Georgia lief mir ein Schauer den Rücken hinunter.

Merlin verdrehte die Augen. „Hör auf, alles zu widerholen, was ich sage!“ Dann starrte er mich wortlos an und schien auf etwas zu warten.

Ich schluckte und nickte, immer noch mit dem Gedanken kämpfend, dass mein Kater allem Anschein nach Geld besaß und ein Vogel aus der Nachbarschaft ihm welches schuldete.

„Ich wollte sehen, wie du auf deine erste Begegnung mit der Magie reagieren würdest. Manche Menschen kommen überhaupt nicht damit klar.“

„Aber ich schon?“

Mit einem Schmunzeln ließ Merlin seinen Blick an mir entlangwandern. „Du stehst immerhin noch auf beiden Beinen. Das ist zumindest kein schlechter Anfang.“

„Was hätte denn passieren können?“, fragte ich, erzürnt, dass er mich absichtlich einer möglichen Gefahr ausgesetzt hatte.

„Du hättest den Verstand verlieren können“, erwiderte er sachlich. „Das kommt häufiger vor. Deshalb muss man bei der Wahl eines Vertrauten immer äußerst sorgsam vorgehen.“

„Also richtet ihr die Menschen einfach psychisch zugrunde?“ Ich hatte Mühe, ihn nicht anzubrüllen. Mir war bewusst, dass wir uns mitten in einem Wohngebiet befanden. Wenn zufällig jemand vorbeikäme und mich dabei beobachtete, wie ich mit meiner Katze sprach – oder sogar stritt –, stünden im Handumdrehen die Männer mit den weißen Kitteln vor meiner Tür, bereit, mich einzuweisen.

Mein Kater blieb völlig ruhig und gelassen, als plauderten wir gerade über belanglose Dinge und nicht etwa lebensverändernde Tatsachen. „Nicht jeder verkraftet die Existenz von Magie. Traurig, aber wahr.“ Dann richtete er sich auf und reckte die Brust heraus. „Jedenfalls bin ich froh, dass du noch bei mir bist.“

„Bleibt mir denn eine andere Wahl?“

„Nein“, kicherte er.

„Das hatte ich auch nicht erwartet.“

„Komm näher“, drängte mein Kater plötzlich, und ich folgte seiner Aufforderung umgehend.

„Was soll das? Was tun wir hier?“, fragte ich unbehaglich. Wie gesagt, wir unterhielten uns am helllichten Tag mitten in meinem Garten. Warum hätten wir das denn nicht im Haus besprechen können?

„Wie man eine gute Vertraute wird, Lektion eins!“, verkündete er wichtigtuerisch und ließ sich gefährlich nah am Rand des Vogelbeckens nieder. „Beschütze den Kessel um jeden Preis."

„Das ist eine Vogeltränke", gab ich zu bedenken.

Verzweifelt schlug er sich die Pfote vors Gesicht. „Es ist ein Kessel. Die Quelle meiner Macht, meine Verbindung zur magischen Welt. Ohne ihn bin ich kein vollwertiges Mitglied der Hexengemeinschaft."

Zweifelnd blickte ich zwischen ihm und dem Wasserbecken hin und her.

Merlin seufzte theatralisch. „Lektion zwei: Glaube alles, was ich sage, ohne es zu hinterfragen. Wie zum Beispiel die Tatsache, dass das hier ein Kessel ist. Natürlich haben Hexen früher riesige schwarze Kübel verwendet, aber in der heutigen Zeit nutzen wir alltägliche Gegenstände, die uns einfach zugänglich sind, für Unwissende jedoch belanglos erscheinen. Sieh genau hin."

Er stellte sich in die Mitte des kleinen Trinkbrunnens und tauchte eine Pfote in das Wasser. Augenblicklich fing die Oberfläche an, grünlich zu leuchten. Die Farbe ähnelte der von Merlins großen, runden Augen.

„Wow", hauchte ich ehrfürchtig.

Als Merlin das Wasser erneut berührte, kehrte es zu seinem ursprünglichen Zustand zurück. „Deshalb suchen wir Katzen uns Menschen als Vertraute. Auf der Straße ist es zu unsicher. Wir brauchen den Deckmantel eines häuslichen Lebens, um unsere Geheimnisse zu schützen, ebenso wie die nächtliche Dunkelheit. Natürlich würden wir unseren Geschäften lieber tagsüber nachgehen, aber es ist nun mal einfacher, unsere Kräfte zu nutzen, wenn ihr schnarchend im Bett liegt."

Ich nickte zustimmend. Alles, was er sagte, ergab Sinn. Alles, bis auf ...

„Wofür brauchst du dann Geld?", fragte ich, als mir das arme Rotkehlchen wieder in den Sinn kam, das ihm anscheinend welches schuldete.

„Du denkst noch zu sehr in den Konventionen deiner eigenen Welt. In meiner ... *MIAU*!"

„Was?" Verwirrt drehte ich den Kopf in die Richtung, in die er starrte, und sah jemanden aus der Nachbarschaft an meinem Zaun vorbeiwalken.

Die Dame lächelte und winkte zum Gruß, und ich hätte schwören können, dass ich sie schon einmal gesehen hatte. Ich wusste nur nicht mehr, wo.

Sie verschwand ebenso schnell wieder, wie sie erschienen war.

Als ich mich wieder meinem Kater zuwandte, peitschte dieser gereizt mit seinem buschigen Schwanz durch die Luft. „Vor der musst du dich in Acht nehmen", knurrte er.

„Warum das denn? Sie wirkte doch ziemlich freundlich."

Mit höhnischer Miene blickte er in die Richtung, in die sie verschwunden war. „Erinnerst du dich noch an Lektion zwei?"

„Alles zu glauben, was du sagst?"

„Genau. Das eben war Virginia. Sie ist die Vertraute einer äußerst nervtötenden Katze vom anderen Ende der Stadt. Luna", keifte er verächtlich.

„Wollte sie uns ausspionieren?"

Merlin sprang von dem Vogelbecken herunter. „Das wäre gut möglich. Glücklicherweise ist der Kessel vor anderen Magiern und deren Vertrauten geschützt. Komm, lass uns wieder reingehen. Da kann uns niemand beobachten, der uns eventuell Schaden zufügen möchte."

Schaden zufügen? Scheinbar hatte ich bisher erst einen von vielen Tests überlebt, die mich auf der Reise durch die magische Welt meines Katers begleiten würden. Bei diesem Gedanken musste ich mich wieder einmal unwillkürlich fragen: *WARUM GERADE ICH?*

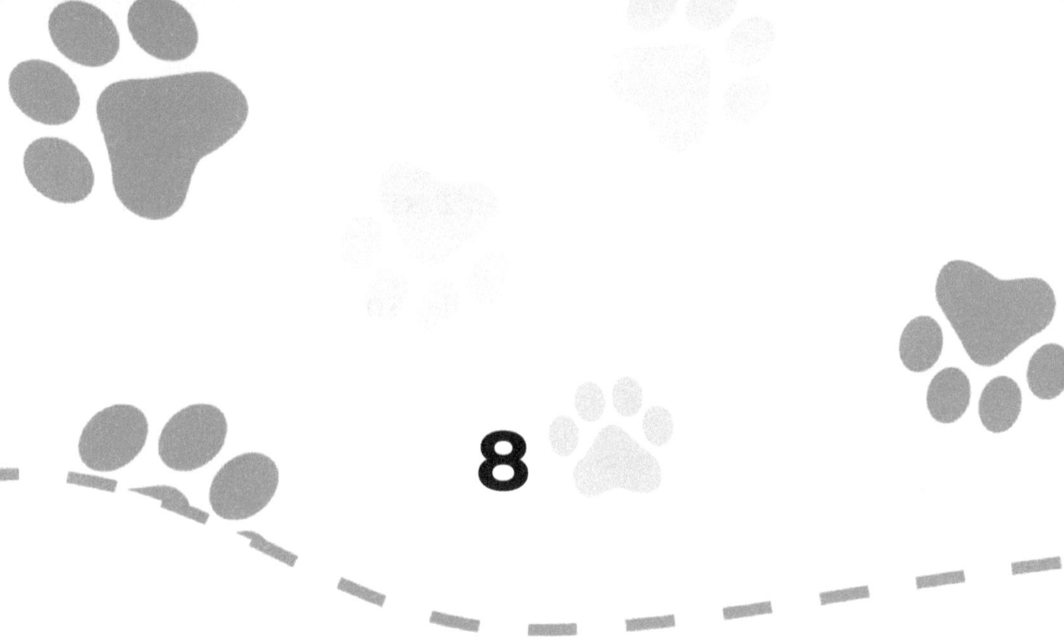

8

„Wir statten Luna einen Besuch ab", verkündete Merlin, kaum dass sich die Haustür hinter uns geschlossen hatte. Von dieser Idee war ich alles andere als begeistert.

„Was? Warum?", stöhnte ich genervt.

Leider schien Merlin sich nicht von seinem Vorhaben abbringen lassen zu wollen. „Wenn sie uns beschatten lässt, hat sie vermutlich selbst etwas zu verbergen."

„Du willst, dass wir aufgrund einer Vermutung bei ihr einbrechen? Falls es dir entfallen ist, ich bin bereits die Hauptverdächtige in einer Mordermittlung!", explodierte ich. Nachdem ich mich draußen so lange zusammenreißen musste, fühlte es sich gut an, mir endlich Luft machen zu können.

„Lektion zwei", erinnerte er mich abermals. Egal was noch

folgen würde, ich war mir sicher, dass mir diese Lektion am wenigsten von allen gefiel.

Schnaubend verschränkte ich die Arme vor der Brust. Er konnte mich ja nicht gegen meinen Willen zu etwas zwingen ... oder?

Merlin reagierte etwas sanftmütiger. „Hör zu, ich weiß, wie ungewohnt das alles für dich ist, aber du musst mir einfach vertrauen. Ich werde dich beschützen. Und im Moment bedeutet das, sicherzustellen, dass Luna nichts im Schilde führt, während ich dich einarbeite. Wir beide sind gerade leicht verwundbar, deshalb müssen wir ganz besonders auf der Hut sein."

Er hielt kurz inne, holte tief Luft und fuhr dann in noch ernsterem Tonfall fort: „Du glaubst, menschliche Gefängnisse seien zum Fürchten? Die sind nichts im Vergleich zu magischen! Sollte es Luna gelingen, unser Geheimnis vor der Öffentlichkeit zu enthüllen, werden wir mit Sicherheit dort landen, ohne Aussicht auf Entlassung. Aus einem menschlichen Gefängnis kann ich dich im Handumdrehen befreien und dir eine neue Identität verschaffen. Glaub mir, diese Harold-Sache ist im Moment deine geringste Sorge."

„Okay", erwiderte ich nur, zu müde und verängstigt, um noch länger mit ihm zu streiten. Ich wollte gar nicht zu genau wissen, was mich erwartete, wenn ich in meiner Rolle als Vertraute versagen sollte.

Seine großen, grünen Augen bedachten mich mit einem neugierigen Blick. „Okay?"

„Ich vertraue dir“, erläuterte ich und hoffte, dass ich meine Entscheidung nicht bereuen würde.

„Wirklich? Ich hätte mehr Widerstand erwartet.“

Als Antwort zuckte ich nur mit den Achseln. „Was würde das bringen, wenn du am Ende sowieso deinen Willen durchsetzt?“

„Wie schön, dass wir uns einig sind“, erwiderte Merlin zufrieden. Dann blinzelte er zweimal langsam.

Ich musste wohl auch geblinzelt haben, denn in dem einen Moment standen wir noch vor meiner Küche, im nächsten befanden wir uns im Schatten eines Magnolienbaums, der in dem liebevoll gepflegten Garten eines kleinen Hauses im Ranchstil emporragte.

Schockiert trat ich einen Schritt zurück und lehnte mich gegen den Stamm des Baums.

„Was ... was ist gerade passiert?“, keuchte ich.

Kichernd scharwenzelte Merlin um mich herum. „Deine erste Teleportation. Wie süß!“

„Teleportation?“, flüsterte ich hysterisch, um nicht die Aufmerksamkeit eventuell Anwesender auf uns zu ziehen. „Bitte warne mich das nächste Mal vorher.“

„Nein“, erwiderte er nachdrücklich. „Es ist viel leichter, wenn du vorher nicht weißt, was dich erwartet.“

Stöhnend fasste ich mir an den Kopf. Eigentlich tat mir überhaupt nichts weh, ich wollte nur ein wenig dramatisch sein. „Wo sind wir überhaupt?“

„Bei Luna. Los, komm schon.“ Merlin drehte sich um und

trottete auf die Rückseite des Hauses zu. Sein buschiger Schwanz wiegte majestätisch in der Luft.

„Warte, wie sollen wir denn da reinkommen?“, rief ich ihm hinterher.

Aber Merlin rannte nur noch schneller und sprang mit Anlauf in einen Blumenkasten voller gelber Narzissen, der vor einem der Fenster hing.

Ich schlich mich über den weichen, saftigen Rasen zu ihm, aber in der nächsten Sekunde stand ich plötzlich auf einem glatten Parkettboden. Na toll, jetzt waren wir wohl im Haus.

„Lass das gefälligst“, zischte ich.

„Hör auf zu jammern“, zischte er zurück. „Hilf mir lieber bei der Suche.“

„Wonach suchen wir denn?“, fragte ich und betrachtete die gemütliche Einrichtung.

Lunas Besitzerin – oder vielmehr Vertraute – schien ein Fan von Blumenmustern zu sein. Sie zierten jeden Gegenstand im Raum. Ich war mir ziemlich sicher, dasselbe Muster, das auf dem Sofastoff abgebildet war, schon einmal auf dem Kleid einer schwangeren Möchtegernprominenten gesehen zu haben. Zusätzlich zu den geblümten Vorhängen und Polstermöbeln schmückten dutzende von Vasen gefüllt mit Wildblumen das Häuschen.

Unwillkürlich musste ich niesen.

„Luna ist eine Gartenhexe“, erklärte Merlin, als er meinen Blick bemerkte.

„Und welche Art von Magier bist du?“, fragte ich staunend.

Erst fand ich heraus, dass Hexen und Zauberer real waren, und nun wurde mir mitgeteilt, dass es verschiedene Arten gab.

„Himmel“, informierte er mich geduldig.

Meine Gedanken rasten angesichts der Welle von Informationen, die mich überrollte. „Wie bitte?“, quietschte ich. Das konnte ich nicht einfach so ohne weitere Erklärung stehen lassen.

„Ich bin ein ziemliches Allround-Talent, aber meine Spezialität liegt bei allem, was vom Himmel kommt. Wind, Wasser, Eis und sowas eben. Manchmal auch Elektrizität, wenn ich in der richtigen Stimmung bin.“

Langsam fügte sich das Puzzle zusammen. „Oh, also seid ihr alle einem Element verbunden? Wie Pokémon!“

Er warf mir einen mürrischen Blick zu. „Nein, nicht wie irgend so eine kindische Zeichentrickserie.“

„Doch, genau so ist es! Luna ist eine Gartenhexe, also kontrolliert sie Pflanzen und Erde, richtig? Somit würde sie zum Typ Gras und Boden gehören“, schlussfolgerte ich. Endlich zahlten sich die unzähligen Stunden, in denen ich Pokémon Go gespielt hatte, aus! „Und du gehörst zum Typ Wasser, Fliegen und Eis, also seid ihr ziemlich ebenbürtig. Am besten verwendest du im Kampf eine Eisattacke.“

„Das hier ist kein Spiel und es gibt auch keine Kämpfe. Schluss mit dem albernen Geschwafel! Hilf mir lieber, nach verdächtigen Dingen Ausschau zu halten.“

„Wie das da?“, fragte ich und deutete auf ein altes Lederbuch, das geöffnet auf dem Kaffeetisch lag.

„Nein“, wehrte Merlin erst ab, drehte sich dann aber in die

Richtung, in die ich zeigte, und schnurrte erfreut. „Oder warte, doch. Gut gemacht! Schnapp dir das Buch und lass uns abhauen, bevor jemand unser Eindringen bemerkt."

Das musste er mir nicht zweimal sagen. So schnell ich konnte, watschelte ich in meinen Flip-Flops zum Kaffeetisch und krallte mir das Buch. Jetzt aber nichts wie zurück nach Hause!

9

Merlin blinzelte einmal und ich machte mich auf eine weitere Runde schwindelerregender Teleportation gefasst. Bevor er jedoch ein zweites Mal blinzeln konnte, zerbarst eine der Vasen in unserer Nähe und die dornigen Blumenstiele schossen auf meinen Kater zu und formten sich zu einem Käfig um ihn.

„Na, wen haben wir denn da?", ertönte eine tiefe, weibliche Stimme vom Türrahmen her. Ich hatte niemanden hereinkommen hören. Wie konnten wir nur so unvorsichtig sein?

Ich reckte den Hals, zu verängstigt, um eine ausladende Bewegung zu machen, und entdeckte eine weiße Katze mit langem Körper und hellgrünen Augen, die mich anstarrte.

„Luna", knurrte Merlin. „Was willst du von uns?"

Sie stolzierte zu ihm hinüber und umkreiste ihren gefangenen

Rivalen. „Ich stelle hier die Fragen. Immerhin seid ihr bei mir eingebrochen."

„Ich bin dir gar nichts schuldig", fauchte Merlin.

Während die beiden Katzen einander ankeiften, steckte ich das Lederbüchlein, das wir gefunden hatten, unauffällig in meinen Hosenbund.

„Was hatte deine Vertraute vor meinem Haus zu suchen?", wollte Merlin wissen. Eingepfercht zwischen stacheligen Stielen und Blüten erweckte er einen äußerst mitleiderregenden Eindruck.

„Was hat deine Vertraute *in* meinem Haus zu suchen? Wir können uns gerne den ganzen Tag so weiterstreiten, Flauschi", kicherte sie hinterhältig, sodass auch niemand daran zweifeln konnte, wer hier die böse Hexe war.

„Sein Name ist Merlin", korrigierte ich sie verärgert und griff nach ihr. Auch wenn ich keine Magie hatte, war ich immerhin um einiges größer und stärker als dieses zierliche Kätzchen. Gewiss würde ich sie leicht überwältigen können.

Leider falsch gedacht. Geschickt entschlüpfte sie meinen Armen und fauchte mich an. „Ich werde das nur einmal sagen, also passt gut auf." Luna machte einen Buckel und stellte den buschigen Schwanz auf. „Wagt es ja nicht noch einmal, in mein Haus einzubrechen. Beim zweiten Mal werde ich nicht so nachsichtig sein."

Ich schluckte schwer und vermied es, sie darauf hinzuweisen, dass wir technisch gesehen nicht einge*brochen* waren, weil Merlin uns hineinteleportiert hatte.

Luna näherte sich mir mit ausgefahrenen Krallen. „Bist du schwer von Begriff? Macht, dass ihr hier rauskommt!"

Das musste ich mir nicht zweimal sagen lassen. Eilig schnappte ich mir Merlin mitsamt seinem stacheligen Käfig und rannte zur Haustür hinaus. Draußen wagte ich es nicht, innezuhalten, sondern düste direkt auf die Straße zu. Lunas weitläufiger Vordergarten lag direkt an einer Kreuzung. Im Näherkommen versuchte ich, eines der Straßenschilder auszumachen, war aber noch zu weit entfernt, um etwas zu erkennen.

Persimonenweg, las ich, als ich endlich den Bordstein erreichte. Sobald ich über die Schwelle zu Lunas Grundstück trat, fiel der magische Käfig um Merlin auseinander.

Er sprang von meinen Armen, schüttelte sich, blinzelte einmal, zweimal ... und schon waren wir wieder zurück zu Hause.

„Alles umsonst", maunzte er verdrossen und tapste zu seiner Wasserschüssel hinüber, um ein paar tiefe Schlucke zu trinken.

„Nicht ganz umsonst", entgegnete ich und zog das geklaute Buch aus meinem Hosenbund.

„Gracie!", rief mein Kater erfreut aus. „Braves Mädchen! Sehr gut gemacht."

Trotz seines herablassenden Tonfalls sonnte ich mich in seinem Lob. „Jetzt ist mir klar, warum du dir nicht sonderlich viel aus Luna machst", sagte ich leise. „Oder aus dem Namen Flauschi. Tut mir echt leid."

„Sie hätte mich getötet, wenn du nicht zur Stelle gewesen wärst", erwiderte er achselzuckend. „Seit ich mit ihr Schluss gemacht habe, um meine Position als vollwertiger Magier anzutreten, ist sie so kratzbürstig drauf."

Ungläubig hob ich die Hände und trat einen Schritt zurück. „Wow, okay, Moment mal. Immer schön von vorne."

Merlin wandte sich ab, behielt mich aber aus den Augenwinkeln im Blick. „Eine Katze wird erst dann zur vollwertigen Hexe, wenn sie sich eine Vertraute wählt."

„Das habe ich nicht gemeint, sondern vielmehr den Schlussmachen-Teil", stellte ich klar. Warum hatte er mir dieses essenzielle Detail nicht verraten, bevor wir bei Luna einbrachen – und ich mir ihr Buch gekrallt hatte?

Merlin gähnte und streckte sich träge. „Oh, ja. Wir waren mal zusammen. Keine große Sache."

„Im Gegenteil, das scheint mir eine verflixt große Sache zu sein", widersprach ich ihm und hoffte auf weitere Einzelheiten.

„Was kann ich denn dafür, wenn die Regeln besagen, dass zwei Magier nicht unter demselben Dach wohnen dürfen? Solange ich nur ein Streuner war, spielte das keine Rolle, aber dann haben sich die Dinge geändert. Ich hätte meine magischen Fähigkeiten nie für eine flüchtige Affäre aufgegeben. Auf gar keinen Fall. Außerdem sollten wir uns nicht mit der Vergangenheit aufhalten. Wir müssen uns auf die Zukunft konzentrieren. Jetzt zeig mir endlich dieses Buch", befahl er mir und schien jeden Gedanken an seine frühere Beziehung beiseitegeschoben zu haben.

Ich stapfte hinüber zur Couch und ließ mich darauf nieder, öffnete das Buch auf meinem Schoß, sodass wir es gemeinsam durchblättern konnten. „Was soll das bedeuten?", fragte ich und betrachtete stirnrunzelnd die seltsamen Symbole, die sich mit Zeichnungen verschiedener Pflanzen und Tiere abwechselten.

„Es scheint ihr Zauberbuch zu sein. Nicht ihr Hauptwerk, sondern ein neues, an dem sie gerade arbeitet."

„Ein Buch für Zaubersprüche? Hast du auch so eins?"

Er nickte, während er weiterhin die Seiten studierte. „Ich habe mehrere, würde sie aber niemals so leicht zugänglich herumliegen lassen."

„Wo bewahrst du sie denn auf?", wunderte ich mich.

„Das sind vertrauliche Informationen, die ich nur bei dringendem Bedarf preisgebe. Und im Moment brauchst du das nicht zu wissen."

„Autsch. Na schön."

Vor sich hinmurmelnd blätterte Merlin weiter durch das Buch, völlig ungerührt von der Tatsache, dass er meine Gefühle verletzt hatte.

„Was genau enthält dieses Buch?", fragte ich, nachdem ich eine Weile stumm und verständnislos zugesehen hatte.

„Sie entwickelt einen neuartigen Zaubertrank. Einen ziemlich mächtigen. Aber sie scheint die Formel noch nicht perfektioniert zu haben."

Ich starrte eindringlich auf die Symbole und Zeichnungen, konnte aber immer noch keinen Sinn dahinter erkennen. „Für was soll der gut sein?"

„Kann ich noch nicht sagen. Das hier ist Gartenhexenkram. Die sind versessen auf Tränke. Ich für meinen Teil weniger."

„Glaubst du, es könnte sich um Gift handeln?“, fragte ich und musste an den armen Harold denken. Gut, er mochte geizig und fies gewesen sein, aber deshalb hatte er es noch lange nicht verdient, ermordet zu werden.

Merlin schien meine Gedanken erraten zu haben. „Vermutest du etwa, dass Luna hinter Harolds Tod stecken könnte?“

Ich nickte. „Ja, warum nicht? Bisher gibt es keine anderen Verdächtigen, die einleuchtend wären.“

Merlin schlug das Buch wieder zu. „Eine äußerst interessante Theorie. Vielleicht hatte sie vor, dich zu vergiften, und hat stattdessen diesen Harold erwischt.“

Bei dem Gedanken an die furchtbare Gefahr, in der ich mich die ganze Zeit über befunden hatte, stockte mir der Atem. „Das würde sie wirklich tun? Mich töten?“

„Klar“, gähnte Merlin, als würde dieses schwerwiegende Thema ihn zu Tode langweilen. „Luna ist sehr gefährlich und hat es auf mich abgesehen, deshalb bist du nun ebenfalls auf der Abschussliste.“

„Vielleicht hättest du ihr nicht so schändlich das Herz brechen sollen“, murmelte ich vor mich hin. Diese Tatsache setzte ich auf die ohnehin lange Liste von Gründen, warum ich heute sauer auf meinen Kater war.

Hätte ich doch nur einen Hund adoptiert …

10

„Ich muss zur Arbeit“, sagte ich, bevor ich in Richtung Dusche schlurfte. Wir hatten die letzte Stunde damit verbracht, das Zauberbuch zu studieren, konnten aber nichts Sinnvolles herausbekommen. Lediglich meine armen Nerven lagen blank.

„Wenn Luna so gefährlich ist, solltest du das Buch vielleicht besser wieder zurückbringen“, rief ich Merlin noch zu, bevor ich die Tür schloss und ein paar Momente wohltuender Einsamkeit genoss.

Scheinbar hatte er meinen Vorschlag befolgt, denn als ich wieder aus dem Badezimmer kam, waren weder er noch das Buch irgendwo zu sehen.

Eigentlich wusste ich gar nicht, ob ich überhaupt arbeiten musste, angesichts der Vorfälle, aber ich wollte wenigstens versuchen, in Gedenken an Harold meine Pflichten zu erfüllen.

Als ich beim Café eintraf, sah ich, dass das Gebäude immer noch von Polizeiabsperrband umgeben war. Allerdings erspähte ich meine Kollegin Kelley hinter der Theke.

Also fasste ich mir ein Herz und betrat den Laden.

Kelley, die gerade hinter der gläsernen Kuchenvitrine stand, blickte auf. „Oh, hallo, Gracie“, begrüßte sie mich stirnrunzelnd.

„Wie fühlst du dich?“, fragte ich mitfühlend und ging zu ihr hinüber.

Sie zuckte mit den Achseln. „Ich weiß auch nicht.“

Ich senkte den Blick und bemerkte, dass sie gar nichts in den Händen hielt. Tatsächlich schien sie einfach nur bekümmert und gedankenverloren herumzustehen.

Gestern, als wir auf die Polizei warteten, war sie ebenfalls ziemlich aufgewühlt gewesen. Ich hatte vermutet, dass das am Schock liegen musste, aber heute wirkte sie noch niedergeschlagener.

Plötzlich fühlte ich mich schuldig, weil ich mir nicht die Zeit genommen hatte, um Harold zu trauern. Stattdessen war ich viel zu beschäftigt damit gewesen, mich selbst dafür zu bemitleiden, dass ich als Tatverdächtige galt.

Auch wenn Harold ein echt mieser Chef gewesen war, wollte ich trotzdem ein guter Mensch sein. Vielleicht könnte ich mein schlechtes Verhalten wiedergutmachen, indem ich mich nun um Kelley kümmerte.

„Ja, die Sache ist echt übel“, sagte ich und hielt den Blick gesenkt. „Er mag nicht der beste Chef gewesen sein, aber er war immerhin eine Person, die wir kannten.“

Kelley schlug sich die Hände vors Gesicht und schluchzte auf. „Ich kannte ihn kaum. Noch nicht. Ich dachte, wir hätten mehr Zeit.“

Da Kelley und ich ebenfalls erst seit Kurzem zusammenarbeiteten, war mir nicht bewusst gewesen, dass sie sich engeren Kontakt zu ihrem Team wünschte. Hatte sie sich nach Freundschaft gesehnt, und wir waren alle zu beschäftigt gewesen, um es zu bemerken? Wenn ja, fühlte ich mich dadurch nur noch schlechter.

Kelley hatte vor etwa einem Monat bei uns angefangen. Sie war ein nettes Mädchen, das nach ihrem Highschool-Abschluss in die Gegend gezogen war, um ihr Brückenjahr hier zu verbringen. Ich hatte mich zwar gewundert, warum sie das ländliche Georgia einer Reise durch Europa vorzog, aber jedem das seine. Vielleicht hatte sie ja genau wie ich ein Haus geerbt. Ich hätte sie zumindest fragen können. Ich hätte definitiv fragen sollen.

Zögerlich legte ich ihr eine Hand auf die Schulter. „Glaub mir, du hast nicht viel verpasst“, sagte ich mit einem kleinen Lächeln.

Sie wandte sich mir mit geröteten Augen zu. „Doch, das habe ich. Mein ganzes Leben lang habe ich mir vorgestellt, wie es wohl wäre, ihn endlich kennenzulernen, aber jetzt werde ich nie die Möglichkeit haben, eine richtige Beziehung zu ihm aufzubauen.“

Plötzlich traf mich die Erkenntnis wie ein Blitz. „Kelley, war Harold etwa …?“

„Mein Vater“, bestätigte sie, kramte in ihrer Hosentasche und zog ein zerknittertes Taschentuch hervor. „Er und meine Mom sind vor langer Zeit miteinander ausgegangen. Als sie herausfand, dass sie mit mir schwanger war, hatten sie sich bereits getrennt und er war fortgezogen."

Ich umarmte sie fest. „Das tut mir so leid."

Sie versuchte vergeblich, mir ein Lächeln zu schenken. „Es war mir wohl einfach nicht bestimmt, einen Vater zu haben. Jetzt gibt es auch keinen Grund mehr für mich, noch länger hierzubleiben. Ich hätte nie herkommen sollen. Diese Polizistin hat gesagt, dass mein Vater ermordet wurde. Was, wenn es meine Schuld war?"

„Oh, nicht doch, Liebes. Es war garantiert nicht deine Schuld", versicherte ich ihr, aber Kelley war nicht so leicht zu überzeugen.

„Denk doch mal darüber nach", sagte sie stirnrunzelnd. „Ich tauche hier auf, und einen Monat später ist er tot. Das kann kein Zufall sein."

„Natürlich ist es das. Ein schlimmer Zufall, aber es hat ganz gewiss nichts mit dir zu tun. Du bist nicht verantwortlich für die Entscheidungen deiner Eltern, und erst recht nicht für Harolds Tod."

Sie blinzelte mich an. „Meinst du das ernst?"

Ich nickte energisch. „Aber sicher doch."

Endlich breitete sich ein zaghaftes Lächeln auf ihrem Gesicht aus. „Danke."

„Wenn du gerade ein wenig Zeit hast, könnte ich dir ein paar Geschichten über ihn erzählen."

Jetzt strahlte sie über das ganze Gesicht. „Wirklich?"

„Klar. Es ist ja nicht so, als hätten wir Kundschaft. Holen wir uns einen Snack und unterhalten uns doch ein bisschen."

„Ich mache uns einen Pumpkin Spice Latte", bot Kelley an.

„Und ich besorge etwas zum Knabbern", rief ich, ging hinüber in den Tiefkühlraum und schnappte mir ein paar Stücke „frisch gebackenes" Bananenbrot. Als ich zurückkehrte, bedeutete Kelley mir, mich an einen der Tische zu setzen, während sie die Getränke zubereitete.

„Weißt du", sagte sie, als wir schließlich in der einzigen Nische des Cafés saßen, „meine Mutter war der Ansicht, ich sei völlig verrückt, hierher zu kommen, ihn kennenlernen zu wollen. Vielleicht hätte ich auf sie hören sollen. Dann könnte ich mir wenigstens weiterhin vorstellen, wie er so ist, was er so tut, anstatt zu wissen, dass er tot ist."

Somit begann eine äußerst unangenehme Unterhaltung.

Zumindest für mich.

11

Angespannt hörte ich zu und nickte gelegentlich, während Kelley mir Ausschnitte ihrer Familiengeschichte anvertraute. Eigentlich sollte diese Unterhaltung dazu dienen, ihr ihren verstorbenen Vater näherzubringen, aber was, wenn Kelley bereits mehr wusste, als sie realisierte? Was, wenn sie einen Einblick in sein Leben hatte, der dabei helfen könnte, den wahren Mörder zu überführen?

Sie hatte während des letzten Monats viel mehr auf sein Tun und Lassen geachtet als ich während meiner gesamten Zeit hier.

Aber meine junge Kollegin war bereits so aufgelöst über seinen Tod, dass es echt mies wäre, Informationen aus ihr herauszuquetschen. Womöglich würde das ihren Zustand nur noch verschlimmern.

Wenn jedoch niemand schnellstens herausfand, wer Harold tatsächlich umgebracht hatte, dann müsste ich am Ende wirklich noch meinen Kopf hinhalten. So gesehen blieb mir keine andere Wahl.

Ich räusperte mich und senkte den Blick auf den Tisch. „Hat die Beziehung zwischen deinen Eltern nicht gut geendet?“, fragte ich. Es schien mir der sinnvollste Weg zu sein, sie sanft in diese Richtung zu stupsen und auf das Beste zu hoffen.

Kelley seufzte und griff nach einem Stück Bananenbrot, bemerkte dann aber, dass es noch eiskalt war, und legte es zurück auf den Teller. Sie schloss die Hände um ihren Pappbecher. „Mom sagte, wenn sie ihn jemals wiedersehen müsse, wäre das noch zu früh“, murmelte sie.

„So schlimm also?“

Sie lehnte sich zurück gegen die Sitzbank und ließ den Kopf gegen das abgenutzte Vinylpolster fallen. „Allerdings.“

„Habe ich dir je von meiner ersten Begegnung mit Harold erzählt?“

Kelley schüttelte den Kopf und starrte mich mit großen Augen an. „Nein, aber das würde ich zu gerne hören.“

„Also, ich kam für mein Vorstellungsgespräch vorbei. Natürlich war ich zu spät dran. Als ich sein Büro betrat, war er in seine Berichte vertieft und schmetterte inbrünstig dieses eine Lied aus Phantom der Oper.“

Kelley setzte sich wieder aufrecht hin und kicherte leise. „Das glaube ich dir nicht!“

„Ich schwöre, so war’s. Und das ist noch nicht alles ...“

Ich gab noch ein paar weitere lustige Erinnerungen an meinen ehemaligen Chef zum Besten, und Kelley hörte gebannt zu. Als wir unsere Lattes ausgetrunken hatten, war auch mein Vorrat positiver Geschichten erschöpft. Mittlerweile war das Bananenbrot endlich vollständig aufgetaut.

Ich nickte Kelley zu und steckte mir genüsslich ein großes Stück in den Mund. Auch wenn es nicht frisch gebacken war, schmeckte es trotzdem superlecker.

„Was wirst du jetzt tun?“, fragte ich sie, während sie die Walnüsse aus ihrem Brot pulte und einzeln aß.

„Meine Mutter ist auf dem Weg hierher, um mich zurück nach Hause zu fahren“, sagte sie und verzog das Gesicht.

„Woher kommt sie denn?“, fragte ich im Plauderton, obwohl mir nicht entging, dass sie über den anstehenden Besuch nicht sonderlich erfreut zu sein schien.

„Aus Ohio.“

„Das gibt’s doch nicht!“, rief ich und langte über den Tisch, um ihrer Hand einen freundschaftlichen Klaps zu geben. „Ich komme aus Michigan.“

„Natürliche Feinde also“, neckte Kelley mich, womit sie auf die erbitterte Rivalität zwischen unseren beiden Heimatstaaten anspielte. Aber da wir beide aus dem mittleren Westen stammten, hatten wir eigentlich viel mehr Gemeinsamkeiten als Unterschiede.

Ich wollte mehr über ihre Mutter erfahren, für den Fall, dass sie bedeutsam für die Ermittlung sein könnte. Natürlich musste ich dabei jedoch behutsam vorgehen. Vielleicht wäre der leichtherzige Moment eben von Vorteil, denn ich wollte Kelley auf keinen Fall noch größeren Kummer bereiten. Aber noch weniger wollte ich für ein Verbrechen in den Knast wandern, das ich nicht begangen hatte.

„Deine Mutter muss sich wahnsinnig freuen, dass du wieder nach Hause kommst, was?“, fragte ich, leckte mir über den Daumen und las mit der befeuchteten Spitze die Krümel auf meinem Teller auf.

„Ja“, erwiderte Kelley und biss endlich so richtig in ihr Gebäck. „Wie ich schon sagte, sie wollte nicht, dass ich überhaupt hierherkam. Laut ihr bin ich das einzig Gute, was mein Vater je zustande gebracht hat.“ Schüchtern lächelte sie mich an.

„Warum haben sie sich getrennt? Hat sie das je erwähnt?“

„Nein, sie wollte nicht, dass ich schlecht über ihn dachte. Irgendwie ironisch, was? Sie hat nur gesagt, ich solle sie beim Wort nehmen und vorsichtig sein.“

Unwillkürlich musste ich an die zweite Lektion denken, die Merlin mich gelehrt hatte. Ihm jederzeit Folge zu leisten, ohne Fragen zu stellen.

„Auch wenn es ein schlimmes Ende genommen hat, ist es trotzdem gut, dass du die Chance hattest, ihn kennenzulernen“, sagte ich mit dem Anflug eines Lächelns.

Kelley schniefte und schüttelte den Kopf. „Ich weiß nicht.“

„Das wirst du bald erkennen“, erwiderte ich, als spräche ich aus Erfahrung.

„Wahrscheinlich hast du recht.“ Sie zuckte mit den Achseln und ließ sich mit geschlossenen Augen in die Sitzbank sinken. „Im Moment ist nur alles noch so frisch und neu. Ich weiß nicht, wie ich meiner Mutter zuhören soll, während sie über ihn herzieht, wenn er noch nicht mal begraben ist."

„Ja, das ist übel." Plötzlich kam mir eine Idee, die uns beiden helfen könnte. „Hey, wenn sie dir die Hölle heißmacht, dann melde dich bei mir. Sag ihr einfach, wir hätten uns bereits verabredet, bevor dieser ganze Schlamassel passiert ist, dann kann ich als Puffer zwischen euch dienen."

Kelley öffnete die Augen und starrte mich einige Sekunden lang schockiert an. „Wow. Danke, Gracie. Das ist wirklich lieb von dir", sagte sie dann.

„Du verdienst im Moment eine gute Freundin, und ich bin mir ziemlich sicher, dass du eine gebrauchen könntest." Ich schob ihr mein Handy über den Tisch zu. „Hier, gib mir deine Telefonnummer, dann schicke ich dir meine Adresse."

Eifrig tippte Kelley ihre Nummer ein. Plötzlich klopfte es an der Tür des Cafés.

Als ich hinüberblickte, erkannte ich sofort die Silhouette der letzten Person auf Erden, die ich sehen wollte.

Beamtin Dash hatte beschlossen, uns einen Besuch abzustatten.

12

Sobald Kelley die Polizistin bemerkte, sprang sie auf, um sie hereinzulassen.

Dash grinste höhnisch, als ihr Blick auf mich fiel. „War ja klar, dass Sie sich an Orten rumtreiben würden, von denen Sie sich eigentlich fernhalten sollten."

„Wir sind heute beide zum Arbeiten eingeteilt", kam Kelley mir umgehend zu Hilfe. Jetzt, wo ich sie besser kennenlernte, konnte ich sie wirklich gut leiden.

„Tja, leider bleibt dieses Geschäft bis auf Weiteres geschlossen." Dash wirkte nicht im Geringsten betreten.

„Haben Sie eine Ahnung, wie lang das sein wird?", fragte ich und brachte unsere Teller zu der Spüle hinter der Theke.

Dash verfolgte jede meiner Bewegungen aufmerksam. „Zumindest, bis der Fall geklärt ist und Harris' Anwalt herausgefunden hat, was mit seinem Besitz geschehen soll."

„Wissen Sie, wer sich um das Testament kümmert?", fragte Kelley, strich sich die Haare hinter die Ohren und senkte nervös den Blick. Immerhin war ich nicht die Einzige, die sich durch die forsche Polizistin eingeschüchtert fühlte. Aber im Moment war ein Verhör das Letzte, was die arme Kelley gebrauchen konnte.

„Das ist eine Familienangelegenheit", schnappte Beamtin Dash und bedachte Kelley mit einem flüchtigen Blick, bevor sie sich wieder mir zuwandte.

„Ich weiß", murmelte Kelley und studierte ihre Schuhe. „Ich bin seine Tochter."

„Falls Sie im Testament aufgeführt sind, wird der Anwalt sich bei Ihnen melden", erklärte Dash unwirsch. „Wieso haben Sie Ihren Beziehungsstatus zu dem Verstorbenen nicht bei unserer ersten Befragung erwähnt?"

Kelley schüttelte den Kopf. „Ich musste mich erst mal mit dieser ganzen Sache abfinden."

„Die beiden haben erst kürzlich von der Existenz des jeweils anderen erfahren", warf ich dazwischen.

„Interessant." Dash zog ihr kleines Notizbuch hervor und kritzelte etwas hinein. „Würden Sie mich aufs Revier begleiten, um ein paar Fragen zu beantworten?"

Kelleys Augen weiteten sich vor Schock.

„Ist das denn wirklich nötig?", fragte ich und stellte mich schützend vor meine Kollegin. „Sie sehen doch, wie aufgewühlt sie bereits ist!"

„O nein, habe ich etwa die Gefühle Ihrer kleinen Freundin verletzt?", fragte sie mit einem unbarmherzigen Lächeln. „Ich einfältiges Ding, dabei versuche ich doch nur, einen Mörder zu fassen!“

Ungeduldig stampfte Dash mit dem Fuß auf. Kelley griff mit zitternden Fingern nach meinem Arm.

Ich drehte mich zu ihr um. „Du hast nichts Unrechtes getan, also hast du auch nichts zu verbergen. Das wird selbst die da einsehen müssen“, sagte ich und deutete mit dem Daumen auf die schlecht gelaunte Beamtin.

„Bleib bei mir!“, bat Kelley mich.

„Ich muss jeden Verdächtigen einzeln befragen“, widersprach Dash umgehend.

Kelley schnappte schockiert nach Luft. „Verdächtige?“

„Hör zu, sie mag vielleicht ein wenig fies sein – okay, ziemlich fies –, aber sie kann dir nichts anhaben“, sagte ich beruhigend. „Und du hast ja jetzt meine Nummer, also ruf jederzeit an, wenn du etwas brauchst.“

Sie nickte, und ich trat zur Seite.

„Na, schon mal auf dem Rücksitz eines Polizeiwagens mitgefahren?“, fragte Dash mit einem intensiven Blick, der Kelley zurückschrecken ließ.

„Das reicht jetzt!“, knurrte ich. Sobald diese Ermittlung beendet war, würde ich eine offizielle Beschwerde über die Beamtin einreichen, um ihre Vorgesetzten über ihre mangelnde Professionalität zu informieren. Anonym, versteht sich.

„Sie können sich hier unterhalten“, fuhr ich fort. „Ich verziehe mich, damit Sie ungestört sind.“

Dann drückte ich ermutigend Kelleys Hand und versicherte

ihr, dass alles gut gehen würde, bevor ich das Café verließ. Keine von beiden versuchte, mich aufzuhalten.

Ich wartete noch ein paar Minuten auf dem Parkplatz, um sicherzugehen, dass Dash das arme, trauernde Mädchen nicht doch noch aufs Revier schleifte.

Nachdem ich mich überzeugt hatte, dass das nicht der Fall war, machte ich mich auf den kurzen Heimweg.

In meinem gedankenverlorenen Zustand überfuhr ich beinahe eine rote Ampel und streifte mehr als einmal den Bordstein. Warum war Beamtin Dash so aggressiv, was die Ermittlung anging? Und warum war sie heute Nachmittag im Café aufgetaucht? Hatte sie nach mir gesucht?

Ich fürchtete, dass Dash nicht davor zurückschrecken würde, mir gefälschtes Beweismaterial unterzujubeln, wenn der wahre Täter nicht schnell gefunden wurde, nur um die Ermittlung erfolgreich abzuschließen.

Gruseliger Gedanke!

Vielleicht sollte ich meine Beschwerde doch lieber früher als später einreichen ...

Als ich in meine Einfahrt einbog, entschied ich, ihr noch eine letzte Chance zu geben. Wenn sie sich bei unserer nächsten Begegnung nicht professioneller verhielt, würde ich schnurstracks auf ihr Revier marschieren und verlangen, ihren Vorgesetzten zu sprechen.

Mit diesem Entschluss parkte ich meinen Wagen, holte tief Luft und ging ins Haus, um zu sehen, was mein Kater während meiner kurzen Abwesenheit jetzt wohl wieder angestellt hatte.

13

Zögerlich trat ich durch die Tür, unsicher, was mich dahinter erwartete. Merlin war dank meiner merkwürdigen Schicht im Café gute zwei Stunden allein gewesen. Schon komisch, vorher hatte ich mir nie Sorgen um ihn gemacht, wenn ich ihn allein ließ. Jetzt sorgte ich mich um alles und jeden … ihn, Harold, mein Leben generell.

Was auch immer er in der Zwischenzeit angestellt haben mochte, es schien keine größeren Schäden verursacht zu haben. Eigentlich war das Haus in genau dem Zustand, in dem ich es verlassen hatte. Selbst Lunas Zauberbuch lag noch geöffnet auf der Couch, in exakt der Position, in der wir es vor ein paar Stunden durchgeblättert hatten. Er muss es mitgenommen und dann wieder zurückgelegt haben. Aber warum?

„Merlin?“, rief ich, ging hinüber zur Couch und betrachtete den gestohlenen Gegenstand. Die aufgeschlagene Seite war überfüllt von unleserlichem Gekrakel, das ich beim besten Willen nicht entziffern konnte.

Na super. Ich hatte gehofft, er würde seiner Erzfeindin das Buch zurückbringen, nachdem wir damit fertig waren, oder es zumindest verstecken. Es war, als wolle er uns absichtlich Ärger einbrocken.

Schnell fotografierte ich die Seiten mit meinem Handy ab, steckte es ein und machte mich auf den Weg, es selbst zurückzubringen.

Dummerweise wusste ich nicht genau, wie man zu Lunas Haus kam, da Merlin uns dorthin teleportiert hatte, aber ich erinnerte mich an einen der Straßennamen an der Kreuzung: Persimonenweg. Ich tippte den Namen in mein Navi, das mir eine ungefähre Richtung anzeigte. Hoch lebe die moderne Technik!

Obwohl die Adresse am anderen Ende der Stadt lag, brauchte ich nur etwa zehn Minuten, um Lunas Cottage zu finden. Ich parkte davor, steckte das Zauberbuch in meine Tasche und näherte mich der Haustür.

Noch bevor ich klopfen konnte, wurde diese von einer Frau mittleren Alters geöffnet.

„Hallo, Virginia?“, fragte ich hoffnungsvoll.

„Gracie“, antwortete sie seufzend und trat zur Seite, um mich einzulassen.

Gut. Das lief doch ganz gut.

Jetzt musste ich nur noch einen Weg finden, das Buch zurückzulegen, ohne dass sie es mitbekam.

Also setzte ich mein freundlichstes Lächeln auf und sagte:

„Ich wollte nur mal kurz vorbeischauen und mich vorstellen. Ich weiß, dass unsere Katzen einander nicht leiden können, aber das muss nicht bedeuten, dass wir ebenfalls miteinander auf Kriegsfuß stehen."

Obwohl Virginia um einiges älter war als ich, besaß sie eine selbstsichere Eleganz, von der ich nur träumen konnte. Ihr blondes Haar war offensichtlich gefärbt, obwohl kein Ansatz zu sehen war, und ihre grünen Augen musterten mich mit einer stillen Intelligenz, die ich irgendwie beruhigend fand.

„Kann ich dir einen Eistee anbieten?", fragte Virginia und schwebte förmlich in Richtung Küche.

„Gerne." Ich wusste, dass es unhöflich wäre, ihr Angebot abzulehnen, aber auch, wie unvernünftig es war, etwas zu trinken, das sie zubereitet hatte, ohne zu wissen, ob wir auf gutem Fuß standen. Aber ich mochte sie, trotz Merlins Warnung. Ich fühlte mich ihr auf sonderbare Weise verbunden, obwohl ich nicht genau sagen konnte, warum. Vielleicht hatten wir Vertrauten ja mehr gemeinsam als nur unseren Job. Darüber grübelte ich nach, während ich etwas unbeholfen in der Nähe der Eingangstür wartete.

Virginia holte Eiswürfel aus dem Kühlfach und verteilte sie in zwei Gläsern.

Konzentrier dich! Denk an den Grund deines Besuchs, ermahnte ich mich.

Hmmm. Könnte ich damit durchkommen, das Buch einfach auf der Anrichte im Flur abzulegen?

Nein, nein. Das wäre viel zu offensichtlich.

„Komm, setz dich doch“, sagte Virginia und führte mich hinüber zu der kitschigen, geblümten Couch, die mir bereits bei unserem ersten Besuch aufgefallen war. Wir ließen uns mit unseren Eistees in Händen nieder. Sie lächelte mich warm an, als wären wir alte Freundinnen, statt zwei Frauen, die sich eben erst kennengelernt hatten.

Ich stellte meine Tasche neben meinen Füßen ab. Wenn ich den richtigen Moment abpasste, in dem Virginia nicht hinsah, könnte ich das Buch schnell unter das Sofa kicken, wo sie es irgendwann schon finden würden.

„Du bist noch ganz neu“, sagte Virginia plötzlich. Als ich sie verwirrt ansah, fügte sie erklärend hinzu: „Als Vertraute, meine ich.“

Ich nickte zustimmend und gab vor, einen Schluck Eistee zu nehmen.

Augenblicklich erlosch das zwanglose Lächeln in ihrem Gesicht. Selbst das besänftigende Grün ihrer Augen schien sich zu verhärten. „Die Feindschaften unserer Hexen betreffen uns gleichermaßen. In ihrer Welt haben wir keine Autonomie. Folglich stehen wir ebenfalls auf Kriegsfuß, wenn unsere Katzen es tun.“

Ich hustete und stellte mein Glas auf dem Kaffeetisch ab. Es war wohl nicht länger nötig, den freundlichen Schein zu wahren, jetzt, wo sie ihre Feindseligkeit offen zur Schau trug.

„Bist du sicher?“, fragte ich stirnrunzelnd. „Das erscheint mir so albern. Sollten Hexen und Vertraute nicht zusammenhalten?“

„Diese Entscheidung liegt nicht bei uns. Jetzt, da wir uns offiziell begegnet sind, ist deine Neugier hoffentlich befriedigt. Wenn du möchtest, kannst du deinen Tee austrinken, bevor du gehst.“ Mit diesen Worten leerte sie ihr eigenes Glas, erhob sich und stolzierte den Gang hinunter in ein anderes Zimmer.

Jetzt galt es, schnell zu handeln. Irgendetwas sagte mir, dass ich hier wahrscheinlich nicht mehr herauskäme, wenn ich mich nicht aus dem Staub machte, bevor Virginia zurückkehrte. Wie schnell sich ihr Verhalten verändert hatte! Das war echt gruselig gewesen. Ob ich eines Tages so werden würde wie sie? War ich jetzt, da mein magischer Kater mich als Vertraute erwählt hatte, zu einem Leben wie diesem verdonnert?

Da ich mich so schnell wie möglich verdrücken wollte, stieß ich mit dem Fuß gegen meine Tasche, um es wie ein Missgeschick aussehen zu lassen, falls mich jemand beobachtete. Dann bückte ich mich und hob sie auf, wobei ich das herausgefallene Zauberbuch so weit wie möglich unter die Couch schob.

Zufrieden mit meinem Werk brachte ich anschließend mein unberührtes Glas in die Küche und kippte den Eistee in die Spüle, bevor ich zur Haustür hinaus und auf meinen Wagen zueilte.

So viel zum Thema Diplomatie.

Was auch immer zwischen unseren Katzen vorgefallen sein mochte, sie würden sich selbst um eine Lösung des Konflikts kümmern müssen.

14

Auf dem Heimweg musste ich unablässig an meine merkwürdige Begegnung mit Virginia denken, wie sie sich von einer Sekunde zur anderen völlig verwandelt hatte. Laut Merlin besaßen Vertraute keine Magie, aber Virginias Persönlichkeitswandel von freundlich zu furchteinflößend war so unnatürlich gewesen, dass ich mich fragen musste, ob Luna sie vielleicht verzaubert hatte.

Und würde Merlin etwas Ähnliches mit mir anstellen?

Der Gedanke gefiel mir ganz und gar nicht. War es bereits zu spät, die Position als Vertraute dankend abzulehnen und ihm zu sagen, er solle sich jemanden suchen, der sich für das Leben in magischer Knechtschaft besser eignete?

Ich hatte das Gefühl, er würde mich aufspüren, egal, wohin ich flüchtete, und mich zurückschleifen. Außerdem war er zwar unhöflich, hatte mir aber sonst keinerlei Schaden zugefügt.

Eigentlich hatte er ja sogar versprochen, mich zu beschützen, zumindest im Hinblick auf Harolds Mordermittlung.

Wie dem auch sei, bevor er noch mehr von mir verlangte, mussten wir uns erst einmal ernsthaft unterhalten. Lektion eins besagte, ich solle ihm vertrauen, aber Vertrauen beruhte auf Gegenseitigkeit. Und ich brauchte eine Art Handbuch, wenn er wollte, dass ich mich in meinem neuen Leben zurechtfand.

Ja, ein ausführliches Gespräch schien mir eine gute Idee zu sein. Dazu musste ich ihn allerdings erst einmal finden. Ich holte tief Luft und öffnete meine Haustür, bereit, ihm meinen Vorschlag zu unterbreiten.

Aber Merlin war nirgends zu sehen.

Stattdessen war das Haus während meines kurzen Besuchs bei Virginia völlig auf den Kopf gestellt worden. Ich war höchstens eine halbe Stunde weg gewesen, aber überall lagen Kissen und Polster herum, Stühle waren umgeworfen worden, das volle Programm.

Geistesgegenwärtig schnappte ich mir einen Besen aus dem Wandschrank im Flur und hielt ihn wie einen Baseballschläger vor mir ausgestreckt, während ich mich tiefer ins Haus wagte.

„Wer ist da?“, rief ich und blickte mich wild um. Wer würde es wagen, am helllichten Tag bei mir einzubrechen? Und warum? Ich besaß nichts Wertvolles.

Plötzlich flog der Besen aus meinen Händen und wirbelte herum, um mich gegen die Wand zu drücken.

„Wo ist es?“, fragte eine langgewachsene, weiße Katze, die auf mich zustolzierte. *Luna.*

„Lass mich los“, schluchzte ich und versuchte, mich aus meinem Gefängnis zu befreien. Aber Lunas Magie schien um einiges stärker zu sein als meine Muskeln.

„Erst, wenn du mir verrätst, wo es ist.“ Sie hielt etwa einen Meter vor mir an und fuhr die Krallen an einer Vorderpfote aus. „Los, raus mit der Sprache!“

Ich könnte mich dumm stellen und so tun, als wüsste ich nicht, wovon sie sprach, aber es erschien mir vernünftiger, ihrer Forderung nachzukommen. „Das Buch?“, fragte ich.

Ihre glühenden, grünen Augen weiteten sich. „Du gibst also zu, dass du es gestohlen hast?“

„Ich gebe zu, es mitgenommen zu haben, aber ich habe es eben wieder zurückgebracht. Es tut mir leid.“

„Du hast keine Ahnung, was du angerichtet hast. Was für Probleme du verursacht hast!“

„Es tut mir wirklich leid. Bitte, lass mich los“, flehte ich kleinlaut.

„Nein“, fauchte sie. „Du hast die Sache angefangen, und du wirst sie auch beenden.“

Der Besen fiel zu Boden und ich stolperte vorwärts. Kaum war ich jedoch befreit, rammte einer meiner Esszimmerstühle von hinten gegen meine Kniebeugen brachte mich zu Fall. Ich sackte auf dem Stuhl zusammen und wurde umgehend wieder von dem Besen gegen die Lehne gepresst.

„Bitte …“, wimmerte ich, und dicke Tränen kullerten mir über die Wangen. „Ich habe nie darum gebeten, Merlins Vertraute zu werden. Ich wollte das alles gar nicht.“

„Du kommst mit mir“, erwiderte Luna und blinzelte einmal, zweimal …

In der nächsten Sekunde waren wir zurück in ihrem Cottage. „Bringst du mich jetzt um?“

„Wo ist das Buch?“, fauchte Luna, statt auf meine Frage einzugehen.

„Unter dem S-S-Sofa“, stammelte ich. Es brachte mir nichts, sie anzulügen.

Die weiße Katze rannte unter die Couch und kam gleich darauf mit dem Zauberbuch zwischen den Zähnen wieder hervor.

Ich war weiterhin auf dem Stuhl sitzend gefangen und konnte nur zusehen, wie sie das Buch auf den Kaffeetisch schweben ließ und durch die Seiten blätterte.

Als sie scheinbar gefunden hatte, wonach sie suchte, lächelte sie zufrieden, blinzelte einmal und teleportierte uns in ihren Garten. Dort lief sie auf einen steinernen Brunnen zu, während sie mich mit ihrer Magie hinter sich herzog.

„Was hast du vor?“, schluchzte ich.

„Das geht dich nichts an“, erwiderte Luna, sprang auf meinen Schoß und kratzte an meiner Hose. Es schien, als hätte sie mit ihrer Kralle etwas aufgespießt, denn sie rannte damit zum Brunnen hinüber und ließ es hineinfallen.

Dann kehrte sie zurück zu mir, biss eines meiner Haare ab und schmiss es ebenfalls in den Brunnen.

„Ist das dein Kessel?“, fragte ich.

„Ach, also hat er dir doch etwas beigebracht. Nur leider nicht genug, sonst hättest du mir wohl kaum so leicht in die Hand gespielt."

„Was? Das verstehe ich nicht."

„Gut, dann wird dein Meister ebenfalls keine Ahnung haben, was ihn erwartet."

„Was genau hast du vor?"

„Nichts, was dich betrifft. Ich will die Dinge lediglich geradebiegen", entgegnete sie, während sie durch ihren Garten streifte und verschiedene Blätter und Blüten pflückte, die sie ebenfalls in den Brunnen warf.

Etwa zwanzig Minuten lang sah ich ihr dabei zu, aber es gelang mir nicht, sie zu überreden, mir ihr Vorhaben zu verraten. Als kurze Zeit später eine schimmernde, smaragdgrüne Rauchwolke aus dem Brunnen emporstieg, kicherte sie vielmehr mädchenhaft als niederträchtig.

„Peeerfekt!", rief sie aus. „So, geh damit nach Hause und mische diesen Trank unter Merlins Wasser." Mithilfe ihrer Magie tauchte sie eine leere Plastikflasche in das dampfende Gebräu. Als diese wenig später wieder erschien, befand sich kaum ein halber Zentimeter Flüssigkeit darin.

„Das werde ich nicht tun", erwiderte ich und versuchte erneut, mich aus meiner Zwickmühle zu befreien.

Luna lachte abermals, woraufhin der Besen entzweibrach und der Stuhl zu einem Häufchen Sägemehl zerfiel. „Lustigerweise bleibt dir nichts anderes übrig. Du wirst ihn auch nicht warnen können. Das ist ebenfalls Teil des Zaubers."

„Deswegen hast du mein Haar genommen“, realisierte ich plötzlich.

„Genau. Und seines auch. Zu meinem Glück kann er einem warmen Schoß wohl nicht widerstehen, was?“

„Ich weiß zwar nicht, was du vorhast, aber du wirst damit nicht durchkommen.“

„Das ist mir bereits gelungen“, entgegnete Luna mit einem hämischen Grinsen.

Dann blinzelte sie einmal, zweimal …

Und im nächsten Moment war ich zurück zu Hause, die Wasserflasche fest mit einer Hand umklammert. Noch bevor ich mich dagegen wehren konnte, hatte ich den Inhalt in Merlins Wasserschüssel geschüttet. Kaum war die Flasche geleert, löste sie sich in Luft auf.

Nein, nein, nein! Verzweifelt versuchte ich, nach der Schüssel zu greifen, aber eine unsichtbare Macht hielt mich zurück. Ich konnte Lunas Plan nicht aufhalten und ich konnte Merlin nirgends finden, um ihn im Auge zu behalten.

Was sollte ich jetzt nur tun?

15

Ich musste wohl eingeschlafen sein, denn ich erwachte von den Sonnenstrahlen, die sich durch die Jalousien meines Schlafzimmers stahlen und mich blendeten.

Merlin sprang auf meine Brust und ließ seinen buschigen Schwanz über mein Gesicht streifen. „Du schläfst wirklich viel für einen Menschen. Bist du sicher, dass du keine Katze bist?“, neckte er mich. Seine weißen Schnurrhaare bebten vergnügt.

Mit einem Mal fielen mir die gestrigen Geschehnisse wieder ein – Luna, der Trank, meine Rolle in ihrem hinterhältigen Plan.

„Merlin!“, rief ich aus und warf die Arme um ihn. „Es geht dir gut!“

Er befreite sich aus meinem Griff und hüpfte außer Reichweite, von wo aus er mich mit einem argwöhnischen Blick bedachte. „Selbstverständlich geht es mir gut. Warum sollte es das nicht?“ Die Haare auf seinem Rücken stellten sich auf, ein deutliches Anzeichen dafür, dass ich als Katzenbesitzerin einen Schritt zu weit gegangen war.

„Weil ich ...", begann ich, aber die Worte blieben mir im Hals stecken.

„Gestern ...", setzte ich erneut an. „L..."

Jedes Mal, wenn ich zu sprechen versuchte, versagte mir die Stimme.

„Du verhältst dich seltsam", bemerkte mein Kater und legte die Ohren an.

Er hatte natürlich recht, aber ich wusste nicht, was ich dagegen tun konnte. Vielleicht sollte ich versuchen, über ein anderes Thema zu sprechen.

„Hast du Hunger?", fragte ich beiläufig, ohne auf magische Weise zum Schweigen gebracht zu werden. Was auch immer Lunas Zauberspruch bewirkte, es war mir nicht möglich, mich dessen Einfluss zu entziehen.

Wenn ich doch nur mehr Wissen oder Rat hätte, könnte ich vielleicht einen Weg finden ... Aber der Einzige, der mir zu helfen vermochte, war Merlin, und ihn konnte ich nicht fragen.

„Klar, was für eine Frage!" Er sprang vom Bett und schlüpfte aus dem Zimmer.

Besorgt folgte ich ihm.

In der Küche stellte ich fest, dass seine Wasserschüssel leer war. Ich wollte ihn fragen, wie er sich fühlte, nachdem er Lunas Zaubertrank getrunken hatte, aber das konnte ich ja nicht. Also schüttelte ich nur hilflos den Kopf und füllte seine Schüssel erneut auf.

„Musst du heute arbeiten?“, erkundigte Merlin sich, als ich eine Dose Katzenfutter öffnete und seine Futterschüssel befüllte.

„Nein, heute nicht.“

„Gut, dann können wir mit deiner Ausbildung fortfahren.“ Mit diesen Worten widmete er sich eifrig seinem Frühstück.

Es war die reinste Tortur darauf zu warten, dass Lunas Zauber seine Wirkung entfaltete. Zum Glück war der Tag bislang ereignislos verlaufen, aber ich konnte mich vor Sorge kaum konzentrieren.

„Willst du dir keinen Kaffee machen?“, fragte Merlin nach einer Weile.

Ein Blick auf seine Schüssel zeigte mir, dass er sein Futter bereits verputzt hatte. Wow, ich musste mit meinen Gedanken wirklich ganz woanders gewesen sein.

„Ja, Kaffee“, sagte ich und bewegte mich leicht zombiehaft zu meiner Keurig-Maschine hinüber. Ein Koffeinschub würde mir sicher guttun.

„Lektion drei“, verkündete Merlin von seinem Platz auf dem Linoleumboden aus. „In allem, was du tust, repräsentierst du mich. Wenn du also etwas gut machst, werde ich dafür gelobt. Wenn du Mist baust, werde ich dafür bestraft.“

„Warum erzählst du mir das?“, fragte ich nervös.

Er starrte mich reglos an. „Damit du keinen Mist baust.“

Ich schluckte schwer. Das hatte ich bereits, und zwar so richtig, aber ich hatte keine Möglichkeit, es ihm zu beichten. Verflixt!

„Du bist nicht magisch“, fuhr er ohne Wissen um meinen inneren Konflikt fort. „Aber du bist ein Speicher. Quasi wie ein lebendiger Kessel. Deine Anwesenheit verstärkt meine Magie. Je länger wir Zeit miteinander verbringen, desto mehr wird sich meine Magie an dich binden. Du kannst sie zwar nicht benutzen, aber für meine späteren Bedürfnisse speichern."

Das war zu viel Information, um sie vor dem ersten Kaffee aufzunehmen.

Merlin sprang auf die Küchentheke und musterte mein Gesicht eingehend. „Es sieht ganz so aus, als hättest du bereits ein wenig Magie aufgesammelt", stellte er fest.

„Wie bitte?", krächzte ich und fuhr mir mit den Fingern übers Gesicht.

Mein Kater grinste. „Deine Augen."

„Was ist mit ihnen?"

„Bleib ruhig und schau in den Spiegel."

Ich marschierte ins Badezimmer und schaltete das Licht ein. Meine sonst dunkelbraunen Augen waren plötzlich strahlend grün.

„Grün!", rief ich erschrocken aus und starrte mein Spiegelbild ungläubig an. „Warum sind meine Augen grün?"

„Ganz einfach", sagte Merlin, der im Türrahmen erschien. „Die Augen sind der Spiegel der Seele. Grün ist die Farbe der Magie. Jetzt, da Magie in dir steckt, ist deine Seele grün getönt."

„Du hast doch eben gesagt, dass ich nicht magisch sei", wandte ich verzweifelt ein. Es war wirklich schwer, ihm bedingungslos zu glauben, wenn er so viele Widersprüche äußerte.

Merlin gähnte und streckte sich ausgiebig. „Du bist nicht

magisch. In dir steckt Magie. Ein kleiner, aber feiner Unterschied. Du wirst es schon noch kapieren“, versicherte er mir.

Entweder hatte er unbändiges Vertrauen in mich oder er war zu stur, sich einzugestehen, dass ich die falsche Wahl für seine Vertraute war. Im Moment war ich mir nicht sicher, welche der beiden Optionen zutraf, und es war mir auch egal.

Toll. Warum ist das mein Leben?

16

Ich hoffte immer noch, einen Weg zu finden, Merlin von Lunas Zauberspruch zu erzählen, aber ihre Magie hielt mich jedes Mal zurück, wenn ich nur darüber nachdachte.

Um nicht weiter unnötig Zeit zu verschwenden, lenkte ich das Gespräch auf ein sichereres Thema – die laufende Mordermittlung.

„Merlin?", begann ich, während meine zweite Tasse Kaffee durch die Maschine lief. „Kannst du deine Magie verwenden, um herauszufinden, wer Harold getötet hat?"

Er dachte einen Moment lang nach und rollte sich über den Boden, um dem Sonnenstrahl zu folgen, der durch das Wohnzimmerfenster hereinfiel und langsam durch den Raum wanderte. „Schon möglich. Dazu müsste ich aber den Leichnam sehen."

Ein Schauer lief mir über den Rücken. „In die Leichenhalle

einzubrechen sollte erst mal Plan B bleiben“, schlug ich vor und legte schützend die Arme um mich selbst.

„Wie du willst“, erwiderte er, schloss die Augen und schnurrte genüsslich. „Falls du meine Dienste benötigst, weißt du ja, wo du mich findest.“

Das tat ich. Zumindest im Moment. Früher hatte mich sein ständiges Herumstreunen nie sonderlich beunruhigt, aber jetzt bot jede Minute, die wir nicht zusammen verbrachten, unseren Feinden eine Möglichkeit, einen von uns zu entführen.

Wenn ich ihn doch nur warnen könnte!

Ich wusste ja, dass er erst vor Kurzem zu einem vollwertigen Magier ernannt worden war – was laut ihm erst dann geschah, sobald eine Katze offiziell eine Vertraute erwählte. Aber seine sorglose Einstellung schien uns beide ziemlich großen Gefahren auszusetzen. Und natürlich war ich noch viel unerfahrener als er bei dieser Magiegeschichte, weshalb er keinen Grund hatte, meiner Bitte nach besserem Schutz Gehör zu schenken.

Da ich ihm nicht einmal erklären konnte, warum ich diesen Schutz brauchte, steckten wir beide wohl in der Klemme.

Seufzend gab ich etwas Milch zu meinem Kaffee und rührte ihn um, während ich über die Fakten nachdachte, die mir hinsichtlich Harolds Todes bekannt waren. Vielleicht könnte ich mich besser auf meine magischen Probleme konzentrieren, sobald ich die weltlichen bewältigt hatte.

Offensichtlich hatte ich mich nie groß privat mit meinem ehemaligen Chef unterhalten, daher konnte es durchaus sein, dass ein persönlicher Skandal für sein frühes Ableben verantwortlich war. Um meinen Hintern zu retten, musste ich zumindest alle Hinweise in Betracht ziehen, die ich erfahren hatte.

Zunächst war da die Tatsache, dass seine entfremdete Tochter Kelley kürzlich wieder in sein Leben getreten war. Deren Mutter hatte diese Wiedervereinigung jedoch unterbinden wollen. Kelley war zu Harolds Todeszeitpunkt ebenfalls anwesend gewesen, aber sie war offensichtlich viel zu aufgewühlt, um als Verdächtige in Frage zu kommen.

Drake hatte an jenem Tag auch gearbeitet. Moment mal ... ich hatte ihn seitdem gar nicht mehr gesehen! Hasste er unseren Chef womöglich so sehr, dass er ihn tatsächlich vergiftet hatte?

Dieser Spur musste ich später eingehender folgen.

Außer uns dreien und Harold war sonst so gut wie niemand im Café gewesen. Eine einzige Kundin hatte in der Ecke ihren Kaffee getrunken, war aber sofort gegangen, als wir sie darum baten.

Hmmm.

Es konnte natürlich auch sein, dass das Gift für mich bestimmt war, und Harold unglücklicherweise den Schaden abbekommen hatte. Je mehr ich darüber nachdachte, desto stärker befürchtete ich, dass dies der Fall sein könnte. An jenem Tag hatte ich Merlin zum ersten Mal Magie wirken sehen, bevor ich zur Arbeit hetzte. Er sagte, es sei ein Test gewesen, um festzustellen, ob ich als Vertraute geeignet wäre. Später am Abend hatte er sich mir zu erkennen gegeben.

Mir war bekannt, dass er eine Erzfeindin namens Luna hatte, die in der Nähe wohnte. Sie war durchgeknallt genug, um mich zu entführen, einen merkwürdigen Voodoo-Trank zu brauen und mich zu zwingen, ihn meinem Kater unters Wasser zu mischen.

Hatte sie das getan, weil ihr erster Anschlag auf mich fehlgeschlagen war und stattdessen den armen Harold getroffen hatte?

Beamtin Dash hatte etwas von einem Toxikologiebericht gefaselt, aber keine Einzelheiten genannt. Wussten wir also mit Sicherheit, dass Gift im Spiel war – oder war es womöglich Magie?

So viele Fragen, und es gab niemanden, dem ich sie stellen konnte. Wenn ich mich schlau anstellte, könnte ich vielleicht auf Umwegen Informationen über Luna von Merlin herausbekommen. Ich trank meinen Kaffee aus und ließ mich neben ihm auf dem Wohnzimmerteppich nieder.

„Hast du eine Ahnung, wer Harold getötet haben könnte?", fragte ich leise.

Merlin hielt die Augen geschlossen, aber seine Schnurrhaare zuckten. Er hatte meine Frage also gehört, schien sie aber nicht gutzuheißen. „Willst du in die Leichenhalle einbrechen?"

Bei dem Gedanken erschauderte ich. „Kannst du nicht ohne mich gehen?", fragte ich. Das wäre mir weitaus lieber. „Teleportier dich einfach hinein, schau dich um und komm wieder zurück."

„Könnte ich schon", erwiderte er und öffnete ein Auge. „Aber ich weiß ja nicht, wie er aussieht."

Verflixt! Ich verspürte wirklich nicht die geringste Lust, mich durch einen Haufen tiefgefrorener Leichen zu wühlen, aber ich wollte auch nicht ins Gefängnis wandern. Würde ich es schaffen, mich für das Allgemeinwohl durchzuringen?

„Hast du ein Bild von ihm?“, fragte Merlin, rollte sich auf die Pfoten und schüttelte sich.

Oh, ein Bild! Super Idee! Warum hatte ich nicht selbst daran gedacht?

„Ich schau mal eben auf der Facebook-Seite des Cafés nach. Bestimmt finde ich da ein brauchbares Foto“, sagte ich und begab mich auf die Suche nach meinem Tablet.

Warum war mir das nicht schon früher eingefallen?

Na ja, besser spät als nie …

17

Es dauerte nicht lange, ein gutes Foto auf Facebook zu finden. Obwohl die Seite von Harolds Caféhaus nur eine Handvoll Likes hatte, schien er keine Chance ausgelassen zu haben, sich vor der Kamera in Pose zu setzen, um der Welt zu zeigen, wie wichtig er war.

„Damit lässt sich arbeiten", sagte Merlin, als ich ihm meinen Fund präsentierte. „Ich kann mich nicht direkt in die Leichenhalle hineinteleportieren, daher könnte die Erkundungsmission etwas länger dauern."

„Warum geht das nicht?", fragte ich. Der Gedanke, zu lange von ihm – und seinem magischen Schutz – getrennt zu sein, beunruhigte mich.

„Aus demselben Grund, warum ich außerhalb Lunas Haus landen und uns dann durchs Fenster reinbringen musste: Wenn du an einen Ort teleportieren willst, den du nicht sehen kannst und nicht gut kennst, besteht das Risiko, mitten in einer Wand steckenzubleiben oder sich auf ähnlich ungünstige Weise zu verkalkulieren", erklärte er mir.

„Oh", erwiderte ich eloquent.

„Lektion Nummer vier. Magie lässt sich viel schwieriger kontrollieren, als es für Außenstehende den Anschein hat", verkündete er und rollte die Schultern.

„Das merke ich langsam auch."

Es klopfte an der Tür und ich drehte flüchtig den Kopf in die Richtung des Geräuschs. Als ich mich wieder Merlin zuwenden wollte, war dieser bereits verschwunden.

Stöhnend begab ich mich zur Haustür, um herauszufinden, was Beamtin Dash nun schon wieder wollte. Denn ich wusste genau, dass sie es war. In den vergangenen Tagen hatte sie mich so oft genervt, dass ich mittlerweile den energischen Takt ihres Klopfens erkannte.

Bumm. Bumm. Tap, tap, tap. BUMM!

Ich riss die Tür auf und erinnerte mich daran, dass ich Beschwerde gegen sie einlegen würde, wenn sie sich diesmal nicht professioneller benahm. Dieser Gedanke besänftigte mich ein wenig, als ich wieder einmal der unerträglichsten Person auf der ganzen Welt gegenüberstand.

„Wir haben den Toxikologiebericht", verkündete Dash und hakte einen Daumen in ihre Gürtelschlaufe.

Ich verschränkte die Arme vor der Brust und versperrte ihr den Weg ins Haus. „Und?"

Sie hakte den anderen Daumen in eine Gürtelschlaufe und

wippte vor und zurück. „Frostschutzmittel. Nicht gerade ein übliches Haushaltsmittel hier im warmen Elderberry Heights. Sagen Sie, sind Sie nicht weiter nördlich aufgewachsen?"

„In Michigan", brachte ich heraus, während mein Magen sich verkrampfte. „Worauf wollen Sie hinaus?"

„Ist das Ihr Wagen in der Einfahrt?"

„Ja." Mir gefiel ganz und gar nicht, in welche Richtung dieses Gespräch verlief.

„Hm", erwiderte die Beamtin nur.

„Jetzt kommen Sie schon. Sie glauben doch nicht ernsthaft, dass das irgendetwas beweist? Frostschutzmittel ist überall erhältlich, selbst hier im Süden Georgias!"

Augenblicklich zückte sie ihr dämliches Notizbuch. *„Aha, aha.* Und woher wissen Sie das so genau?"

„Ich habe Harold nicht umgebracht", presste ich zwischen zusammengebissenen Zähnen hervor.

„Natürlich nicht." Sie lächelte gehässig. „Ich bin bald mit einem Durchsuchungsbefehl zurück. Oh, und ich würde auf keinen Fall die Stadt verlassen, wenn ich Sie wäre."

Na ganz toll.

Kaum war Dash davonstolziert, knallte ich die Tür zu. Sie wirkte so selbstzufrieden, wie eine Katze, die im Begriff stand, sich den Kanarienvogel zu krallen, dass sie nichts anderes wahrnahm, als ihren bevorstehenden Sieg … nicht einmal die offensichtliche Tatsache, dass ich unschuldig war!

Plötzlich vibrierte mein Handy in meiner Hosentasche. Es war eine Nachricht von Kelley.

Habe meiner Mom gesagt, dass ich mit dir zum Mittagessen verabredet bin. Sie besteht darauf mitzukommen.

Hm. Also war ihre Mutter eingetroffen und machte ihr das Leben schwer.

Wo?, schrieb ich zurück.

In der BBQ Shack um 12.

Okay, bis gleich.

Ich war überzeugt, dass Dash nach Strohhalmen griff. Sollte ihre Frostschutzmittel-Theorie jedoch zutreffen, hätte ich noch eine andere Verdächtige aus kühleren Gefilden vorzuweisen.

Und diese würde ich gleich zum Mittagessen treffen.

18

Trotz meiner Stoßgebete kehrte Merlin nicht rechtzeitig vor meiner spontanen Verabredung zum Mittagessen zurück. Ich wünschte, ich könnte ihn zurückrufen, jetzt, da Dash mir die genaue Todesursache mitgeteilt hatte, aber ich hatte ja keine Möglichkeit, ihn zu erreichen.

Na ja, er würde es noch früh genug herausfinden. Immerhin war ich beruhigt, dass unser lieber Harold nicht unter magischen Umständen gestorben war.

Ich trug mein übliches Ausgeh-Make-up auf. Nach einem Blick in den Spiegel wusch ich es jedoch wieder ab. Der blaue Lidschatten, der normalerweise meine dunkelbraunen Augen zur Geltung brachte, sah mit dem neuen Grün einfach lächerlich aus. In Gedanken setzte ich einen Besuch in der Make-up-Abteilung meiner Drogerie auf meine ohnehin schon beachtliche To-do-

Liste, wenn ich zukünftig nicht völlig ungeschminkt durch die Gegend laufen wollte.

Als ob. Ich hatte zwar weder viele Fältchen noch Pickel, aber allein die tägliche Routine des Auftragens von Pudern und Glossen verlieh mir eine besondere Art von Mut. Zu wissen, dass ich gut aussah, half mir, mich dem Tag zu stellen. Ich war nie auffällig hübsch gewesen, trotzdem wollte ich anderen zeigen, dass mir ein gepflegtes Auftreten wichtig war ... dass *ich* mir wichtig war. Meine Mutter hatte mich diese Gepflogenheit in jungen Jahren gelehrt. Lächelnd erinnerte ich mich an jene Morgen während meiner Mittelschulzeit zurück, an denen wir gemeinsam vor dem riesigen Badezimmerspiegel standen und unser Rouge auftrugen.

Bei dem Gedanken vermisste ich meine Mutter im weit entfernten Michigan. Sobald diese Ermittlung beendet war, würde ich sie endlich einmal wieder anrufen. Vorher wäre es jedoch nicht möglich, da sie mich sofort durchschauen würde, wenn ich versuchte, lässig zu klingen.

Der Anruf musste noch ein wenig warten.

Während der morgendlichen Hektik mit dem Gerede um Harold und dem erzwungenen Schweigen über Luna, war ich gar nicht dazu gekommen zu frühstücken. Als ich nun vor dem Restaurant eintraf, knurrte mein Magen laut und vorwurfsvoll.

Die BBQ Shack war unter den Einheimischen äußerst beliebt, und oftmals musste man ewig Schlange stehen, um einen Tisch zu ergattern. Ich war bisher noch nie dort gewesen, aber sobald ich das Restaurant betrat und mir der würzig-süße Duft von

Gegrilltem in die Nase stieg, lief mir das Wasser im Mund zusammen.

Kelley saß bereits an einem Tisch im vorderen Bereich des Lokals und winkte mich zu sich hinüber. Kaum hatte ich den Platz erreicht, sprang sie auf und gestikulierte zwischen mir und ihrer Mutter, einer mürrisch dreinblickenden, erschreckend abgemagerten Frau, hin und her. „Gracie, das hier ist meine Mutter. Mom, Gracie."

Diese blieb sitzen und streckte mir eine schlaffe Hand zum Gruß entgegen. Ich wusste nicht, ob sie mir unsympathisch war oder ich einfach empfindlich auf das Gefühl reagierte, dass sie mich nicht leiden konnte. Jedenfalls fühlte ich mich augenblicklich unbehaglich. Glücklicherweise übertönte die Geräuschkulisse der übrigen Gäste meinen nörgelnden Magen.

Niemand sagte etwas, bis die Kellnerin kam und die Getränkebestellung aufnahm. Kelley und ihre Mutter hatten sich bereits eine Eistee-Limonade bestellt, also orderte ich ebenfalls eine.

Als immer offensichtlicher wurde, dass Kelley nicht wusste, was sie sagen sollte und ihre Mutter keine Lust verspürte, ein Gespräch zu beginnen, faltete ich die Hände vor mir auf dem Tisch und ergriff die Initiative. „Wie gefällt es Ihnen hier in Elderberry Heights, Mrs ...?" *Mist*, ich kannte Kelleys Nachnamen gar nicht.

„Carmine", informierte mich meine Freundin mit einem angespannten Lächeln.

„Außerdem heißt es Miss. Nachdem ein gewisser Partner meine Vorstellung von Liebe und Ehe zerstört hat, habe ich nie geheiratet." Miss Carmine rümpfte die Nase und zog das Körbchen mit den bunten Zucker- und Süßstoffpäckchen zu sich heran.

„Mom", jammerte Kelley und schlug die Fußsohlen so wuchtig gegen ihre Stuhlbeine, dass sogar der Tisch vibrierte. „Du hast versprochen, nicht mehr über Dad zu reden."

„Ich kann nichts dafür, deine Freundin hat mich darauf angesprochen. Und nenn ihn gefälligst nicht ‚Dad', der Mann war nie ein Vater für dich."

„Ich wollte nicht ... Es tut mir leid, falls ..."

„Du musst dich nicht entschuldigen", sagte Kelley beschwichtigend zu mir, bevor sie sich wütend an ihre Mutter wandte. „Hör auf, ihn ständig schlechtzureden! Ich verstehe ja, dass zwischen euch einiges schiefgelaufen ist, aber er ist tot. Lass es endlich gut sein."

Ms Carmine schnaubte und schüttete sich zwei Päckchen Süßstoff in ihren Eistee, die sie dann energisch mit dem Strohhalm verrührte.

Da die Situation nun eh schon angespannt war, beschloss ich, etwas tiefer nachzubohren. „Was genau ist denn zwischen Ihnen vorgefallen?"

Kelley riss schockiert die Augen auf und schürzte die Lippen, sagte aber nichts weiter. Ihr Gesichtsausdruck verriet mir jedoch, dass ich sie auf die schlimmstmögliche Art hintergangen hatte.

Es war schrecklich, meine neue Freundin so verletzen zu müssen, aber dafür würde ich mich später entschuldigen. Sie würde es mir danken, wenn ich erst den Mörder ihres Vaters überführt hätte – selbst, wenn dieser sich als ihre eigene Mutter entpuppen sollte.

„Was zwischen uns vorgefallen ist?", wiederholte Ms Carmine aufgebracht. „Was zwischen uns vorgefallen ist?"

Kelley legte ihrer Mutter eine Hand auf die Schulter und wisperte ihr etwas ins Ohr. „Die altbekannte Geschichte: Mädchen verliebt sich in Jungen, Junge betrügt Mädchen, und sie lebten unglücklich bis ans Ende ihrer Tage", sagte sie dann zu mir und winkte wild nach einer Kellnerin. „Entschuldigung, Miss? Wir wären dann so weit!"

„Er hat mich nicht einfach nur betrogen", presste Ms Carmine hervor. „Es war mit meiner Mitbewohnerin, die zufällig auch noch meine beste Freundin war. Da ich nirgendwo hinkonnte, habe ich die Stadt verlassen. Ich habe mir geschworen, ihn mit bloßen Händen zu erwürgen, sollte er es wagen, je wieder bei mir aufzukreuzen."

„Mom!", rief Kelley verzweifelt und sprang auf. „Es reicht jetzt!"

Ms Carmine nippte schweigend an ihrem Eistee. Immerhin schien sie nun, da sie ihrem Ärger Luft gemacht hatte, wesentlich besser gelaunt zu sein.

Während wir aßen und über belanglose Dinge plauderten, konnte ich jedoch nicht umhin, mich eines zu fragen: Hatte Kelleys Mutter gerade den Mord an Harold gestanden?

Und wenn ja, was sollte ich nun tun?

19

Als ich nach dem Essen nach Hause zurückkam, wartete Merlin bereits hinter der Haustür auf mich.

„Wo warst du?", fragte er und peitschte gereizt mit dem Schwanz.

„Ich musste einer Freundin bei etwas helfen", erklärte ich, marschierte ins Wohnzimmer und ließ mich auf die Couch fallen.

„Du riechst nach Barbecue-Sauce", bemerkte er vorwurfsvoll. Seine Schnauze zuckte betrübt.

„Ich musste mich zum Mittagessen mit ihr treffen. Aber das ist jetzt nicht wichtig." Ich lehnte mich nach vorne und legte die Fingerspitzen aneinander. „Ich glaube, ich weiß, wer Harold umgebracht hat."

Merlin sprang neben mich auf das Sofa und gestattete mir, die

Finger durch sein dichtes Fell fahren zu lassen. „Du hast also den vollen Durchblick, was? Dann lass mal hören."

„Es war Ms Carmine. Sie ist die Mutter einer der anderen Baristas, Kelley. Und Harold war Kelleys Vater. Ihre beiden Eltern waren gar nicht gut aufeinander zu sprechen. Hinzu kommt noch, dass Harold mit Frostschutzmittel vergiftet wurde und dass Beamtin Dash überzeugt ist, der Mörder komme nicht von hier, und außerdem hat Ms Carmine die Tat beim Mittagessen mehr oder weniger gestanden und damit hätten wir es!"

„Interessant", sagte Merlin. „Hundertprozentig falsch, aber trotzdem interessant."

„Falsch?" Enttäuscht zog ich meine Hand weg. „Warum das denn? Ich habe wirklich lange und hart darüber nachgedacht, und bin der festen Überzeugung, dass Ms Carmine schuldig ist."

„Und ich weiß mit absoluter Sicherheit, dass du falsch liegst." Er setzte sich auf und reckte stolz die pelzige Brust heraus. „Nachdem ich unserem alten Freund Harold eben einen Besuch abgestattet habe, kann ich ohne Zweifel bestätigen, dass er durch einen magischen Trank vergiftet wurde, nicht durch ... wie hast du das genannt? Frostmittel?" Leise kichernd schüttelte er den Kopf.

„Aber Beamtin Dash hat gesagt ..."

„Sie hat gelogen", fiel er mir ungerührt ins Wort.

Nein, das ergab doch überhaupt keinen Sinn. Das wollte ich ihm auch sagen, wenn er mich denn aussprechen ließe. „Warum würde eine Polizistin lügen?"

Merlin ließ den Kopf hängen und legte besorgt die Ohren an.

„Gute Frage. Natürlich kannst du sie nicht zur Rede stellen, denn sie würde bestimmt alles leugnen."

„Ich gehe aufs Revier", entschied ich und bewegte mich in Richtung Tür. „Irgendetwas ist hier mehr als faul."

„Ich komme mit", beharrte er.

„Willst du uns dorthin teleportieren? Das Revier ist auf einer ziemlich geschäftigen Straße. Uns wird bestimmt jemand sehen."

Merlin sprang von der Couch hinunter und wandte sich mir zu. „Du fährst, wir treffen uns dann dort. Erst muss ich noch etwas an meinem Kessel erledigen."

„Was hast du denn vor? Können wir nicht einfach zusammen fahren? In deiner Gegenwart würde ich mich sicherer fühlen." Schon traurig, dass ich mich nur noch im Beisein meines Katers sicher genug fühlte, das Haus zu verlassen.

Doch dieser ließ sich nicht erweichen. „Ich bin ein Kater, Gracie. Wir fahren nicht Auto. Außerdem werde ich längst am Revier auf dich warten, bis du eintriffst. Ich muss nur schnell einen Wahrheitstrank brauen. Da ich ein Himmelsmagier bin, kann ich ihn über die Luft wirken lassen. Dann braucht diese Beamtin ... wie war ihr Name noch gleich? Nash?"

„Dash", korrigierte ich ihn. „Die mit den furchtbaren Manieren und dem immerzu mürrischen Blick, schon vergessen?"

Er verzog das Gesicht und einer seiner perlweißen Zähne spitzte hervor. „Dash, meinetwegen. Wie kann ich sie vergessen, wenn ich sie noch nie getroffen habe?"

„Sie war innerhalb der letzten vierundzwanzig Stunden zweimal hier. Wie kannst du sie da nicht gesehen haben?“

„Keine Ahnung, aber ist ja auch egal. Jedenfalls wird mein Wahrheitstrank gasförmig statt flüssig sein. Wenn ich ihn ausatme und sie ihn einatmet, befindet sie sich unter seinem Bann. Dann erfahren wir im Handumdrehen, was Sache ist.“

„Wunderbar, mir hängt diese Ermittlung nämlich langsam zum Hals raus.“

Merlin schüttelte den Kopf. „Wir müssen dich auf jeden Fall noch mehr abhärten. Als Vertraute wird dir noch wesentlich Schlimmeres bevorstehen als das hier.“

Genervt verdrehte ich die Augen. „Wie schön, ich kann es kaum erwarten!“

Meine sarkastische Art schien ihm ganz und gar nicht zu gefallen, aber ich konnte mir nicht helfen. Ich war erschöpft, verängstigt und äußerst mies gelaunt.

„Lass das, Sarkasmus ziemt sich nicht für eine Vertraute“, fauchte er.

„Ich bin nicht nur eine Vertraute, ich bin an erster Stelle ein Mensch“, erinnerte ich ihn. Keine Ahnung, wo das auf einmal herkam. Wahrscheinlich hatte sich einfach zu viel in mir aufgestaut, zu viele Fragen, die zu lange unbeantwortet geblieben waren. Obwohl es ja gar nicht so lange war.

„Warum hast du gerade mich erwählt?“, platzte es plötzlich aus mir heraus.

Merlin wandte sich mir zu und starrte mich an. Er blinzelte

langsam. „Ich habe nicht dich erwählt, Gracie, sondern deine Großmutter. Ich war doch bereits hier, als du aufgetaucht bist."

„Also wolltest du eigentlich sie, hast aber stattdessen mich abbekommen. Schon klar. Ich bin nichts als ein Riesenfehler", schmollte ich. Sein Geständnis verletzte mich mehr, als ich erwartet hatte.

„Ein Unfall, kein Fehler. Ich habe dich monatelang beobachtet, bevor ich mich dir zu erkennen gab, um ganz sicherzugehen", erklärte er beschwichtigend. „Auch wenn du ursprünglich nicht vorgesehen warst, bin ich froh, dich zu haben."

Ich lächelte schwach. „Wirklich?"

„Wirklich. Jetzt aber Schluss mit dem Gesülze." Er marschierte zur Tür und blieb vor der Katzenklappe stehen. „Wir müssen uns auf unsere Aufgabe konzentrieren. Ich will, dass du schnurstracks zum Revier fährst. Keine Stopps oder Umwege. Ich werde dort mit dem Wahrheitstrank auf dich warten und wir gehen zusammen hinein."

„Alles klar, Boss", nickte ich. Unser Gespräch hatte mein Selbstvertrauen gestärkt. Merlin mochte mich zwar ursprünglich nicht erwählt haben, aber er tat es jetzt.

Wie sich herausstellte, war es das, worauf es ankam.

Mit seiner Hilfe und Ermutigung würde ich es schon schaffen. Und dank seines Plans würden wir in wenigen Minuten meinen Namen von der Verdächtigenliste verschwinden lassen.

Ich würde die Lage schon meistern …

Etwas anderes blieb mir auch nicht wirklich übrig.

20

Entschlossen verließen Merlin und ich das Haus. Er verschwand nach hinten in den Garten, um sich an seinem Vogeltränkekessel zu schaffen zu machen, ich stieg in meinen Wagen und fuhr aus der Einfahrt. Das Polizeirevier war nur etwa fünf Minuten entfernt, also hatte ich kaum Zeit, meine Gedanken zu ordnen.

Laut Merlin hatte Beamtin Dash mich bezüglich der Todesursache angelogen. Aber warum? Eine einfache Erklärung wäre, dass der Gerichtsmediziner nicht in der Lage war, Magie nachzuweisen, und wirklich glaubte, Harold sei mit Frostschutzmittel vergiftet worden.

Mein Bauchgefühl sagte mir jedoch, dass das nicht ganz stimmte.

Hatte Dash mich absichtlich angelogen, um zu sehen, wie ich reagierte? Wenn das der Fall war, wusste sie dann, dass Magie dahintersteckte? Oder hatte sie am Ende noch gar kein endgültiges Ergebnis von der Gerichtsmedizin vorliegen?

Wieder einmal verlor ich mich in meinem Gedankenchaos. Ich war so abgelenkt, dass ich geradewegs über ein Stoppschild an einer ruhigen Kreuzung meiner Nachbarschaft fuhr, und es erst bemerkte, als es bereits zu spät war.

Verflixt. Ich musste besser auf den Verkehr achten und diesen Gedankenwirrwarr beiseiteschieben. Nach dem Besuch auf dem Revier würde es mir bestimmt leichter fallen. Zumindest nahm ich mir vor, am Straßenrand zu halten, wenn ich das nächste Mal abschweifte.

Ja, das wäre vernünftig. Dadurch würde ich mich und andere nicht unnötig gefährden.

Aber allem Anschein nach hatte ich diesen noblen Entschluss zu spät gefasst, denn plötzlich tauchte ein Streifenwagen hinter mir auf und schaltete die Sirene ein.

Nein, nein, nein!

Okay, ich war erwischt worden und verdiente eine gerechte Strafe. Das Geld für den Strafzettel würde ich schon irgendwie auftreiben. Viel mehr beunruhigte mich momentan der Gedanke, Merlin vor dem Revier warten zu lassen. Hoffentlich würde diese Verkehrskontrolle nicht zu viel Zeit in Anspruch nehmen. Bestimmt wäre Merlin sauer, weil er ein paar Minuten länger auf mich hatte warten müssen, aber ich konnte ja schlecht vor der Polizei davonfahren, vor allem, weil ich gerade sowieso im Begriff stand, deren Hauptquartier aufzusuchen.

Genervt stöhnend parkte ich also am Straßenrand. Der Streifenwagen kam hinter mir zum Stehen und durch den Rückspiegel beobachtete ich, wie eine uniformierte Beamtin ausstieg und die Tür zuknallte.

Es war Beamtin Dash höchstpersönlich.

Verflixt und zugenäht und wieder aufgetrennt!

Sie bedeutete mir, das Fenster herunterzulassen, was ich umgehend tat.

„Na, wen haben wir denn da?“, fragte sie mit einem hämischen Grinsen. „Sie sind einfach immer auf Ärger aus, was, Springs?“

„Tut mir leid“, murmelte ich. Oh, wie ich diese Situation hasste!

„Führerschein und Fahrzeugpapiere, bitte“, bellte Dash geschäftsmäßig.

Langsam griff ich in mein Handschuhfach und zog die Dokumente heraus. Anschließend fischte ich meinen Führerschein aus dem Geldbeutel und händigte alles an Dash aus.

„Ich bin gleich wieder zurück“, schnauzte sie mich an.

Während ich darauf wartete, dass sie meine Informationen aufnahm und mir einen Strafzettel ausstellte, starrte ich stur geradeaus. Die Zeit schien wie im Flug zu vergehen, denn im nächsten Moment stand sie wieder neben meinem Fenster.

„Raus aus dem Wagen!“, befahl sie mit einem eisigen, abschätzenden Blick.

„Was? Warum?“, quietschte ich nervös.

„Stellen Sie keine dummen Fragen. Tun Sie einfach, was ich Ihnen sage!“, schrie sie.

Ihr plötzlicher Wutanfall verängstigte mich so sehr, dass ich widerstandslos aus meinem Wagen stolperte. Obwohl ich völlig eingeschüchtert war, hoffte ich, sie besänftigen zu können, indem ich ihr ohne Murren Folge leistete.

„Hände gegen den Wagen", keifte Dash.

„Was? Nein, ich habe nichts Unrechtes getan!", rief ich verzweifelt aus.

Die Polizistin schubste mich grob gegen die Seite meines Autos.

Ein stechender Schmerz durchzog meine Schulter und brannte noch heftiger, als sie meine Hände nach hinten riss und mir ein Paar Handschellen anlegte.

„Ich habe nichts getan", schluchzte ich. „Bitte, lassen Sie mich gehen."

„Hör auf zu heulen und sieh mich an!"

Als ich mich umdrehte, grinste sie mich breit an. Sie sonnte sich förmlich in diesem Augenblick!

„Ich verstehe das alles nicht", murmelte ich. „Haben Sie neue Beweise gefunden?"

Statt einer Antwort legte Dash mir eine Hand auf die Schulter und zwang mich, ihr in die Augen zu sehen. Starr vor Schock beobachtete ich, wie ihre Augenfarbe sich von einem nichtssagenden Grau zu einem leuchtenden Grün wandelte.

Sie blinzelte einmal ... zweimal ...

21

Unsanft fiel ich zu Boden. Da meine Hände auf dem Rücken gefesselt waren, konnte ich den Aufprall nicht abfedern. Ich kickte mit den Beinen, drehte und wendete mich, um mich in eine sitzende Position zu bringen. Endlich rollte ich gegen einen dicken Baumstamm und schaffte es, mich daran emporzuschieben.

Als ich mir einen Moment Zeit nahm, mich umzusehen, erkannte ich sofort, wo wir waren. Vor Lunas Cottage, und ich lehnte gegen denselben Magnolienbaum, an den ich mich auch bei unserem ersten Besuch nach der Teleportation geklammert hatte.

Die Haustür des idyllischen Backsteinhäuschens flog auf und Virginia kam barfuß herausgerannt. Ihre Zehennägel waren in einem überraschend leuchtenden Lavendelton lackiert.

„Wie schön!“, rief sie, während sie auf uns zueilte. „Ist es endlich soweit?“

„Allerdings“, bestätigte Dash, die hinter mir stand. Ich versuchte, mich zu ihr umzudrehen, aber sie wurde von dem massiven Stamm des Magnolienbaums verdeckt.

„Was habt ihr mit mir vor?“, rief ich verzweifelt aus.

„Lass mich nur machen“, sagte Virginia und stolzierte mit einem sanften Blick auf mich zu, der die Grausamkeit ihrer Worte Lügen strafte. „Du solltest längst im Gefängnis sitzen, aber deine Bindung zu diesem dämlichen Kater hat sich zu schnell gefestigt, und deshalb müssen wir jetzt auf Plan B zurückgreifen.“

„Ich habe Harold nicht getötet“, versicherte ich ihr, während ich versuchte, mich aus den Handschellen zu befreien. Es erschien unmöglich, aber ich wollte nicht einfach kampflos aufgeben. Vor allem, da dies eine Auf-Leben-und-Tod-Situation zu sein schien.

„Natürlich nicht“, erwiderte Virginia mit einem regelrecht freundlichen Lächeln. „Das war ich.“

„Du?“, rief ich entsetzt aus. Sie hätte ich beim besten Willen nicht verdächtigt. Luna, definitiv. Aber ihre magielose Vertraute? Niemals!

Virginia lachte affektiert. „Erinnerst du dich nicht daran, als du mich an jenem Tag gebeten hast, das Café zu verlassen? Ja, das war ich. Ich war überzeugt, dass bei dir endlich der Groschen gefallen war, als du gestern hier auftauchtest. Aber von wegen. So schlau bist du wohl doch nicht.“

„Du warst die Kundin!“ Plötzlich fiel es mir wie Schuppen

von den Augen. Kein Wunder, dass Virginia mir so bekannt vorgekommen war. Sie hatte direkt unter meiner Nase gesessen! Selbst als Möchtegernermittlerin hätte mir etwas so Offensichtliches nicht entgehen dürfen.

Sie grinste noch breiter, und am liebsten würde ich ihr in das selbstzufriedene Gesicht schlagen, teils für Harold, teils für mich. „Na, siehst du, Dash, endlich hat sie es geschnallt."

Da die Beamtin nicht antwortete, ergriff ich die Gelegenheit, um eine wichtige Frage zu stellen. „Werdet ihr mich ebenfalls umbringen?"

In Sekundenschnelle wurde Virginias Miene wieder ernst. „Leider nein. Du hast uns das Leben ziemlich erschwert, weißt du? Eigentlich solltest du für den Tod des alten Geizhalses den Kopf hinhalten, damit die Behörden dich einbuchten und den Schlüssel wegwerfen würden, bevor deine Bindung zu Merlin ihre volle Kraft entfaltet hätte. So wäre es ein Kinderspiel für uns gewesen, ihn loszuwerden. Aber du hast unsere Pläne ruiniert."

„Wie bitte?", schnappte ich und sah finster zu ihr auf. „Soll ich mich dafür etwa entschuldigen?"

„Ts, ts, keine Manieren." Virginia atmete ein paar Mal tief durch, bevor sie fortfuhr. „Morde, die in der magischen Gemeinschaft geschehen, werden sofort nachverfolgt. Hätte ich dich direkt getötet, wäre ich deswegen gefasst worden. Da aber dein ehemaliger Chef kein Mitglied der magischen Welt war, wurde sein Tod nicht weiter zur Kenntnis genommen."

„Musst du hier wirklich diese langatmige Schurkennummer abziehen?", knurrte Dash, die sich immer noch außerhalb meines

Blickfelds befand. „Wir haben sie uns geschnappt. Jetzt müssen wir sie nur noch loswerden."

„Also wollt ihr mich *doch* umbringen!", rief ich triumphierend aus. Ich hatte recht gehabt. Was nicht unbedingt erfreulich war.

„Schlimmer", verkündete Virginia mit großen, funkelnden Augen. Sie schien in dieser Schurkenrolle wirklich aufzugehen.

„Was? Was soll denn schlimmer als der Tod sein?", fragte ich. Ich musste sie weiter ins Gespräch verwickeln, sodass Merlin eine Chance hatte, mich noch rechtzeitig zu finden.

Virginia warf den Kopf zurück und lachte boshaft. „Das wirst du schon noch früh genug erfahren, meine Liebe."

„Aber ich verstehe das alles nicht. Warum willst du mich aus dem Weg schaffen? Was habe ich dir je getan?"

„Gar nichts", gab sie mit einem Schnauben zu. „Aber Dash will, dass Merlin von der Bildfläche verschwindet, und da ich weiß, was zwischen ihm und meiner Meisterin gelaufen ist, stehe ich voll hinter ihr."

Also steckte ich nur in diesem Schlamassel, weil mein Casanova von einem Kater das Herz der falschen Katze gebrochen hatte … *ganz toll*!

„Paare verlieben und trennen sich doch ständig", wandte ich ein. „Deswegen muss man jemanden doch nicht gleich umbringen."

„Ach, darum geht es doch gar nicht. Obwohl Lunas ewiges Schmachten nach diesem Schmuddelkater mir wirklich gehörig auf die Nerven geht."

„Worum geht es dir dann?“

„Wusstest du, dass Magie unbeständig ist? Je mehr davon an ein und demselben Ort existiert, desto häufiger kann es zu einer unerwünschten Reaktion kommen. Als Merlin dich zu seiner Vertrauten erwählte, wurde Lunas Magie geschwächt, um das Gleichgewicht der Stadt zu bewahren. Da ich nicht einsehe, warum wir uns damit zufriedengeben müssen, wo wir doch bisher ein ganz anderes Machtniveau gewöhnt waren, habe ich mich ohne zu zögern Dash angeschlossen, als diese mir ihren Plan unterbreitete.“

„Aber würde Merlin sich nicht einfach eine neue Vertraute suchen, wenn ihr mich aus dem Weg schafft?“

Sie ließ den Kopf hängen und lachte diabolisch vor sich hin. „Du hast wirklich keine Ahnung, wie die Dinge in der magischen Gemeinschaft laufen, oder? Wenn ein Magier erst mal eine Vertraute erwählt hat, ist es schier unmöglich, sich eine neue zu nehmen. Nicht nach dem ganzen Chaos mit den beiden Merlins und Arthur damals. Und ohne eine Vertraute an seiner Seite, darf *unser* guter Merlin rechtlich gesehen keine Magie wirken. Die Machthaber würden ihn so schnell einsperren, dass er nicht mal Zeit hätte, sich wegzublinzeln.“

„Genug!“, schrie Dash plötzlich hinter mir. „Sie will doch nur Zeit schinden, bis ihr Katerchen auftaucht, um sie zu retten. Ich habe die Nase voll. Lass uns endlich unseren Plan zu Ende bringen!“

22

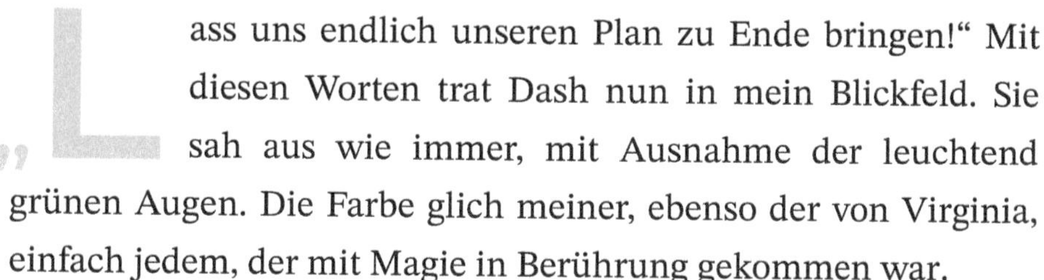

„Lass uns endlich unseren Plan zu Ende bringen!“ Mit diesen Worten trat Dash nun in mein Blickfeld. Sie sah aus wie immer, mit Ausnahme der leuchtend grünen Augen. Die Farbe glich meiner, ebenso der von Virginia, einfach jedem, der mit Magie in Berührung gekommen war.

„Du bist keine echte Polizistin!“, schnauzte ich sie an.

„Ach, wirklich? Das fällt dir ja früh auf.“ Die falsche Beamtin lachte grausam, hob beide Hände über den Kopf und schnipste mit den Fingern.

Die Luft um sie herum flimmerte und funkelte in einem grünlichen Dunst, während sie sich von der sarkastischen Ermittlerin in eine stämmige, schwarze Katze mit krummem Schwanz verwandelte.

Sowohl Virginia als auch ich schnappten hörbar nach Luft.

„Du bist eine Hexe!", rief Virginia aus und zeigte vorwurfsvoll mit dem Finger auf ihre Komplizin. „Die ganze Zeit über hast du mir weisgemacht, du seist ebenfalls eine Vertraute, die unseren Status quo satthabe."

Die schwarze Katze grinste verschlagen. „Meine liebe Virginia, nur eines davon entsprach der Wahrheit. Aber dank der anderen Flunkerei hast du mir brav in die Hände gespielt, was ich im Übrigen sehr zu schätzen wusste. Leider habe ich nun keinen Nutzen mehr für dich."

Dash in Katzengestalt schnalzte mit der Zunge, und Virginias Gesicht verzerrte sich vor Schrecken. Ihr Mund öffnete sich zu einem stummen Schrei, ihre Füße suchten verzweifelt nach Halt, während sie etwa einen halben Meter über dem Boden schwebte.

„Was hast du ihr angetan?", verlangte ich zu wissen und zerrte noch heftiger an meinen Fesseln. Ich konnte den Blick nicht von Virginia abwenden. Was, wenn mich das gleiche Schicksal erwartete? Warum kam kein Laut aus ihr heraus? Es wäre erträglicher, wenn sie wenigstens schreien würde.

Dash fuhr die Krallen aus und musterte sie eingehend. „Was kümmert dich das? Immerhin hat sie deinen Chef getötet und wollte dich dafür ins Gefängnis wandern lassen."

„Wir wissen doch beide, dass du dahintersteckst. Sie war lediglich eine Spielfigur deines perfiden Plans!", brüllte ich. Wir befanden uns direkt an einer großen Kreuzung. Vielleicht würde mich einer der Nachbarn hören, wenn ich laut genug schrie.

„Bestimmt hast du ihr nie den wahren Grund verraten,

warum du Merlin aus dem Weg haben willst“, fuhr ich fort, als sie weiterhin wortlos auf ihre Krallen starrte und meine Anschuldigungen ignorierte.

„Virginia hatte ihre eigenen albernen Motive, sie brauchte meine nicht zu kennen.“

„Sag es mir“, forderte ich sie auf und strampelte bedrohlich mit den Beinen. „Ich habe ein Recht, es zu erfahren.“

„Du hast kein Anrecht auf irgendetwas!“, fauchte sie mich an. „Und du wirst nur das bekommen, was dir auch zusteht.“

Mit diesen Worten stürzte sie sich auf mich. Doch statt mich mit einem Zauberspruch anzugreifen, fuhr sie mit einer ihrer Krallen über meine Wange. Augenblicklich vergaß ich den dumpfen Schmerz in meinen Schultern. Gequält schrie ich auf, aber die Bewegung verstärkte das Brennen in meinem Gesicht nur noch mehr. Ein Blutstropfen rann meine Wange hinunter und fiel auf mein T-Shirt, wo er einen hässlichen, roten Fleck hinterließ.

Dash ignorierte mein Elend, sank zurück auf den Boden und starrte verwundert auf das Blut an ihrer Kralle. „*Hm.* Das erklärt natürlich so Einiges.“

„Erklärt was? Was geht hier vor sich? Warum tust du mir das an?“ Ängstlich presste ich mich gegen den Baumstamm, was dieses diabolische Mistvieh offenbar zufrieden stimmte.

Kurz stolzierte sie auf und ab, bevor sie sich wieder mir zuwandte. „Die Quasselstrippe Virginia hat dir bereits viel zu viel erzählt, aber ein kleines Geheimnis verrate ich dir noch.“

Sie warf einen Blick über die Schulter auf Virginia, die immer noch in ihrer stummen Pein gefangen war. „Sieh sie dir an. Gerade durchlebt sie ihren schlimmsten Albtraum."

An Virginias erstarrter, entsetzter Miene erkannte ich, dass Dash die Wahrheit sprach.

Ein Schauer lief mir über den Rücken. Die Wahrheit war furchtbarer als jede Lüge. Warum sonst hätte Dash sie mir preisgeben sollen? „Und was soll das sein?", stammelte ich, verzweifelt bemüht, das Gespräch am Laufen zu halten. „Spinnen? Clowns? Weiße Haie?"

Dash grinste. „Das ist ja gerade das Schöne an der Illusionsmagie: Ich muss es gar nicht genau wissen. Die Zauberkraft findet die Ängste, die Sehnsüchte, was immer ich benötige, und klammert sich daran fest. Virginia war ein Dummkopf, aber so war es nur noch einfacher, ihre Gefühle zu durchleuchten und sie mir gefügig zu machen."

„Du bist eine Illusionshexe?", keuchte ich. Keine Ahnung, was das bedeutete, aber es klang beängstigend.

Dash grinste mich erneut an. „Die allerbeste überhaupt."

„Mir ist klar, warum Virginia Merlin loswerden wollte, aber was ist mit dir?" Seltsamerweise wünschte ich mir langsam, dass Dash wieder die Gestalt der einschüchternden Polizistin annehmen würde. Die Katzenversion war so viel schlimmer.

Sie schüttelte den Kopf. „*Nein, nein, nein!* Jemandem wie dir bin ich keine Erklärung schuldig. Ich habe dich nur über Virginias Schicksal aufgeklärt, damit du weißt und fürchtest, was dich gleich erwartet."

Trotzig hielt ich ihrem Blick stand, nicht gewillt, mich länger terrorisieren zu lassen. „Damit wirst du nie durchkommen ..."

Aber Dash schnalzte zweimal laut mit der Zunge, und schlagartig verschwand die Welt um mich herum, bis ich in nichts als endlosem Schwarz gefangen war.

Neeein!

23

„Hallo?“, rief ich verzweifelt in die Dunkelheit um mich, aber nichts regte sich. Verunsichert stolperte ich vorwärts, doch ich konnte den Boden unter meinen Füßen nicht spüren. Ich spürte überhaupt nichts, nicht einmal das kühle Metall der Handschellen, die ich eben noch getragen hatte.

Ein Lichtfunken erschien am Horizont und ich eilte darauf zu, da ich diesen finsteren Ort so schnell wie möglich verlassen wollte. Allerdings waren meine Hände immer noch hinter meinem Rücken gefesselt, obwohl ich die Handschellen selbst nicht spürte, deshalb watschelte ich eher, als dass ich rannte.

Als ich mich dem winzigen Lichtstrahl näherte, pulsierte dieser und weitete sich aus, bis Merlin in all seiner pelzigen Pracht heraustrat. Doch statt dem sonst so strahlenden Grün waren seine Augen tiefschwarz und seelenlos.

„Ich habe dich nicht erwählt, und jetzt habe ich dich am Hals“, fauchte er und sprach somit meine tiefsten Befürchtungen aus.

„Nein, das ist nicht wahr“, erwiderte ich, als ich mich an unser letztes Gespräch erinnerte. Ich mochte zwar nicht seine erste Wahl gewesen sein, aber jetzt war er mehr als glücklich mit mir.

„Du lügst“, zischte ich.

In der nächsten Sekunde verpuffte der falsche Merlin und verschwand als Dunstwolke in der Dunkelheit.

„Du warst eine Illusion“, sagte ich laut. „Nichts weiter als eine Illusion.“

Ich hatte den Betrüger entlarvt und ihn in die Flucht geschlagen. Jetzt musste ich nur daran denken, immer nach der Wahrheit zu suchen. Hoffentlich würde diese mich aus diesem furchtbaren Gefängnis befreien.

Ein weiterer Lichtstrahl erschien zu meiner Rechten. Ich versuchte, mir Mut zuzusprechen und trat darauf zu.

Die Silhouette eines großen Mannes zeichnete sich gegen das Licht ab. Ich konnte sein Gesicht nicht ausmachen, doch als er zu sprechen begann, erkannte ich ihn sofort. *Harold.*

„Auch wenn du mich nicht umgebracht hast, bist du trotzdem Schuld an meinem Tod“, klagte er mich wütend an.

Was sollte ich darauf erwidern? Ich konnte nicht abstreiten, dass ich in die Sache verwickelt war. Seine Anschuldigungen waren vollkommen gerechtfertigt.

Doch Harold war noch nicht fertig. Er schürte meine Schuldgefühle mit jedem weiteren Wort.

„Mir war von Anfang an klar, wie nutzlos du warst, und dennoch habe ich dich aus reiner Herzensgüte weiter bei mir arbeiten lassen. Und wie hast du es mir gedankt? Ha!"

„Es tut mir leid", murmelte ich und spürte, wie mir die Tränen in die Augen stiegen und mir die Sicht verschleierten. „Es tut mir so, so unglaublich leid."

„Dafür ist es ja wohl zu spät", höhnte er. „Was geschieht, wenn du hier lebend wieder rauskommst? Willst du deinen nächsten Vorgesetzten ebenfalls umbringen?"

„Ich ..." Meine Stimme brach. „Ich wollte das alles nicht. Es tut mir so leid."

„Es gibt niemanden, der um mich trauert, und daran bist allein du schuld", wütete er.

„Das stimmt nicht", flüsterte ich und hob den Kopf. „Ihre Tochter, Kelley, vermisst Sie sehr! Sie hat sich nichts sehnlicher gewünscht, als Sie kennenzulernen. Selbst jetzt versucht sie noch, mehr über Sie zu erfahren, obwohl Sie nicht mehr leben, obwohl ihre Mutter dagegen ist. Und ich helfe ihr dabei. Ich habe ihr Geschichten über Sie erzählt, habe sie unterstützt, als sie ihrer Mutter die Stirn bot ..."

Mit einem Mal wurde mir alles klar.

„Ich konnte Sie nie besonders gut leiden", fuhr ich fort, wenn ich schon einmal die Gelegenheit hatte, mir alles von der Seele zu reden. „Aber ich habe nie gewollt, dass Sie sterben. Und daran bin ich auch nicht schuld. Ja, man hat versucht, mir den Mord anzuhängen, aber ich habe dieses magische Schicksal nicht gewählt. Es hat mich erwählt. Obwohl ich wirklich zutiefst bedauere, was mit Ihnen geschehen ist, Harold, kann ich nichts dafür."

Puff! Seine Silhouette löste sich in eine graue Staubwolke auf und verblasste im Dunkeln.

„Ich werde mich nicht länger selbst belügen!", schrie ich in den finsteren Abgrund hinaus. „Du kannst mich in deiner Illusion gefangen halten, aber ich kenne mein Herz! Ich kenne meinen Verstand!"

Plötzlich tauchte Beamtin Dash wie ein halbdurchsichtiges Hologramm vor mir auf. Nicht in Katzengestalt, sondern als die mir allzu bekannte Polizistin. „Du glaubst, du kannst meine Illusion überlisten?"

„Ich weiß, dass ich dazu fähig bin", rief ich und wünschte, ich könnte ihr mit der Faust drohen.

Sie lachte erst unterschwellig, dann immer lauter und stärker. Schon bald war sie völlig außer Atem. „Du einfältiges Ding! Das hier ist kein herzerwärmender Familienfilm, in dem die Prinzessin nur fest genug an sich selbst glauben muss, um ihre weitaus überlegenere Gegnerin zu besiegen. Du bist keine Prinzessin, du besitzt keine Macht und du wirst auch nicht gewinnen."

„Doch, das werde ich!", schrie ich sie an, aber sie lachte nur noch lauter.

„Also gut, dann machen wir es eben auf die harte Tour. Früher oder später wirst du schon begreifen, dass die Situation hoffnungslos ist.“ Mit diesen Worten verschwand Dash und ließ mich allein in der Finsternis zurück.

Ich stolperte vorwärts, fest entschlossen, nicht aufzugeben. Die ersten beiden Illusionen hatte ich erfolgreich besiegt. Ich würde es auch mit weiteren aufnehmen können. Es würde mir gelingen, diesem verfluchten Ort zu entkommen.

Doch obwohl ich stundenlang umherwanderte, fand ich keine neuen Lichtstrahlen, und bald wurde ich der Suche überdrüssig …

Sollte es wirklich auf diese Weise mit mir zu Ende gehen?

24

Selbst die Zeit wurde in meinem Gedankengefängnis zur Illusion. Die Sekunden verstrichen, ohne dass irgendetwas geschah. Ich würde hier drin noch den Verstand verlieren, falls ich das nicht schon getan hatte. Außerdem konnte ich Merlin in diesem Zustand nicht helfen, was bedeutete, dass er schon bald von der teuflischen Dash überrumpelt werden würde.

Ich hatte keine Ahnung, warum die böse Hexe es auf uns abgesehen hatte, aber ich wusste, dass wir sie nicht bezwingen konnten. Sie war einfach zu mächtig.

Angeschlagen, aber noch nicht besiegt, schloss ich die Augen und rief mir eigene Erinnerungen ins Gedächtnis, um mich von der Monotonie des schwarzen Nichts abzulenken. Das Lächeln meiner Mutter, während wir gemeinsam vor dem großen Badezimmerspiegel unser Make-up auftrugen, Oma Grace, die mir vor dem Abschlussball das Walzertanzen beibrachte, selbst Merlin, wie er das erste Mal mit mir gesprochen und mich in eine aufregende und gefährliche neue Welt entführt hatte.

„Zeig mir die Wahrheit“, sagte der Merlin in meiner Erinnerung, öffnete die Schnauze und stieß einen funkelnden Hauch Magie aus. Die Dunkelheit um mich zog sich zurück und wich grünem Rasen, blauem Himmel und der gleißenden Sonne.

Nein, das war keine Erinnerung. Das geschah wirklich!

„Ich wusste, dass mein Wahrheitstrank die paar extra Minuten Zubereitungszeit wert sein würde“, sagte mein Kater, strich an meinen Händen entlang und löste meine Fesseln.

„Was ist hier los?“, kreischte Virginia, die ebenfalls aus ihrer Illusion erwacht war und nun auf uns zuwankte.

„Immer schön langsam!“, befahl Merlin, stampfte mit den Hinterbeinen auf die Erde und schickte zwei kleine Wirbelstürme in ihre Richtung. Diese sausten auf sie zu, wickelten sich um ihren Körper und hielten sie zwischen den Luftwirbeln gefangen.

Es war das erste Mal, dass ich Merlins uneingeschränkte Kräfte mit eigenen Augen wirken sah, und ich war mehr als froh, ihn auf meiner Seite zu haben.

„Wie hast du mich gefunden?“, fragte ich und rollte vorsichtig die Schultern, um das Gefühl in meinen Armen wiederzuerlangen. Da ich nicht mehr in der Illusion gefangen war, spürte ich die Schmerzen wieder.

„Ganz einfach“, erwiderte Merlin, beschwor zwei weitere Wirbelstürme herauf und schickte sie in Dashs Richtung. „Ich bin unserer magischen Bindung gefolgt. Die strahlt heller als jedes Leuchtfeuer."

Ich sah zu, wie die schwarze Katze den Luftwirbeln geschickt auswich und einen Haken zur Seite schlug.

„Wenn du mich einen Augenblick entschuldigen würdest", sagte mein Kater, setzte sich auf die Hinterbeine und rammte dann die Vorderpfoten mit aller Macht in den Boden.

Mehrere spitze Eiszapfen schossen aus dem Himmel herunter und umringten Dash wie ein Käfig, ähnlich wie der, den Luna um Merlin herum gezaubert hatte.

„Du wirst mich nie besiegen", fauchte Dash und rammte ihren Körper gegen das gefrorene Gefängnisgitter.

„Ziemlich großspurig für jemanden, der in einem Käfig festsitzt", stichelte Merlin. „Warum hast du meine Vertraute entführt? Und was hat Virginia damit zu tun?"

Dash sträubte sich das Fell. „Ich schulde dir keine ..."

„Sprich die Wahrheit", befahl Merlin, und ein kleiner Rest des funkelnden Zauberspruchs entwich seiner Schnauze. Wow, mein Kater war zugleich Zauberer und ein magiespeiender Drache! Damit musste ich mich später unbedingt noch genauer befassen. Also, wenn wir lebend aus dem ganzen Schlamassel herauskämen ...

Obwohl die schwarze Katze sich hartnäckig sträubte, zwängten sich die Worte nach und nach aus ihrer Kehle. „Die ... einzige ... die ... mich ... an ... der ... Erfüllung ... meines ... Schicksals ... hindern ... kann." Sie beendete ihr unfreiwilliges Geständnis mit einem wütenden Fauchen.

Merlin stolzierte zu dem Käfig hinüber und blieb knapp außerhalb Dashs Reichweite sitzen. „Oh, also geht es um irgendeine alberne Prophezeiung? Komisch, ich dachte, das sei mittlerweile verboten?“

„Keine *Prophezeiung* ... Abstammung.“

Während Dash nach Atem rang, legte Merlin gelassen den Kopf schief. „Was hat Abstammung mit der ganzen Sache zu tun?“

„Meine ... Ahnen ...“ Dash keuchte auf und fiel dann mit einem langgezogenen Miauen zur Seite. „Mein Geheimnis wird mit euch beiden sterben!“, rief sie, scheinbar von der Wirkung seines Zaubers befreit.

„Das ist jammerschade“, erwiderte Merlin und umkreiste den Käfig. „Leider hatten wir nicht vor, heute zu sterben. Nicht wahr, Gracie?“

„Nein“, murmelte ich und schüttelte den Kopf.

Dash schnalzte mit der Zunge und verwandelte sich in ein kleines Insekt, das ohne Schwierigkeiten zwischen den Eisstäben hindurchflog. Mitten im Flug nahm sie wieder die Gestalt der schwarzen Katze an und landete schwungvoll auf dem Boden.

„Netter kleiner Trick“, sagte Merlin, machte einen Buckel und bauschte den Schwanz auf. „Warte nur, bis du siehst, was ich mit ein wenig Elektrizität bewirken kann.“

Plötzlich verdunkelte sich der Himmel und irgendwo in der Ferne ertönte ein tiefes Donnergrollen. Hoffentlich würde der Magnolienbaum mich vor dem herannahenden Sturm schützen.

Oder noch besser: Hoffentlich war Merlin in der Lage, mich nicht damit zu treffen.

„Nein! Merlin, hör auf!", rief eine heisere, weibliche Stimme. Ein weißes Fellknäul flitzte auf uns zu und sprang zwischen die beiden kämpfenden Katzen. *Luna!*

Virginias verschollene Hexe war erschienen, und ich bezweifelte, dass sie auf unserer Seite stehen würde. Bisher hatte Merlin sich wacker gegen Dash geschlagen, aber er würde es unmöglich mit zwei wesentlich erfahreneren Hexen aufnehmen können.

Ich schickte ein stummes Stoßgebet zum Himmel, während ich die Szene hilflos aus dem Schatten des Baumes heraus beobachtete. Hoffentlich hatte ich bereits genug Magie in mir gespeichert, auf die Merlin zugreifen konnte, denn andernfalls hatte ich nichts zu diesem Kampf beizutragen.

25

„Ich habe euch doch befohlen, euch von meinem Grundstück fernzuhalten!", fauchte Luna Merlin und mich an und durchbohrte uns mit ihrem wütenden Blick. „Lass auf der Stelle meine Vertraute frei!"

Merlins Augen weiteten sich, und mit starrem Blick folgte er dem Befehl der Gartenhexe.

„Nein, Merlin, tu das nicht!", rief ich verzweifelt in dem Versuch, ihn aus dem Zauber wachzurütteln, unter dem er sich befand.

„Aber ich muss Luna gehorchen", erwiderte er mit ausdrucksloser Miene.

O nein, das musste die Wirkung des Tranks sein, den sie mich vor ein paar Tagen in sein Wasser hatte mischen lassen! Ich erinnerte mich daran, wie hilflos ich mich gefühlt hatte, wie verzweifelt ich mich gegen den magischen Zwang zu wehren versuchte, wie gerne ich ihn am Morgen darauf warnen wollte und es nicht konnte.

Willenlos hatte ich dem Zauber Folge leisten müssen, und Merlin schien es nun ebenso zu ergehen.

Verflixt. Wir saßen sowas von in der Klemme!

Luna rannte zu Virginia hinüber und untersuchte sie auf Verletzungen. „Was ist hier los?“, wollte sie von ihrer Vertrauten wissen.

„Keine Ahnung“, schluchzte die adrette, ältere Frau.

„Das ist gelogen!“, keifte Dash, deren Augen wild und bedrohlich hervortraten. Sie wandte den Blick zum Himmel und schnalzte mit der Zunge, was bedeutete, dass sie Magie wirkte. Vor uns tauchte eine Illusion auf.

Das flackernde, schimmernde Bild zeigte Virginia und Beamtin Dash, die gemeinsam planten, Harold umzubringen und mir den Mord anzuhängen.

„Aber was ist mit deiner Hexe?“, hatte Dash Virginia gefragt.

„Die kann meinetwegen auch draufgehen“, keifte diese gehässig.

Ich konnte Luna durch das Trugbild zwar nicht sehen, aber deutlich hören. „Du würdest mich hintergehen?“, fragte sie.

„Das hat sie bereits“, verkündete Dash, und mit einem weiteren Zungenschnalzen verschwand der Zauber. Ob es sich um eine Illusion oder eine tatsächliche Erinnerung handelte, war schwer zu sagen. Beides war möglich – und gleichermaßen erschütternd.

Luna peitschte mit dem Schwanz und stieß einen gequälten

Klagelaut aus. Der massive Magnolienbaum hinter mir erhob sich aus der Erde.

Virginia versuchte, ihm zu entkommen, aber er umschloss sie mit einer seiner Wurzeln und schwang sie hoch in die Luft.

„Warum?“, heulte Luna, die sichtlich unter der Anstrengung litt, den Zauber aufrechtzuerhalten.

„Du hast mir keine Wahl gelassen!“, presste Virginia hervor. „Früher hat Magie dir alles bedeutet, aber in letzter Zeit warst du nichts als eine liebeskranke Närrin, die vergessen hat, was wirklich wichtig ist. Wenn Merlins Vertraute verhaftet und eingesperrt worden wäre, hätte er keine Magie mehr wirken dürfen und du hättest endlich mit dem Geschmachte aufhören und dich wieder der Ausweitung unserer Macht widmen können.“

Luna senkte den Blick, woraufhin der Baum Virginia in die Luft warf und erst wieder auffing, als sie kurz vor dem Aufprall war.

Dabei schrie die erbärmliche Frau unablässig wie am Spieß.

Obwohl Luna am ganzen Körper zitterte, schien sie nicht nachgeben zu wollen. „Von wegen *unsere* Macht. Du hast nie welche besessen, sie war mir allein vorbehalten. Du warst nur eine einfache Angestellte.“

„In meinen Augen bist du weitaus mehr als das“, versicherte Merlin mir, während wir beide verblüfft zusahen.

„Du verdienst die Magie nicht, mit der du gesegnet wurdest!“, schrie Virginia zu ihrer Meisterin hinunter.

Luna legte den Kopf schief, sichtlich geschwächt durch den anhaltenden Zauber. „Ach, wirklich?“, fragte sie und nickte dann in Richtung des enormen Lochs, aus dem der Baum sich erhoben hatte.

Wir alle beobachteten, wie der Baum auf seinen Wurzeln dorthin zurücklief und sich wieder in der Erde verankerte. Sobald er erstarrt war, schüttelte Luna die Erschöpfung ab und rannte auf Virginia zu.

Kaum hatten deren Füße den Boden berührt, sprang die weiße Katze mit ausgefahrenen Krallen auf ihre Schultern.

„Autsch!“, kreischte Virginia, aber keiner von uns hatte sonderlich viel Mitleid mit ihr.

„Du erachtest mich also meiner Magie unwürdig?“, fragte Luna, wartete aber die Antwort ihrer Vertrauten nicht ab. „Ganz, wie du willst. Hiermit gebe ich meine magischen Kräfte auf und durchtrenne die Bindung zwischen uns!“

Der Boden bebte und Virginia fiel auf die Knie.

Luna sprang kurz vor dem Aufschlag von ihren Schultern.

„Was geschieht hier?“, wimmerte Virginia, als plötzlich ein schimmernder, grüner Dampf aus ihren Körpern aufstieg und eine dichte Dunstwolke um sie beide bildete.

„Ich bin keine Hexe mehr, und du bist nicht länger meine Vertraute. Die Magie ist frei!“, verkündete Luna.

„Neeein!“, rief Virginia verzweifelt aus und versuchte, nach den verblassenden Nebelschwaden zu greifen, als wolle sie sie mit bloßen Händen einfangen. Ich konnte sie durch den Dunst nicht allzu deutlich sehen, also konzentrierte ich mich auf die flackernde, grüne Luft um sie herum.

Und wenn ich schon nichts sehen konnte, erging es ihr gewiss nicht anders.

Der Nebel verdichtete sich immer mehr zu einer wirbelnden, undurchdringlichen Wolke.

Als diese langsam davonschwebte, eilte Virginia ihr hinterher, so darauf fixiert, etwas davon zu erhaschen, dass sie nicht darauf achtete, wohin die entweichende Magie sie führte.

Schockiert beobachtete ich, wie sie gegen die Mauer des Brunnens stieß, der Luna als Kessel gedient hatte, und über den Rand taumelte, unfähig, das Gleichgewicht zu wahren. Gemeinsam mit der grünen Wolke stürzte sie hinab in das dunkle Loch – zurück zum Ursprung der Magie.

Sekunden später war der Nebel vollständig verschwunden und man hörte einen lauten Schlag.

„Okay, die ist tot", stellte Merlin neben mir ungerührt fest.

Da begann ich schließlich zu weinen, ich nichtsnutziges, nicht-magisches Wesen. Obwohl Virginia versucht hatte, mir den Mord an Harold anzuhängen, war sie doch eine lebendige, atmende Person gewesen.

Jetzt war sie keines von beiden mehr.

Und angesichts der geballten Bedrohung durch Luna und Dash könnte ich sehr wohl die Nächste sein.

26

Luna heulte auf und rannte zu ihrem Brunnen hinüber.

„Ich wollte sie doch nicht töten, sondern nur aufhalten!“, jammerte sie. „Ihr Verlangen nach Macht hat sie in den Wahnsinn getrieben. Ich hätte besser Acht geben müssen, bevor ich sie erwählte. Das ist alles meine Schuld.“

„Ist es nicht“, erwiderte ich, als ich mich an die Unterhaltung mit dem falschen Harold in Dashs Illusion erinnerte. Obwohl ich entfernt an seinem Tod beteiligt gewesen war, hatte ich nicht die Schuld daran zu tragen.

Und dasselbe galt nun für Luna. Virginia hatte ihre eigenen Entscheidungen getroffen. Sie hatte ihre Meisterin hintergangen, hatte blindlings der entweichenden Magie nachgejagt, woraufhin sie in den Brunnen gestürzt war.

Schon komisch, dass ich Luna als Feindin erachtet hatte, obwohl sie durch diese ganze Geschichte ebenso verletzt worden war wie Merlin und ich. Als ich die schlanke, weiße Katze betrachtete, deren einst so leuchtend grüne Augen bereits zu einem schwachen Blau verblassten, empfand ich tiefes Mitleid mit ihr.

Da fiel mir wieder ein ... Sie hatte ja ihre Magie aufgegeben! Was bedeutete, dass sie uns nie wieder würde verletzen können.

„Wo ist das andere Biest hin?“, rief Merlin neben mir aus. Er hatte bereits wieder seine Kampfstellung eingenommen, um einen weiteren Wirbelsturm heraufzubeschwören.

Mein Blick wanderte zu ihm und dann über den gesamten Garten. Luna saß schluchzend neben dem Brunnen, aber von der weitaus gefährlicheren Dash fehlte jede Spur.

„Nein! Sie ist uns entwischt“, stöhnte ich auf. Scheinbar hatte unsere wahre Feindin den Moment ausgenutzt, in dem wir durch die magische Wolke abgelenkt waren, und hatte sich unbemerkt aus dem Staub gemacht. War der dichte Nebel tatsächlich wegen Lunas Taten entstanden oder hatte Dash ihn als Illusion heraufbeschworen?

„Was für ein Feigling!“, fauchte Merlin und verzog angewidert die Oberlippe.

„Das ist sie ganz und gar nicht“, widersprach ich ihm kopfschüttelnd. So sehr ich mir auch wünschte, dass Merlin mit dieser Einschätzung recht hätte, wusste ich es doch besser. „Sowohl Plan A als auch Plan B sind fehlgeschlagen, also hat sie sich taktisch zurückgezogen. Aber sie wird bald mit einem neuen Plan wiederkehren und noch schwerer zu besiegen sein.“

„Merlin, es tut mir so leid“, maunzte Luna von ihrem Platz auf dem Rand des Brunnens aus.

Als uns klar wurde, dass sie den Posten ihrer Totenwache nicht so schnell verlassen würde, gingen wir zu ihr hinüber.

Luna taxierte Merlin mit ihrem bekümmerten, trostlosen Blick. „Meine Vertraute wollte dich vernichten. Ich dachte, ich könnte dir helfen, indem ich die Bindung zwischen ihr und mir durchtrennte, aber stattdessen verhalf ich nur der anderen Hexe zur Flucht.“

Obwohl ich sie wegen Virginias Tod bemitleidete, konnte ich sie nicht ungeschoren davonkommen lassen. Immerhin war sie an diesem Schlamassel nicht ganz unschuldig.

„Du hast einen Trank gebraut“, sagte ich anklagend, endlich in der Lage, die Worte laut auszusprechen.

Jetzt, da sie keine Magie mehr besaß, schienen sämtliche ihrer Zauber ihre Wirkung verloren zu haben. „Du hast mich gezwungen, ihn Merlin heimlich zu verabreichen und mich verhext, sodass ich ihn nicht warnen konnte.“

Lunas Augen weiteten sich, als Merlin sich aufbäumte. „Luna! Ist das wahr?“, verlangte er zu wissen.

Die weiße Katze ließ beschämt den Kopf hängen.

„Es ist wahr!“, rief ich aus und verflocht die Finger ineinander. „Sie hat mich entführt, hat mein Haar und dein Fell benutzt, um den Trank zu brauen. Ich wollte es dir erzählen, Merlin. Ich habe wirklich alles versucht.“

„Ist schon in Ordnung, Gracie. Mir ist bewusst, dass du dich dem Zauber nicht widersetzen konntest. Du bist erst neu dabei, aber wir werden an deiner Verteidigung arbeiten, damit es zukünftig schwieriger sein wird, dich zu verhexen. Alles wird gut.“ Merlin klang beinahe väterlich. Er mochte enttäuscht über den Verlauf des Geschehens sein, aber deswegen liebte er mich nicht weniger.

Die anderen hatten recht gehabt. Unsere Bindung war stark. Nicht nur die magische, sondern auch die emotionale.

Als Merlin sich wieder Luna zuwandte, verschwand der beschwichtigende Ton aus seiner Stimme. „Warum, Luna? Du hast gesagt, du seist nicht in den Plan involviert gewesen, meine Vertraute vor der Festigung unserer Bindung ins Gefängnis zu bringen, hast aber etwas so Furchtbares getan?“

Statt einer Antwort schniefte sie laut.

„Raus mit der Sprache!“, bellte Merlin. Ein ziemlich paradoxer Laut aus der Schnauze eines Katers.

Luna schluchzte auf, sprang vom Rand des Brunnens zu Boden und presste sich gegen die Steinmauer. Sie sah zu Merlin, senkte den Blick aber sofort wieder, als hätte sie sich verbrannt.

„Sag etwas!“, brüllte er noch lauter.

Nun richtete die weiße Katze ihre blassblauen Augen auf mich. „Ich wollte keinem von euch beiden Schaden zufügen. Es war ein …“ Der Rest des Satzes wurde so leise gemurmelt, dass ich die Worte nicht verstehen konnte.

„Ein was?“, hakte ich nach und neigte mich vor, um besser hören zu können.

„Ein Liebeszauber. Ein Trank, der Merlin dazu bringen sollte, sich wieder in mich zu verlieben!" Diesmal wurde Lunas Stimme mit jedem Wort lauter und kräftiger.

Mein Blick fiel auf Merlin, der mit offenem Mund reglos dastand.

„Ich liebe dich, Merlin", fuhr sie fort und näherte sich ihrem ehemaligen Freund. „Ich habe dich immer geliebt. Als wir beide unsere Vertrauten erwählten, habe ich mit allen Mitteln versucht, dich zu hassen. Natürlich kannte ich die Regeln unserer Gemeinschaft. Und doch ... dich zu vergessen war der einzige Zauber, den ich nicht zu wirken vermochte."

Sie hielt inne, als ihre Blicke sich trafen, und trat dann zögerlich noch einen Schritt vor.

„Jetzt habe ich meine Magie aufgegeben in der Hoffnung, dass wir zusammen sein können. Ich werde dich bis an mein Lebensende beschützen, ob mit Zauberkräften oder ohne. Ich werde dich immer lieben, komme, was wolle. Wirst du mich ebenfalls lieben?"

Gebannt hielt ich den Atem an, während wir beide Merlins Antwort abwarteten. Ehrlich gesagt hatte ich keine Ahnung, was ich erwarten sollte.

27

Mein kampferfahrener Kater wich einen Schritt zurück, dann noch einen.

Luna hatte ihm gerade ihr Herz ausgeschüttet, aber er schien verzweifelt nach einem Fluchtweg zu suchen. Auch wenn ich meinen Kater liebte, würde ich ihm definitiv den Hals umdrehen, wenn er ihr ein zweites Mal das Herz bräche.

Ja, Luna hatte mich entführt, aber da ich ihre Beweggründe nun kannte, ergab ihr Verhalten zumindest einen Sinn. Außerdem hatte sie extra für ihn ihre magischen Kräfte aufgegeben, für die minimale Chance, dass er ihre Liebe erwiderte. Das klang ganz nach einer klassischen Liebesgeschichte! Vorausgesetzt, er erwiderte ihre Gefühle.

Komm schon, Merlin! Sag ihr, dass du sie ebenfalls liebst, du flauschiger Idiot!

Merlin wich einen weiteren Schritt zurück und drehte sich dann abrupt von uns weg.

Und rannte in die entgegengesetzte Richtung davon.

So schnell hatte ich ihn noch nie rennen sehen. Er flitzte über den Rasen, schlug einen Haken und sauste im Zickzack in dieser Richtung weiter.

„*MIAUMIAUMIAUMIAUMIAU!*“, schrie er wie ein Wahnsinniger. Sein Schwanz hatte sich aufgebauscht. Er bekam kaum noch Luft. Aber trotzdem sauste er unablässig durch die Gegend und maunzte laut.

„Ich muss mich für ihn entschuldigen“, sagte ich zu Luna, während wir das Schauspiel beobachteten.

„Wofür denn? Er liebt mich ebenfalls! Er liebt mich so sehr, dass er deswegen seine wilden fünf Minuten hat!“ Luna verfolgte Merlins aufgekratztes Herumgetolle mit verklärtem Blick.

Erleichtert brach ich in Gelächter aus. „Ach, so nennt man das also?“

Langsam beruhigte er sich wieder und trottete zu uns zurück. Er ignorierte mich jedoch und hielt den Blick auf Luna gerichtet. Als er nahe genug bei ihr war, schloss er die Augen und rieb sein Gesicht gegen ihres.

Laut schnurrend rieben und leckten sie einander gegenseitig die Gesichter. Respektvoll wandte ich mich ab, konnte jedoch nicht umhin, mich zu fragen, ob wir nicht schon bald einen Wurf magischer kleiner Kätzchen zu erwarten hätten.

„Oh, Luna, du hättest mich doch nicht verzaubern müssen!

Ich habe nie aufgehört, dich zu lieben, keine Sekunde lang!“, rief Merlin aus, als sie wieder voneinander abließen.

Ich räusperte mich demonstrativ, wohl wissend, dass ich gleich die nächste Schmuserunde über mich ergehen lassen müsste, wenn ich nicht einschritt. „Äh, Leute, ich freue mich ja wirklich für euch, aber wir haben immer noch einige Dinge zu klären.“

„Wie seriös sie ist“, scherzte Luna. „Was deine Vertraute angeht, hast du eine viel bessere Wahl getroffen als ich.“ Seufzend warf sie einen kurzen Blick auf den Brunnen.

Merlin schmiegte sich eng an sie. Obwohl sie sehr groß und schlank war, wirkte mein Kater durch sein buschiges, braun gestreiftes Fell viel größer als sie. Luna schien beinahe in seinem magischen Flausch zu versinken.

Die beiden starrten mich erwartungsvoll an, was wohl bedeutete, dass ich ungehemmt fortfahren sollte.

„Tatsache ist und bleibt, dass Harold ermordet wurde und ich immer noch zu den Verdächtigen zähle ... glaube ich.“

„Glaubst du?“, hakte Merlin nach.

„Na ja, Beamtin Dash hat die Ermittlung geleitet, aber offensichtlich war sie ja keine echte Polizistin. Deswegen bin ich mir nicht ganz sicher.“ Nervös kaute ich auf meiner Unterlippe herum und wartete, was er darauf zu sagen hatte.

„Die Illusionshexe?“, fragte Luna, und ich nickte. Mir war egal, wer von beiden sich dazu äußerte, solang ich eine Antwort erhielt.

„Sie wird nicht länger hier herumlungern, wo sie leicht aufzuspüren ist“, beschwichtigte Luna mich. „Außerdem ist die Bindung zwischen Merlin und dir nun unlösbar. Er kann dich jetzt überall finden und retten.“

„Also ist die Ermittlung auf Eis gelegt?“

„Sie hat nie wirklich stattgefunden. Dash hat die ganze Geschichte von Anfang an fabriziert“, erklärte Merlin mit einem selbstgefälligen Lächeln.

So ganz konnten seine Worte mich jedoch nicht beruhigen. „Wie kannst du dir da so sicher sein?“

„Weil ich den Leichnam gesehen habe, weißt du nicht mehr? Ich konnte unschwer erkennen, dass er durch Magie getötet worden war, aber für gewöhnliche Menschen hat es den Anschein, als sei Harold an einem plötzlichen, schweren Herzinfarkt gestorben.“

Ich schüttelte den Kopf. Wie gerne würde ich ihm glauben! Aber ich musste einfach auf Nummer sicher gehen. „Das verstehe ich nicht. Wie wollte Dash mir ein Verbrechen in die Schuhe schieben, wenn es keine Beweise gab?“

„Natürlich kennen wir ihre wahren Motive nicht, aber als Illusionshexe hätte sie schon Mittel und Wege gefunden, sich zu behelfen“, sagte Luna, während Merlin zufrieden neben ihr schnurrte. „Sie hätte sich als Gefängniswärterin ausgeben und Berichte fälschen können, hätte dir weismachen können, du seist von den menschlichen Behörden verhaftet worden, nur um dich dann jedoch in eine magische Zelle zu sperren. Die gute Nachricht ist, sie wird die gleiche Masche nicht noch einmal abziehen, also musst du dir erst mal keine Sorgen wegen ihr machen.“

Ich seufzte. „Wie soll das gehen, wenn sie mit ziemlich großer Sicherheit irgendwann wieder aufkreuzen wird?“

„Damit befassen wir uns, wenn es soweit ist“, entgegnete Luna. „Jetzt solltest du einfach den Moment genießen. Lebe und liebe!“

Ach du grüne Neune. Genervt verdrehte ich die Augen, aber den beiden Turteltäubchen fiel das gar nicht auf.

So wirklich besser ging es mir jedoch nicht. „Na schön, ich bin erst mal aus dem Schneider, aber trotz allem ist ein unschuldiger Mann gestorben.“

„Das ist bedauernswert, aber wir können die Sache ja kaum wiedergutmachen bei ihm“, sagte Merlin.

„Bei ihm nicht, aber es gäbe da jemand anderen. Und ich hätte auch schon eine Idee ...“

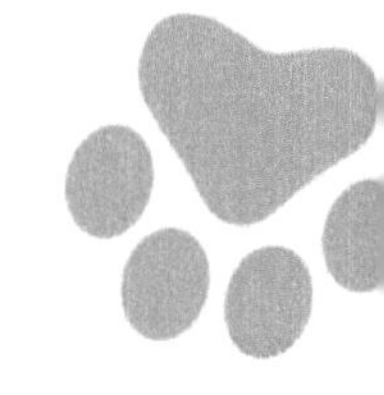

28

Nachdem unser gefährliches Abenteuer glimpflich geendet hatte, teleportierte Merlin uns drei zurück nach Hause.

Irgendwann würde ich noch meinen Wagen holen müssen, vorausgesetzt, man hatte ihn bis dahin nicht längst abgeschleppt. Aber fürs Erste wollte ich mir einfach nur ein paar Schmerztabletten einwerfen und auf meiner Couch versumpfen.

Ich schlüpfte in meinen Lieblingsschlafanzug und kuschelte mich mit meinem Tablet auf das Sofa, um die neueste Netflix-Serie anzufangen, von der jeder schwärmte. Der Vorspann war noch nicht einmal ganz gelaufen, als Merlin auf meine Brust sprang und mir die Sicht auf den Bildschirm versperrte.

„Ich habe Luna gebeten, bei uns einzuziehen, und sie hat ja gesagt", verkündete er und schnurrte glücklich.

Okay, er hätte mich schon erst fragen können, aber mir war

klar, dass Luna sonst nirgendwo hinkonnte. Und obwohl ich bisher nie selbst die große Liebe erfahren hatte, waren die Gefühle der beiden füreinander unschwer zu erkennen. Sie sollten zusammen ihr Glück finden, und wenn das bedeutete, dass wir eine neue Mitbewohnerin bekämen, dann sollte es so sein.

„Das freut mich für dich“, sagte ich mit einem schläfrigen Lächeln.

Merlin nickte mir zu. „Gut. Ich wollte nur, dass du Bescheid weißt. Weitermachen!“

Während ich mich meiner Sendung widmete, zeigte Merlin Luna ihr neues Zuhause, inklusive der beengten Räume und altmodischen Möbel. Trotzdem hörte ich sie hin und wieder entzückt maunzen, als sie beispielsweise den Duschvorhang, die Kaffeemaschine oder das Katzenklo begutachtete. Die Keurig-Maschine mochte in der Tat beeindruckend sein, aber der Rest? Wahrscheinlich war die zusammengewürfelte Einrichtung meiner Großmutter einfach eine willkommene Abwechslung zu Virginias exzessiver Vorliebe für Blumenmuster.

Bei der dritten Episode angekommen, hörte ich plötzlich die Katzenklappe zuschlagen. Die beiden Turteltauben waren wohl zu einem Spaziergang durch die Nachbarschaft aufgebrochen. Aber gleich darauf sprang Luna auf den Kaffeetisch und wartete, bis ich die Folge angehalten hatte, bevor sie sprach.

„Ich habe Merlin losgeschickt, um uns beiden Mädels ein wenig Zeit zum Reden zu verschaffen“, sagte sie und machte es sich auf dem Tisch bequem.

Ich setzte mich auf und klopfte auf den freien Platz neben mir. „Was gibt's?“

Sie sprang zu mir herüber, holte tief Luft, und ratterte dann eine scheinbar einstudierte Rede hinunter. „Erst war ich mir nicht sicher, ob du meines Merlins würdig bist. Deshalb habe ich mich dir gegenüber so schäbig verhalten. Aber heute hast du dich mehr als würdig erwiesen. Du warst sehr mutig, aber vor allem hast du ihm in einer schwierigen Situation beigestanden, anstatt davonzulaufen oder ihn im Stich zu lassen. Ich habe mich in dir geirrt, und dafür möchte ich mich entschuldigen.“

Langsam blinzelnd ließ ich ihre Worte einsinken. „Natürlich war ich für ihn da, er ist doch mein Kater! Und jetzt, da du bei uns wohnst, werde ich auch für dich da sein.“

Sie begann zu schnurren. „Es wäre schön, zur Abwechslung einen Menschen zu haben, der mich liebt. Virginia war nur an meiner Macht interessiert. Ich hätte meine Wahl vorsichtiger treffen sollen, aber ich war abgelenkt und verletzt, weil ich wusste, dass Merlin und ich uns würden trennen müssen, um unseren jeweiligen Platz in der magischen Gemeinschaft einnehmen zu können.“ Sie hielt kurz inne. „Ich weiß, wir beide haben uns gerade erst kennengelernt, und bisher waren unsere Begegnungen nicht sonderlich positiv, aber Merlin vertraut dir, und das ist alles, was ich wissen muss. Ich liebe dich ebenso, wie er dich liebt.“

„Danke, Luna“, flüsterte ich bewegt. „Das bedeutet mir wirklich viel.“

Sanft stupste sie mich mit der Schnauze gegen die Wange, aber ich schreckte vor Schmerz aufkeuchend zurück.

„Was ist los?“, fragte Luna und sah mich aus ihren blauen Augen besorgt an.

„Dash hat mir eine üble Schnittwunde verpasst“, erklärte ich und tastete mit schmerzverzerrtem Gesicht über die Stelle.

„O nein!“, rief sie entsetzt aus. „Merlin und ich waren so miteinander beschäftigt, dass wir uns überhaupt nicht um deine Verletzungen gekümmert haben. Sobald er zurück ist, soll er dir eine Salbe zubereiten.“

„Das wäre wunderbar“, gab ich zu. Die Hilfe könnte ich gut gebrauchen.

„Wurdest du sonst irgendwo verletzt?“, wollte Luna wissen.

„Meine Schultern sind wund, weil ich so lange gefesselt war, aber bis auf den Kratzer hat Dash mich nicht angerührt. Das war übrigens ein merkwürdiger Vorfall. Sie hat sich mein Blut angesehen und gesagt, es erkläre so Einiges. Was könnte sie damit gemeint haben?“

Luna schüttelte den Kopf. „Das weiß ich nicht. Normalerweise können Illusionshexen keine Biomasse deuten. Wenn Dash dazu in der Lage war, muss sie außergewöhnlich mächtig sein.“

Der Gedanke jagte mir einen Schauer über den Rücken. „Na toll, jetzt habe ich noch mehr Angst vor unserer nächsten Begegnung.“

Einen Augenblick lang starrte Luna in die Ferne, als sähe sie etwas, das ich nicht sehen konnte. „Es gibt einen Weg, herauszufinden, was sie weiß.“

„Tatsächlich?“ Damit hatte sie mein Interesse geweckt.

„Hat Merlin dir je von Nocturna erzählt?“

Ich schüttelte vehement den Kopf, wodurch der Kratzer an meiner Wange noch mehr brannte.

„Man kann es nur bei Nacht betreten, aber viele von uns leben dort frei und unbeschwert“, erklärte Luna mit gedämpfter Stimme, als spräche sie von einem heiligen Ort. „Wir könnten dich dorthin mitnehmen, eine Bluthexe aufsuchen und herausfinden, was das alles zu bedeuten hat.“

„Können wir gleich heute Nacht hingehen?“, fragte ich und spürte, wie eine zarte Hoffnung in mir aufkeimte.

„Warum nicht? Allerdings liegt es an Merlin. Nur er hat jetzt noch einen magischen Pass.“

„Gut, dann frage ich ihn, sobald er zurück ist“, sagte ich mit einem dankbaren Lächeln.

„Lass mich nur machen, Gracie. Ich weiß genau, wie ich ihn rumkriege“, erwiderte sie, zwinkerte mir zu und sprang von der Couch.

Ich verzog das Gesicht und vermied es, mir vorzustellen, wie genau Lunas überzeugende Methoden aussahen. Da hatte ich wahrlich andere Sorgen!

29

Mir war bewusst, dass mir nicht viel Zeit blieb, dass ich in dieser Nacht wach und munter sein musste, um die magische Stadt Nocturna zu besuchen, aber vorher musste ich noch eine Sache erledigen.

Nachdem ich meinen Plan mit Merlin abgeklärt hatte, schickte ich Kelley eine Nachricht und bat sie, mich zu treffen. Sie lud mich zu einer Runde Pumpkin Spice Latte und gefrorenem Bananenbrot in das Café ein.

Als ich endlich meinen Wagen abgeholt und zu Harolds Laden gefahren war, stand sie bereits hinter der Espressomaschine. Sobald sie mich erblickte, lächelte sie breit.

Ich lief zu ihr hinüber und umarmte sie. „Du siehst heute so viel besser aus! Gibt es etwa gute Neuigkeiten?"

Kelley strahlte mich an. „Heute hat mich der Anwalt meines Vaters wegen des Testaments angerufen. Anscheinend hat Dad es vor vier Wochen geändert und mir seinen gesamten Besitz hinterlassen. Auch, wenn er nie wirklich die Chance ergriffen hat, mich kennenzulernen, hat er mich doch geliebt, Gracie."

Erneut umarmte ich sie. „Wusste ich es doch!", rief ich erfreut aus, obwohl ich nicht die geringste Ahnung hatte. „Er wollte die Sache bestimmt nur langsam angehen lassen, weil er dachte, euch bliebe mehr Zeit."

Schlagartig wurden wir beide ernst.

„Damit hast du bestimmt recht", sagte Kelley.

„Beamtin Dash hat mich heute kontaktiert", eröffnete ich ihr. Der Rest meines Geständnisses würde nicht mehr ganz der Wahrheit entsprechen, aber sie musste es erfahren, um mit dieser Angelegenheit Frieden schließen zu können. „Dein Vater wurde gar nicht ermordet. Er hatte einen Herzinfarkt. Der Gerichtsmediziner, der die Fehldiagnose mit dem Gift gestellt hat, wurde umgehend entlassen."

„Zum Glück ist er eines natürlichen Todes gestorben", erwiderte Kelley. „Aber ich bin trotzdem furchtbar traurig, dass er nicht mehr hier ist."

Nachdem sie unsere Getränke fertig zubereitet hatte, setzten wir uns in unsere Ecknische. Bisher hatte ich den wichtigsten Teil meines Plans noch nicht offenbart, zwang mich aber, damit herauszurücken, bevor ich die Nerven verlor.

„Wie geht es jetzt für dich weiter, Kelley? Ziehst du zurück zu deiner Mutter nach Ohio?"

Sie schüttelte den Kopf. „Nein, definitiv nicht. Warum sollte ich das tun, wo ich doch meinen eigenen Laden zu schmeißen habe?“

„Soll das etwa heißen ...?“

„Genau, das Café gehört mir! Ich werde das Menü umkrempeln und die Gehälter erhöhen ... du solltest dann wesentlich mehr verdienen als bisher. Aber den Namen werde ich zu Ehren meines Vaters beibehalten.“

„Das ist ja wundervoll, Kelley! Und du wirst eine großartige Chefin sein. Ich bin schon gespannt auf alle deine Ideen.“

Wie sich herausstellte, konnte sie es nicht abwarten, mir diese mitzuteilen. „Wenn du magst, erzähle ich dir gleich davon. Zunächst einmal wird es Pumpkin Spice Latte das ganze Jahr über geben! Und dann ...“

„Ich unterbreche dich wirklich nur ungern, vor allem, weil das alles unglaublich klingt, aber ich muss dir noch etwas sagen“, fiel ich mit klopfendem Herzen dazwischen.

Kelley sah mich besorgt an.

„Es ist nichts Schlimmes“, versicherte ich ihr.

„Was ist es denn dann?“, fragte sie eindringlich.

Ich zog eine leere Wasserflasche aus meiner Handtasche heraus. Merlin hatte den Zauber gewirkt, um den ich ihn bat, obwohl er mich mehrmals dagegen gewarnt hatte. Trotzdem war ich überzeugt, die richtige Entscheidung getroffen zu haben.

Ich schraubte die Flasche auf und stellte sie in die Mitte des Tisches. Nichts geschah. Zumindest erschien es denjenigen so, die nicht wussten, dass sich in dem Gefäß ein unsichtbarer Zauberspruch befand.

„Was soll die leere Flasche?“, fragte Kelley verwundert.

„Beachte sie gar nicht“, erwiderte ich und wartete, bis sie wieder zu mir sah.

Erst, als unsere Blicke sich trafen, fuhr ich fort. „Das klingt jetzt vielleicht merkwürdig, aber ich möchte, dass du mir gleich die erste Antwort nennst, die dir in den Sinn kommt, okay?“

Kelley zuckte nur mit den Achseln. „Okay.“

„Wenn du dir irgendetwas wünschen könntest, egal was, was würdest du dir aussuchen?“

Sie schnaubte belustigt. „Wie bei einer guten Fee?“

„So in der Art“, antwortete ich und lächelte geheimnisvoll. „Du musst nicht gleich damit herausplatzen, nimm dir ruhig einen Moment Zeit. Aber nicht zu lang. Und dann sag mir, was dein größter Wunsch ist.“

Sie lächelte über das ganze Gesicht. „Also, ich glaube …“

„Warte!“, unterbrach ich sie, griff nach der Flasche und drückte sie kräftig zusammen. „Hol erst noch tief Luft“, wies ich sie an, um sicherzugehen, dass sie alles einatmete.

Nervös sah ich zu, wie Kelley den unsichtbaren Zauber einsog und wartete, was sie als Nächstes sagen würde.

Sie wusste genau, was sie wollte. „Ich möchte das Vermächtnis meines Vaters in Ehren halten, indem ich Harolds Kaffeehaus zum erfolgreichsten Café dieser Stadt mache“, sagte sie mit entschlossener Miene.

„Das wirst du“, versprach ich ihr.

Immerhin hatte ich ihr gerade meinen Wünsch-dir-was-du-willst-Zauber, der jeder Vertrauten zustand, geschenkt. Merlin hatte die Idee nicht gefallen, da es nur einen einzigen davon gab. Gut, jetzt würde ich nie die nächste Lady Gaga oder sonst jemand Berühmtes werden ... Aber Kelley hatte diese einmalige Gelegenheit mehr gebraucht als ich. So fühlte es sich einfach richtig an, vor allem, wenn man bedachte, wie viel sie wegen uns verloren hatte.

Ich konnte ihr Harold nicht zurückbringen, aber ich konnte dafür sorgen, dass seine Tochter ein erfülltes Leben führte, und genau das hatte ich hiermit getan.

30

Zurück zu Hause zeigte ich den beiden Katzen die leere Flasche, in der ich den Zauber zu Kelley transportiert hatte.

„Ja, er ist weg", jammerte Merlin und warf sich theatralisch zu Boden. „Ich kann nicht glauben, dass du ihn einfach so verschenkt hast."

„Sie hat eben ein gutes Herz", sagte Luna, die um meine Beine strich und ihren langen, weißen Schwanz hin und her schlug. „Meine Vertraute hat sich zugrunde gerichtet, weil sie zu machtbesessen war, deine hat ihre Macht freigiebig verschenkt. Du bist ein echter Glückspilz."

„Das bin ich in der Tat", gab Merlin mit einem Zwinkern zu. „Auch wenn sie ein klein wenig verrückt ist."

„Was geschehen ist, ist geschehen", erwiderte ich achselzuckend. Bevor ich mich mit Kelley traf, hatte Merlin mir einen

Heiltrank gebraut, der mir die Schmerzen in den Schultern und auf der Wange nahm, wodurch ich mich wieder unbeschwert bewegen konnte. „Konzentrieren wir uns lieber auf unseren nächsten Schritt."

„Bist du sicher, dass du dazu bereit bist?", fragte er mich angespannt. „Nocturna kann für jemand so Unerfahrenen wie dich ziemlich überwältigend sein."

„Ich bin mir sicher", sagte ich und presste entschlossen die Lippen zusammen. „Es ist besser, die Wahrheit zu kennen, als unwissend zu sein."

„Die Sonne geht unter", merkte Luna an. Wir beide sahen zu Merlin und warteten darauf, dass er das Wort ergriff.

„Dann mal los", verkündete er.

Ich folgte ihm zur Tür, wo er schnurstracks durch die Katzenklappe rannte.

Luna wartete auf mich und lächelte mir ermutigend zu. „Denk dran, du schaffst das!"

Ich holte tief Luft und trat nach draußen in die goldene Abenddämmerung.

Merlin thronte bereits auf dem Becken seines Vogelbrunnens. „Sobald die Sonne hinter dem Horizont versinkt, öffnet sich in meinem Kessel ein Portal, das uns nach Nocturna bringt. Gleich ist es soweit."

„Wie soll ich denn da durchpassen?", quietschte ich und betrachtete das nicht allzu große, steinerne Becken skeptisch.

„Mit Magie natürlich!", lachte Luna und positionierte sich neben Merlin.

„Komm einen Schritt näher“, sagte er zu mir, tauchte eine Pfote ins Wasser und fuhr Luna damit über die Stirn.

„Beug dich weiter herunter“, wies er mich an. Als ich seiner Aufforderung nachkam, befeuchtete er seine Pfote erneut und strich diesmal mir über die Stirn. „Luna geht als erstes hindurch. Ich bilde die Nachhut, um sicherzugehen, dass nichts schiefläuft.“

„Moment, was soll das heißen? Könnte denn etwas Gefährliches geschehen?“

„Mach dir keine Sorgen, Gracie“, säuselte Luna.

In der Ferne erloschen die letzten Sonnenstrahlen. Der Kessel erglühte in einem hellen Grün und verschluckte Luna mit Haut und Haar.

„Warte, das will ich nicht tun!“, rief ich aus und trat einen Schritt zurück.

„Zu spät“, sagte Merlin und beschwor einen Windstoß herauf, der mich geradewegs in den Brunnen drängte. Ich schloss die Augen und bereitete mich auf den Aufprall vor, unentwegt schreiend, bis mir plötzlich auffiel, dass alles in bester Ordnung war.

Als ich die Augen wieder öffnete, befand ich mich auf einem dunklen Steinpfad. Beide Katzen warteten neben mir. Die umliegenden Gebäude erinnerten an einen bayerischen Baustil, weißer Putz mit dunklen Querbalken.

Luna stupste mich an. „Wie gefällt es dir?“

„Es sieht aus wie im Märchen!“ Auf den ersten Blick hatte ich mich in das kleine, magische Städtchen verliebt.

„Dieses Gebiet wurde besiedelt, als die Gebrüder Grimm sich größter Beliebtheit erfreuten. Damals wollten alle den Deutsches-Dörfchen-Look, und Nocturna war keine Ausnahme", erklärte Luna voll Stolz.

„Wo sind denn alle?", fragte ich.

„Die wachen bestimmt gerade erst auf. Wir Katzen agieren doch bevorzugt bei Nacht", erinnerte Luna mich. Natürlich.

„Folgt mir", befahl Merlin, und wir gesellten uns zu ihm. Er führte uns zu einem Planwagen, vor den allerdings keine Pferde gespannt waren.

„Wir wünschen eine Deutung", rief Merlin hinein.

Kurz darauf steckte eine Red-Point-Siamkatze den Kopf aus dem Wagen. Seine Augen wurden groß, als er Merlin erblickte. „Und was bietet ihr als Gegenleistung?"

„Alles außer Blitzzauber", erwiderte Merlin und baute sich zu seiner vollen Größe auf.

„Wie wäre es mit einem Regensturm?", fragte der Siamkater habgierig.

„Abgemacht!", nickte Merlin zustimmend.

„Wundervoll. Dann wollen wir doch mal sehen, was wir hier haben."

Luna führte mich näher an den Planwagen heran. „Setz dich ruhig."

„Muss Merlin nicht erst bezahlen?", flüsterte ich ihr zu.

„Sie sind einen mündlichen Vertrag eingegangen, der durch Magie besiegelt wurde", erklärte sie. „Keine Sorge, das ist alles geregelt."

„Wird das wehtun?“, fragte ich den Red Point, der neben mir auf die Sitzbank sprang.

Er schnaubte pikiert. „Also bitte! Für was für eine Art von Blutmagier hältst du mich?“

Ich verstummte. Es wäre wohl besser, nicht zu erwähnen, wie sehr Dash mich verletzt hatte, als sie mir Blut abnahm. Der Siamkater ließ sich auf meinem Schoß nieder und berührte mit einer Pfote meinen Hals. Ich spürte nichts, aber als er seine Tatze zurückzog, schimmerte das Blut an seinen Krallen im Mondlicht.

Mit großen Augen starrte er auf die rote Substanz. „Das gibt es doch nicht!“

„Was? Was ist denn?“, verlangte Merlin zu wissen. Er klang noch nervöser, als ich mich fühlte.

„Das hier ist deine Vertraute?“, fragte der Blutmagier, sah von seiner Pfote zu mir und wieder zurück.

„Ja, ist sie. Ist alles in Ordnung?“

„Mehr als das!“, rief er aus, beinahe hysterisch vor Freude. „Ihr Blut ist ganz besonders mächtig. Sie ist eine Nachfahrin des allerersten pflichtbewussten Vertrauten.“

„Arthur?“, keuchte Luna überrascht auf.

„König Arthur, der wahre Gefährte des großen Merlins“, bestätigte der Blutmagier.

„Und du bist ein Nachfahre Merlins?“, fragte ich meinen Kater. Ich erinnerte mich, dass er mir die Geschichte bei unserem ersten Gespräch erzählt hatte.

Dieser nickte, starrte aber weiterhin ausdruckslos geradeaus.

„Was hat das zu bedeuten?“, fragte ich unsicher.

„Es bedeutet, dass ihr beide die stärkste Bindung unter allen Hexen und Vertrauten auf der Welt habt", erklärte Luna in einem ehrfürchtigen Flüsterton.

„Kein Wunder, dass unsere Bindung sich so schnell gefestigt hat", murmelte Merlin.

„Aber wir wussten doch bereits, dass wir eine starke Bindung haben", gab ich zu bedenken.

„Mag sein", stimmte der Siamkater zu. „Doch ihr solltet Schweigen darüber bewahren, denn es gibt viele, die euch nur zu gerne voneinander trennen würden, wenn sie es wüssten."

Dash wusste es …

Und sie heckte bestimmt schon den nächsten Plan aus.

MERLIN BEZWINGT EINEN GEIST

Es war schon schwierig genug, als Vertraute meines magischen Katers zu fungieren, als wir uns sichtbaren Bedrohungen stellen mussten, aber nun hat er es auch noch geschafft, sich mit einem Geist anzulegen, der aus dem Nichts auftauchte. Da frage ich mich doch ernsthaft …

Wie zum Geier sollen wir dieses Ding denn nur besiegen?

Ich vermisse ja schon ein wenig die einfachen Tage, als meine größte Sorge der Themenwahl meiner Masterarbeit galt sowie dem Bemühen, nicht von meinem Aushilfsjob als Barista gefeuert zu werden. Obwohl ich mir die Magie nicht ausgesucht habe, hat sie zweifellos mich erwählt. Jetzt muss ich nur noch lange genug am Leben bleiben, um auch ein paar der Vorzüge genießen zu können ...

1

Hallo allerseits, mein Name ist Gracie Springs. Bis vor einer Woche war ich eine ganz gewöhnliche, junge Frau. Aber dann wurde mein Chef ermordet ... und zwar mit Magie! Daraufhin wollten die fiese Hexe und deren Gespielin, die dahintersteckten, mir alles in die Schuhe schieben.

Außerdem habe ich herausgefunden, dass ich eine Nachfahrin von König Artus bin. Mein magischer Kater, der plötzlich angefangen hat zu sprechen, hat mich als seine Vertraute auserwählt. Ursprünglich hatte ich ihn Flauschi getauft, aber nun weiß ich, dass er eigentlich Merlin heißt und ebenfalls von berühmter Herkunft ist. In ihm fließt das Blut des ursprünglichen Merlins.

Nein, damit meine ich nicht diesen menschlichen Hochstapler, den alle aus den Geschichten kennen, sondern den wahren Zauberer, der tatsächlich auch eine Katze war.

Dank unserer verknüpften Abstammung besteht zwischen

Merlin und mir eine unzerstörbare Bindung ... Na ja, so gut wie unzerstörbar.

Nach der ganzen Aufregung ist es der fiesen Hexe gelungen zu entkommen, aber wir wissen beide, dass sie früher oder später mit einem neuen Plan zurückkehren wird, um Merlin ein für alle Mal seine magischen Kräfte zu entreißen.

Währenddessen habe ich versucht, den Schein eines ganz normalen Lebens zu wahren, indem ich weiterhin als Teilzeit-Barista in Harolds Kaffeehaus arbeite. Das Café wird gerade nach den Vorstellungen unserer neuen Chefin, Kelley, Harolds entfremdeter Tochter sowie Erbin, umgemodelt.

Außerdem stehe ich kurz davor, meinen Masterstudiengang in Soziologie abzuschließen. Ich muss nur noch meine Abschlussarbeit schreiben, dann kann ich mir einen richtigen Job suchen, anstatt ein paar Stunden pro Woche Kaffee auszuschenken.

Aber das ist leichter gesagt als getan, denn ich bin ziemlich damit beschäftigt, mich in meine neue Rolle als Vertraute eines Magiers einzufinden. Sowohl Merlin als auch seine Freundin Luna, die neuerdings bei uns wohnt, halten mich Tag und Nacht auf Trab.

Ich muss auf alles vorbereitet sein, wenn uns der nächste magische Angriff ereilt, was definitiv früher oder später der Fall sein wird.

Garantiert hätte meine Großmutter sich nicht einmal im Traum vorstellen können, was mich erwarten würde, nachdem sie mir ihr Häuschen in einer kleinen Vorstadt Georgias überschrieben hat, um ihren Ruhestand auf den Florida Keys zu verbringen. Sie wusste definitiv nicht, dass ihr flauschiger Maine Coon sie observierte, um zu sehen, ob sie sich als Vertraute eignen würde, nur um mich dann an ihrer statt zu erwählen.

Obwohl mein Leben total auf den Kopf gestellt wurde, möchte ich es um nichts in der Welt eintauschen. Ich liebe Merlin und ich liebe unsere gemeinsamen Abenteuer, auch wenn sie mir für gewöhnlich einen ganz schönen Schrecken einjagen.

Ich selbst kann zwar keine Magie wirken, aber trotzdem spiele ich eine wichtige Rolle bei unserem Kampf gegen die boshafte Illusionshexe, die es auf uns abgesehen hat.

Wenn sie uns das nächste Mal angreift, werde ich bereit sein.

Ein schriller Schrei riss mich abrupt aus dem Schlaf.

Meeeeeeeeeeh!

Panisch fuhr ich im Bett hoch und griff nach meinem Handy, um die Taschenlampenfunktion einzuschalten. „Wer ist da?", verlangte ich zu wissen.

Aber statt einer Antwort hörte ich nur, wie Merlin über die Dielen im Gang flitzte.

Meeeeeeeeeeh!

Wieder ertönte der Schrei, und diesmal erkannte ich, dass es Luna war, die sich die Seele aus dem Leib kreischte.

Und so ging es die nächsten Minuten weiter. Kreisch … Trappel. Kreisch … Trappel. Schließlich schleppte ich mich hinaus in den Korridor, wo ich meine beiden Katzen vorfand, die mit angelegten Ohren und großen Augen an die Decke am anderen Ende des Gangs starrten.

„Was ist hier los?“, fragte ich, da die zwei durchaus in der Lage waren, sich in Worten auszudrücken.

„G-G-G-Geist!“, stotterte Merlin, bevor er erneut den kurzen Gang entlangsprintete.

Ich blickte hinauf zu der Ecke, die Luna fixierte, ohne dabei zu blinzeln. Da war überhaupt nichts.

Trotzdem hakte ich nach: „Was siehst du?“ Üblicherweise war sie die Vernünftigere von beiden ... oder zumindest diejenige, die sich mir gegenüber bereitwilliger öffnete.

„Bisher sehe ich nichts“, flüsterte sie, ohne den Blick von der Decke abzuwenden. „Aber dort oben bildet sich eine Energiequelle. Sie ist noch nicht ganz in unserer Welt angekommen. Wird aber bestimmt nicht mehr lange dauern.“

„Also siehst du die Vorstufe eines Geists?“, fasste ich zusammen.

„So in der Art.“

„Aber wie kannst du dir sicher sein? Du besitzt keine Magie mehr“, gab ich zu bedenken.

Luna fauchte ungehalten. „Ich bin zwar keine Hexe mehr, dafür aber immer noch eine Katze. Wir alle können Übernatürliches wahrnehmen, ob magisch oder nicht.“

„Dinge, die aus anderen Dimensionen stammen, wie Nocturna?“, fragte ich interessiert. Damit bezog ich mich auf die magische Stadt, die nur von Zauberwesen zur Dämmerstunde betreten werden konnte.

Merlin fauchte laut und trat mit den Hinterbeinen in die Luft.

„Das lassen wir mal schön bleiben!“, rief ich und hob ihn hastig in meine Arme. „Keine Wirbelstürme im Haus!“

Missmutig murrte er vor sich hin, bis ich ihn wieder absetzte.

„Wir müssen den Geist loswerden, bevor er hier endgültig Gestalt annimmt“, erklärte Luna mir mit besorgtem Blick.

„Es ist ein ziemlich schlechtes Zeichen, dass er so bald nach seiner Reise ins Jenseits hier aufgetaucht ist“, fügte Merlin hinzu. Als ich ihn ansah, bemerkte ich, dass er einen Buckel machte und seinen Schwanz aufgeplustert hatte.

Also nahm ich ihn erneut in die Arme. „Und Blitzgewitter im Haus gleich zweimal nicht!“

„Aber was sollen wir dann tun?“, japste Luna.

„Erst mal mache ich mir einen Kaffee“, seufzte ich resigniert. Mir war klar, dass die beiden keine Ruhe geben würden, bis ich diese geisterhafte Erscheinung irgendwie beseitigt hätte … oder zumindest weit weg von unserem Haus schaffte.

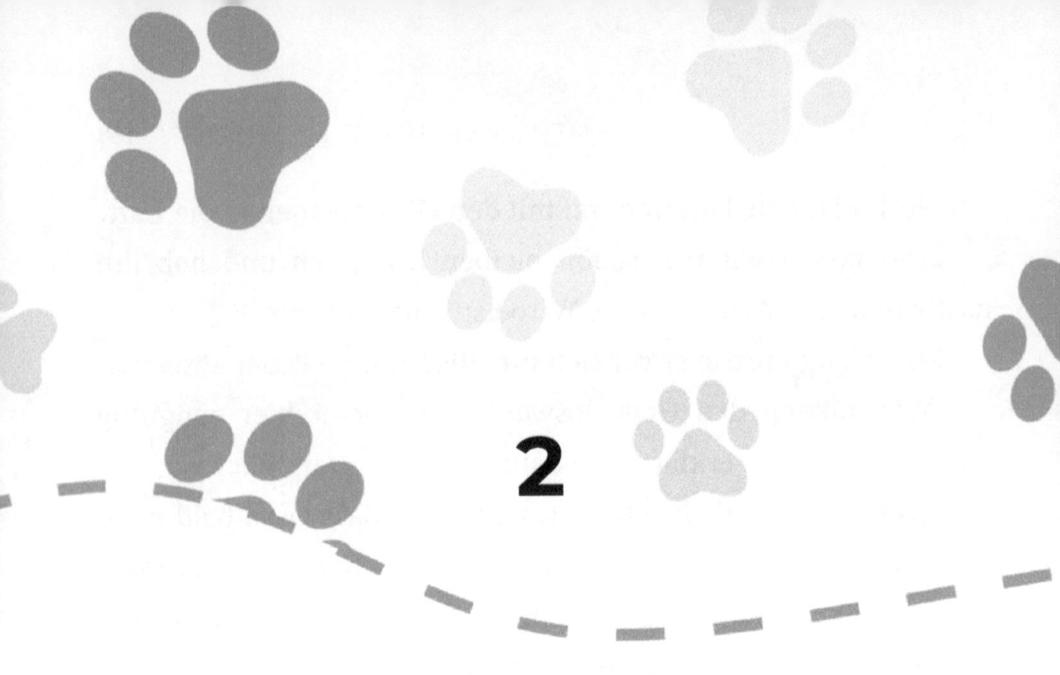

2

Mit der Kaffeetasse in einer Hand ließ ich mich am Küchentisch nieder. Der alte Holzstuhl, auf dem ich saß, war zwar nicht gerade bequem, hielt mich dafür aber wach.

Ich trank einen tiefen Schluck, ließ mich einen Moment lang von der Wärme des Getränks beleben und warf den beiden Katzen mir gegenüber dann einen Blick zu.

„Es ist also ein Geist im Anflug“, sagte ich. „Dass das nichts Gutes heißen kann, ist mir schon bewusst. Hat einer von euch eine Ahnung, wie man ihn loswerden kann?“

Luna schüttelte betrübt den Kopf. „Das muss Virginia sein“, maunzte sie. Virginia war ihre verstorbene Vertraute. „Ich weiß es einfach.“

Merlin rieb tröstend seinen Kopf gegen ihren. „Du hast keine Schuld an ihrem Tod. Dafür ist allein ihre Habgier verantwortlich."

„Es fühlt sich aber so an, als sei es meine Schuld", murmelte Luna. Seit dem Vorfall hatte sie sich Selbstvorwürfe gemacht. Nachdem sie erfahren hatte, dass Virginia hinter ihrem Rücken mit einer anderen Hexe zusammenarbeitete, um mehr Magie zu erhalten, hatte sie die Bindung zu ihrer Vertrauten durchtrennt und somit ihrer beider Kräfte zerstört. Virginia war der entschwindenden Magie hinterhergejagt und dabei kopfüber in einen tiefen Brunnen gestürzt.

Und nun kehrte sie anscheinend in gespenstischer Form zurück, um in meinem Haus herumzuspuken.

War sie auf Rache aus?

Würde sie mir oder meinen Katzen etwas antun?

Was auch immer sie vorhatte, es konnte nichts Gutes sein.

Und das ausgerechnet, als ich dachte, die Lage würde sich endlich ein wenig beruhigen.

Ich konnte nur hoffen, dass Merlin und Luna sich hinsichtlich der Geistererscheinung täuschten oder aber dass es noch eine andere Erklärung für deren plötzliches Auftauchen gab.

Ich holte tief Luft. „Ich weiß nicht viel über Gespenster außer dem, was ich in alten Gruselfilmen gesehen habe. Könnt ihr mir erklären, was genau es damit auf sich hat?"

Die beiden Fellnasen wechselten einen angespannten Blick.

„Was? Was ist los?", fragte ich und seufzte tief. Eigentlich wollte ich gar nicht hören, was sie zu sagen hatten, aber es wäre besser, auf einen weiteren möglichen Angriff vorbereitet zu sein.

Luna setzte zum Sprechen an, aber Merlin hob eine Pfote, um sie daran zu hindern.

„Du bist bereits viel zu aufgewühlt, meine Liebe. Ich werde Gracie aufklären“, bot er großmütig an.

„Es gefällt mir nicht, wenn du über mich sprichst, als wäre ich ein lästiges Anhängsel ohne Plan“, murmelte ich, während ich die Hände um meine Kaffeetasse legte, um sie zu wärmen.

„Sieh mal, es ist so“, begann Merlin und kam langsam über den Tisch auf mich zu. „Luna und ich sind noch junge Hexen. Oder besser gesagt, sie war eine, bis ... Na ja, egal, jedenfalls will ich damit sagen: Ich bin ein ziemlich junger Magier.“

Genervt stöhnte ich auf. Was sollte dieses zusammenhanglose Gestotter? Er sollte mir lieber geradeheraus sagen, was los war, auch wenn es nichts Gutes bedeutete. „Soll heißen?“

Merlin sah zu Luna, die ihm aufmunternd zunickte. Er schluckte schwer, bevor er fortfuhr. „Also, keiner von uns beiden hatte bisher Erfahrungen mit Geistern.“

Ich verstand nicht, wo das Problem lag. Gut, sie mochten keine praktische Erfahrung haben, aber theoretisches Wissen war bestimmt nicht weniger hilfreich, und die beiden schienen sich mit der verborgenen Welt der Magie doch bestens auszukennen.

Da sich das Schweigen in die Länge zog, setzte ich ein zuversichtliches Lächeln auf. „Macht doch nichts. Ihr habt ja bestimmt in der Hexenschule gelernt, wie man mit Geistern umgeht, oder nicht?“

Merlin fauchte leise und senkte den Blick, als würde mein Anblick ihm wehtun. „Meine Güte, ihr Menschen und eure engstirnigen Weltansichten. Nur weil ihr eine jahrelange Ausbildung braucht, um produktive Mitglieder eurer Gesellschaft zu werden, gilt das nicht auch für alle anderen Lebewesen. Tatsächlich lernen wir Magier am besten, indem wir einfach nur unsere alltägliche Umgebung beobachten."

Ich warf ihm einen finsteren Blick zu. Ich war definitiv nicht mitten in der Nacht aufgestanden, nur um mich von meinen flauschigen Mitbewohnern beleidigen zu lassen. „Ist ja super. Und was hast du dabei über Geister in Erfahrung bringen können?"

Er hüstelte betreten. „Touché", sagte er. „Leider sind wir nicht wirklich gerüstet, um uns mit einem eher seltenen magischen Vorkommnis auseinanderzusetzen."

Abermals holte ich tief Luft. „Und was machen wir jetzt? Warten wir einfach, bis der Geist sich vollständig materialisiert hat und bitten ihn dann höflich, von hier zu verschwinden?"

„O nein", schnaubte Merlin. „Garantiert nicht."

„Geister sind extrem selten", flüsterte Luna von ihrem Platz auf dem Tisch aus. „Verstorbene kehren nur dann in unsere Welt zurück, wenn sie eine dringende Angelegenheit zu erledigen haben. Etwas, das ihnen zu Lebzeiten so wichtig war, dass es ihre Seele völlig eingenommen hat."

Ein Schauer lief mir über den Rücken. „Klingt ziemlich ernst."

Merlin nickte. „Eine derartige Besessenheit bedeutet oft nichts Gutes."

„Virginia sehnte sich nach Macht", sagte Luna leise. „Vielleicht hat genau das, was sie umbrachte, sie wieder zurück ins Leben geholt."

„Okay, das klingt wirklich ganz und gar nicht gut", stimmte ich zu und trank noch einen großen Schluck Kaffee.

Meine beiden Katzen starrten mich währenddessen erwartungsvoll an. Super, sonst behandelten sie mich wie einen lästigen Nebencharakter, aber gleichzeitig sollte ich alle Antworten parat haben.

„Äh ... könnten wir ihn nicht in einem Protonenpaket einsperren?", schlug ich achselzuckend vor. Es war schon eine Weile her, seit ich den Film *Ghostbusters* gesehen hatte, aber etwas Besseres fiel mir im Moment nicht ein. Allerdings bezweifelte ich, dass Virginia in der Gestalt eines schleimigen, grünen Zeichentrickgespensts mit einer Vorliebe für Pizza zurückkehren würde.

„Wir arbeiten hier nicht mit herkömmlicher Wissenschaft", erwiderte Merlin und schüttelte sich abfällig. „Immerhin sind wir ein magischer Haushalt, vergiss das nicht!"

„Also auf nach Nocturna?", fragte ich. Die Zauberstadt konnten wir nur zur Dämmerstunde mit Merlins Hilfe betreten.

Meine beiden Katzen nickten zustimmend. „Auf nach Nocturna."

3

So gerne ich noch einmal zurück ins Bett gegangen wäre, hatte das Koffein seine Wirkung getan, und ich war hellwach. Mir blieben noch ein paar Stunden bis zu meiner Schicht im Café, und ich wünschte, ich könnte sagen, dass ich sie mit der Recherche für meine Abschlussarbeit verbracht hätte … aber das wäre gelogen.

Anstatt produktiv zu sein, sah ich mir die beiden *Ghostbusters*-Filme aus den Achtzigern an. Die neuste Verfilmung schaffte ich zeitlich nicht mehr, hatte aber vor, sie nach der Arbeit, dem Ausflug nach Nocturna und sonstigen unerwarteten Abenteuern anzusehen.

Natürlich vergaß ich über den Mini-Filmmarathon völlig die Zeit und musste mich notdürftig im Auto auf dem Weg zur Arbeit schminken. Toll, jedem, der mich mehr als ein paar

Sekunden betrachtete, würden unweigerlich meine enormen Augenringe auffallen.

Blöder Geist, erst reißt er mich aus dem Schlaf und dann ruiniert er total meinen Look.

Obwohl ich hoffte, dass der gespenstische Besuch eine einmalige Sache sein würde, stellte ich mich innerlich darauf ein, in nächster Zeit nicht viel erholsamen Schlaf abzubekommen. So lief das eben mit der magischen Welt … nichts war je so einfach, wie man wollte. Selbst die Teleportation steckte voller Schwierigkeiten und man konnte sterben, wenn bei dem Prozess etwas schiefging.

Nein, danke!

Da nahm ich lieber das Auto, auch wenn der Verkehr wahrscheinlich nicht weniger gefährlich war, aber zumindest vertrauter.

Dank einer grünen Welle hatte ich nicht wirklich Zeit, mich an den roten Ampeln zu schminken, und so traf ich mit leicht ungleichmäßigem Eyeliner und einer matten Farbe auf den Lippen bei Harolds Kaffeehaus ein. Das musste reichen.

Meine neue Chefin, Kelley Carmine, bestand darauf, dass das Personal zum Arbeiten erschien, obwohl das Café derzeit renoviert wurde und keine Kundschaft empfing … was mir ein wenig seltsam vorkam.

Heute war es noch seltsamer, da wir plötzlich doppelt so viele Mitarbeiter waren. Früher stemmten nur Drake, Kelley und ich den Großteil der Schichten, wobei der verstorbene Harold gelegentlich einsprang, wenn einer von uns nicht konnte. Aber nun drängten sich drei Fremde um die brandneue Espressomaschine, während Kelley damit beschäftigt, war, die Arbeitsschritte für eine Runde Pumpkin Spice Lattes vorzubereiten.

Das war voll ihr Ding. Obwohl sie den ursprünglichen Namen des Cafés zu Ehren ihres Vaters beibehielt, unterzog sich der Rest des Geschäfts einer gründlichen Veränderung, allen voran die Regelung, dass jeder Tag Pumpkin-Spice-Latte-Tag war. Man konnte nicht länger einfach nur einen Kaffee Latte, einen Cappuccino oder einen Kaffee Americano bestellen. Jedes Getränk enthielt nun eine würzige Kürbisnote.

Das neue Menü auswendig zu lernen, stellte für mich die größte Herausforderung dar.

Erst hatte ich Kelleys Pumpkin-Pläne voll und ganz unterstützt, aber da war mir noch nicht klar gewesen, welches Ausmaß diese annehmen würden. Mittlerweile gab es über ein Dutzend Variationen des klassischen Herbstgetränks, einschließlich spezieller Feiertagsversionen, die allerdings ebenfalls das ganze Jahr über angeboten werden sollten.

Lust auf einen Valentins-Latte im August? Kein Problem! Dazu mussten wir einfach nur einen Shot weiße Schokolade sowie ein paar rote Streusel hinzufügen.

Bäh. Allein der Gedanke an diese Monstrosität drehte mir den Magen um.

„Hallo, Gracie!", rief meine achtzehnjährige Chefin mit einem strahlenden Lächeln aus, als ich den Laden betrat. „Jetzt müssen wir nur noch auf Drake warten, bevor wir mit dem lang ersehnten Event beginnen können!“

Sie hielt inne, als erwarte sie eine enthusiastische Antwort von mir. Aber ich starrte sie nur verwirrt an.

Kelly schnalzte mit der Zunge. „Ach, komm schon, Gracie. Du musst es doch besser wissen als jeder andere! Wir haben noch eine Woche bis zur Neueröffnung, was bedeutet, wir müssen uns alle – einschließlich unserer neuen Angestellten – an den veränderten Ablauf gewöhnen. Und dazu gehört …“ Sie pausierte theatralisch, schnappte sich ein paar Löffel und trommelte damit auf der Theke herum. „Die Verköstigung des neuen Menüs! Ich hoffe, ihr habt Appetit mitgebracht!“

Ich weiß bis heute nicht, wie ich es schaffte, mich nicht auf der Stelle zu übergeben. Wahrscheinlich färbte Merlins Magie langsam auf mich ab.

Obwohl ich Kelleys Enthusiasmus wirklich bewundernswert fand, war ihre Pumpkin-Spice-Besessenheit doch ein wenig zu viel für mich. Aber ich mochte sie wirklich gern und wünschte ihr nichts als Erfolg. Außerdem wusste ich, dass ihre Geschäftsidee gut ankommen würde, egal, wie ausgefallen sie auch sein mochte. Dafür hatte ich gesorgt, indem ich ihr meinen einzigen, großen Zauberwunsch übertragen hatte. Nun musste ich mich zwar ohne diesen durchs Leben schlagen, aber das war in Ordnung.

Mein Alltag war auch so aufregend genug, dank meiner Abenteuer mit Merlin und Luna … und dem Geist, der sich in unserem Haus materialisierte. Wahrscheinlich hätte ich den

Wunsch sowieso nur für etwas Belangloses eingesetzt … oder aber es wäre spektakulär nach hinten losgegangen.

Also erfüllte sich Kelleys großer Traum vom Pumpkin-Spice-Emporium und ich behielt meinen Job. Ich muss schon sagen, je mehr die Dinge sich verändern, desto mehr bleibt alles beim Alten.

4

Etwa zehn Minuten später schlurfte Drake durch die Tür. Er war acht Minuten zu spät zu seiner Schicht. Harold hätte ihm die Leviten gelesen ... und ihn dazu verdonnert, mindestens eine Stunde unbezahlt zu arbeiten. Aber Kelley setzte nur ein Lächeln auf, klatschte in die Hände und verkündete, dass wir mit einem Kennenlernspiel beginnen würden.

Dazu kletterte sie sogar auf einen Stuhl und legte die Hände wie ein Megafon um den Mund – was völlig unnötig war, da wir alle dicht gedrängt um sie herumstanden.

„Ich heiße Kelley und mein Lieblingsgewürz in der Pumpkin-Spice-Mischung ist Ingwer!“, rief sie, stieg dann vom Stuhl hinunter und bedeutete mir, dass ich als Nächste an der Reihe war.

Ungeschickt erklomm ich den Stuhl, wobei ich versuchte, vor Verlegenheit nicht im Boden zu versinken. „Ich bin Gracie und ich mag ... Zimt?“ Tatsächlich hatte ich noch nie wirklich über mein Lieblingsgewürz nachgedacht.

Und so ging es weiter, für jedes neue Getränk auf dem Menü folgte eine sinnlose Kennenlernrunde. Als wir zu den Eiskaffees kamen, schlug Kelley vor, „Ich habe noch nie ...“ zu spielen.

Sobald ich an der Reihe war, wählte ich die folgende Aussage: „Ich habe noch nie einen Geist gesehen.“ Was ja auch irgendwie stimmte. In meinem Haus materialisierte sich zwar gerade einer, aber davon wusste ich nur, weil meine Katzen es mir erzählt hatten.

Ich war jedoch überrascht, dass Drake daraufhin als Einziger seinen Pumpkin-Spice-Kokos-Latte leertrank.

Drake. Hmm. Was wusste ich eigentlich über ihn?

Er hatte zwar so seine Probleme mit Autoritätspersonen, mir gegenüber war er jedoch immer freundlich gewesen. Die Frage war nur, hatte er bei meiner Runde getrunken, um den Clown zu spielen, oder meinte er es tatsächlich ernst? Wenn er wirklich schon mal einen Geist gesehen hatte, könnte er mir vielleicht mit meinem ungebetenen Gast helfen.

Entschlossen, die Wahrheit herauszufinden, holte ich ihn nach unseren nervenzehrenden Zuckerschock-Aktivitäten auf dem Parkplatz ein.

„Hey, Drake!“, rief ich, während ich mich zu ihm gesellte. „Verrückter Tag, was?“

Er zuckte nur lässig mit den Schultern. „War ziemlich langweilig, ehrlich gesagt, aber wenigstens zieht Kelley uns nichts vom Lohn ab, so wie ihr alter Mann. Das ist nicht übel.“

Ich lachte etwas zu laut, woraufhin Drake mich argwöhnisch musterte.

„Alles okay bei dir, meine Pumpkin-Spice-Leidensgenossin?“, grinste er.

„Ja, alles gut“, versicherte ich ihm schnell, wobei ich jedoch errötete. „Hab nur definitiv zu viel Zucker abbekommen heute.“

Er nickte und zog seine Schlüssel aus der Tasche. „Das da ist meins“, sagte er und deutete auf ein glänzendes, blaues Coupé neben uns. Ich hätte nicht erwartet, dass er so ein schickes Auto besaß. Ernsthaft, wie konnte er sich den Schlitten mit seinem mickrigen Barista-Gehalt leisten?

„Okay, man sieht sich“, fügte er hinzu, nachdem ich eine Weile stumm auf den Wagen gestarrt hatte.

„Drake, warte!“, platzte ich heraus, bevor er einsteigen und mir die Tür vor der Nase zuknallen konnte.

Er ließ sich in dem Fahrersitz nieder, ohne die Tür zu schließen, und sah mich erwartungsvoll an.

Ich räusperte mich nervös. Es war mir ein wenig peinlich, ihm die Frage zu stellen, vor allem, falls er tatsächlich nur Spaß gemacht hatte. „Ich wollte dich fragen …“

Weiter kam ich nicht, denn er unterbrach mich abrupt. „Klar, ich geh mal mit dir aus“, antwortete er mit einem lässigen Grinsen.

Ich musste heftig blinzeln und trat einen Schritt zurück. „Äh, nein, das war nicht …“ Verflixt, wie konnte ich die Sache klarstellen, ohne ihn zu verstimmen? Ich wollte unbedingt mehr über seine Begegnung mit dem Geist erfahren. Leider kannte ich mich mit einer derartigen Situation null aus. Welche Anstandsregeln galten für Gespräche über übernatürliche Begebenheiten? Und wie viel konnte ich über meine Lage preisgeben, ohne meine Sicherheit oder Freiheit zu riskieren? Merlin hatte mir eingebläut, dass ich schnurstracks ins Zaubergefängnis wandern würde, wenn ich sein magisches Geheimnis Nichtmagiern gegenüber ausplaudern sollte.

Nachdem ich mehrere Sekunden lang mit meinem Gedankenchaos kämpfte, ohne etwas zu erwidern, ergriff Drake erneut das Wort.

„Bei dir um acht? Klingt doch gut, oder? Wir sehen uns dann."

Damit schlug er die Autotür zu, schenkte mir noch ein freches Grinsen und fuhr dann mit quietschenden Reifen vom Parkplatz.

Ich hüpfte auf und ab, schüttelte den Kopf und fuchtelte verzweifelt mit den Armen, war mir aber nicht sicher, ob Drake mich durch den Rückspiegel überhaupt sah.

Was hatte ich mir denn nun wieder eingebrockt? Ich hätte ihn einfach geradeheraus fragen sollen. Der Versuch, taktvoll zu bleiben, hatte die ganze Situation nur verschlimmert.

Denn jetzt gab es zwei Probleme, mit denen ich mich herumschlagen musste.

Und für keines von beiden fiel mir eine Lösung ein.

5

Als ich zu Hause eintraf, fand ich meine Katzen auf dem Küchenboden im Sonnenlicht schlafend vor. Ihre Schwänze zuckten im Traum. Ich störte sie wirklich nur ungern, vor allem, weil sie so niedlich aussahen. Vielleicht würde ich eines Tages eine ebenso erfüllende Beziehung haben, wie meine tierischen Mitbewohner sie zu führen schienen, aber dieser Tag war nicht heute. Und der Mann meiner Wahl war definitiv nicht Drake.

„Wir haben ein Problem“, verkündete ich, ließ mich auf einem Stuhl nieder und zog meine Schuhe aus.

„Schlimmer als der Geist?“, fragte Merlin und gähnte laut.

„Nein, aber trotzdem ist es eine missliche Lage.“

„Schieß los“, sagte Luna, nachdem sie sich ausgiebig gestreckt hatte und nun zu mir herüberstolzierte.

„Ich habe ausversehen zugestimmt … oder vielleicht habe ich

ihn unbewusst eingeladen … Äh, also ich weiß nicht genau, wie es passiert ist, aber jedenfalls habe ich ein Date mit einem Arbeitskollegen." Was war nur mit mir los? Warum fiel es mir heute so schwer, selbst die einfachsten Dinge zu erklären? Scheinbar hatte ich meinen Unmut nicht ausreichend zur Schau gestellt, denn meine Katzen waren vor Begeisterung völlig aus dem Häuschen.

„Ein Date? Das ist ja fantastisch!" Lunas blaue Augen funkelten vor Freude. Sie richtete sich auf und fuhr fort: „Merlin und ich haben uns in letzter Zeit ein wenig Sorgen um dein Liebesleben gemacht."

„Im Ernst? Du wohnst gerade mal seit einer Woche hier, Luna. Wie kannst du dir da bereits Sorgen um mein Liebesleben machen?" War ich wirklich so ein hoffnungsloser Fall, dass selbst meine Haustiere mich bemitleideten? Katzen war es doch für gewöhnlich völlig egal, was andere über sie dachten, warum also grübelten sie so viel über mich nach?

„Oh, ein Leben ohne Liebe ist nicht lebenswert", seufzte Luna. „Willkommen unter den Lebenden, Gracie!"

„Nein, hör auf damit", fauchte ich. Mein Verhalten wurde dank dem Einfluss dieser beiden Unruhestifter immer katzenähnlicher. Wenn ich nicht aufpasste, würde ich mir am Ende noch über den Handrücken lecken und mir damit über die Stirn fahren. Gott bewahre!

„Es ist kein echtes Date", erklärte ich ungehalten. „Es war nur ein Versehen, und jetzt kommt er heute Abend hierher."

„Aber wir wollten doch heute Abend nach Nocturna gehen",

erinnerte Merlin mich, wobei seine Schnurrhaare gereizt zuckten.

„Ich weiß!“, rief ich. Warum waren die beiden nur so schwer von Begriff?

„Dann ruf ihn doch einfach an und verschiebe das Treffen“, schlug Luna ein wenig herablassend vor. Diese Seite gefiel mir gar nicht an ihr. An mir übrigens auch nicht.

„Geht nicht. Ich habe seine Nummer nicht.“

Luna gab sich Mühe, weiterhin freundlich zu lächeln, obwohl ihre Fassade langsam bröckelte. „Fahr doch kurz bei ihm vorbei.“

„Ich weiß nicht, wo er wohnt.“

„Woher kennt er denn dann deine Adresse?“, wollte sie wissen.

„Gute Frage.“

„Du scheinst dich ja nicht sehr auf dein Date zu freuen“, merkte sie mit einem Stirnrunzeln an. „Wie genau ist es denn zustande gekommen?“

Ich berichtete ihnen von unseren endlosen Kennenlernrunden und Drakes Geständnis während „Ich habe noch nie …“.

„Was für ein seltsames Spiel. Warum prahlen Menschen mit dem, was sie noch nie getan haben? Wir Katzen ziehen es vor, unsere Leistungen zu feiern, nicht umgekehrt“, wunderte Merlin sich.

„Um das Spiel geht es nicht“, schnappte ich. „Sondern darum, dass Drake einen Geist gesehen hat. Aber als ich versuchte, ihn danach zu fragen, sind wir irgendwie beim Thema Date gelandet.“

„Eine Verabredung ist doch aber die perfekte Gelegenheit, ihn nach seiner Erfahrung zu fragen!“ Ach, Luna, die unerschütterliche Optimistin. Langsam nervte mich ihr Gutglaube ein wenig.

„Mag ja sein, aber wie schon gesagt, wollten wir heute Abend ja eigentlich nach Nocturna“, erinnerte ich sie.

„Du musst nicht immer und überall mit uns mitkommen“, gab Merlin mürrisch zurück. „Wenn du uns wegen deines Dates lieber im Stich lassen willst, nur zu.“

Meine Schläfen pochten schmerzhaft. Wäre es verwerflich, meine Katzen mit Wasser zu besprühen, obwohl ich wusste, dass sie sprechen konnten und eine von ihnen sich mit einem Blitzgewitter an mir rächen könnte?

Ich holte tief Luft und versuchte, nicht laut loszuschreien. „Darum geht es nicht …“

Luna legte mir beschwichtigend eine Pfote auf die Hand. „Ist schon in Ordnung. Merlin und ich werden ein wenig traute Zweisamkeit genießen. Außerdem wollen wir dich auch gar nicht bei deinem Date stören.“

„Darum geht es … *ARGH*!“ Diesmal warf ich frustriert die Hände in die Luft, bevor ich sie wieder auf den Tisch knallte.

„Wie empfindlich“, schnaubte Merlin. „Keine Sorge, Eure Hoheit, wir kümmern uns um die Schmutzarbeit, während du dich mit deinem männlichen Besuch vergnügst.“

„Wisst ihr was? Geht doch nach Nocturna und amüsiert euch. Ich sitze inzwischen hier bei einem Date, das ich überhaupt nicht wollte.“

„Wunderbar“, schnurrte Luna. „Dann sind wir uns ja einig.“

Ich legte den Kopf in die Hände und konzentrierte mich auf meine Atmung.

„Menschen werden so viel später reif als Katzen“, hörte ich Merlin Luna zuflüstern. „Vielleicht hätte ich doch besser die alte Dame wählen sollen.“

„Ist es zu spät für einen Wechsel?“, fragte Luna wesentlich lauter zurück.

„Du weißt doch genauso gut wie ich, dass man das Band zwischen Magier und Vertrauter nicht brechen kann, wenn es einmal gefestigt ist, ohne dass …“

Luna fauchte leise. „Ja, ich weiß.“

„Also müssen wir uns wohl oder übel mit ihr abfinden“, schloss Merlin missmutig.

„Ich kann euch immer noch hören!“, keifte ich, marschierte dann in mein Zimmer und knallte die Tür hinter mir zu.

Hmm. Vielleicht hatten sie bezüglich meiner Reife gar nicht so unrecht.

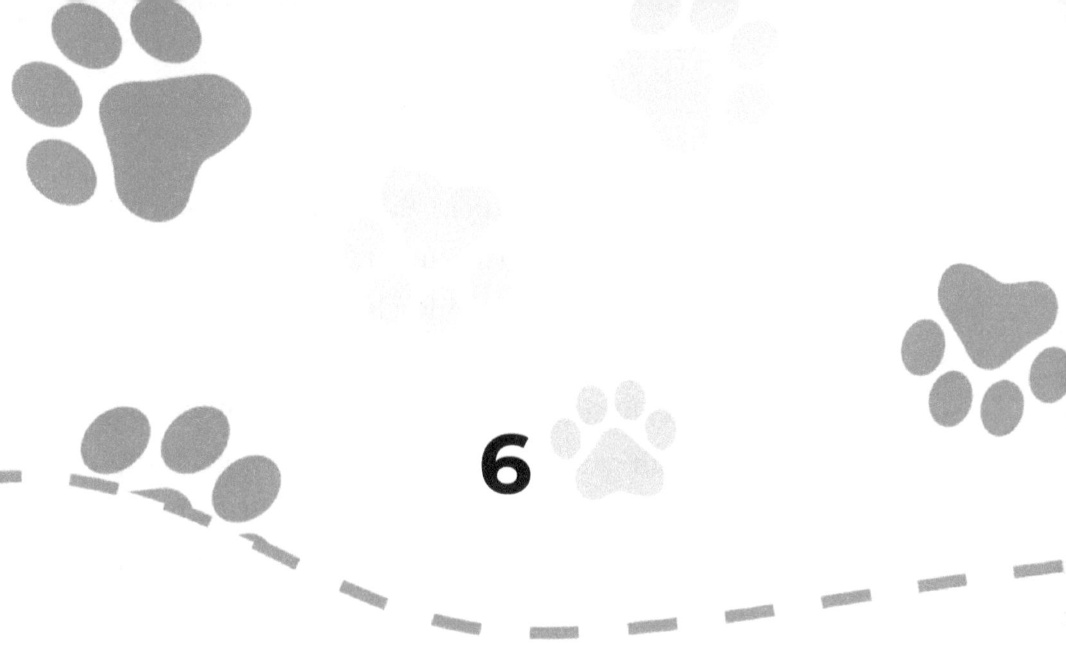

6

An diesem Abend sollte die Sonne etwa gegen Viertel vor acht untergehen. Wenn Drake also ein paar Minuten zu früh wäre, würde er das magische Schauspiel in meinem Vordergarten miterleben.

„Vielleicht sollten wir deinen Kessel nach hinten in den Garten umsiedeln", schlug ich vor, während Merlin und Luna sich auf die Reise nach Nocturna vorbereiteten. Wie gerne würde ich sie begleiten, anstatt hierzubleiben und ein garantiert unangenehmes Date mit Drake zu verbringen.

„Bist du verrückt?", fauchte Merlin und sah mich streng an. „Dabei könnten wir den Kessel beschädigen, und dann könnten wir unsere Verbindung zur Zauberwelt für immer verlieren."

„Schon gut, schon gut, war ja nur eine Idee", murmelte ich und kickte gegen ein Büschel hohes Gras am Rande der Einfahrt. So großartig es auch war, ein eigenes Haus zu besitzen, hatte ich mich bisher noch nicht erfolgreich mit dem Rasenmäher auseinandersetzen können. Jedes Mal, wenn ich ihn anwarf, löste der Geruch von frisch geschnittenem Gras eine allergische Reaktion aus und verursachte einen heftigen Niesanfall. Da ich den Rasen aber nicht wuchern lassen wollte, fuhr ich mit dem Mäher so schnell es ging darüber, wobei ich nicht gerade auf Genauigkeit achtete. Hauptsache, ich erwischte irgendetwas dabei. Weil ich es mir nicht leisten konnte, jemanden für diesen Job zu bezahlen, mussten meine Nachbarn sich mit dem chaotischen Anblick abfinden.

„Beim nächsten Mal solltest du dein Rendezvous besser woanders planen“, schnurrte Luna. Sie wand sich um meine Beine, doch ich trat einen Schritt zurück. Ihr aufdringliches Interesse an meinem Date – oder generell an meinem Liebesleben – behagte mir immer noch nicht.

„Es ist kein Rendezvous. An diesem Treffen ist rein gar nichts romantisch“, korrigierte ich sie genervt. „Wie ich schon sagte, er hat sich selbst eingeladen.“

Merlin flüsterte Luna etwas zu, das ich nicht hören konnte, und sie drehten sich beide kichernd zu mir um.

„Macht euch endlich auf den Weg“, schnaubte ich und trat erneut gegen das Grasbüschel. „Bleibt von mir aus für immer in Nocturna.“

Prustend sprangen die beiden auf die Vogeltränke, plantschten ein wenig im Wasser herum und verschwanden in einem grün-leuchtenden Strudel. Ich würde mich bestimmt niemals an Merlins merkwürdige Reisemethoden gewöhnen, weder an seinen als Vogelbad getarnten Zauberkessel, der als Portal diente, noch an seine Fähigkeit, sich und andere durch zweimaliges Blinzeln zu teleportieren.

Jedes Mal, wenn mein neues Leben als Vertraute langsam einen Sinn ergab, geschah irgendetwas Verrücktes und warf alles, was ich bisher zu verstehen geglaubt hatte, wieder über den Haufen.

Anscheinend war das nun mein ganz normaler Alltag. Alles schwebte in einem Zustand zwischen langweilig und sicher, faszinierend, aber nervenaufreibend. Mein Leben mit Merlin würde wohl immer voller Überraschungen stecken.

Nachdem er und Luna gegangen waren, blieb mir ein wenig Zeit, um mein Make-up zu richten ... vorausgesetzt, Drake kam pünktlich oder sogar ein wenig zu spät. Wenn es nach seinem Arbeitsverhalten ging, würde er sich vermutlich verspäten.

Ich hatte es nicht gewagt, in Anwesenheit der Katzen einen Pinsel oder eine Puderquaste in die Hand zu nehmen. Auch wenn ich diesem Date nicht wirklich zugestimmt hatte, wollte ich doch hübsch aussehen. Außerdem freute ich mich über jede Gelegenheit, mich ein wenig herauszuputzen.

Da außer diesem Fake-Date keine richtigen Verabredungen in nächster Zukunft anstanden, wollte ich meine neue Meerjungfrauen-Lidschattenpalette ausprobieren.

Obwohl ich mich beim Auftragen der schillernden Farben beeilte, war ich wohl leider nicht schnell genug, denn als ich gerade halbwegs fertig war, klingelte es an der Tür.

„Ich komme schon!“, rief ich und besah mich hastig im Spiegel. Verdammt, hätte ich doch nur fünf Minuten länger gehabt!

Pünktlich auf die Minute, bemerkte ich mit einem schnellen Blick auf die Mikrowellenuhr, als ich durch die Küche lief. Das hätte ich von Drake ehrlich gesagt nicht erwartet.

Er wartete geduldig auf der Türschwelle, gekleidet in ein schwarzes Hemd, Krawatte und ein Sakko, das er mit Jeans und einem Paar abgetragener Turnschuhe kombiniert hatte.

„Hi, Drake“, begrüßte ich ihn, während mein Blick auf die einzelne Blume fiel, die er in der Hand hielt. Sie war blutrot mit spitz zulaufenden Blütenblättern. Ich hatte keine Ahnung, zu welcher Gattung sie gehörte.

„Für dich“, sagte er mit einem kleinen Lächeln, das ich beinahe charmant fand.

„Danke“, erwiderte ich und nahm sie entgegen. „Sie ist wirklich hübsch.“

„Es ist eine schwarze Narzisse, auch Kaktus-Dahlie genannt“, erklärte er auf seine typisch selbstgefällige Art.

„Mit Blumen kenne ich mich ehrlich gesagt nicht so gut aus“, gab ich stirnrunzelnd zu. „Kaktusse brauchen nicht viel Wasser, richtig?“

„Der Plural von Kaktus lautet Kakteen“, korrigierte er mich schmunzelnd und steckte beide Hände in die Hosentaschen. „Außerdem ist es eine Schnittblume. Sie wird so oder so absterben, also kannst du nicht viel falsch machen.“

„Oh“, erwiderte ich, da mir nichts Besseres auf seine etwas

beunruhigende Erklärung einfiel. „Jedenfalls ... danke. Komm doch rein."

Ich eilte in die Küche, um ein Gefäß für meine Blume zu finden. Oma Grace musste hier doch irgendwo Vasen aufbewahrt haben. Nach ein paar Minuten gab ich die Suche auf und stellte sie in einen Krug, den ich bisher nur ein- oder zweimal für selbstgemachte Limonade verwendet hatte.

Für die Blume erhielt Drake definitiv Pluspunkte. Aber da es ja kein echtes Date war, tat das nicht viel zur Sache.

Jetzt, wo ich darüber nachdachte, fiel mir auf, dass ich seit meinem Umzug nach Elderberry Heights weder auf Verabredungen war noch welche haben wollte. Zunächst war ich damit beschäftigt gewesen, mich in meinem neuen Heim und Teilzeitjob zurechtzufinden, während ich vorgab, an meiner Abschlussarbeit zu recherchieren. Mittlerweile hatte ich alle Hände voll damit zu tun, Mordfälle aufzuklären, gegen fiese Hexen zu kämpfen und meine sprechenden Katzen unter Kontrolle zu halten. Es würde an ein Wunder grenzen, wenn ich es je wieder schaffte, mich ernsthaft zu verabreden.

Aber das brauchte Drake natürlich nicht zu wissen.

Für mich gab es heute Abend nur ein Ziel: herauszufinden, was er über Geister wusste und ob mir diese Informationen bei meinem Problem helfen könnten.

7

„Wird das hier eher ein Netflix-und-Chill-Date oder …?“, fragte Drake mit einem anzüglichen Grinsen.

Bei dem Gedanken konnte ich ein Schaudern nicht unterdrücken. „Äh, nein! Gib mir nur fünf Minuten, dann können wir losziehen.“

„Wohin denn?“, fragte er und folgte mir den Gang entlang.

„Keine Ahnung. Wohin du willst“, rief ich ihm über die Schulter zu, bevor ich im Badezimmer verschwand und die Tür hinter mir schloss.

„Du hast doch mich um eine Verabredung gebeten“, rief er durch die Tür. „Also bin ich davon ausgegangen, dass du einen Plan hast.“

Ich biss mir auf die Lippe, um nicht damit herauszuplatzen, dass ich überhaupt nicht vorhatte, ihn auf dieses *Date* einzuladen. Sonst würde er mir bestimmt nicht verraten, was er über Geister wusste. Daher musste ich das Spielchen eine Weile mitspielen.

„Wie wäre es mit einem Spaziergang im Mondlicht?", schlug ich vor, nachdem ich fertig geschminkt das Bad verließ. Mein Look gefiel mir, was mir die Laune erheblich versüßte.

„Hübsche Augen", bemerkte auch Drake mit einem anerkennenden Nicken. „Steht dir echt gut."

„Du kennst dich mit Make-up aus?", quietschte ich überrascht.

„Nicht wirklich, aber ich versuche, über alles zumindest ein bisschen Bescheid zu wissen. So bleibt das Leben spannend. Und klar, ein Spaziergang klingt gut." Er grinste und bedeutete mir, vorauszugehen.

Plötzlich wurde ich nervös.

Drake war offensichtlich viel aufmerksamer, als ich ihm immer zugetraut hatte. Bedeutete das, dass ich ihm unbeabsichtigt Signale gesendet hatte und ihn tatsächlich daten wollte?

Draußen bot er mir seinen Arm an, und ich hakte mich bei ihm unter. Ich kam mir richtig elegant vor, wie wir so gemächlich durch die Nachbarschaft schlenderten.

„Wie bist du zu dem Job im Café gekommen?", fragte er, den Blick in die Ferne gerichtet.

„Musste mir irgendwie das College finanzieren", antwortete ich aus Gewohnheit. Die Frage hörte ich öfters, vor allem von Professoren und anderen Studierenden, die sich wunderten, warum ich mich von einem Nebenjob ablenken ließ, anstatt mich auf meinen Abschluss zu konzentrieren, um eine viel besser bezahlte Stelle zu ergattern. „Wie steht's mit dir?"

„Ich befolge nur Befehle", sagte er und grinste mich schief an.

„Was? Von wem denn?"

Er seufzte ernüchtert. „Es gehört zu den Bedingungen meines Treuhandfonds. Wenn ich da dran will, muss ich beweisen, dass ich einen Job halten kann. Um meinem Vater eins auszuwischen, habe ich mich beim Café beworben, weil ich genau weiß, dass er eigentlich etwas ganz anderes für mich im Sinn hatte."

„Du hast also reiche Eltern? Das erklärt so Einiges", sagte ich, als mir sein schickes Sportcoupé wieder einfiel.

„Kann man so sagen, Darling", erwiderte er mit einem charmanten Lächeln und brachte mich unwillkürlich zum Lachen. Zumindest hatten wir Eines gemeinsam: Auf uns lasteten die Erwartungen anderer. Zwar würde ich meinen Abschluss schon irgendwann schaffen, aber dann wüsste ich trotzdem nicht, was genau ich mit meinem Leben anstellen wollte. Eigentlich hatte ich mich nur für Soziologie entschieden, weil es so ein breit gefächertes Studienfeld war. Und für den Master hatte ich mich nur eingeschrieben, weil der Bachelorabschluss allein nicht für einen guten Karrierestart reichte.

Generell erschien mir eine Null-acht-fünfzehn-Anstellung jedoch ziemlich langweilig, da ich mich lieber vom Leben überraschen ließ.

„Ödet dich das denn nicht an?", fragte ich Drake. „In einem Teilzeitjob ohne Aussichten festzustecken und auf die Auszahlung deines Fonds zu warten?“ Er musste ja nicht wissen, dass ich selbst absolut keinen Plan von der Zukunft hatte.

„Öde? Von wegen. Und wer sagt, dass ich keine Aussichten habe? Ich weiß immerhin ein bisschen über alles Bescheid. Wie ein echtes Universalgenie.“

„Zum Beispiel über Blumenzucht“, fügte ich mit einem Grinsen hinzu. „Oder Make-up.“

Er nickte. „Oder Geister.“

Oh, perfekt. Er hatte mir genau das Stichwort geliefert, auf das ich gewartet hatte. „Ach ja, darüber habe ich mich schon gewundert.“

Er senkte den Blick und lachte leise. „Ich weiß. Glaubst du etwa, das ist mir auf dem Parkplatz nicht aufgefallen?“

Ich blieb wie angewurzelt stehen und starrte seinen Hinterkopf an. „Aber du …“

Er hielt ein paar Schritte weiter inne und drehte sich zu mir um. „Ich habe die Situation eben zu meinem Vorteil ausgenutzt. Eigentlich wollte ich dich schon längst mal um ein Date bitten und dachte mir, auf diese Weise würdest du zustimmen.“

„Hinterhältig“, erwiderte ich mit einem breiten Grinsen.

„Ich würde eher genial sagen“, entgegnete er mit einem Zwinkern.

„Nein, ich bleibe bei hinterhältig“, lachte ich, holte dann zu ihm auf und hakte mich erneut bei ihm unter. „Also, erzählst du mir jetzt alles über die Geister?“

„Geist“, korrigierte er mich. Sein Lächeln wurde von einem

besorgten Stirnrunzeln verdrängt. „Ich habe nur diesen einen gesehen."

„Erzähl mir davon", bettelte ich praktisch und drückte seinen Arm.

Seine Miene erhellte sich wieder. „Gut, da ich bekommen habe, was ich wollte – und zwar, privat Zeit mit dir zu verbringen –, ist es wohl nur fair, dass du auch etwas bekommst. Eine frisch gebrühte Geistergeschichte, kommt sofort!"

Er räusperte sich verheißungsvoll ...

8

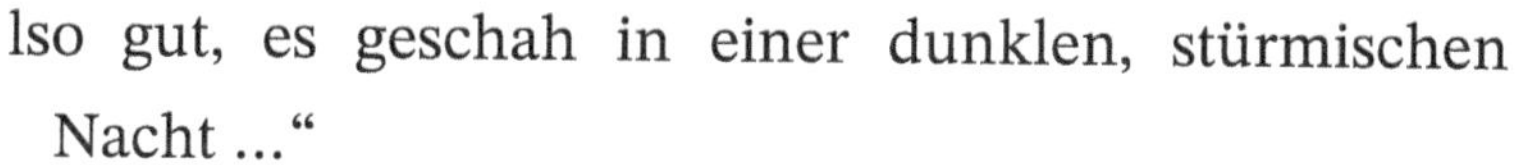

„Also gut, es geschah in einer dunklen, stürmischen Nacht …"

Ich stöhnte genervt und warf den Kopf in den Nacken. „Im Ernst jetzt?"

„Wenn du die Geschichte hören willst, musst du mich die passende Atmosphäre schaffen lassen", erwiderte Drake. Er grinste mich schief an, wobei ihm eine seiner dunklen Locken in die Stirn fiel.

Ich verdrehte nur die Augen, bedeutete ihm aber, mit der Geschichte fortzufahren.

„Wie ich schon sagte, es war eine dunkle, stürmische Nacht." Theatralisch riss er die Augen auf und warf mir einen warnenden Blick zu, ihn bloß nicht wieder zu unterbrechen.

Als ich brav den Mund hielt, grinste er noch breiter als zuvor.

„Ich war gerade einundzwanzig geworden, was bedeutete,

dass ich nun legal Zugriff auf meinen Treuhandfonds hatte. Ich begab mich auf einen Road Trip durch das ganze Land, um zu entscheiden, wo ich mich niederlassen sollte. Meine einzige Bedingung war, dass ich so weit weg von meinen Eltern ziehen wollte wie möglich. Als ich gerade auf dem Weg nach Miami war, brach ein gewaltiger Sturm über mich herein und ich musste rechts ranfahren, um zu warten, bis er vorüberzog. Während ich so dasaß, erschien plötzlich wie aus dem Nichts eine Frau in weiß." Sein Blick verklärte sich, als er sich die Erinnerung ins Bewusstsein rief. Bestimmt stellte er sich die Szene gerade bildlich vor.

Drake holte tief Luft, wobei sein Atem leicht zitterte. „Sie trug ein altmodisches Kleid und war barfuß. Durch den dichten Regen konnte ich sie kaum sehen, aber trotzdem konnte ich erkennen, dass sie halb durchsichtig war."

Ich schnappte hörbar nach Luft. „Wow, du bist also tatsächlich einem Geist begegnet."

„Wieso sollte ich dich deswegen anlügen?", fragte er und hob eine Braue.

Unter seinem eindringlichen Blick löste ich meine Hand von seinem Arm und trat einen kleinen Schritt zur Seite. „Hast ja recht. Tut mir leid. Erzähl doch bitte weiter."

Er zuckte mit den Achseln. „Recht viel mehr gibt es nicht zu erzählen. Ein anderes Auto kam die Straße entlang und fuhr das Ding fast um, kam aber ins Schleudern und schlidderte in den Graben. Ein Minivan hielt an, um den Verunglückten zu helfen. Irgendwann hörte der Regen auf und ich setzte meinen Weg nach

Miami fort. Dort blieb ich für ein paar Monate, aber die viele Sonne ging mir irgendwann auf den Wecker, also kam ich zurück nach Georgia, um die Stelle zu suchen, an der ich den Geist gesehen hatte. Als ich sie nicht mehr finden konnte, gab ich die Suche auf. Zu diesem Zeitpunkt bemerkte ich den Aushang in Harolds Kaffeehaus, dass Aushilfen gesucht wurden, und entschied mich, in Elderberry Heights zu bleiben."

„Wow", flüsterte ich, obwohl ich noch dabei war, die ganze Geschichte zu verdauen. „Also glaubst du auch wirklich an Geister?"

„Auf jeden Fall", bekräftigte Drake ohne zu zögern, als hätte ich ihn gefragt, ob der Himmel blau sei. „Ich habe mir seitdem ein paar Spukhäuser angesehen und mit Hellsehern gesprochen, doch das war alles nur Betrügerei und Schwindel."

Ich legte ihm eine Hand auf die Schulter und wartete, bis er sich zu mir hinunterbeugte, bevor ich ihm ins Ohr flüsterte: „Was, wenn ich dir sage, dass sich in meinem Haus gerade ein Geist materialisiert?"

Drakes Augen funkelten neugierig. „Dann würde ich dich fragen, was du hier draußen zu suchen hast. Kann ich ihn sehen? Oder mit ihm sprechen?" Er sah aus wie ein Kind unterm Weihnachtsbaum.

„Ich glaube nicht, dass er schon etwas sagen kann, aber ich weiß, dass er da ist. Vorhin war er noch ziemlich schwach, aber er scheint stärker zu werden." Ich war stolz auf mich, kein Sterbenswörtchen über meine Katzen verloren zu haben.

Gerade, als ich fürchtete, er würde weitere Fragen stellen, die ich nicht beantworten konnte, drehte er sich auf dem Absatz um und marschierte in Richtung meines Hauses zurück. Anscheinend konnte er es nicht erwarten, den Geist mit eigenen Augen zu sehen.

„Das habe ich immer am meisten bereut, weißt du", sagte er, während ich mich bemühte, mit ihm Schritt zu halten. „Tatenlos im Auto sitzenzubleiben, anstatt zu versuchen, mit der Erscheinung zu kommunizieren."

„Aber du sagtest doch, ein anderer Wagen wäre durch sie hindurchgefahren", erinnerte ich ihn und legte die Arme um mich selbst. Obwohl es überhaupt nicht kalt draußen war, brauchte ich diesen Trost, weil seine Geschichte mir eine Gänsehaut verursacht hatte.

Er nickte. „Ja, ein anderer Fahrer hat sie verjagt, aber zuvor ist sie einfach nur auf der Stelle geschwebt. Es schien, als würde sie auf etwas oder jemanden warten."

Langsam wurde es echt gruselig. Es war schon von Anfang an ein wenig unheimlich gewesen, aber je mehr Drake von seiner übernatürlichen Erfahrung preisgab, desto mehr sorgte ich mich darüber, wie sich meine Situation wohl entwickeln mochte.

Würde sich mein Hausgeist überhaupt vertreiben lassen? Und wenn ich zu radikal vorging, würden die Katzen und ich dann am Ende eine wichtige Nachricht aus dem Jenseits verpassen?

Wenn ich doch nur mehr wüsste ...

9

Ich führte Drake zurück zu meinem Haus und bat ihn herein, um sich meinen Baby-Geist anzusehen. Diesmal war mir wesentlich wohler bei dem Gedanken, ihn hereinzulassen. Er wusste, wie ich über unser Fake-Date dachte und hatte mir außerdem alles über seine übernatürliche Erfahrung anvertraut.

Natürlich hoffte ich, ihn loszuwerden, bevor die Katzen zurückkehrten. Ich könnte ihre stichelnden Kommentare nicht erneut ertragen.

„Und? Wo ist er?", fragte Drake erwartungsvoll und sah sich im Haus um, als könne er den Geist mit bloßem Auge erkennen.

„Ich weiß nicht, ob er sich schon ganz zeigt. Vermutlich ist seine Präsenz nachts am stärksten, aber die Sonne ist ja gerade erst untergegangen", erklärte ich, während ich an die Decke in der Ecke des Gangs zeigte, der zu meinem Schlafzimmer führte.

Drake marschierte geradewegs hinüber und streckte die Hände nach der Stelle aus.

„Was machst du da?“, prustete ich und schlug mir mit der Hand vor die Stirn. „Willst du das Ding etwa abklatschen?“

Er drehte sich zu mir um, wirkte jedoch nicht verlegen, sondern vielmehr verspielt. „Ich will herausfinden, ob es hier eine zeitliche Anomalie gibt.“

Ich schnaubte belustigt. „Und? Gibt es eine?“

„Na ja, mir ist gerade aufgefallen, dass ich ja keine Ahnung habe, wie sich eine anfühlt. Ich habe zwar mal einen Geist gesehen, aber das war eher ein unverhoffter Glücksfall.“ Er legte den Kopf schief. „Woher wusstest du überhaupt, dass er hier ist?“

Plötzlich schlug mir das Herz bis zum Hals. Ich hasste es zu lügen, aber wenn ich ihm die Wahrheit über Merlin verriet, würde ich für den Rest meines Lebens hinter magische Gitter wandern. Obwohl ich mich deswegen zum Flunkern gezwungen sah, hieß das nicht, dass ich gut darin war.

„Oh, äh, das liegt an meiner Intuition“, stammelte ich. „Manchmal kann ich Dinge hören, die niemand sonst wahrnimmt.“ Das stimmte ja auch irgendwie, wenn auch nur, weil die Katzen sich entschlossen hatten, mit mir zu reden anstatt mit jemand anderem.

Seine Augen wurden groß, als er mich von einer ganz neuen Seite zu betrachten schien. „Wow. Also hast du ihn tatsächlich gehört? Hat er etwas zu dir gesagt?“

Hastig schüttelte ich den Kopf. „Nein, es waren keine Worte, mehr so ein Geräusch, wie, äh ... Wellen, die leise gegen den Strand krachen."

„Wie kann man denn leise gegen etwas krachen?", schmunzelte er.

Ich wusste nicht, ob das eine rhetorische Frage war, also versuchte ich, mich zu erklären: „Das lässt sich schwer beschreiben. Es klingt ein wenig wie *wuschwuschwuschwusch*."

„Klingt eher wie die Laute, mit denen manche Leute ihre Katze rufen", merkte er an und lachte leise.

Ich grinste verlegen. „Haha, ja, irgendwie schon. Na ja, vielleicht schiebe ich ja auch ganz umsonst Panik. Immerhin klingt das alles total verrückt, was?"

Drake kam durch den Gang auf mich zu. „Als verrückt bezeichnen die Leute nur Dinge, die sie nicht verstehen können. Ich jedenfalls glaube dir, was deinen Geist angeht, und ich finde die ganze Sache echt cool."

„Danke", seufzte ich erleichtert auf.

Er hob die Hand und legte sie mir auf den Arm. „Und du bist auch echt cool, Gracie. Du bist anders als die anderen, vor allem in letzter Zeit. Ich muss sagen, das gefällt mir."

Ich musste schlucken. „D-danke."

Sein Blick wurde sanft und er ließ seine Finger an meinem Arm hinaufwandern. „Hör mal", murmelte er. „Ich weiß, dass ich dich mit diesem Date überrumpelt habe, und dass du zu nett warst, um abzusagen. Aber jetzt kannst du definitiv nein sagen, okay?"

Ich nickte, als seine Hand meine Schulter erreichte.

Er trat noch einen Schritt auf mich zu. „Darf ich dich küssen?"

Oh, wow. Wo kam das denn auf einmal her? „Nein!", rief ich aus, wahrscheinlich etwas zu heftig.

Drake nahm sofort die Hand von mir und wich einen Schritt zurück. Er lächelte zwar immer noch, aber es wirkte aufgesetzt.

„Tut mir leid", murmelte ich. „Es ist nur ... bei mir ist gerade einfach so viel los und ..."

Er hob eine Hand. „Ist schon okay. Ich hab's kapiert. Eigentlich war mir schon klar, dass du nicht auf mich stehst, aber ich wollte eben sichergehen. Dann hau ich jetzt mal ab. Sag Bescheid, wenn du Hilfe mit deinem Geist brauchst oder vielleicht mal was unternehmen willst."

Damit schob er sich an mir vorbei und eilte zur Haustür.

„Drake, es tut mir wirklich leid!", rief ich aus und lief ihm hinterher. „Ich mag dich, und es war echt schön, heute Abend Zeit mit dir zu verbringen. Aber wir kennen uns einfach noch nicht gut genug. Und ich habe gerade wirklich viel um die Ohren. Das war nicht gelogen."

Er legte den Kopf schief. „Du musst dich vor mir nicht rechtfertigen. Ich bin nun mal gewöhnungsbedürftig."

„Hey, ich werde mich schon an dich gewöhnen, wenn wir ein wenig mehr Zeit miteinander verbringen", platzte ich unüberlegt heraus. Dabei fühlte ich mich doch gar nicht auf diese Weise zu ihm hingezogen und wusste nicht, ob ich es je tun würde.

Er hielt inne, die Hand auf dem Türknauf. „Heißt das, du könntest doch irgendwann scharf auf Vitamin D sein?"

Bei seinen Worten klappte mir die Kinnlade herunter. Ich wollte etwas erwidern, brachte aber nur ein leicht angeekeltes Stöhnen heraus.

Drake riss die Augen auf. „Damit meinte ich mich! Nichts Unanständiges! Das D steht für Drake, mehr nicht!“

Ich nickte stumm, immer noch etwas benommen vor Schock.

„Okay, ich geh dann mal und springe von der nächsten Brücke“, seufzte er und flüchtete durch die Tür.

Einen Moment lang stand ich wie angewurzelt da und überlegte, ob ich ihm nachlaufen sollte. Doch dann …

10

„Aus dem Weg! Aus dem Weg!“, schrie Merlin, als er und Luna unter einem grünen Funkenregen aus der Vogeltränke purzelten.

„Seid still, sonst bemerkt euch noch jemand!“, zischte ich von der Eingangstür aus. Nach einem schnellen Blick zur Straße hin war ich erleichtert, dass Drake bereits vor diesem Spektakel verschwunden war.

„Das war knapp“, murmelte Merlin, als er und Luna an mir vorbei ins Haus flitzten.

Ich schloss die Tür hinter ihnen und verriegelte sie. Nur vorsichtshalber.

„Was ist denn passiert?“, fragte ich, obwohl ich nicht sicher war, dass ich die Antwort wissen wollte.

Luna leckte über Merlins Stirn, woraufhin er sich merklich entspannte.

„Danke“, schnurrte er, während beide mich weiterhin ignorierten.

Luna schmiegte sich an seine Seite. Die beiden hätte ich selbst mit einer Brechstange nicht mehr auseinanderbekommen. Und ich versuchte es auch erst gar nicht.

„Wir sind ein paar Bekannten aus Merlins Vergangenheit begegnet, und die waren nicht gerade begeistert, ihn zu sehen. Oder uns beide zusammen“, erklärte Luna.

„Was haben sie denn getan?“, fragte ich. Merlin war doch noch ein halbes Kätzchen! Erst vor Kurzem hatte er mich zu seiner Vertrauten gemacht und war somit ein vollwertiger Magier geworden. Wie konnte ein so junger Kater denn bereits so verbitterte Feinde haben?

„Sie haben ihn zu einem Duell herausgefordert ... woraufhin er dämlicherweise eingewilligt hat“, berichtete Luna und sah Merlin durch zusammengekniffene Augen an.

„Was? Du hättest heute Abend sterben können?“, quietschte ich gleichermaßen überrascht und verängstigt. „Was hast du dir nur dabei gedacht?“

„Gar nichts“, antwortete Luna seufzend. „Aber du darfst nicht vergessen, dass wir Katzen die Dinge anders regeln als ihr Menschen.“

„Aber ihr meint doch die Art von Duell wie in Hamilton, oder? Mit Pistolen und allem drum und dran?“ Unwillkürlich musste ich mir Merlin in historischer Kostümierung vorstellen, wie er einen anderen Kater in Kolonialtracht umkreiste, während sie sich gegenseitig ihr Leid klagten. Das klang nach einer Fernsehserie, die ich mir definitiv ansehen würde!

„Nein, keineswegs“, erwiderte Luna und rümpfte die Nase, als hätte sie meine Gedanken gelesen.

„Wie denn dann?“, fragte ich neugierig.

Endlich meldete Merlin sich zu Wort. Sein Schwanz zuckte leicht. „So schlimm war es gar nicht. Wir Katzen kämpfen mit dem, was uns zur Verfügung steht.“

Er hob eine Pfote und fuhr die Krallen aus. „Sprich, mit einer Kombination aus Magie und guter, alter Rauferei.“

Luna stupste ihn an, bis er die Krallen wieder einfuhr. „Gewöhnliche Katzen kämpfen mit den Krallen. Magische Katzen benutzen Phantomklauen.“

Ich schüttelte verwirrt den Kopf. Was für eine seltsame Metapher.

„Wir zielen auf die Magie, die in unserem Gegner steckt“, erklärte Merlin, wobei er die Ohren anlegte, erneut eine Pfote hob und in die Luft schlug. „Etwa so, nur, dass wir dabei keine äußeren Wunden verursachen oder den Stolz des anderen verletzen wollen. Wir greifen die Magie unseres Gegners an, bis einer nicht mehr genug übrig hat, um das Duell fortzuführen.“

„Bis zum Tod?“ Der Gedanke erschien mir barbarisch. Aber wenn Menschen sich auf diese Weise das Leben nehmen konnten, dann war es wohl unter anderen Arten ebenfalls nicht so ungewöhnlich. Auch wenn ich mir wünschte, dass sie es nicht täten.

Merlin erschauderte. „Nein, viel schlimmer. Der Verlierer muss fortan ohne Magie leben. Ein noch viel grausameres Schicksal als der …“

„Ähäm!“, räusperte ich mich laut, um ihn zu unterbrechen.

„Was ist denn?“, fragte Merlin, bevor sein Blick auf Luna fiel und er beschämt den Kopf sinken ließ. „Oh, stimmt ja. Tut mir leid.“

„Ich weiß ja, dass du es nicht so gemeint hast“, erwiderte sie leise, obwohl seine Worte sie offensichtlich verletzt hatten. „Und ich weiß auch, dass du deine Zauberkräfte nicht leichtfertig aufs Spiel setzen würdest, wenn wir eine bedrohliche Existenz im Haus haben.“

„Warum wollten diese anderen Katzen überhaupt mit dir kämpfen? Was immer du angestellt hast, *so* schlimm kann es ja wohl nicht gewesen sein.“ Merlin konnte zwar manchmal ziemlich sarkastisch und ungehobelt sein, aber im Großen und Ganzen war er doch ein guter Kerl. Er schien mir nicht von der schurkenhaften Sorte … Na ja, bis auf die Sache, die er mit Luna abgezogen hatte. Okay, wenn ich näher darüber nachdachte, hatte er sich in seinem kurzen Leben doch tatsächlich schon mehrere Feinde gemacht. Vielleicht gehörte das einfach zur Magie dazu. Ich musste noch viel über diese seltsame Welt lernen.

Merlin fauchte ungehalten. „Bevor Luna meine Freundin wurde, war sie mit Tom zusammen.“

„Tom?“, wiederholte ich. „Tom, der Kater?“

„Ja, und als er sie ohne Magie sah, machte er mich dafür verantwortlich. Er wurde so wütend, dass er mich um ihrer Ehre willen zum Duell herausforderte."

„Das ist irgendwie total romantisch", merkte ich mit einem verklärten Grinsen an.

Luna schüttelte vehement den Kopf. „Niemand muss sich für mich duellieren, weder Tom noch Merlin noch sonst irgendwer. Ich treffe meine eigenen Entscheidungen und trage meine eigenen Kämpfe aus, egal ob mit oder ohne Magie. Aber natürlich ließ Merlin sich auf das Duell ein, bevor ich ihm das sagen konnte."

Merlin nickte grimmig. „Doch nachdem mir Lunas Missfallen auffiel, blieb uns nichts anderes übrig, als zu fliehen und zu hoffen, dass wir das Portal erreichten, bevor Tom und seine Handlanger uns einholten."

„Bitte sagt mir, dass ihr wenigstens die Infos über den Geist erhalten habt, bevor dieses Chaos ausgebrochen ist", murmelte ich bestürzt.

„Selbstverständlich!", erwiderte Luna mit einem breiten Grinsen, das jedoch ebenso schnell wieder verschwand. „Allerdings wäre es besser, wenn Merlin sich erst einmal eine Weile nicht mehr in Nocturna blicken lässt."

„Aber ohne ihn können wir auch nicht hin."

„Ich weiß", sagte sie und peitschte trübselig mit dem Schwanz. „Also sollten wir Nocturna im Moment von unserer Ressourcenliste streichen."

Na toll. Unsere Verbindung zur magischen Welt war fürs Erste unterbrochen, und das ausgerechnet, während wir mit einem ziemlich realen, ziemlich dringlichen magischen Problem zu tun hatten.

Das würde die Sache bestimmt einfacher machen.

11

„Aber du sagtest doch, ihr hättet bekommen, was wir brauchen“, wiederholte ich und hoffte, dass das der Wahrheit entsprach. Ohne den Kontakt zu anderen magischen Wesen in Nocturna mussten wir uns dem ungebetenen Hausgast ganz alleine stellen.

„Entspann dich“, schnaubte Merlin und starrte mich aus seinen riesigen, grünen Augen an. „Oder hast du etwa schon Regel Nummer eins vergessen?“

Nein, ich erinnerte mich noch genau daran: Ich musste Merlin bedingungslos vertrauen. Eine dämliche Regel, aber er bestand darauf.

Ich presste die Lippen zusammen und wartete, dass er mir mehr von dem Ausflug erzählte.

Sobald er sich sicher war, dass ich ihn nicht unterbrechen würde, fuhr er fort. „Wir sind in die Bibliothek gegangen und haben dort einen Zauberspruch gefunden, mit dem wir den Geist einfangen können."

Mir klappte buchstäblich die Kinnlade herunter. „Nocturna hat eine Bibliothek?", quietschte ich aufgeregt. Oh, wie gerne würde ich der jetzt einen Besuch abstatten!

„Ja. Was ist daran so toll?", fragte Merlin und peitschte ungehalten mit dem Schwanz.

„Nichts. Es ist nur, ich liebe Bücher und ..."

„Können wir uns vielleicht wieder auf das Wesentliche konzentrieren?", schnauzte er mich an. Offensichtlich war er immer noch aufgewühlt von dem Beinahe-Kampf mit Tom.

Luna warf mir einen versöhnlichen Blick zu. „Die Bibliothek ist wunderbar, aber leider für Katzen ausgelegt. Du würdest gar nicht durch die Tür passen, Gracie."

Und schon war dieser Traum wieder zunichte. Ich hatte nicht einmal Zeit gehabt, mir vorzustellen, wie ich unter Stapeln von magischen Büchern begraben würde. *Mist.*

Merlin legte sich hin und steckte die Pfoten unter die Brust. Anscheinend überließ er Luna nun das Reden.

Sie stand auf, streckte sich und reckte den Schwanz in die Luft. „Wir haben also den Zauberspruch gefunden, den wir brauchen, und ich sollte alle nötigen Zutaten in meinem Garten haben. Da ich keine Magie mehr besitze, kann ich den Trank nicht selbst herstellen, aber ich kann Merlin dabei unterweisen. Oder auch dich."

Oh, richtig. Als Merlins Vertraute war ich das Medium für seine Magie, eine Art tragbares Ladegerät. Zwar konnte ich die

Magie nicht selbst wirken, diente meinem flauschigen Befehlshaber aber als jederzeit verfügbarer Quell.

„Da gibt es nur ein Problem", erkannte ich plötzlich. „Dein Garten befindet sich auf Virginias altem Grundstück. Darauf können wir nicht zugreifen."

Sie grinste teuflisch. „Doch, denn er ist ja im Freien. Wir müssen einfach nur reinmarschieren und uns nehmen, was wir brauchen."

Ich schnitt eine Grimasse. „Fällt das nicht unter Diebstahl?"

Merlin lachte. „Nach allem, was wir durchgemacht haben, sorgst du dich wegen Diebstahls? Außerdem gehört der Garten ja Luna. Sie hat ihn bepflanzt, sich darum gekümmert. Wer hätte mehr Anspruch darauf als sie?"

„Zerbrich dir nicht zu sehr den Kopf darüber", sagte Luna beschwichtigend zu mir. Dann schmiegte sie sich wieder an Merlin. „Also, los. Wir müssen die Zutaten schnellstens besorgen, wenn wir unser Geisterproblem lösen wollen."

Ich seufzte. Sie hatte natürlich recht. Trotzdem fühlte ich mich nicht gut bei dem Gedanken, auf einem fremden Grundstück herumzuschleichen. Vor allem, wenn man bedachte, in was für Schwierigkeiten wir dadurch früher geraten waren!

Aber nun, da die Katzen es sich in den Kopf gesetzt hatten, konnte ich sie nicht mehr davon abbringen.

Seufzend ergab ich mich meinem Schicksal und legte eine Hand auf Merlins Rücken.

Er blinzelte zweimal, und schon wurden wir drei in Lunas ehemaligen Garten teleportiert.

Besser gesagt, landeten wir in der hintersten Ecke des Gartens unter einem großen Baum, der mir nur allzu bekannt vorkam. Mit einem Schaudern erinnerte ich mich an meine vorherigen Besuche hier. Keiner davon war besonders angenehm verlaufen. Beim ersten Mal waren Merlin und ich in das Haus eingebrochen, nur um dort von Luna, die damals noch unsere Gegnerin war, bedroht zu werden. Außerdem entführte sie mich und zwang mich, ihr bei einem Liebeszauber zu helfen, auch wenn ich zu dem Zeitpunkt nicht wusste, was er bewirkte. Die schrecklichste Erinnerung war jedoch die an den entscheidenden Kampf mit Virginia und der fiesen Illusionshexe, die hinter den finsteren Plänen steckte. Während der Konfrontation hatte sie den Baum, neben dem wir jetzt standen, entwurzelt und für sich kämpfen lassen.

Gruselig, gruselig, gruselig!

War es da ein Wunder, dass ich mich dagegen sträubte, mitten in der Nacht hierher zurückzukehren?

Etwas Rotes in meinem Augenwinkel erregte meine Aufmerksamkeit. Ruckartig drehte ich mich um, in der Erwartung, eine wahnsinnige Hexe auf mich zurennen zu sehen. Aber es war nur ein „ZU VERKAUFEN“-Schild, das sanft in der Brise hin und her schwang.

Luna stellte sich neben mich und sagte: „Virginia hatte keine Familie. Keine Angehörigen. Deshalb hatte ich sie auch als Vertraute gewählt. Es ist einfacher, mit jemandem zusammenzuarbeiten, der keine engen Beziehungen pflegt.“

„Ist das der Grund, warum du mich gewählt hast?“, wandte

ich mich an Merlin. Ich fragte mich, ob ich mich beleidigt fühlen sollte. Wählten Katzenmagier gezielt Personen aus, die gesellschaftliche Außenseiter waren? Hielten meine Katzen mich etwa für eine einsame Versagerin, die niemand vermissen würde?

„Deshalb hatte ich ursprünglich deine Großmutter gewählt", erklärte Merlin, ohne mich anzusehen. „Du warst die logische Alternative, als sie wegzog."

Ich schnaubte irritiert. „Danke für die Erinnerung."

„Hey, ich bin glücklich mit meiner Wahl, egal, wie es dazu kam."

Das entlockte mir immerhin ein Lächeln. „Okay, also, wir sind hier, weil wir Zutaten brauchen, nicht wahr? Holen wir sie uns und verschwinden wieder. Auch wenn hier niemand mehr wohnt, fühle ich mich nicht wohl dabei, im Dunkeln herumzuschnüffeln."

„Dein Sinn für Moral ist manchmal echt fragwürdig", stellte Merlin fest, hob den Kopf und schnupperte in der Luft. „Aber wenn du meinst."

12

Luna führte uns um das Haus in den hinteren Teil des Gartens. Ich konnte zwar in der Dunkelheit nicht viel sehen, aber die Katzen pflückten eifrig Blumen und Kräuter und legten sie auf einen kleinen Haufen zu meinen Füßen.

„Habt ihr es bald?", fragte ich nach einigen Minuten.

In diesem Moment tauchte ein Flutlicht den Garten in blendendes Licht.

„Hallo!", rief jemand seitlich vom Haus, während eilige Schritte sich uns näherten. „Wer ist da?"

Ich erstarrte und hoffte nur, dass Merlin uns schnell wegteleportierte, bevor die Person uns erreichte.

Aber die Hoffnung war vergebens. Wahrscheinlich hatte er es nicht mal wirklich versucht.

„Gracie?“, rief die Person überrascht aus. „Was tust du denn hier hinten?“

Langsam gewöhnten sich meine Augen an das grelle Licht, und die Silhouette vor mir nahm die Gestalt meiner Freundin und Chefin, Kelley Carmine, an.

„Hi“, erwiderte ich und winkte ihr etwas unbehaglich zu.

„Was tust du hier?“, fragte sie erneut und trat ein wenig näher, jetzt, da wir uns erkannt hatten.

„Ach, weißt du …“, lachte ich, um meine Nervosität zu überspielen. „Ich mache nur einen kleinen Nachtspaziergang mit meinen Katzen.“

Kelley legte den Kopf schief. „In meinem Garten?“

Ich trat einen Schritt zurück. „Dein Garten? Ich dachte, dieses Grundstück stünde zum Verkauf? Tut mir leid, ich wusste nicht …“

„Mach dir keinen Kopf“, sagte Kelley und machte eine wegwerfende Handbewegung. „Es gehört noch nicht offiziell mir. Aber mein Angebot wurde heute akzeptiert, also sollte es nicht mehr lange dauern, bis ich den Vertrag unterschreibe.“

„Wow, Kelley, das ist ja unglaublich! Glückwunsch!“ Ich lächelte erleichtert. Es gefiel mir zwar nicht, heimlich auf dem Grundstück meiner Freundin herumzuschleichen, aber es war immerhin besser als von einem Fremden erwischt zu werden.

Kelley errötete leicht. „Ja, jetzt, da ich hier ein Geschäft leite, habe ich beschlossen, etwas sesshafter zu werden. Es fühlte sich nicht richtig an, in der Wohnung meines Vaters zu bleiben. Also habe ich ein wenig recherchiert und dieses hübsche Häuschen hier gefunden. Ich wollte gerade ein paar Dinge ausmessen, damit ich die Einrichtung planen kann."

„Du hast wirklich eine gute Wahl getroffen. Der Garten ist zauberhaft."

Wir beide betrachteten die Beete voller Kräuter und Blumen, die beinahe die Hälfte des Gartens einnahmen.

Kelley schüttelte den Kopf. „Findest du? Ich habe keine Ahnung, was das für Pflanzen sind. Eigentlich hatte ich überlegt, sie rauszureißen und stattdessen durch Tulpen zu ersetzen, meine Lieblingsblumen. Die sollen nämlich viel pflegeleichter sein als die meisten anderen Gewächse."

Luna japste schockiert und ließ sich aufs Gras plumpsen.

„Äh, geht es deiner Katze gut?"

„Oh, ja, mit Luna ist alles in Ordnung. Beiden geht es ausgezeichnet. Tut mir leid, dass wir so unerwartet hier aufgetaucht sind. Die Katzen gehen hin, wo sie wollen, und ich laufe einfach hinterher." Das war die beste Ausrede, die mir einfiel, weil sie zumindest mehr oder weniger der Wahrheit entsprach.

„Ist schon in Ordnung. Wie gesagt, es gehört ja noch nicht wirklich mir. Aber sobald alles unter Dach und Fach ist, seid ihr drei natürlich jederzeit willkommen." Mit diesen Worten ergriff Kelley meine Hand und zog mich in Richtung des Hauses. „Da du schon mal hier bist, komm doch rein und sieh es dir an! Kannst du das glauben, Gracie? Ich habe gerade ein Haus gekauft! Oder jedenfalls so gut wie. Ein Haus!"

Lachend begleitete ich sie zur Vordertür. Obwohl es ein wenig merkwürdig war, dass sie ausgerechnet dieses Haus gekauft hatte, überraschte es mich nicht, dass sie bald ein Eigenheim besitzen würde. Ihr Vater wäre sicher stolz auf sie gewesen.

Ich durfte mir nur keinesfalls anmerken lassen, dass ich bereits in ihrem Haus gewesen war, sonst müsste ich mir ein paar wirklich gute Lügen ausdenken.

Kelley fummelte an dem Schließfach neben der Tür herum, das der Makler angebracht hatte, und holte einen Schlüssel heraus. „Du musst deine Fantasie benutzen, okay? Die ehemalige Besitzerin hatte einen furchtbaren Geschmack, aber mein Makler hat mir versichert, dass alles ausgeräumt wird, bevor ich einziehe."

Ich nickte und lächelte, während sie den Schlüssel ins Schloss steckte und die Tür öffnete.

„Hier ist ja alles voller Blumenmuster!", rief ich aus, sobald sie das Licht eingeschaltet hatte. Natürlich war die Einrichtung bunt geblümt ... Immerhin hatte hier eine Gartenhexe mit ihrer Vertrauten gewohnt.

„Irgendwie traurig, nicht? Ich weiß nicht, wie die frühere Besitzerin gestorben ist, aber es gab niemanden, der dieses Haus oder ihren Besitz hätte erben können. In meiner Vorstellung war sie eine arme, alte Frau, die in dieser altmodischen Zeitkapsel festsaß und nur ein oder zwei Katzen als Gesellschaft hatte." Sie warf mir einen flüchtigen Blick zu und biss sich auf die Lippe. „Nichts für ungut."

Da hatte sie Virginia aber völlig falsch eingeschätzt.

„Nichts für ungut, was die Katzen angeht?“, fragte ich und grinste schief.

„Nein, wegen deines Hauses. Ich wollte nicht andeuten, dass Retro nicht auch cool sein kann. Es ist nur …“ Sie ließ eine Hand über den Raum schweifen. „Hier ist wirklich *alles* voller Blumen.“

Na toll, also verkörperte ich anscheinend das Klischee einer alten Dame.

„Mein Haus gehörte ursprünglich meiner Großmutter“, erklärte ich ihr, während wir in die Küche gingen. „So viele schöne Erinnerungen hängen damit zusammen, dass ich es nicht übers Herz bringe, irgendetwas daran zu verändern.“

Kelley runzelte bestürzt die Stirn. „Oh, das tut mir leid. Ich wusste nicht … Mein Beileid!“

Ich musste lachen. „Nein, Oma Grace ist nicht tot. Sie ist nur nach Florida gezogen.“

„Oh, na das freut mich zu hören.“ Sie zwinkerte mir zu und führte mich in das kleine, elegante Esszimmer. „Irgendwann lade ich dich und die anderen Leute vom Café zu einem richtig schicken Dinner ein.“

„Klingt super!“, bekräftigte ich.

„Ja, das wird toll“, sagte sie mit verklärtem Blick, als könne sie sich den Abend bereits bildlich vorstellen.

Ich hingegen bekam die Erinnerung an Virginia und die schrecklichen Ereignisse, die sich hier zugetragen hatten, nicht aus dem Kopf.

Na ja, immerhin wusste ich, dass Virginia nun bei mir herumspukte und Kelley daher wahrscheinlich in Ruhe lassen würde. So schwierig es auch sein mochte, mich selbst vor einem wütenden Geist zu schützen, wäre es doch viel komplizierter, einer Freundin dabei zu helfen, ohne die Existenz der magischen Welt preiszugeben.

13

Nachdem Kelley mir auch das Schlafzimmer gezeigt hatte, führte sie mich zurück in den Korridor und wandte sich mir mit besorgtem Blick zu. „Gracie, glaubst du, ich mute mir zu viel auf einmal zu? Mit dem Café und dem Haus? Immerhin bin ich erst knapp einen Monat hier und noch ziemlich aufgewühlt wegen der ganzen Sache mit meinem Vater und …"

Ich legte ihr eine Hand auf die Schulter. „Kelley, ist schon gut. Es ist ziemlich viel Arbeit, aber du schaffst das. Du hast bei der Neugestaltung des Cafés bereits so viel erreicht, und du wirst sicher auch dieses Haus in etwas Großartiges verwandeln."

Sie bedachte mich mit vor Tränen glänzenden Augen. „Glaubst du das wirklich?"

„Natürlich. Ich glaube an dich und werde dich immer unterstützen." Scheinbar war ich unbeabsichtigt zu Kelleys Mentorin geworden, nachdem ich ihr geholfen hatte, die Trauer um ihren Vater zu verarbeiten. Aber das war schon okay. Ich mochte sie wirklich gern und wollte nur, dass sie glücklich war. Außerdem hoffte ich, sie würde nie herausfinden, dass ich sie ursprünglich verdächtigte, ihren Vater ermordet zu haben. Mitterlweile wusste ich natürlich, dass sie keiner Fliege etwas zuleide tun könnte.

Kelley seufzte und umarmte mich fest. „Ich bin so froh, eine Freundin wie dich zu haben, Gracie. Es fühlt sich an, als läge ein Schraubstock um meine Brust, und mit jedem Tag, mit dem wir uns der Neueröffnung nähern, zieht er sich weiter zu. Ich bekomme jetzt schon kaum Luft, wie wird es da erst am großen Tag selbst sein? Ich habe Angst, dass ich ersticken werde."

Ich tätschelte ihr den Kopf wie man es bei einem aufgewühlten Kind tun würde. Und eigentlich war Kelley ja noch mehr Kind als Erwachsene. Mit ihren achtzehn Jahren hatte sie wirklich Einiges zu stemmen. So viel älter war ich zwar nun auch nicht, allerdings musste ich mich mit weitaus weniger Verantwortlichkeit herumschlagen als sie ... wenn man meinen magischen Kater mit einer scheinbar endlosen Armee an Feinden nicht dazu zählte.

„Das ist nur die Panik", sagte ich, als ich mich an die Worte meiner Großmutter erinnerte. „Jetzt erscheint es dir vielleicht schlimm, aber es kann auch echt gut sein."

Kelley trat einen Schritt zurück und musterte mich argwöhnisch. „Panik soll gut sein?"

„Es bedeutet, dass dir etwas wichtig ist. Das Leben ist so viel besser, wenn einem Dinge und Menschen wirklich am Herzen liegen. Du kannst diese Panik als Antrieb nehmen, dich von ihr motivieren lassen und sie nutzen, um deine Ziele zu erreichen. Dann schaffst du in null Komma nichts alles, was du dir vornimmst."

„Klingt, als würdest du aus Erfahrung sprechen", erwiderte sie mit einem gepressten Lächeln.

Ich nickte. „Aus der Erfahrung meiner Großmutter, zumindest."

„Ein guter Rat. Wusste sie auch etwas über die Liebe zu sagen?"

Meine Augen weiteten sich überrascht. „Liebe?"

Kelley wurde knallrot und senkte den Blick. „Ich bin nur ein wenig verknallt, und ich weiß ja, dass ich eigentlich gar keine Zeit für so etwas habe, aber jedes Mal, wenn ich ihn im Café sehe … Ups, jetzt habe ich mich verplappert!"

„Kelley!", stöhnte ich, griff nach ihrem Arm und zwang sie, mich anzusehen. „Bitte sag mir, dass es nicht Drake ist."

Sie zuckte verlegen mit den Achseln. „Ich weiß, ich weiß. Aber er ist einfach so cool und kümmert sich null darum, was andere von ihm denken. Ich wünschte, ich wäre so selbstbewusst wie er."

„Es ist okay, die Meinung anderer wichtig zu nehmen, vor allem, wenn es jemand ist, der dir etwas bedeutet. Das ist viel besser als Drakes Mir-doch-egal-Haltung."

„Ja, vielleicht, aber er ist auch ziemlich klug und kennt so viele beiläufige Fakten."

„Er weiß über alles ein bisschen Bescheid“, erwiderte ich, als mir unser Gespräch von vorhin wieder einfiel.

„Genau!“, rief Kelley begeistert. „Glaubst du, ich hätte eine Chance bei ihm?“

„Na ja, du bist seine Chefin. Ich bin mir ziemlich sicher, dass es da gewisse Vorschriften gibt.“

Betrübt runzelte sie die Stirn. „Stimmt ja. Was habe ich mir nur dabei gedacht? Ach, egal, ich habe gerade sowieso keine Zeit für eine Beziehung.“

„Hey, das kommt alles noch. Irgendwann wirst du einen Mann finden und ihn glücklich machen. Sieh dich doch nur mal an, mit dem erfolgreichen Geschäft und dem eigenen Haus!“ Es behagte mir zwar nicht, ihre Hoffnungen im Keim zu ersticken, aber ich wusste nun mal, dass Drake an jemand anderem interessiert war … und zwar an mir. Wie sehr ich mir doch wünschte, dass dem nicht so wäre, vor allem jetzt, da ich von Kelleys Gefühlen erfahren hatte.

Sie lächelte. „Auch damit hast du recht. Jetzt sollte ich dich lieber zu deinen Katzen zurücklassen, bevor sie abhauen, was?“

Ach ja, richtig, die Katzen!

Ich umarmte sie noch einmal schnell. „Danke für die Tour. Es ist wirklich ein bezauberndes Haus. Herzlichen Glückwunsch, und wir sehen uns dann bei der Arbeit!“

Damit verabschiedete ich mich und eilte zurück in den Garten, wobei ich mir mit der Taschenlampenfunktion meines Handys den Weg beleuchtete. Ich fand meine Katzen vor dem alten Brunnen, der Luna früher als Zauberkessel gedient hatte.

Diese blickte völlig liebestrunken drein, während Merlin eher ungehalten wirkte. Hatte ich meine Haustiere etwa gerade beim Rumschmusen erwischt? *Das durfte doch nicht wahr sein!*

„Wenn ihr jetzt einen Wurf Kätzchen bekommt, müsst ihr euch selbst um sie kümmern!", rief ich grimmig.

„Ach, sei still", gab Merlin mürrisch zurück. „Es war ja wohl nicht unsere Schuld, dass du so ewig gebraucht hast. Irgendwie mussten wir uns doch die Zeit vertreiben. Also, wären wir jetzt endlich so weit, Eure Hoheit?"

Ich nickte nur einfältig.

„Dann komm her, damit ich uns nach Hause teleportieren kann", befahl er mir.

Ich zögerte. „Äh, nein, ist schon gut."

Luna trat einen Schritt auf mich zu. Ihre blauen Augen schimmerten rötlich im Licht meiner Taschenlampe. „Gracie, Liebes, keine Sorge. Wir haben uns doch nur gegenseitig geputzt."

Ja, geputzt. Von wegen.

Schließlich legte ich Merlin doch die Hand auf den Kopf, weil ich möglichst schnell aus dieser peinlichen Lage befreit werden wollte.

Er blinzelte zweimal, und schon waren wir wieder zu Hause.

14

„Wartet!“, rief ich aus, kaum, dass meine Füße den Linoleumboden meiner Küche berührt hatten. „Wir haben die Zutaten für den Zauberspruch vergessen!“

„Darum haben wir uns längst gekümmert, während wir warten mussten“, sagte Merlin und deutete mit dem Kopf in Richtung Küchentisch, auf dem verschiedene Pflanzen verstreut lagen.

„Wofür ist das?“, fragte ich und hob einen nicht dazu passenden Gegenstand hoch … eine Keramikfigur, die aussah wie ein Frosch mit weit geöffnetem Maul.

Luna lächelte wehmütig. „Die hat Virginia gehört. Sie stand draußen auf der Veranda. Darin hat sie immer ihren Ersatzschlüssel versteckt.“

„So wie jeder andere in ganz Georgia“, stichelte ich. Aber mal im Ernst, wozu hatte man überhaupt einen Ersatzschlüssel, wenn man ihn an einem so offensichtlichen Ort versteckte? „Warum hast du das mitgenommen? Vermisst du sie etwa, Luna?“

Meine sonst so sanftmütige Katze fauchte ungehalten. „Himmel, nein! Warum sollte ich dieses Monster vermissen? Wir brauchten nur etwas, das dem Geist zu Lebzeiten gehörte. Dadurch können wir sie beschwören und einfangen.“

„Ach, weil wir sonst Gefahr liefen, einen der tausend anderen Geister zu schnappen, die hier herumschwirren?“, entgegnete ich trocken.

Luna schüttelte angesichts meines schnippischen Tonfalls den Kopf. „Die Wirkung eines Zauberspruchs wird verstärkt, wenn man einen Gegenstand dazu benutzt, der der Zielperson gehört oder einmal gehört hat.“

Oh, das wusste ich sogar. „Wie damals, als du Merlins Fell für den Liebeszauber verwendet hast?“, fragte ich mit gehobenen Brauen.

Sie hüstelte verlegen. „Ja, genau so.“

„Also ist jetzt alles vorbereitet? Können wir den Trank brauen?“

„Wenn du uns die Zutaten nach draußen trägst, können wir sofort anfangen“, erwiderte Luna, und ich machte mich gleich ans Werk.

Wieder einmal musste ich mich fragen, ob es so schlau war, einen Hexenkessel im Vordergarten stehen zu haben, aber immerhin war es schon ziemlich spät, daher würden wir hoffentlich keine schaulustigen Nachbarn anziehen.

Während die Katzen die Zutaten zusammenmischten, hielt ich den Blick auf die Straße gerichtet, für den Fall, dass ich Alarm schlagen musste.

Glücklicherweise dauerte es nur ein paar Minuten, bis sie mit ihrem Trank fertig waren.

„Gracie, komm her und nimm das bitte", rief Luna mir zu.

Mitten in der Vogeltränke saß der kleine Keramikfrosch, dessen Maul mit einer dunkelgrünen Flüssigkeit gefüllt war. Das Gebräu sah aus wie die ekelhaften Kreationen, die meine Mutter mit dem Entsafter herzustellen pflegte und anschließend versuchte, mir beim Frühstück vor der Schule aufzuzwängen.

Es war mir egal, wie viele Antioxidantien ihre Säfte enthielten, ich wollte nichts trinken, das aussah, als hätte man es vom Grund eines modrigen Sumpfes geschöpft ... und auch so roch.

Angewidert hob ich den Frosch, der den Trank enthielt, hoch und brachte ihn zurück ins Haus.

„Stell ihn hinten im Flur in der Ecke ab", wies Luna mich an. „Dort, wo wir gestern den Geist gespürt haben."

„Sag mir noch mal, was genau das bewirken soll?", bat ich, nachdem ich ihrer Anweisung gefolgt war.

„Der Zauber wird Virginia dabei helfen, sich schneller zu materialisieren, und dann wird er sie an Ort und Stelle festhalten, damit wir uns um sie kümmern können."

„Und was genau wollen wir mit ihr tun?"

„Ach, das überlegen wir uns, wenn es so weit ist", erklärte Merlin und streckte sich ausgiebig.

„Na wunderbar", murmelte ich, während ich die Näpfe

meiner Haustiere mit Brekkis befüllte. „Gut zu wissen, dass wir alles in unserer Macht Stehende tun, um uns vor Unheil zu schützen. Also, wenn ihr mich sonst nicht mehr braucht, gehe ich jetzt ins Bett."

Die beiden Katzen stürzten sich auf ihr Futter, doch bevor Merlin es sich schmecken ließ, schweifte sein Blick hinüber zur Küchentheke und er runzelte die Stirn. „Luna, meine Liebste, haben wir eine Zutat für den Trank vergessen?"

Sie hielt inne und hob den Kopf. „Nein. Wir haben alles verwendet, was wir brauchten."

„Was ist dann das da?", fragte er und nickte hinüber zu der schwarzen Kaktus-Dahlie, die Drake mir geschenkt hatte, und die immer noch in dem halb befüllten Krug steckte.

Beide starrten erst die Blume an und dann mich.

„Gracie", säuselte Luna. „Die ist aber nicht aus meinem Garten. Gehört sie dir?"

Nein, nein, nein. Ich hatte gehofft, durch die Aufregungen des Abends hätten wir mein Fake-Date vielleicht völlig vergessen. Die beiden hatten mich bereits vor Drakes Besuch ausgiebig gepiesackt, und nun war ich zu erschöpft, um eine weitere Runde über mich ergehen zu lassen.

„Sie war ein Geschenk. Vergesst es einfach", erwiderte ich und verschränkte die Arme vor der Brust.

„Von deinem neuen Freund?", trällerte Luna, deren Schwanz amüsiert hin und her zuckte.

„Wie hieß er noch gleich?", fragte Merlin und kratzte sich mit der Hinterpfote am Ohr.

„Drake“, antwortete Luna wie aus der Pistole geschossen.

„Er ist nicht mein Freund. Weit davon entfernt“, presste ich durch zusammengebissene Zähne hervor.

„Aber er hat dir eine Blume mitgebracht“, beharrte Luna. „Gilt das unter Menschen nicht als romantische Geste?“

„Ja, na gut, er steht auf mich. Aber ich nicht auf ihn. Dafür findet meine andere Freundin ihn gut. Ach, vergesst es. Können wir diesen Kindergarten bitte einfach hinter uns lassen?“

„Was ist ein Kindergarten?“, fragten die beiden wie aus einem Munde.

„Ein Ort, an dem menschliche Kinder bis zum Schulalter Zeit verbringen.“

„Also, ich bin erst ein Jahr alt“, erwiderte Merlin schulterzuckend.

„Ich auch“, fügte Luna hinzu.

„Dann ist der Kindergarten ja wohl genau das Richtige für uns“, sagte Merlin mit einem tückischen Grinsen. „Jetzt sag schon, hat Drakey dir einen Gute-Nacht-Kussi gegeben?“

„Ich gehe ins Bett!“, rief ich, stampfte in mein Schlafzimmer und knallte zum zweiten Mal an diesem Tag die Tür hinter mir zu.

15

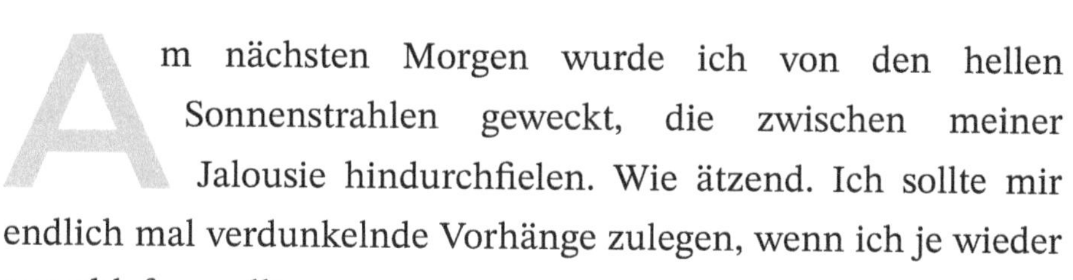

Am nächsten Morgen wurde ich von den hellen Sonnenstrahlen geweckt, die zwischen meiner Jalousie hindurchfielen. Wie ätzend. Ich sollte mir endlich mal verdunkelnde Vorhänge zulegen, wenn ich je wieder ausschlafen wollte.

Nach einem kurzen Stopp im Badezimmer schlurfte ich in die Küche und geradewegs auf meine geliebte Kaffeemaschine zu, schmiss eine Kapsel ein und wartete, bis der Kaffee fertig gebrüht war.

Meine morgendliche Koffeindosis war mittlerweile unabdingbar geworden, seit Harolds Kaffeehaus nur noch Pumpkin-Spice-Kreationen führte. Früher hatte ich diese limitierten Herbstgetränke wirklich geliebt, aber jetzt graute es mir davor, sie das ganze Jahr über im Sortiment zu wissen.

„Was machst du da?“, fragte Merlin, der auf die Theke sprang und seinen Kopf gegen die Kaffemaschine rieb.

Ich schob ihn beiseite. „Lass das. Ich hasse es, Katzenhaare im Kaffee zu haben.“

„Aber sie ist so warm und vibriert angenehm“, schmollte er.

„Ach, übrigens, ich wollte noch sagen, dass mir das, was ich gestern Abend in Lunas Garten mitbekommen habe, ganz und gar nicht gefallen hat. Vielleicht ist es Zeit für einen Besuch beim Tierarzt.“ Ich war zwar noch nicht ganz wach, aber das Bild war mir seit gestern Abend nicht mehr aus dem Kopf gegangen. So etwas wollte ich nicht noch einmal erleben.

Merlin hatte sich heimlich wieder der Keurig-Maschine genähert und rieb erneut seinen Kopf dagegen. Dabei schnurrte er zufrieden. „Zum Tierarzt? Warum? Uns fehlt doch nichts. Ich meine, Luna hat zwar ihre Magie verloren, aber ansonsten geht es uns hervorragend.“

„Es wäre unvernünftig, weitere Katzenbabys in die Welt zu setzen, wo die Tierheime doch sowieso schon überfüllt sind.“ Außerdem vermutete ich, dass meine Pflichten als Vertraute dann auch noch Kätzchensitten beinhalten würden. Mein Leben war wirklich schon verzwickt genug, ohne dass ich mich um noch mehr Tiere kümmern musste, vor allem kleine, schutzlose Tierbabys.

„Moment mal. Soll das etwa heißen ...?“ Merlin machte einen Buckel und fauchte empört. Er haute sogar mit seiner Pfote nach mir. „Du willst meine Weichteile malträtieren? Ich dachte immer, Geschichten von solch menschlicher Grausamkeit seien nur erfunden, Schauermärchen, um junge Hexen das Fürchten zu lehren! Aber du … meine eigene Vertraute? Bitte sag mir, dass das ein schlechter Scherz war!" Theatralisch ließ er sich auf die Seite fallen und strampelte mit den Beinen in der Luft herum. Anscheinend war das seine Version einer Panikattacke.

Ups. Ich vergaß immer wieder, wie unterschiedlich Menschen und Katzen gewisse Dinge betrachteten. In diesem Fall hätte ich es allerdings besser wissen müssen.

Der Kaffee war durch die Maschine gelaufen und ich fischte mit einem Löffel nach dem langen Katzenhaar, das in der dunklen Flüssigkeit schwamm. Mit dieser Unterhaltung hätte ich lieber warten sollen, bis ich den ersten Koffeinschub im Blut hatte.

Leider kam ich jetzt nicht mehr darum herum, das Thema fortzuführen. „Es ist nur ein winziger Eingriff, besonders bei Katern."

Merlin sprang wieder auf die Pfoten. Sein Fell sträubte sich vor Unmut. „Wenn es so eine Kleinigkeit ist, warum lässt du dich dann nicht operieren?"

„Bei Menschen ist das etwas anderes. Außerdem will ich eines Tages vielleicht Kinder haben."

Merlin ließ sich weder beschwichtigen noch überzeugen. „Ach, und du denkst nicht, dass Luna und ich unsere Liebe vielleicht auch an die nächste Generation weitergeben möchten? Außerdem bin ich der letzte Überlebende des ursprünglichen Merlin-Geschlechts, wie du weißt. Ich kann eine so wichtige, magische Blutlinie nicht einfach aussterben lassen."

„Aber was ist mit den Katzen im Tierheim, die ein Zuhause brauchen?", jammerte ich.

„Jetzt hör mal zu. Luna hat schon ihre Magie verloren. Nimm ihr nicht auch noch die Chance, Mutter zu werden."

Ich runzelte die Stirn und nahm einen vorsichtigen Schluck von meinem Kaffee … und schluckte trotz aller Vorsicht ein Katzenhaar. *Igitt!*

Merlin seufzte. „Wieder einmal verwirrt mich dein Sinn für Moral. Aber gut, wenn die Katzen im Tierheim dir so wichtig sind, werden wir schon einen Weg finden, ihnen zu helfen. In Nocturna ist genug Platz für alle. Wenn du sie hierher holst, kann ich sie hinüberschaffen."

„Versprochen?", fragte ich und trank noch einen Schluck.

„Wenn es nötig ist, um den Hausfrieden zu wahren und meine Weichteile zu beschützen, dann ja." Er näherte sich mir mit entspannter Haltung und ich tätschelte ihm sanft den Kopf.

„Danke. Aber wo wir schon einmal so offen darüber reden, finde ich, ihr solltet mit dem Kinderkriegen noch ein wenig warten."

„Warum? Wir sind bereits aneinander gebunden. Katzen brauchen kein offizielles Dokument, wir wissen auch so, was unsere Herzen wollen."

„Das mag ja sein, aber wir haben im Moment ganz schön viel um die Ohren, mit dem Geist und so. Und außerdem wissen wir doch beide, dass Dash früher oder später wieder auftauchen wird. Es scheint mir nicht die passende Zeit zu sein, um ein Kind – oder besser gesagt, einen ganzen Wurf – in die Welt zu bringen."

„Guter Punkt. Bist du jetzt fertig mit diesem merkwürdigen Gespräch? Ich habe nämlich die Schnauze voll davon."

Ich errötete leicht. „Ja, tut mir leid."

„Du hast dich bisher überhaupt nicht nach dem Geist erkundigt, sondern bist direkt auf meine Weichteile zu sprechen gekommen. Und das nach der ganzen Mühe gestern."

„Hast ja recht. Entschuldige. Können wir jetzt das Thema wechseln?"

Er zuckte mit den Schultern. „Du hast ja damit angefangen."

„Ich weiß ja, tut mir leid. Also, erzähl mir alles über den Geist", flehte ich geradezu.

Merlin räkelte sich ausgiebig, dann sprang er hinüber auf den Küchentisch und wartete, bis ich mich zu ihm gesellt hatte. „Also ...", begann er.

16

Ich hasste es, wenn Merlin zu einer unnötig ausschweifenden Geschichte ansetzte. „Also, was? Haben wir unseren Geist geschnappt?“, fiel ich ihm ungeduldig ins Wort. Plötzlich fiel mir etwas Seltsames auf. „Moment mal, wo ist eigentlich Luna?“

Die beiden verbrachten kaum eine Minute getrennt voneinander. Jeden Morgen, wenn ich aufwachte, klebten sie bereits aneinander und schwelgten in ihrer Verliebtheit.

Merlin schnüffelte kurz in der Luft, bevor er mir antwortete. „Sie macht einen Morgenspaziergang. Wollte ein wenig Zeit für sich haben. Vom Geruch her würde ich sagen, sie ist etwa zwei Straßen entfernt und bewegt sich auf uns zu.“

Zeit für sich? Hmm. Gab es etwa Ärger im Paradies? Immerhin waren die beiden von einem Paar zu verbitterten Feinden und wieder zu einem Liebespaar übergegangen. Durch dieses ständige Hin und Her kamen sie mir vor wie die vierbeinige, pelzige Version von Ross und Rachel aus *Friends*.

Aber das behielt ich lieber für mich, nachdem unser Gespräch über Familienplanung eben alles andere als gut verlaufen war. Und außerdem hatte ich keine große Lust, hier die Psychologin zu spielen. Merlin und Luna waren sowieso viel erfahrener als ich, was die Liebe anging.

Während ich weiterhin beharrlich schwieg, fuhr Merlin fort, mir von dem Geist zu berichten. „Er ist nicht erschienen“, sagte er und gähnte gelangweilt. „Luna und ich haben die ganze Nacht gewartet, aber der blöde Geist hat nicht einmal kurz vorbeigeschaut, um Hallo zu sagen.“

Ich umklammerte meine Kaffeetasse mit beiden Händen und seufzte.

„Aber das ist doch gut, oder nicht? Wir wollen den Geist ja nicht wirklich hier haben.“

„Da er schon einmal hier aufgetaucht ist, wird er garantiert irgendwann zurückkommen. So zieht sich die Sache nur unnötig in die Länge.“ Ungehalten ließ er seinen Schwanz durch die Luft schnellen.

„Vielleicht weiß Virginia mittlerweile, dass wir ihr eine Falle stellen wollen?“ In dem Fall würde ich mich auch nicht blicken lassen.

„Vielleicht“, antwortete Merlin nachdenklich. „So gut kenne ich mich in dieser Angelegenheit auch nicht aus. Allerdings würde ich vermuten, dass sie den Zaubertrank erst bemerkt, wenn sie sich materialisiert, und dann wäre es bereits zu spät.“

Damit hatte er natürlich recht. Es gab so Vieles, was wir über Geistererscheinungen nicht wussten, was die Sache nicht gerade vereinfachte.

Die Katzenklappe schlug geräuschvoll auf und zu, und Luna kam in die Küche getrottet.

„Wie war dein Spaziergang, meine Liebste?", fragte Merlin, sprang vom Tisch herunter und rieb sein Gesicht gegen ihres.

„Die frische Luft hat mir gut getan. Allerdings musste ich die ganze Zeit daran denken, dass Virginia gestern nicht erneut erschienen ist", antwortete die schneeweiße Katze.

Aha, also hatte das Ganze doch nichts mit Ärger im Paradies zu tun. Glücklicherweise hatte ich das Thema nicht weiter verfolgt. Ich musste mich in Zukunft wirklich aus der Beziehung meiner Haustiere heraushalten. Sie würden auch ohne mich zurechtkommen.

„Du musst aufhören, dir die Schuld an allem zu geben", sagte Merlin leise.

Dann sprangen die beiden auf den Tisch, um mich in das Gespräch miteinzubeziehen.

„Sag's ihm, Gracie", bettelte Luna. In ihren blauen Augen spiegelten sich tiefe Schuldgefühle wider. „Virginia war meine Vertraute. Ich habe sie ausgewählt, ohne zu bemerken, wie korrumpiert sie war. Es ist alles meine Schuld."

Ich streichelte ihr über den Rücken. „Merlin hat recht, du kannst nichts dafür. Guten Menschen – äh, Katzen – stoßen manchmal schlimme Dinge zu. So ist das Leben nun mal."

„Dann ist das Leben wirklich ätzend", schniefte sie.

„Ja, manchmal schon“, stimmte ich zu. „Aber es gibt auch so viel, wofür du dankbar sein kannst. Heute Morgen erst hat Merlin ...“ Abrupt hielt ich inne. Ich stand schon wieder im Begriff, mich in ihre Beziehung einzumischen. „Äh, hat er mir erzählt, wie glücklich er sich schätzen kann, dich zu haben.“

Mein Maine Coon zwinkerte mir verschwörerisch zu, und Luna schien sich ein wenig zu entspannen.

„Hast du dir auf deinem Spaziergang Gedanken darüber gemacht, warum Virginia gestern Abend nicht zurückgekehrt ist?“, hakte ich nach, als sich das Schweigen in die Länge zog. Dass Katzen aber auch immer theatralische Pausen einlegen mussten. Außerdem verspürten sie kein Dringlichkeitsgefühl, sodass Unterhaltungen sich ewig hinziehen würden, wenn ich nicht ständig nachfragte.

„Vielleicht war es ja gar nicht Virginia“, sagte Luna. „Vielleicht war der Geist gar nicht wegen uns hier, sondern wegen des Hauses.“

„Interessante Theorie“, erwiderte ich langsam, obwohl ich völlig anderer Meinung war.

„Wenn es Virginia ist, sind wir dank des Zaubertranks gewappnet, wenn nicht, besteht ja kein Grund zur Sorge“, fasste Merlin zusammen.

„Das stimmt wohl“, sagte ich und trank einen Schluck von meinem Kaffee. Entsetzt stellte ich fest, dass er mittlerweile lauwarm geworden war, also kippte ich den Rest schnell hinunter und erhob mich, um eine zweite Tasse zu machen.

„Können wir sonst noch etwas tun?“, fragte ich, während ich

meine Kapseln durchsah und mich für einen French Roast entschied.

„Nein, wir müssen einfach abwarten", erklärte Merlin gelangweilt. „Entweder kehrt der Geist zurück, sodass wir uns um das Problem kümmern können, oder er lässt sich nicht wieder blicken, womit die Sache erledigt wäre."

Luna und ich nickten, aber irgendwie bezweifelte ich, dass es so einfach werden würde.

Und Merlin glaubte sicher auch nicht daran.

17

Mehrere Tage vergingen, ohne dass unser geisterhafter Besucher sich erneut blicken ließ. So sehr ich Lunas Vermutung auch anzweifelte, musste ich doch zugeben, dass sich durchaus auch jemand anderes als Virginia hierher verirrt haben könnte. Sicherheitshalber rief ich Großmutter Grace an, um mich zu vergewissern, dass sie am Leben und wohlauf war. Sie hatte nicht viel Zeit für einen Plausch, da jeder Tag in ihrem Seniorenwohnsitz mit spannenden Aktivitäten gefüllt war, aber sie versicherte mir, dass es ihr gut ginge und sie mich bald besuchen würde.

Also verbrachte ich den Großteil der Zeit damit, im Café zu arbeiten und mich der Recherche für meine Masterarbeit zu widmen. Drake und ich unterhielten uns bei der Arbeit häufiger, aber ich bemühte mich, unsere Interaktionen platonisch zu halten, damit Kelley nicht eifersüchtig werden würde und Drake sich keine falschen Hoffnungen machte.

Er war zwar ein guter Kerl, aber ich hatte gerade einfach keine Zeit für eine Beziehung, während ich mich in meine Rolle als Vertraute eines Magiers einfand. Und wenn ich doch irgendwann wieder ernsthaft daten würde, dann brauchte ich jemanden, der konkretere Zukunftspläne hatte als Drake. Vor meinem geistigen Auge sah ich uns beide nämlich ziellos herumdümpeln, vom Taschengeld meiner Großmutter sowie seiner Eltern lebend, während wir bis zu unserem letzten Atemzug in Harolds Kaffeehaus arbeiteten. Diese Art von Leben wollte ich nicht ... Ich verdiente etwas Besseres.

Kelley wäre jedoch ein perfekter Gegenpol für ihn. Falls Drake sich je darauf einließe, würden sie ein tolles Paar abgeben. Inzwischen begnügte ich mich damit, abzuwarten, wie sich die Dinge zwischen ihnen entwickelten.

Erfreut stellte ich fest, dass ich es mir erlauben konnte, derart trivialen Gedanken nachzuhängen. Mit jedem Tag, der verging, sorgte ich mich weniger um den Geist. Nachts schlief ich wieder besser. Tagsüber konnte ich mich den Menschen und Katzen in meinem Leben widmen, neue Make-up-Techniken ausprobieren und mich einfach entspannen.

Es war herrlich.

Ein paar Tage später lag ich im Bett und träumte, dass ich einen lebenslangen Vorrat an Make-up von meinem tierversuchsfreien Lieblingsunternehmen gewonnen hatte, als plötzlich ...

Meeeeeeeeh!

MIAU! FAUCH!

Meeeeeeeeh!

Ruckartig fuhr ich im Bett hoch, während meine beiden Katzen laut und unablässig im Flur jaulten. Das konnte nur eines bedeuten: Unser Geist war zurückgekehrt. Gerade, als ich davon überzeugt war, dass wir uns die erste Erscheinung nur eingebildet hatten.

Hastig zog ich mir den Morgenmantel über, der an einem Haken hinter der Tür hing, und trat hinaus in den Gang. Merlin und Luna drehten gerade völlig durch.

Und das war keineswegs übertrieben.

Merlin stampfte auf eine Art und Weise mit den Hinterbeinen, die ich nur zu gut kannte ...

„Nein! Aufhören! Keine Blitzbeschwörungen im Haus!“, schrie ich, aber es war bereits zu spät.

Ein knisternder Blitz schoss geradewegs durch das Dach und erhellte die verirrte Seele, die plötzlich in einem bläulichen Licht aufleuchtete. Jetzt konnte ich sie auch sehen.

Oh, Merlin. Anstatt sie zu zerstören, hatte er ihr nur noch mehr Macht verliehen.

Es gab einen heftigen Schlag, und dann wurde alles still und dunkel ... noch dunkler als zuvor.

„Merlin, du hast die Sicherungen durchbrennen lassen“, rief

ich, ohne die Augen von dem durchsichtigen, blauen Umriss abzuwenden, der ein paar Meter von mir entfernt schwebte.

Mit einem Mal begann es im Haus zu regnen.

„Merlin!“, brüllte ich.

„Das war ich nicht!“, rief er zurück.

Als ich nach oben sah, bemerkte ich, dass der Regen durch ein beachtliches Loch im Dach hereinfiel. Uff, die Reparatur würde bestimmt Einiges kosten. „Ich hoffe für dich, dass du das mit Magie reparieren kannst“, murmelte ich.

„Darüber zerbrichst du dir den Kopf, wenn wir uns gerade hiermit herumschlagen?“, jaulte Luna und gestikulierte wild in Richtung des Geists.

Dieser wurde durch die hektische Bewegung aufgeschreckt und schwebte den Gang hinunter in die Küche.

„Warum hat euer Zauber ihn nicht eingefangen?“, wollte ich wissen.

Meeeeeeeeh!

MIAU! FAUCH!

Meeeeeeeeh!

Das war nun nicht gerade die Antwort, die ich hören wollte, aber die beiden schienen angesichts der Situation lieber herumzuschreien anstatt etwas Produktives zu unternehmen.

Allerdings war ich bisher auch nicht viel hilfreicher gewesen.

Aber irgendjemand musste ja etwas tun, und allem Anschein nach war dieser Jemand ich.

Also marschierte ich entschlossen in die Küche und stolperte direkt gegen den Tisch. Aua!

Die einzige Lichtquelle war der Geist selbst, dank Merlins Blitzdebakel und der durchgebrannten Sicherung. Der pulsierende, blaue Umriss hatte nichts Menschliches an sich, aber was sollte es sonst sein?

„Hey, Virginia", rief ich ihm zu, wobei ich versuchte, das Zittern in meiner Stimme zu unterdrücken. „Warum bist du hier? Was willst du von uns?"

Der Geist schwebte auf mich zu, und ich musste mich wirklich beherrschen, um nicht laut schreiend aus dem Haus zu rennen. Ich konnte die Reaktion meiner Katzen wohl nicht länger verurteilen.

Langsam und schwerfällig näherte die Erscheinung sich mir. Ich hätte fliehen können, aber ich blieb wie angewurzelt stehen, unfähig, den Blick von ihr abzuwenden.

Wenige Augenblicke später kam der Geist vor mir zum Stehen.

Plötzlich sprach er in einem grässlichen, widerhallenden Krächzen, das mir einen Schauer über den Rücken jagte. „Wer ist Virginia?"

18

Angesichts des merkwürdigen Echos war es schwer, etwas auszumachen, aber ich war mir ziemlich sicher, dass der Geist männlich war.

„Wer bist du?", flüsterte ich. Ich konnte kaum glauben, dass ich tatsächlich mit einem Geist sprach. Das übertraf alles, was ich in den letzten Wochen erlebt hatte. Die Situation war echt schräg, aber nicht auf die gute Art. Wenigstens schien der Geist sanftmütig zu sein. Wäre es tatsächlich Virginia gewesen, hätte ich bestimmt nicht so viel Glück gehabt.

„Gracie?", fragte die Erscheinung und schwebte so dicht an mich heran, dass sie nur noch wenige Zentimeter von meinem Gesicht entfernt war.

„Äh, Geist?", antwortete ich dümmlich.

„Ich wollte nie ein Geist sein", stöhnte das seltsame Wesen, wobei das blaue Licht um es herum wellenförmig pulsierte. „Ich weiß nicht, warum ich hier bin, und warum ich ausgerechnet dich aufgesucht habe."

Plötzlich hörte ich etwas Vertrautes in der gespenstischen Stimme. Es war zwar nicht Virginia, dafür aber jemand anderes, den ich kannte ... den ich vor nicht allzu langer Zeit hatte sterben sehen.

„Harold?", fragte ich ungläubig. „Bist du das?"

„Ja, ich bin es", bestätigte der Geist. Wow, ich konnte kaum glauben, dass mein verstorbener Chef aus dem Jenseits zurückgekehrt war, um mir einen Besuch abzustatten. Er hatte mich nie leiden können ... und noch viel weniger gefiel es ihm, mich zu bezahlen, schon gar nicht den Betrag, den er mir für meine ganzen Überstunden eigentlich schuldete.

„Kein Wunder, dass der Zauber nicht gewirkt hat", murmelte ich und musste an den nutzlosen Frosch im Gang denken. „Der war für Virginia gedacht, und das bist definitiv nicht du."

„Wer ist Virginia?", fragte Harold erneut.

„Ach, vergiss es", wiegelte ich schnell ab. Ich wollte ihm wirklich nicht erklären müssen, dass Virginia seine wahre Mörderin war. Stattdessen schluckte ich schwer und fragte: „Warum bist du hier? Was willst du von mir, Harold?"

„Ich weiß es nicht", erwiderte er, und das blaue Licht pulsierte abermals. Ich fragte mich, ob die Farbe reiner Zufall war oder ob das Licht wie ein Stimmungsring funktionierte. Leuchteten böse Geister vielleicht rot? Magische grün? Ein interessanter Gedanke, aber im Moment sollte ich mich auf Wichtigeres konzentrieren.

„Hast du unerledigte Dinge, denen du nachgehen musst?", fragte ich und fuhr mir mit der Zunge über die ausgetrockneten Lippen.

„In dieser Gestalt kann ich mich nur schwer an irgendetwas Konkretes erinnern", erklärte er mit seiner krächzenden Stimme. „Gib mir einen Moment Zeit, dann versuche ich es."

Während ich wartete, bis Harold seine Gedanken gesammelt hatte, wagten sich meine Katzen langsam in die Küche und stellten sich neben mich.

„Was will es?", fragte Merlin und peitschte mit dem Schwanz gegen mein Bein.

„Ein sprechender Kater!", rief Harold entsetzt aus und wich zurück.

„Ja, er kann sprechen und du bist ein Geist. Was erscheint dir wohl furchteinflößender?", fragte ich und sah ihn ungläubig an. „Außerdem hast du doch eben im Gang schon mitbekommen, dass er sprechen kann. Er hat einen Blitz heraufbeschworen, weißt du noch?"

„Oh, ich glaube, daran erinnere ich mich." Der bläuliche Lichtfleck hüpfte wieder auf uns zu und kam dabei Luna gefährlich nahe. „Die da hat mich bedroht!", jammerte der Geist, als er die weiße Katze erkannte.

„Ich habe einen Namen. Er lautet Luna", fauchte sie und machte einen Buckel.

„Aaah! Eine sprechende Katze!", kreischte Harold und schwirrte panisch in der Küche herum.

Meine Güte, das würde eine lange Nacht werden.

Ich musste die Situation unbedingt unter Kontrolle bringen. „Harold, du bist aus einem bestimmten Grund hier. Ich weiß, dass du Gedächtnisprobleme hast, also werde ich dir einfach ein paar Fragen stellen, die dir auf die Sprünge helfen könnten. Okay?"

Er hüpfte auf und nieder, was ich als Zustimmung deutete.

„Geht es darum, herauszufinden, wie du gestorben bist?", fragte ich vorsichtig.

„Ich wurde vergiftet."

„Ja, ganz genau! Gut gemacht, Harold. Du wurdest vergiftet." Ups, meine Stimme klang ganz schrill und babyhaft. So hatte ich früher immer mit Merlin geredet, wobei ich zu diesem Zeitpunkt noch annahm, dass er ein ganz gewöhnlicher Flausch war … bis er mir plötzlich antwortete. Obwohl Harold harmlos wirkte, war an seiner Erscheinung jedoch nichts flauschig.

„Darüber musst du nicht so erfreut klingen", beschwerte er sich.

„Oh, ich bin keineswegs erfreut, glaube mir."

Verflixt. Es wäre wohl besser, ihm die ganze Wahrheit zu erzählen. Er würde sie in ein paar Minuten sowieso wieder vergessen. „Es tut mir leid. Du wurdest getötet, weil jemand mir Schaden zufügen wollte."

„Aber sie hat dich gerächt", fügte Merlin schnell hinzu und sprang auf den Tisch, um näher an den Geist heranzukommen. „Sie hat ihr Leben riskiert, um diejenigen zu bestrafen, die dich auf dem Gewissen haben."

„Mein Mörder ist also tot?", hakte Harold nach.

Ich zuckte ein wenig hilflos mit den Schultern. „Ja und nein. Die Drahtzieherin ist noch auf freiem Fuß, aber diejenige, die ihre Befehle ausgeführt hat, ist definitiv tot."

„Wer ist tot?", heulte er mit seiner hallenden Stimme.

„Vergiss es, ist nicht so wichtig." Schnell wechselte ich das Thema. „Hat dein Besuch etwas mit deiner Tochter zu tun? Kelley?"

„Meine Tochter", murmelte der Geist. Plötzlich leuchtete seine blaue Aura intensiv auf. „Kelley! Ja, genau, ich wollte mich bei dir dafür bedanken, dass du ihr geholfen hast."

Ich musste lächeln. Hätte Harold die Chance gehabt, wäre er bestimmt ein guter Vater gewesen. „Ist doch selbstverständlich. Immerhin ist sie meine Freundin."

„Aber du hast ihr deinen einzigen Wunsch geschenkt. Das hättest du nicht tun müssen."

Beinahe wäre mir die Kinnlade heruntergeklappt. „Du vergisst alle Nase lang, dass die Katzen sprechen können, aber du weißt immer noch, dass mein Kater einen Trank gebraut hat, den ich Kelley gegeben habe, damit sich ihr größter Wunsch erfüllt?"

Der blaue Blob vibrierte. „Erinnerungen sind ebenso unbeständig wie Geister. Sie kommen und gehen."

„Jedenfalls, gern geschehen. Kelley will dein Vermächtnis in Ehren halten. Du kannst wirklich stolz auf deine Tochter sein. Schade, dass du nicht mehr Zeit hattest, sie kennenzulernen."

Harolds Aura nahm eine dunkelblaue Farbe an. „Ja, das ist wirklich bedauerlich."

„Morgen ist die große Neueröffnung des Cafés. Sie hat den Namen beibehalten“, informierte ich ihn. „Um dich zu ehren.“

Seine Färbung erhellte sich wieder. „Würdest du ihr bitte ausrichten, dass ich stolz auf sie bin?“

Das war ja alles unglaublich rührend, aber langsam musste ich wieder ins Bett, da ich morgen eine doppelte Schicht arbeiten sollte. „Ich werde sehen, was sich machen lässt. Danke für deinen Besuch, Harold. War das alles?“

„Warte!“, rief er und schwirrte eine Runde durch die Küche, bevor er abermals vor mir zum Stehen kam. „Ich soll dir eine Warnung aus dem Jenseits überbringen.“

„Das hättest du ja vielleicht gleich zu Anfang erwähnen können“, stichelte Merlin.

Ich bedeutete ihm zu schweigen und wandte mich dann mit ruhiger Stimme an Harold. „Wie lautet die Nachricht?“

In tiefem, klarem Tonfall verkündete er: „Die Samen, die bereits gesät wurden, werden bald gefährliche Früchte tragen.“

Erschrocken schnappte ich nach Luft. „Aber was hat das zu bedeuten, Harold?“

Er drehte sich langsam um die eigene Achse, als würde er sich im Zimmer umsehen. „Was hat was zu bedeuten?“

„Die Warnung, die du mir gerade überbracht hast“, hakte ich nach. Bitte, erinnere dich daran, bitte …

„Keine Ahnung, ich kann mich nicht erinnern“, erwiderte er und sauste davon.

19

Am nächsten Morgen erwachte ich mit mörderischen Kopfschmerzen. Das ganze Debakel in der Küche hatte sich bis in die frühen Morgenstunden hingezogen, und danach war ich noch ewig wachgelegen und hatte über Harolds Warnung nachgedacht.

Die Samen, die bereits gesät wurden, werden bald gefährliche Früchte tragen.

Was hatte das zu bedeuten?

Vielleicht hielt Harold die Worte, die er möglicherweise kurz vor seinem Tod in einem Film gesehen hatte, plötzlich für eine echte Erinnerung. Die Prophezeiung klang jedenfalls so, als sei sie einem abgedrehten Fantasy-Film entsprungen.

Je mehr ich darüber nachdachte, desto verwirrter wurde ich. Mir blieb wohl nichts anderes übrig, als abzuwarten, was als Nächstes passieren würde, so wenig es mir auch gefiel.

Aber ich hatte heute einfach zu viel zu tun.

Die Neueröffnung des Cafés stand an. Kelley hatte sich wirklich alle Mühe gegeben, das Menü zu überarbeiten und die Angestellten schnellstmöglich zu schulen. Jetzt war ihr großer Moment als neue Geschäftsführerin gekommen.

Da der Tag dank meines übertragenen Wunsches sicher erfolgreich und hektisch verlaufen würde, brauchte sie alle Hilfe, die sie kriegen konnte.

Auf mein Drängen hin hatte Kelley daher alle verfügbaren Arbeitskräfte zu einer Doppelschicht eingeteilt, einschließlich mir.

Als ich am Kaffeehaus eintraf, stach sie mir gleich ins Auge mit dem weißen Fünfziger-Jahre-Kleid, das mit einem Muster aus kleinen Kürbissen und Füllhörnern bedruckt war. Sie rannte mir breit grinsend entgegen. „Gracie, hi! Bist du bereit für den großen Tag?“

„Für *deinen* großen Tag“, korrigierte ich lächelnd. „Und ja, mehr als bereit.“ Ich zog es vor, nicht zu erwähnen, dass ich die Nacht zuvor kaum geschlafen hatte, weil mein Leben zu einer gespenstischen Seifenoper geworden war.

Sie nickte, und ihre großen Ohrringe in der Form von geschnitzten Kürbisgesichtern wackelten hin und her. „Ach, es gibt übrigens gute Neuigkeiten: Die neuen Uniformen sind gestern angekommen. Hol dir ein Hemd aus dem Büro und zieh dich am besten gleich um.“

O nein. Harold hatte uns erlaubt, unsere normale Kleidung zu tragen, da er für einheitliche Uniformen zu geizig gewesen war, aber Kelley hatte spezielle Shirts anfertigen lassen, deren Design sich jeden Monat ändern sollte.

Ich wühlte durch den Karton, bis ich ein Shirt in meiner Größe fand, und zog es mir über das Hemd, das ich bereits trug. Auf der Vorderseite stand in Großbuchstaben: „#I ♥ PUMPKIN-SPICE", der neue Hashtag, den Kelley auf unseren Social-Media-Seiten einführen wollte. Auf der Rückseite stand: „Frag mich nach meinem Pumpkin-Spice-Lieblingsgetränk!"

Himmel, hilf.

Als ich zurück in den Verkaufsraum kam, stand Kelley neben dem Milchaufschäumer und starrte an die Wand. Beim Näherkommen bemerkte ich, dass sie ein gerahmtes Foto betrachtete, das während meiner letzten Schicht vor zwei Tagen noch nicht dagewesen war.

Es war dasselbe Bild, das bei der Beerdigung neben Harolds Sarg gestanden hatte, eine Nahaufnahme seines rundlichen Gesichts, auf dem man deutlich seine schmalen Augen und die Stirnglatze erkannte. Kelley konnte sich glücklich schätzen, dass sie das gute Aussehen ihrer Mutter geerbt hatte.

„Glaubst du, er wäre stolz auf mich?", flüsterte sie, als ich neben sie trat.

„Da bin ich mir ganz sicher", sagte ich und drückte ihr aufmunternd die Schulter.

Kelley wandte sich in meine Richtung, ohne mich jedoch anzuschauen. „Wirklich?", murmelte sie. „Denkst du nicht, ich übertreibe ein wenig mit der Pumpkin-Spice-Masche?"

„Die Leute werden voll darauf abfahren, du wirst schon sehen."

Jetzt sah sie mich an, und in ihrem Blick lagen all ihre Ängste und Hoffnungen. Dieser Tag war so viel mehr als nur eine Neueröffnung für sie. Es war ihre Art, eine Verbindung zu dem Vater herzustellen, den sie kaum gekannt hatte. „Wie kannst du dir da so sicher sein?"

„Ich weiß es einfach", bekräftigte ich. „Hey, wollen wir uns einen Shot von dem Pumpkin-Spice-Espresso gönnen, damit wir so richtig wach werden?"

„Gute Idee", rief sie erfreut und eilte zu der hochmodernen Espressomaschine hinüber. „Kommt alle mal her", wandte sie sich an die Angestellten, während sie den Espresso durchlaufen ließ.

Die drei neuen Aushilfen waren bereits eingetroffen. In der letzten Woche war ich so mit meinen magischen Problemen beschäftigt gewesen, dass ich mir nicht die Mühe gemacht hatte, sie außerhalb Kelleys erzwungener Team-Building-Aktivitäten näher kennenzulernen. Jetzt, da der Geist sich als Harold herausgestellt hatte, konnte ich mich wieder ein wenig entspannen und vielleicht sogar neue Freundschaften schließen.

Während Kelley den letzten Shot in einen kleinen Pappbecher füllte, stolperte Drake durch die Eingangstür. „Tut mir leid, dass ich zu spät bin!"

„Eigentlich bist du fünf Minuten zu früh dran", erwiderte Kelley und reichte ihm einen Becher.

Drake nickte in Richtung Tür. „Soll ich noch mal rausgehen und später wiederkommen?"

„Ach, hör doch auf", kicherte Kelley und schubste ihn spielerisch gegen die Brust. Zu meinem Unglauben errötete der sonst so gleichgültige, sarkastische Drake bis unter die Haarwurzel. Vielleicht gab es ja doch noch Hoffnung für die beiden.

„Einen Toast!", rief ich und hob meinen Becher.

„Auf Harolds Kaffeehaus. Möge sein Vermächtnis noch lange bestehen!", verkündete Kelley.

„Auf Kelley. Möge sie noch lange ein Auge zudrücken, wenn ich zu spät komme!", fügte Drake hinzu.

„Auf alle Pumpkin-Spice-Kreationen der Welt!", rief ich.

Die neuen Aushilfen quittierten unsere Toasts mit Ausrufen wie „Prost!" und „Hört, hört!"

Dann kippten wir alle gleichzeitig unsere Espresso-Shots hinunter.

„Aua, heiß, heiß, heiß!", jammerte ich.

„Das hat mir direkt die Nebenhöhlen freigepustet!", stöhnte Drake.

Die anderen lachten nur ausgelassen.

Ja, wir waren bereit, das Ding in Gang zu bringen.

20

Nach meiner Doppelschicht schleppte ich mich nach Hause, wobei mir noch immer der Geruch von Zimt, Muskat und Ingwer anhaftete. Doch so sehr meine Füße auch schmerzten, ich könnte nicht glücklicher sein. Kelley hatte sich wirklich mächtig ins Zeug gelegt und ihr Strahlen nach einem erfolgreichen Tag war jede Mühe wert gewesen.

Aber nun wollte ich mich einfach nur noch entspannen.

Gott sei Dank hatte der Kurzschluss gestern keinen größeren Schaden verursacht. Nach einem Blick auf meinen Sicherungskasten stellte ich fest, dass einfach nur die Hauptsicherung herausgesprungen war. Das Loch im Dach würde allerdings weitaus kostspieligere Reparaturen erfordern.

Ich versuchte, mir darüber nicht allzu viele Gedanken zu machen, während ich ein Tiefkühlgericht in der Mikrowelle erwärmte und mich dann vor dem Fernseher niederließ. Nach einem anstrengenden Tag wie diesem wollte ich mich einfach nur von sinnlosem Reality-TV berieseln lassen. Also wählte ich eine Netflix-Serie, in der sich Menschen miteinander verlobten, obwohl sie einander noch nie persönlich begegnet waren. Das versprach unterhaltsam zu werden.

Und tatsächlich zog mich die erste Folge direkt in ihren Bann, sodass ich beinahe das Bimmeln der Mikrowelle überhörte, die mir signalisierte, dass meine Tiefkühl-Käse-Makkaroni fertig waren.

Mit dem Blick auf dem Bildschirm klebend, machte ich mich auf den Weg in die Küche, wobei ich dank meiner Unachtsamkeit über eine der Katzen stolperte.

Luna maunzte kläglich und verzog sich auf der Stelle in mein Schlafzimmer.

„Was fällt dir ein?“, schnauzte Merlin, der sofort angerannt kam.

„Tut mir leid, Luna, das war keine Absicht!“, rief ich dem weißen Fellknäuel hinterher.

Dann wandte ich mich Merlin zu. „Du hast dich hier nicht zu beschweren! Immerhin warst du derjenige, der mir gestern das Dach zerstört hat. Ich habe vorhin die Handwerker angerufen, um einen Kostenvoranschlag einzuholen, und die Summe ist höher als ein ganzes Monatsgehalt! Hoffentlich hast du jetzt endlich geschnallt, dass du im Haus keine Naturgewalten heraufbeschwören sollst.“

„Du sollst keine Familie gründen. Du sollst keine Blitze beschwören“, äffte Merlin mich nach. „Es gibt zu viele Regeln!“

Ich schnaubte ungehalten. „Die sind alle sinnvoll."

„Du scheinst zu vergessen, wer hier das Sagen hat. Ich bin der Zauberer!"

„Und mir gehört das Haus", knurrte ich. Mir fehlte wirklich die nötige Energie, um mich damit heute Abend noch herumzuschlagen. „Außerdem bezahle ich alle Rechnungen. Und ich bin fix und fertig von der Arbeit, also geh mir nicht auf den Keks."

„Hast du ein Glück, dass du keine Katze bist, sonst würde ich dich hier und jetzt zum Duell herausfordern." Wütend stampfte er mit seiner kleinen Pfote auf, was nicht sonderlich bedrohlich auf mich wirkte.

„Merlin! Gracie! Das reicht jetzt", rief Luna.

Mit grimmiger Miene wandten wir uns zu ihr um.

„Es war doch nur ein Versehen. Mir geht es gut." Während sie auf uns zukam, bemerkte ich, dass sie sich ein wenig anders bewegte als sonst. O nein, hoffentlich hatte ich sie nicht unabsichtlich verletzt! „Ihr beide seid in letzter Zeit viel zu angespannt. Denkt dran, wir sind alle auf der gleichen Seite."

Merlin stöhnte genervt. „Aber sie …"

„Nichts aber. Wir alle haben ziemlich viel durchgemacht und dürfen uns jetzt nicht gegenseitig an die Gurgel gehen. Ich verstehe ja, dass ihr gestresst seid. Am besten haltet ihr ein wenig Abstand voneinander, bis sich die Gemüter wieder beruhigt haben."

„Es tut mir echt leid, Luna. Du hast ja recht. Ich bin einfach nur so angespannt wegen des Geistes und dieser merkwürdigen Warnung, und wegen des Loches im Dach und …"

„Ich weiß, Gracie. Wenn ich könnte, würde ich das Loch für dich reparieren, aber leider besitze ich keine magischen Kräfte mehr. Wie dem auch sei, Merlin wird so bald wie möglich nach Nocturna reisen und eine Gartenhexe suchen, die uns bei der Reparatur helfen kann."

„Aber was ist mit Tom dem Kater?", warf Merlin ein. „Wenn er mich sieht, wird er mich nur wieder herausfordern. Ich könnte sterben, Luna. Sterben!"

„Dann musst du dich eben unauffällig verhalten", sagte sie beschwichtigend. „Und jetzt vertragt euch bitte wieder."

„Entschuldige, Merlin", murmelte ich und senkte den Blick. Luna beherrschte die Enttäuschte-Eltern-Masche echt gut. Wenn Merlin und sie so weit waren, würde sie eine tolle Mutter abgeben.

Sie tapste auf Merlin zu und stupste ihn an. „Und jetzt du."

„Tut mir leid, Gracie", murmelte er, wobei er jedoch die Augen verdrehte.

Luna nickte zufrieden und ignorierte sein Augenrollen geflissentlich. „So, warum widmest du dich nicht wieder deiner Serie, Gracie? Merlin, wollen wir nicht ausgehen? Es könnte unsere letzte Chance sein, bevor die Kinder geboren werden."

„Wie bitte?", brüllte ich.

„Lauf, Liebste, lauf!", rief Merlin, während die beiden in Richtung Katzenklappe flüchteten.

Na super, noch ein Riesenproblem, über das ich mir Gedanken machen musste. Ich sollte endlich die Hoffnung aufgeben, dass mein Leben irgendwann wieder ganz normal verlaufen würde. Chaos gehörte mitterlweile zum Alltag. Und bald auch noch ein Wurf Kätzchen!

Aber für heute flüchtete ich mich in eine völlig abgedrehte Reality-Serie und versuchte, meine faden Mikrowellennudeln zu genießen.

Ich schaffte es nicht einmal bis zum Ende der ersten Episode, bevor ich auf der Couch eindöste.

21

Ein paar Stunden später erwachte ich und wusste erst nicht, wo ich war. Dann fiel mein Blick auf den abgedunkelten Fernsehbildschirm, auf dem stand: *Schauen Sie noch Netflix?*

Ich schaltete den Fernseher aus, richtete mich auf und streckte mich ausgiebig. Eigentlich sollte ich ins Bett gehen, aber ich war so müde.

Gerade als ich aufstehen wollte, hörte ich ein merkwürdiges Scharren von der anderen Seite des Wohnzimmers her. *Was zum Geier?*

Auf Zehenspitzen schlich ich mich hinüber, um der Sache auf den Grund zu gehen, und bemerkte die Silhouette einer Katze im Fenster. Das war mein Kater!

„Merlin, was machst du denn da draußen?", rief ich und beeilte mich, das Fenster zu öffnen.

Aber noch bevor ich es erreicht hatte, schoss ein grüner Lichtfleck aus der Wand und versperrte mir den Weg.

„Harold?“, quietschte ich, obwohl kein Zweifel daran bestand, wer die Gestalt vor mir war.

„So sieht man sich wieder“, sagte Virginia gedehnt. Im Gegensatz zu Harold war sie viel mehr als nur ein undeutlicher Umriss. Ihr Gesicht war deutlich sichtbar und sah noch genauso aus wie zu Lebzeiten ... nur eben grün und halb durchsichtig. Allerdings fehlte der Großteil ihres Körpers, der knapp unter den Achseln endete, wodurch sie eher wie eine schwebende Büste wirkte.

Mit gefletschten Zähnen stürzte sie sich auf mich.

Ich schaffte es gerade noch, ihr auszuweichen. „Verschwinde, lass uns in Ruhe!“, schrie ich und rannte hinaus auf den Gang.

Wie eine fiese Hexe kichernd, folgte Virginia mir. Vielleicht war sie jetzt ja tatsächlich eine Hexe. Immerhin leuchtete sie in einem magischen Grün, was für mich doppelt ungünstig wäre. Ich besaß weder Zauberkräfte noch wusste ich, wie man einen Geist töten sollte. *Na großartig.*

Verzweifelt suchte ich eine Ecke des Korridors ab, bis ich den kleinen Keramikfrosch mit dem Zaubertrank fand. Sobald ich ihn zu fassen bekam, wirbelte ich herum und streckte ihn Virginia entgegen.

„Nimm das!“, rief ich, stolz, trotz meiner Erschöpfung so geistesgegenwärtig zu sein.

„Was machst du da mit meinem Frosch?“, kicherte Virginia

hämisch. „Warum fuchtelst du damit herum, als sei er eine Waffe?“

Ich baute mich breitbeinig vor ihr auf. „Hiermit fessle ich dich, Geist!“

„Halt den Mund“, bellte Virginia so laut, dass es durch das ganze Haus hallte.

Abermals schwang ich den Frosch in ihre Richtung, aber diesmal flog er mir aus den Händen und krachte gegen die Wand. Als ich etwas sagen wollte, stellte ich fest, dass mein Mund wie zugeklebt war.

„So ist es besser“, nickte Virginia zufrieden. „Schluss mit dem Theater. Ich bin gekommen, um dich zu töten. Das ist alles. Du sollst dafür bezahlen, was dein Kater und du mir angetan habt. Tot besitze ich mehr Magie als zu Lebzeiten, daher kann ich mich endlich an dir rächen. Hast du noch ein paar letzte Worte, die du loswerden möchtest?“

Ihr Kopf kreiste einmal in der Luft herum und der magische Knebel um meinen Mund löste sich.

Ich schnappte nach Luft, bevor ich laut losbrüllte: „Wo sind meine Katzen?“

Ihre grüne Aura pulsierte in offensichtlicher Enttäuschung. „Was für eine Verschwendung. Aber wenn du es unbedingt wissen willst, ich habe das Haus magisch abgeriegelt. Sie können nicht hinein und du nicht hinaus. Du bist mir schutzlos ausgeliefert. Erst erledige ich dich und dann die beiden. Das war wirklich schon fast zu einfach.“

„Aber du besitzt gar keine Zauberkräfte. W-wie ist das

möglich?“, stotterte ich. Wenn ich sie ins Gespräch verwickelte, könnte ich mir vielleicht ein wenig Zeit verschaffen.

Virginia war so eingebildet, dass sie mir gewiss erst beweisen wollte, wie genial sie war, bevor sie mich tötete. Ganz wie eine Filmschurkin, die stundenlang über ihre fiesen Pläne quatschte, bevor sie sie in die Tat umsetzte.

„Oh, mit den richtigen Freunden ist alles möglich. Luna war eine Dilettantin, eine Versagerin! Aber meine neue Meisterin schätzt meine Fähigkeiten.“ Sie führte sich wirklich auf wie eine klischeehafte Schurkin. Es war fast schon ein wenig peinlich. Aber trotzdem war mir ziemlich angst und bange. Soweit ich das beurteilen konnte, war Virginia gewissenlos und würde bestimmt nicht zögern, mir den Garaus zu machen.

Obwohl ich ein Zittern nicht unterdrücken konnte, verdrehte ich genervt die Augen. „Meinst du etwa Dash? Arbeitest du wirklich immer noch für sie, nachdem du beim letzten Mal buchstäblich draufgegangen bist?“

„Ich weiß, was du vorhast, aber darauf falle ich nicht herein“, zischte Virginia und ihre grüne Aura leuchtete intensiver auf.

„Interessante Wortwahl. Hereinfallen. Bist du beim ersten Mal nicht durch einen Sturz in den Brunnen gestorben? Ich bin gespannt, wie du diesmal verendest.“ Am liebsten würde ich die Arme vor der Brust verschränken, aber ich hielt sie weiterhin in Angriffsstellung, falls Virginia sich erneut auf mich stürzte.

„In dieser Gestalt bin ich unsterblich!“, dröhnte sie triumphierend. „Du wirst die Einzige sein, die heute Nacht stirbt. Und deine kleinen Haustierchen natürlich.“ Mit diesen Worten sauste sie auf mich zu und biss mich in die Schulter.

Au, au, au! Das tat verdammt weh! Viel mehr, als ein gewöhnlicher Biss eigentlich schmerzen sollte. Irgendwie wurde mir klar, dass sie mich mit ihrer Magie infiziert hatte.

Aber was für eine Art von Magie war das?

Und was würde sie bewirken?

Ich schwankte leicht. Nein, ich durfte sie nicht davonkommen lassen.

Zumindest nicht kampflos.

Plötzlich wurde mir schwindlig.

„Was hast du mit mir gemacht?“, krächzte ich.

22

„Ich habe einen Abfluss erschaffen. Bald schon wird die aufgestaute Magie in dir herausfließen und auf mich übergehen“, erklärte Virginia, während sie hämisch um mich herumschwebte. „Und sobald ich stark genug bin, werde ich dich vernichten. Was für eine Ironie des Schicksals, nicht wahr?“

Virginia war so eine eingebildete Pute! Aber leider musste ich zugeben, dass ihr Plan ziemlich raffiniert war. Mich mit meinem eigenen Magievorrat umzubringen ... Wow.

Ich hatte nicht mal einen Monat als Vertraute durchgehalten, bevor die Zauberwelt mich in die Knie zwang.

Aber ich würde nicht kampflos aufgeben.

Meine Katzen konnten zwar das Haus nicht betreten, aber ich sah und hörte sie durch das Fenster. Ich konnte immer noch mit ihnen reden, mich von ihnen durch diesen Kampf leiten lassen.

Entschlossen rannte ich den Gang entlang, geradewegs an meiner geisterhaften Gegnerin vorbei und auf das Fenster im Wohnzimmer zu.

Merlin saß bereits ungeduldig dahinter, als ich es entriegelte und öffnete. „Gracie, hinter dir!", rief er im nächsten Moment.

In letzter Sekunde duckte ich mich zur Seite, um einem weiteren Biss von Virginia auszuweichen.

Mit wütendem Gebrüll sauste sie durch das Fenster, hielt inne und kehrte wieder um.

„Sie hat den Großteil ihrer Magie aufgebraucht, um den Barrierezauber zu wirken", ertönte Lunas Stimme von irgendwoher. „Deshalb fehlt über die Hälfte ihres Körpers. Selbst mit dem Ausfluss, den sie aus dir erschaffen hat, schwinden ihre Kräfte langsam."

Luna hatte recht! Nachdem Virginia mich mit Magie zum Schweigen gebracht hatte, waren ihre kümmerlichen kleinen Arme verschwunden, und nun hörte ihre astrale Gestalt unter dem Schlüsselbein auf. Vielleicht würde sie sich ganz auflösen, wenn sie noch einen größeren Zauber wirkte.

Wieder attackierte sie mich, doch ich sprang abermals zur Seite. Sollten diese Angriffe mich ablenken, während sie versuchte, ihre Magie aufzuladen? Und was wäre das Schlimmste, das sie mir ohne Magie antun könnte? Mich erneut beißen? Das tat zwar weh, würde mich aber kaum umbringen.

Dieses Wartespielchen konnte ich ebenso gut spielen.

Schnell rannte ich zu der Garderobe im Flur und holte meinen Besen heraus.

Virginia lachte höhnisch über meine Waffenwahl. Doch als ich ihr die staubigen Borsten mit aller Kraft ins Gesicht stieß, wurde sie durch die Wucht quer durch den Raum geschleudert.

„Dafür wirst du bezahlen!", drohte sie, wobei ihre Aura in einem giftigen Smaragdgrün erstrahlte. „Keine Bewegung!"

Meine Füße fühlten sich mit einem Mal an, als wären sie am Boden festgefroren. Zwar konnte ich meinen Oberkörper noch bewegen, aber von der Hüfte abwärts steckte ich fest.

Sobald Virginia den magischen Befehl ausgesprochen hatte, verschwand der Rest ihrer halb durchsichtigen Schultern. Jetzt war sie nur noch ein schwebender Kopf samt Hals.

„Du kannst mich nicht töten, ohne dich selbst zu vernichten", behauptete ich, als sei es eine Tatsache und nicht nur eine Theorie, die ich aufgestellt hatte. Auch wenn sie laut eigener Aussage unsterblich war, würde sie nicht ewig im Diesseits verweilen können.

„Ich bin doch schon tot, dank dir", keifte sie zurück. Je frustrierter sie wurde, desto undeutlicher und schneller redete sie.

„Gracie!", rief Merlin mir durch das Fenster zu. Als ich durch Virginia hindurchblickte, sah ich ihn und Luna auf der Fensterbank sitzen.

„Wir können sie mit einem Zauber fesseln, aber dazu brauchen wir Zutaten aus meinem Garten", rief Luna.

„Vergiss es, der Frosch hat nicht funktioniert." Sonst würden wir uns wohl kaum in dieser misslichen Lage befinden.

Doch Luna ließ sich nicht beirren. „Der Trank war zu alt und hatte seine Wirkung verloren. Ein frisch gebrauter wird funktionieren."

„Aber ich kann das Haus nicht verlassen."

„Versuch's durch die Tür", schrie Merlin. Danke, Doktor Offensichtlich.

„Geht nicht. Ich sitze hier fest." Seufzend deutete ich auf meine angewurzelten Beine.

Während unserer Diskussion überschüttete Virginia uns unablässig mit wüsten Beschimpfungen, hütete sich jedoch, weitere Zauber zu wirken. Scheinbar hatte ich doch recht mit der Vermutung, dass sie nicht über genügend Magie verfügte, um ihren Plan zu Ende zu führen. Wahrscheinlich hatte sie nicht mit einberechnet, wie viel Kraft der Barrierezauber ihr abverlangen würde. Außerdem war sie sowieso keine echte Hexe. Zu Lebzeiten hatte sie keine eigene Magie besessen und wusste nun im Tod nicht wirklich etwas damit anzufangen.

Ich ließ den Blick durch den Raum schweifen, auf der Suche nach etwas, das mich aus meiner Starre befreien würde. Schließlich entdeckte ich mein Handy, das nicht mal zwei Meter entfernt auf dem Kaffeetisch lag. Natürlich konnte ich es von hier aus nicht einfach so erreichen, aber ich hatte immer noch den Besen in der Hand. Wenn es mir gelänge, Virginia abzulenken und mir unbemerkt das Telefon zu angeln, könnte ich Drake eine SOS-Nachricht schicken.

Zum Glück hatte er nach unserem erfolglosen Date trotzdem darauf bestanden, Nummern auszutauschen. Außerdem hatte er mir angeboten, mir mit meinem Geist zu helfen, falls nötig. Und Hilfe konnte ich gerade wirklich gut gebrauchen.

„Hey, Blitzmerkerin!“, rief ich, um die Aufmerksamkeit der immer noch fluchenden Virginia zu erregen. „Pass mal gut auf!“

23

Ich gab vor, einen Zauber zu wirken. Ja, ich konnte die Magie in mir zwar nicht nutzen, und ja, eigentlich wusste Virginia das auch, aber meine List funktionierte trotzdem.

Mit der freien Hand fuchtelte ich wild in der Luft herum, als wolle ich etwas heraufbeschwören. „Merlin, Blitzgewitter!“, schrie ich im gleichen Moment.

Und tatsächlich wirbelte Virginia herum, um mitanzusehen, wie Merlin vor dem Fenster einen eindrucksvollen Blitzstrahl einschlagen ließ. Natürlich konnte der Zauber die Barriere nicht durchbrechen, aber Virginia war von dem „fehlgeschlagenen“ Rettungsversuch trotzdem abgelenkt.

Hastig streckte ich den Arm aus, angelte mit dem Besen nach meinem Handy und zog es mit einem Ruck vom Kaffeetisch. Es schlidderte über den Boden direkt auf mich zu. Gott sei Dank hatte ich mir eine robuste Schutzhülle zugelegt, sonst wäre es vermutlich verkratzt und zersplittert bei mir angekommen.

Ich bückte mich und hob es auf, wischte mit dem Finger über den Bildschirm, um ihn zu entsperren und tippte in Windeseile eine Nachricht an meinen Kollegen.

Drake, Hilfe!

Komm schnell her!

Ich schickte die Sätze nacheinander ab, weil ich nicht wusste, wie lange Virginia noch abgelenkt bleiben würde.

Der Geist ist … Plötzlich fuhr sie zu mir herum, entdeckte das Telefon und fegte es mir mit ihrer Magie aus den Händen. Es zerschmetterte wie zuvor schon der Keramikfrosch an der Wand. So viel zum Thema robuste Schutzhülle.

Ruhe in Frieden, iPhone.

Drake würde kommen. Dessen war ich mir ganz sicher. Inwieweit er mir jedoch tatsächlich helfen konnte, wusste ich nicht.

Ich musterte Virginia, um festzustellen, ob ein weiterer Teil von ihr sich aufgelöst hatte, aber sie schien unversehrt zu sein. Was bedeutete, dass der Ausfluss, den sie in mir erschaffen hatte, zu wirken begann.

Nein, nein, nein. Wie konnte ich noch mehr Zeit schinden?

„Merlin, ich habe Angst!“, schrie ich verzweifelt, woraufhin Virginia vor Schadenfreude förmlich glühte.

„Ich lasse dich nicht allein“, versprach er mir durch das Fenster. „Trotz der Barriere verleiht meine Anwesenheit dir Kraft. Und deine bietet mir Schutz.“

„Aber der Ausfluss …“ Ich brach ab und gab vor, dass meine Energie gemeinsam mit der Magie entschwand.

Merlin setzte sich auf die Hinterbeine und drückte seine Pfoten gegen die unsichtbare Barriere. Dabei konnte ich seinen flauschigen Bauch sehen. „Du trägst meine Magie in dir. Ein kleiner Teil davon mag auf Virginia übergehen, aber das Meiste erreicht mich hier draußen. Deshalb muss ich hier bleiben, weil die Magie sonst nicht weiß, wohin sie fließen soll.“

„Hör auf, ihr zu helfen!“, kreischte Virginia, aber sie konnte durch die Barriere ebenfalls keinen Zauber wirken. Um Merlin anzugreifen, müsste sie das Haus verlassen. Aber wir alle wussten, dass er viel mächtiger war als sie, vor allem mit all der zusätzlichen Magie, die gerade in ihn floss.

„Du sitzt hier fest, bis du dich ausreichend regeneriert hast, um deinen Todesfluch oder was auch immer zu vollenden“, wandte Merlin sich in einem kalten, überheblichen Tonfall an Virginia.

Dann fügte er, an mich gewandt, hinzu: „Ignorier sie einfach. Sie kann dir noch nicht wehtun.“

„Kann ich wohl!“, brüllte Virginia, sauste auf mich zu und biss mich erneut. Es geschah alles so schnell, dass ich sie nicht rechtzeitig mit dem Besen abwehren konnte. Verflixt!

Auch diese Wunde schmerzte, aber ich würde es überleben. Sie konnte mich wohl kaum zu Tode beißen, also musste ich alles daran setzen, am Leben zu bleiben.

„Merke dir die folgenden Zutaten“, rief Luna mir zu. „Sobald dein Freund hier eintrifft, musst du ihn zu meinem Garten schicken. Wenn er uns zurückbringt, was wir brauchen, können Merlin und ich einen neuen Fesseltrank brauen.“

„Aber dann wird Drake eure Magie sehen und euch sprechen hören!“, protestierte ich. Merlin hatte mir doch von Anfang an eingebläut, dass ich die Welt der Magie vor normalen Menschen geheim halten musste. Was würde es bringen, diesen Geisterangriff zu überleben, wenn ich doch nur in einem schrecklichen Zauberergefängnis landete?

„Wir haben uns ihm nicht zu erkennen gegeben, also wird er nur Miauen hören“, erklärte Luna beschwichtigend. „Und seine Augen werden andere Erklärungen für das finden, was vor sich geht. Es wird alles gut werden. Sei einfach vorsichtig. Jetzt hör gut zu und merke dir diese Liste: Weißdorn, Schöllkraut …“

Sie rief mir noch zehn weitere Zutaten zu und wiederholte sie danach mehrmals, bis ich mir alles eingeprägt hatte.

Währenddessen fluchte und heulte Virginia laut, doch damit bezweckte sie lediglich, dass wir die Liste ein paar Mal öfter durchgehen mussten, um sie über ihr Gebrüll zu verstehen.

Warum zogen sich meine magischen Bredouillen nur immer so ewig hin? In Filmen spielten lebensbedrohliche Situationen sich immer rasend schnell ab. Niemand musste ewig warten, bis ein Geist sich regeneriert hatte oder die richtigen Zutaten für einen Zaubertrank beschafft wurden.

Echte Magie war gleichzeitig so viel aufregender und so viel langweiliger als Filmmagie. Aber letztere würde mich wenigstens nicht umbringen.

Virginia jedoch …

Wieder setzte sie zum Angriff an, und wieder wehrte ich sie mit dem Besen ab. Langsam hatte ich wirklich den Bogen raus. Sie ließ sich nicht beirren und versuchte es gleich noch einmal, als plötzlich zwei gleißende Lichter durch das Fenster hereinfluteten.

Drake war hier!

24

Wie erstarrt warteten wir, während Drake den Motor abstellte, aus dem Wagen stieg und die Veranda betrat.

Im nächsten Augenblick hämmerte er gegen die Eingangstür. „Gracie! Ist alles in Ordnung? Lass mich rein!"

Der Barrierezauber! Würde er überhaupt hereinkommen können? Und wenn ja, wäre er auch in der Lage, das Haus wieder zu verlassen?

„Drake", rief ich verzweifelt aus, und meine Stimme klang dank des ganzen Gebrülls schon ziemlich heiser. „Bleib draußen!"

„Was ist hier los?", wollte er wissen und rüttelte vergeblich am Türknauf.

„Bleib draußen!", wiederholte ich und hoffte, er würde nicht weiter diskutieren. Wir mussten uns beeilen. „Bitte, hör zu, ich brauche deine Hilfe. Du musst für mich zu einem Garten fahren und mir ein paar Pflanzen besorgen."

Drake hämmerte unablässig gegen die Tür. „Was? Warum denn das, Gracie? Was geht hier vor sich? Ist der Geist zurück? Geht es dir gut?"

„Ja, er ist hier und ziemlich wütend. Ich muss es fesseln, bevor es ..."

„Hey, ich bin kein es! Zeig gefälligst ein wenig Respekt, du sterblicher Schwächling!", fauchte Virginia und sauste aufgebracht durchs Zimmer.

„Wow", schrie Drake und hörte auf, die Tür zu malträtieren. „War das der Geist? Die Alte klingt wirklich ziemlich sauer!"

„Das bin ich in der Tat", keifte Virginia. „Und du stehst jetzt auch auf meiner Abschussliste, du dummer Junge!" Sie leuchtete heller als je zuvor. Anscheinend war ihr Stolz ziemlich angegriffen. Hmm, vielleicht könnte Drake ja doch hereinkommen und sie zu Tode labern. Aber ich wollte ihn nicht der Gefahr aussetzen. Außerdem wollte ich Virginia lieber selbst zur Strecke bringen. Dazu brauchte ich jedoch Lunas Zaubertrank. Ich musste Drake überzeugen, die Zutaten für mich zu besorgen.

„Ist schon gut, Drake, ignorier sie einfach", rief ich und hoffte, dass Virginias wüste Drohungen ihn nicht verschreckt hatten. „Fahr bitte zu dem Garten und bring uns, was wir brauchen. Das ist die einzige Möglichkeit, sie zu besiegen. Hast du dein Handy dabei? Dann schreib dir die Liste auf."

Nach einem kurzen Schweigen antwortete er: „Okay, bin bereit."

Ich wiederholte die Pflanzen, während Luna zustimmend nickte, und nannte ihm anschließend die Adresse. „Und jetzt beeil dich bitte! Ich verlasse mich auf dich!“

Drakes Schritte entfernten sich und dann hörte ich, wie er den Motor anließ und mit quietschenden Reifen davonfuhr.

„Was jetzt?“, fragte ich die Katzen, die beide durch das Fenster hereinstarrten.

„Jetzt warten wir und hoffen, dass er die richtigen Zutaten zurückbringt. Und zwar schnell“, erwiderte Luna.

„Drake kennt sich mit vielen Dingen ein bisschen aus“, sagte ich, als mir mein Gespräch mit ihm wieder einfiel. „Auch mit dem Gärtnern. Außerdem kann er die Pflanzen googeln und sichergehen, dass er die richtigen hat. Er wird uns nicht enttäuschen.“

Aus irgendeinem Grund war ich fest davon überzeugt. Drake würde mich nicht im Stich lassen. Er würde mich retten. Alles würde in Ordnung kommen.

Ich musste nur Geduld haben.

„Ich werde von Minute zu Minute stärker“, erinnerte Virginia mich in einem hämischen Flüsterton. Und tatsächlich, sie war wieder so weit sichtbar, wie sie mir zu Beginn erschienen war … eine Büste, die bis zu den Achseln Gestalt annahm. „Ich werde dich töten, Gracie, und dein Freund muss es hilflos mitansehen. Danach werde ich mich abermals regenerieren und ihn auch noch umbringen. Und zu guter Letzt Luna. Meine ehemalige Meisterin hebe ich mir für den Schluss auf. Bevor die Nacht vorüber ist, werdet ihr alle tot sein.“

„Niemand wird heute sterben, du dämliche Gans“, stichelte Merlin durch das Fenster. „Schon gar nicht meine Vertraute und meine ungeborenen Kinder!“

Virginia schnappte schockiert nach Luft und wandte sich ihm zu. „Was hast du da gesagt?“

„Die Macht der Liebe stärkt uns. Dein Hass wird uns niemals besiegen“, schrie ich, da mir das eine gute, filmreife Antwort in einer Situation wie dieser zu sein schien.

„Anscheinend habe ich dich genau zur richtigen Zeit verlassen, Luna“, sagte Virginia kühl. „Als Hexe warst du zumindest mächtig. Aber du hast deine Kräfte einfach weggeworfen, nicht wahr? Und für was? Um die Gebärmaschine für einen überheblichen Flauschball zu spielen?“

„Ich schulde dir nichts, Virginia“, fauchte Luna. „Außerdem würdest du nie begreifen, dass man auf mehr als nur eine Weise mächtig sein kann. Meine Kinder werden zu starken, gutmütigen Katzen heranwachsen, die dabei helfen werden, Monster wie dich zu besiegen.“

„Sie werden entweder heute Nacht sterben oder ein verfluchtes Leben führen, das garantiere ich dir.“ Virginias drohender Tonfall duldete keinen Zweifel.

Auch wenn ich bisher wenig begeistert darüber gewesen war, dass Merlin und Luna ausgerechnet jetzt eine Familie gründen wollten, würde ich die ungeborenen Kätzchen mit meinem Leben beschützen. Virginia hatte uns mit ihren finsteren Worten Angst einjagen wollen, aber stattdessen war ich nur noch entschlossener, ihr Einhalt zu gebieten.

Ich würde sie ein für alle Mal besiegen.

Die Babykatzen sollten niemals erfahren, wie knapp sie dem sicheren Tod entronnen waren, noch bevor sie überhaupt das Licht der Welt erblickten.

Tante Gracie würde sie alle retten.

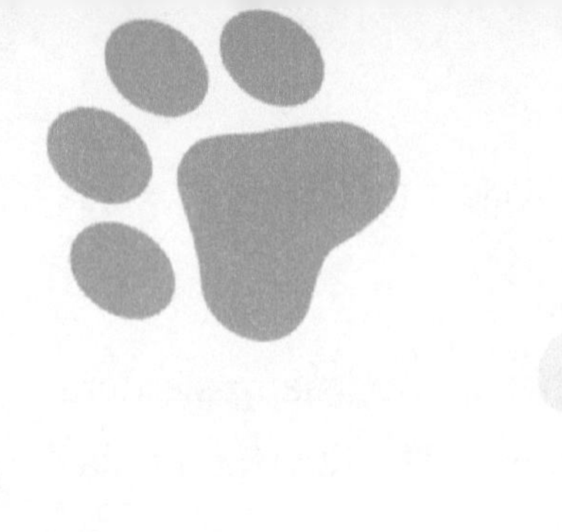

25

Als Drake endlich zurückkehrte, hatte Virginia sich bereits wieder bis zum Nabel materialisiert.

Die gut fünfundzwanzig Minuten, in denen sie uns wüst beschimpft und uns wiederholt mitgeteilt hatte, wie ätzend sie uns fand, waren die qualvollste Zeit meines Lebens gewesen. Ein paar Mal hatte sie noch versucht, mich anzugreifen, aber ich hatte sie stets mit dem Besen abgewehrt.

Ehrlich gesagt, war sie wahrscheinlich ebenso erleichtert wie ich, als Drakes Wagen wieder in die Einfahrt einbog. Diesmal näherten sich jedoch zwei Paar Schritte meiner Tür.

„Drake?", rief ich argwöhnisch. *Bitte, lass es Drake sein. Lass es ihn sein.*

„Ich bin's", rief er durch die Tür zurück.

„Und ich", meldete sich eine zweite Stimme zu Wort.

„Kelley?", krächzte ich. Warum hatte Drake sie hierher

gebracht? Jetzt, da auch meine Freunde in Gefahr schwebten, fühlte ich mich gehörig unter Druck gesetzt. Mich, Luna, Merlin, die Kätzchen, Drake, Kelley ... Ich musste uns alle schleunigst retten. Virginia regenerierte sich immer schneller. Bald schon würde sie kurzen Prozess mit mir machen und sich anschließend den Rest der Truppe vorknöpfen.

„Ich habe sie bei der Adresse angetroffen, die du mir genannt hast", erklärte Drake durch die Tür. „Warum hast du mir nicht gleich gesagt, dass das ihr Haus ist? Jedenfalls wollte sie helfen, also habe ich sie mitgebracht. Lässt du uns jetzt bitte rein?"

„Nein, bleibt draußen!", rief ich, aber es war zu spät.

Virginia verwendete einen Teil ihrer zurückgewonnenen Magie, um die Tür zu öffnen und Kelley sowie Drake ins Haus zu zerren.

„Gracie, was geht hier vor sich?", fragte Kelley zitternd, als sie die bedrohliche, geisterhafte Erscheinung erblickte.

„Wow", hauchte Drake beeindruckt. „Warum ist sie so grün?"

„Weil sie magische Kräfte besitzt. Sie hält mich hier drin fest, und ich fürchte, jetzt seid auch ihr g-gefangen", stotterte ich. Obwohl ich Virginia besiegen wollte, hatte ich große Angst, es nicht zu schaffen. Wir mussten dringend den Trank in Merlins Kessel brauen und unsere Gegnerin entweder nach draußen locken oder das Gebräu ins Haus bringen. Aber wie sollten wir das tun, wenn niemand ohne ihre Erlaubnis die Barriere durchbrechen konnte?

Virginia musste sich der Situation ebenfalls bewusst sein,

denn sie lachte schurkenhaft auf. „Und jetzt hast du noch ein Opfer angeschleppt. Na gut, dann töte ich sie eben auch."

Kelley schluchzte entsetzt, woraufhin Virginia noch lauter lachte. Oh, dafür würde sie bitter bezahlen!

Drake schloss Kelley in seine Arme und redete beschwichtigend auf sie ein. „Ich werde dich beschützen", versprach er, bevor er den Blick auf mich richtete. „Euch beide."

„Sie hat eine Barriere um das Haus errichtet. Niemand kann ohne ihre Zustimmung hinaus oder herein. Außerdem kann ich mich nicht von der Stelle rühren", erklärte ich und deutete auf meine nutzlosen Beine.

„Okay, also ich werde mir nicht von einem grünen Geisterfrosch sagen lassen, was ich tun kann und was nicht", verkündete Drake. Er führte Kelley zu mir herüber und marschierte dann zurück zur Haustür.

Nein, nein, nein. Die Barriere könnte elektrisch geladen sein! Zwar hatte sie Merlin nicht verletzt, als er sie berührte, aber Drake besaß keine Magie. Würde er einen magisch geladenen Stromschlag überstehen können?

„Drake, warte!", schrie ich. „Sie …"

Aber im nächsten Moment hatte er die Schwelle überschritten. Er drehte sich zu uns um, strich sich mit der Hand durchs Haar und grinste uns schief an. „Was wolltest du gerade sagen?"

„Wie ist das möglich?", keifte Virginia und fegte aufgebracht durchs Zimmer.

Zur gleichen Zeit stürmte Kelley auf die Tür zu, prallte jedoch mit einem lauten *Rums* gegen die unsichtbare Barriere und landete unsanft auf dem Hintern. „Das verstehe ich nicht", schluchzte sie. „Warum konnte Drake entkommen, ich aber nicht?"

Dieser streckte eine Hand hinein und versuchte mit aller Macht, Kelley herauszuziehen, aber es gelang ihm nicht. Schließlich ließ er sie wieder los, und sie drückte sich leise wimmernd gegen die Wand.

„Wie hast du das gemacht?", fragte ich ihn. Würde mir das auch gelingen, sobald ich meine Beine wieder bewegen könnte?

Drake zuckte nur mit den Achseln. „Keine Ahnung. Manchmal kann ich Dinge tun, die andere nicht tun können. Und manchmal weiß ich Dinge einfach, wie zum Beispiel deine Adresse, ohne dass du sie mir genannt hast."

„Du bist mir hierher gefolgt", entgegnete ich, da ich es mir nicht anders erklären konnte, auch wenn der Gedanke ziemlich unheimlich war.

Er schüttelte den Kopf. „Nein, es war, als hätte ich mich einfach daran erinnert, auch wenn ich nicht wusste, woher die Erinnerung kam."

„Das reicht jetzt", zischte Virginia. „Lasst mich gefälligst in Ruhe regenerieren."

„Warum sollten wir auf dich Rücksicht nehmen?", knurrte ich. „Du willst uns doch umbringen."

„Und wie ich mich darauf freue!" Sie leuchtete auf, während ihre Hüften sich zu formen begannen. Langsam lief uns die Zeit davon.

„Drake, bring die Pflanzen zu der Vogeltränke im Garten,

vermische alles darin, fülle das Gebräu in ein Gefäß und bring es zurück zum Haus."

„Wie viel jeweils? Bei einem Rezept muss man doch bestimmt auf die Mengenangaben achten."

Damit hatte er wohl recht. Aber wie konnte er angesichts dieser absurden Situation nur so gelassen bleiben? Obwohl ich inzwischen so viel über Magie wusste, war ich panisch vor Angst. Kelley lag zusammengekauert neben der Tür, aber Drake plauderte völlig unbekümmert mit mir.

„Ich … ich weiß es nicht", murmelte ich.

Plötzlich erschien Luna neben Drake und stellte sich ihm vor. „Hi! Ich bin eine Katze, die früher mal eine Hexe war. Jetzt habe ich leider keine magischen Kräfte mehr. Aber ich kann dir dabei helfen, Gracie zu retten, wenn du den Trank nach meinen Anweisungen braust."

Drake starrte sie mit weit aufgerissenen Augen an.

Kelley schluchzte noch lauter.

Starr vor Schock beobachtete ich das Geschehen. Was würde als Nächstes passieren?

Drake stieß einen tiefen Seufzer aus. „Ja, schon gut. Dann lass uns das Ding mal zusammenpantschen."

26

Es war die reinste Folter, nicht sehen zu können, was Luna und Drake im Garten taten. Merlin saß nun zwar vor der geöffneten Tür und hielt mich auf dem Laufenden, aber schon nach wenigen Minuten hatte Virginia sie ihm vor der Nase zugeknallt. Daraufhin positionierte er sich wieder vor dem Fenster, sodass die Magie, die aus mir austrat, ihn einfacher erreichen konnte.

„Gracie, hast du einen Krug oder sowas in der Art?", rief Drake und stürmte so mühelos wieder ins Haus, dass Virginia vor Wut bebte.

„Vergiss es, hab schon einen gefunden", rief er einen Augenblick später. Als er wieder an mir vorbeisauste, bemerkte ich, dass er das Gefäß genommen hatte, in dem seine Blume stand. Ob es ihm aufgefallen war?

Vor der Tür drehte er sich noch einmal kurz zu mir um. „Ach, und die Katzenlady sagte, wir bräuchten die Scherben von irgendeinem Frosch, um den Trank fertigzustellen. Wo krieg ich die her?"

Richtig! Wir brauchten etwas, das Virginia zu Lebzeiten gehörte. Die Keramikfigur war zwar zersprungen, aber die Bruchstücke könnten trotzdem noch von Nutzen sein. Was für ein Glück!

„Im Gang", sagte ich und deutete mit dem Kopf in die Richtung, woraufhin Drake sich auf den Weg machte, den fehlenden Bestandteil zu holen.

Gleich darauf kam er mit einer glänzenden Scherbe zurück durch das Wohnzimmer gelaufen. „Hab's gefunden."

Virginia brüllte erbost und stürzte sich auf ihn.

Ich versuchte, sie mit dem Besen abzuwehren, doch beide waren außerhalb meiner Reichweite. „Pass auf!", schrie ich verzweifelt.

Drake sah auf, gerade als Virginia gegen ihn krachte ... oder besser gesagt, durch ihn hindurch.

„Was bist du?", kreischte sie mit zitternder Stimme.

„Was bist *du*?", gab er zurück, völlig unberührt von ihrem Angriff, und setzte seinen Weg zur Tür fort.

Er verschwand im Garten und kehrte wenige Minuten später mit dem Krug zurück, in dem sich nun der schlammig-grüne Zaubertrank befand. „Die Katzenlady will, dass ich ihn dir gebe", erklärte er und drückte ihn mir in die Hand.

„Aber was soll ich damit tun?", fragte ich und übergab ihm im Gegenzug den Besen.

Er hatte jedoch keine Zeit, mir zu antworten, bevor Virginia uns erneut attackierte.

Als er versuchte, sie mit dem Besen zurückzustoßen, fuhr er geradewegs durch sie hindurch.

Unsere wütende Gegnerin stürzte sich auf mich, und hätte sie mich nicht auf der Stelle festgehext, wäre ich unsanft auf dem Hintern gelandet.

Dadurch konnte ich mich auf den Beinen halten und umklammerte den Krug mit aller Kraft.

Was jedoch Virginia anging ...

„Nein, was geschieht hier?“, schrie sie, als ihre grüne Aura plötzlich verblasste und die Farbe wirbelnd in den Krug gezogen wurde.

Fasziniert sah ich zu, wie das Gefäß sich mit leuchtender Magie füllte.

Als ich den Blick hob, schwebte Virginia grau und trostlos vor mir. Nun hatte sie den Rest ihres Körpers bis hinunter zu den Füßen wiedererlangt.

„Du hast mir meine Magie gestohlen. Gib sie zurück!“, fauchte sie und griff nach dem Krug, doch ihre Hand fuhr durch das Glas hindurch. Sie versuchte es abermals, jedoch ebenfalls erfolglos.

„Wo ist sie hin?“, fragte Drake, der immer noch den Besen wie einen Baseballschläger erhoben hielt.

Ich zeigte vor mich. „Sie ist genau hier. Kannst du sie etwa nicht sehen?“

„Nein, Gracie. Sie ist definitiv verschwunden." Er lachte trocken, als hätte ich mir einen Scherz mit ihm erlaubt.

Merlins Stimme ertönte durch das geöffnete Fenster. „Wir konnten sie nicht vollständig vernichten, weil sie ihre Aufgabe, dich zu töten, noch nicht erledigt hat, Gracie. Solange sie das nicht geschafft hat, sitzt sie in unserer Dimension fest."

„Aber wie werden wir sie dann los?", fragte ich und reckte den Kopf, um ihn zu erspähen, aber er saß nicht länger vor dem Fenster.

„Ich werde dich umbringen!", knurrte Virginia und versuchte, mich anzugreifen. Für die anderen schien sie völlig unsichtbar zu sein.

„Der Zaubertrank hat ihr die Magie geraubt und sie an dieses Haus gebunden", erklärte Luna, die mit Merlin durch die Katzenklappe hereingeflitzt kam. Anscheinend hatte der Zauber auch die Barriere aufgelöst.

„Also sitzt sie hier *bei uns* fest?", kreischte ich. Unser Heim war ja nicht schon überfüllt genug, vor allem, wenn erst die Kätzchen geboren waren. Da konnten wir eine weitere Mitbewohnerin wirklich nicht gebrauchen, und schon gar keine, deren Ziel es war, uns alle zu töten.

„Ja, aber sie kann uns nichts mehr antun", sagte Luna. Sie schien von der Aussicht ebenso wenig begeistert zu sein wie ich.

„Stirb, du dumme Gans, stirb!" Virginia stürzte sich erneut mit aller Kraft auf mich, aber je mehr sie sich anstrengte, desto schwächer wurden ihre Stimme und ihre Gestalt.

„Du kannst dich jetzt übrigens wieder bewegen", informierte

Merlin mich und stupste mit der Pfote gegen meinen Fuß. „Also steh nicht so nutzlos da rum."

Schwungvoll hob ich mein Bein an in der Erwartung, dass ich mich anstrengen müsste, aber ich hatte mich verkalkuliert, verlor das Gleichgewicht und prallte gegen Drake.

Er fing mich auf und half mir, mich aufzurichten. „Immer schön langsam, Kumpel."

„Kumpel?", fragte ich leicht belustigt.

„Wollte nur verdeutlichen, dass wir nichts weiter als Freunde sind", erklärte er mit einem Zwinkern. „Vor allem jetzt, da ich weiß, dass du eine coole Hexe bist, die regelmäßig gegen böse Geister kämpf."

Mist. Natürlich kannte Drake jetzt so ziemlich alle meine Geheimnisse. Zwar waren ihm nicht alle Details bekannt, wie etwa meine berühmte Ahnenlinie oder die Tatsache, dass ich nicht selbst eine Hexe war sondern nur eine Vertraute, aber im Großen und Ganzen wusste er zu viel.

Hoffentlich kümmerten die Katzen sich darum, sodass ich nicht auch noch ins Zauberergefängnis wandern musste, weil ich einem Normalsterblichen zu viel offenbart hatte.

Obwohl ich erfolgreich einen Geist besiegt hatte, bezweifelte ich, dass ich mich ebenso glorreich in einem Verließ voller übler, magischer Schurken schlagen würde.

27

„Hallo? Kann ich jetzt rauskommen?“, rief eine hallende Stimme durch die Wand.

„Lasst mich gefälligst frei“, keifte Virginia, doch man hörte kaum mehr als ein Flüstern. So konnte ich sie immerhin leichter ignorieren, wenn sie wirklich für den Rest meines Lebens hier herumspuken würde. Drake und Kelley konnten sie bereits nicht mehr wahrnehmen. Das wertete ich als gutes Zeichen.

„Bist du das, Harold?“, rief ich zurück.

Eine blaue Hand erschien durch die Wand des Wohnzimmers und streckte den Daumen in die Höhe. Wie schön, dass er endlich Form annahm.

Kelley starrte mich mit glänzenden Augen an. „M-mein Vater?“, stammelte sie. „Ist er etwa hier?“

„Komm raus, Harold", fügte ich lächelnd hinzu. Es tat gut, endlich wieder unbeschwert lächeln zu können.

Mein ehemaliger Chef materialisierte sich im Wohnzimmer. Er war zwar immer noch größtenteils ein formloser Blob, aber immerhin konnte man nun Hände und Gesicht ausmachen.

Kelley erhob sich zögerlich, näherte sich der blauen Erscheinung jedoch nicht.

„Ist schon okay", versicherte ich ihr mit einem aufmunternden Grinsen. „Er ist nicht wie der andere Geist. Komm ruhig her."

Auf mein Geheiß hin stellte sie sich neben mich. „Dad?", fragte sie unsicher. Wahrscheinlich wusste sie nicht, ob man Geistern wirklich trauen konnte, selbst wenn man sie zu Lebzeiten gekannt hatte.

„Kelley", erwiderte Harold in seinem hallenden Tonfall.

Den Blick weiterhin starr auf ihn gerichtet, wandte sie sich an mich. „Was stimmt nicht mit ihm?"

„Er ist erst seit Kurzem ein Geist, also muss er noch Gestalt annehmen. Sprich ruhig mit ihm. Er wird dir nichts tun."

Harold hüpfte ein wenig vor uns auf und ab. „Ich wollte dich nur noch ein letztes Mal sehen", gestand er. „Um dir zu sagen, dass ich dich liebe ... Und es tut mir leid, dass ich nie für dich da war."

Kelley lachte unter Tränen und wischte sich über die feuchten Wangen. „Du wusstest ja nicht, dass ich existiere. Und als du es erfahren hast, war es zu spät."

Ich drehte den Kopf und bemerkte, dass Drake das Geschehen fasziniert verfolgte. Sowohl er als auch Kelley konnten Harold sehen, Virginia jedoch nicht mehr. Diese ganze Geistergeschichte war wirklich ziemlich verwirrend. Ich bezweifelte, dass ich je ganz verstehen würde, wie genau die Welt des Jenseits mit unserer interagierte.

„Als ich es herausfand, hätte ich mehr Zeit mit dir verbringen sollen, aber ich hatte Angst, dich zu enttäuschen. Ich hatte einfach angenommen, uns bliebe mehr Zeit."

Kelley schluchzte, doch ihr Lächeln war aufrichtig. „Ich auch. Aber jetzt, da du wieder hier bist, könnten wir doch ...?"

Harolds blaue Aura verblasste ein wenig. „Nein, ich kann leider nicht bleiben. Ich werde von der anderen Seite aus über dich wachen."

„Warum bleibst du nicht bei mir?" Hätte Kelley eine Aura besessen, wäre diese sicherlich auch verblasst.

„Weil ich meine Aufgabe hiermit erledigt habe", erklärte Harold sachlich, aber ich sah, wie sehr es ihn traf, seine Tochter enttäuschen zu müssen. Seit seinem ersten Erscheinen letzte Nacht hatte er sich stark verändert. Er konnte nicht nur vollständige Sätze aussprechen sondern auch an Erinnerungen festhalten. „Du weißt jetzt, wie sehr ich dich liebe und dass ich mir wünsche, die Dinge wären anders verlaufen. Ich durfte dich ein letztes Mal sehen und konnte zudem Gracie eine Warnung überbringen."

„Da wir gerade davon sprechen", mischte ich mich ein und hob die Hand, um die Aufmerksamkeit der anderen auf mich zu lenken. „Virginia ist hier gefangen. Sie kann uns nichts mehr antun. Danke für die Warnung, sie war schon irgendwie hilfreich."

Harold legte die Fingerspitzen seiner frei schwebenden Hände aneinander. Langsam stieg er zur Decke empor und blickte stirnrunzelnd auf Kelley und mich herunter. „Nein, meine Nachricht bezog sich nicht auf sie, sondern jemand anderes. Auf jemand, der noch lebt", sagte er schließlich in derselben, merkwürdigen Stimme, mit der er die Warnung ausgesprochen hatte. „Die Samen, die bereits gesät wurden, werden bald gefährliche Früchte tragen."

Kelley schnappte erschrocken nach Luft, aber mich konnte nicht mehr viel aus der Fassung bringen.

„Äh, okay, aber geht es vielleicht ein wenig genauer? Zum Beispiel wer, was, wann und warum? Jedes noch so kleine Detail wäre hilfreich."

Harold ließ die Hände sinken und schwebte wieder zu uns hinab. Seine blaue Aura war nun viel blasser und schwächer als zuvor. „Ich habe dir bereits mehr verraten, als ich sollte. Die Toten dürfen sich eigentlich nicht in die Angelegenheiten der Lebenden einmischen. Außerdem kann ich mich an nichts weiter erinnern."

Er richtete den Blick ein letztes Mal auf Kelley. „Mach's gut, mein Schatz. Irgendwann sehen wir uns wieder. Aber hoffentlich nicht zu bald, hörst du?"

Sie streckte die Finger nach ihm aus und berührte seine geisterhafte Hand.

Einen Moment lang hüpfte er sanft auf der Stelle auf und ab, bevor er vollständig verblasste.

„Das war so cool“, ließ sich Drake von seinem Platz auf der Couch vernehmen.

Benommen stolperte Kelley zu ihm hinüber. „Ich kann nicht glauben, dass das wirklich mein Dad war.“

„Er scheint echt in Ordnung zu sein“, sagte Drake. „Ich nehme alle schlechten Bemerkungen zurück, die ich je über ihn geäußert habe.“

Während die beiden einander Gesellschaft leisteten, schlich ich mich unbemerkt in Richtung meines Schlafzimmers davon und bedeutete meinen Katzen, mir zu folgen. Sobald wir uns alle in dem Raum versammelt hatten, schloss ich behutsam die Tür hinter mir.

„Was machen wir denn jetzt?“, flüsterte ich verzweifelt. „Die beiden wissen, dass Magie existiert. Muss ich deswegen ins Gefängnis?“

Merlin kicherte amüsiert. „Weißt du, damit ist es so ...“

„Wir haben ein Schlupfloch gefunden“, schnurrte Luna zufrieden.

Ich starrte sie nacheinander an. Beide kamen mir äußerst selbstgefällig vor. „Wovon redet ihr da? Was für ein Schlupfloch?“

„Also, genau genommen hat Virginia ja die Existenz der Magie offenbart, nicht du“, erklärte Merlin stolz.

„Und ich habe erst mit Drake gesprochen, nachdem sie ihm ihre Kräfte demonstriert hat“, fügte Luna hinzu. „Deshalb wirst du auch nicht bestraft.“

Ich war so erleichtert, dass ich förmlich spürte, wie eine Last von mir abfiel.

„Keiner von uns muss den Kopf hinhalten“, freute Luna sich mit einem breiten Grinsen.

Ich atmete tief aus. Ah, das fühlte sich gut an. „Großartig! Gut gemacht, Leute. Aber was passiert als Nächstes?“

„Gracie, wir haben einen Plan“, versicherte Merlin mir und neigte sich verschwörerisch näher, um mir die Einzelheiten zu erläutern.

28

Wie sich herausstellte, hatten meine Katzen tatsächlich an alles gedacht. Obwohl keiner von beiden in der Lage war, das Gedächtnis zu beeinflussen – das konnten nur Illusionshexen –, braute Merlin unter Lunas Anleitung einen wirksamen Schlaftrank.

Der Zauber nahm am Ende gasförmige Beschaffenheit an, damit man ihn einfacher anwenden konnte. Und sobald Drake und Kelley tief und fest schlummerten, teleportierte Merlin uns alle zurück zu Kelleys neuem Heim.

Da sie Virginias altes Mobiliar noch nicht weggeschafft hatte, legten wir die beiden Schlafmützen auf eines der geblümten Sofas, wobei ich Drakes Kopf auf Kelleys Schoß positionierte. Vielleicht würde er, wenn sie aneinander gekuschelt erwachten, ja begreifen, was für ein schönes Paar sie wären.

Vor allem aber hofften wir, dass sie am nächsten Morgen

aufwachten und die Geschehnisse für einen verrückten Traum hielten, den sie zufälligerweise zur selben Zeit hatten.

Ich für meinen Teil würde unser gespenstisches Abenteuer vehement abstreiten. So ungern ich meine Freunde auch anlog, war es doch nur zu ihrem Schutz ... und damit sie nicht den Verstand verlören.

Natürlich wäre es schön gewesen, mich auch einmal mit jemand anderem als den Katzen über die Welt der Magie zu unterhalten, aber es wäre unverantwortlich, Drake und Kelley möglichen Gefahren auszusetzen, die mit dem Wissen einhergingen. Ohne eine Hexe oder einen Magier, die sie zu Vertrauten machten, wären sie völlig ungeschützt. Zumindest behaupteten Merlin und Luna das.

Zumindest hatten meine Freunde mit der Neueröffnung des Cafés genug zu tun und wären hoffentlich durch die Arbeit abgelenkt.

Am Tag nach der haarsträubenden Begegnung mit dem Jenseits war Kelley für eine weitere Doppelschicht eingeteilt. Während der ersten Hälfte würden die drei neuen Aushilfen sie unterstützen, die restliche Zeit über würden Drake und ich einspringen. Wenn weiterhin so ein Andrang herrschte wie jetzt, würde sie bald noch mehr Baristas einstellen müssen. Ich vertraute darauf, dass sie wusste, wie viel Personal sie brauchte.

Als ich zu meiner Schicht erschien, war Drake bereits vor Ort ... was bis heute noch nie vorgekommen war. Außerdem hielten er und Kelley Händchen, während sie einen Kunden abkassierte und eine der neuen Aushilfen die Espressomaschine bediente.

„Guten Morgen!“, rief ich fröhlich, nachdem der Kunde gegangen war. „Ich habe letzte Nacht so gut geschlafen, dass ich bereit bin für alles, was der Tag bringen mag.“

Okay, vielleicht übertrieb ich es ein wenig mit der ahnungslosen Masche, aber das konnten die beiden ja nicht wissen. Ich hatte mir vor der Arbeit sorgfältig die tiefen Augenringe überschminkt, um einen frischen, erholten Eindruck zu erwecken. Und so gerne ich auch zurück in mein Bett gekrochen wäre, musste ich meine Schicht nun in bester Laune und energiegeladen hinter mich bringen.

Drake gähnte ausgiebig, ohne jedoch Kelleys Hand loszulassen. „Was soll daran so gut sein?“

Ich warf einen vielsagenden Blick auf ihre ineinander verflochtenen Finger. „Na, irgendetwas Gutes scheint doch passiert zu sein.“

Sie erröteten gleichzeitig, was ich äußerst niedlich fand.

Kelley winkte mich näher zu sich heran.

„Wir haben die Nacht gestern zusammen verbracht. Ich kann mich zwar nicht daran erinnern, dass Drake vorbeigekommen ist, aber als ich aufwachte, war er plötzlich da.“ Sie lächelte, als er sie auf die Wange küsste. Wow, die beiden waren echt direkt von null auf hundert gegangen.

„Ich kann mich auch an nichts erinnern“, erzählte Drake. „Aber das ist nichts Ungewöhnliches. Ich vergesse ständig Zeug, das ich mir merken sollte, und kann mir dafür lauter unnütze Dinge merken.“

Kelley senkte die Stimme zu einem verschwörerischen Flüstern. „Das Verrückteste an der Sache ist jedoch, dass wir beide genau denselben Traum hatten!"

„Wirklich?", quietschte ich und versuchte, so überrascht wie möglich zu klingen.

„Du warst auch da", fügte Drake hinzu, als erwartete er, ich würde mich daran erinnern. „Hast du zufälligerweise ebenfalls von Geistern und Magie und sprechenden Katzen geträumt?"

Energisch schüttelte ich den Kopf. „Nein, ich habe geschlafen wie ein Stein."

„Ist es nicht seltsam, wie unser banaler Alltag im Traum plötzlich zu einem aufregenden Abenteuer wird?", fragte Kelley kopfschüttelnd. „Sogar mein Dad war da, als ein Geist! Und dann war da noch diese fiese Geisterfrau, die uns angreifen wollte, aber Drake hat uns alle gerettet. Dann ist mein Vater erschienen, um mir zu sagen, dass er mich liebt. Ich wette, das kommt alles nur daher, weil du neulich während der Kennenlernspiele einmal kurz Geister erwähnt hast, Gracie!"

„Es ist echt verrückt, dass wir das Gleiche geträumt haben", betonte Drake und musterte mich mit zusammengekniffenen Augen. „Haargenau das Gleiche."

„Ja, total verrückt", erwiderte ich und deutete mit dem Kopf auf ihre immer noch ineinander verflochtenen Finger. „Aber immerhin scheint es euch einander nähergebracht zu haben."

„Kelley ist echt super. Hübsch und cool", sagte Drake und rieb seine Nase zärtlich gegen ihre Wange.

Ich freute mich ja wirklich für die beiden, aber wenn mir die

Überdosis Pumpkin-Spice heute keine Übelkeit bereiten würde, dann sicherlich ihr zuckersüßes Pärchengetue.

„Ich muss jetzt mit den Neuen das Protokoll fürs Ende der Schicht durchgehen", seufzte Kelley und löste sich von Drake. „Bin gleich zurück."

Sie gab ihm ein Küsschen auf die Wange und er winkte ihr hinterher, bis sie im Büro verschwunden war.

„Du und Kelley also?", merkte ich an und versuchte gar nicht erst zu überspielen, wie erleichtert ich über diese Entwicklung war.

„Ich weiß, dass es kein Traum war", flüsterte Drake mir eindringlich zu. „Und ich weiß, dass du dir dessen auch bewusst bist."

„Ich habe wirklich keine Ahnung, wovon du sprichst", erwiderte ich mit einem Achselzucken, warf mir das Haar über die Schulter und begann, die Tische abzuwischen.

Doch innerlich geriet ich in Panik. Wieso konnte er sich an alles erinnern? Und was bedeutete das für unsere Zukunft?

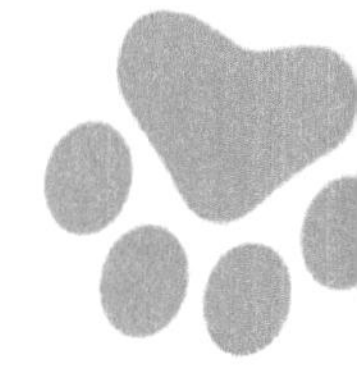

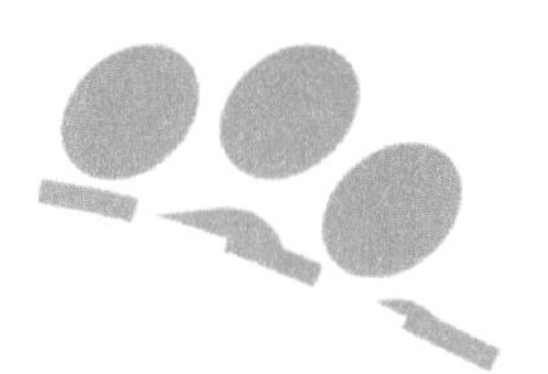

29

Als ich zurück nach Hause kam, erwarteten mich zwei gut gelaunte Katzen und ein mürrischer Geist. Merlin und Luna saßen breit grinsend auf dem Küchentisch, während Virginia kaum noch sichtbar durch das Haus schwebte und wüste Verwünschungen vor sich hinmurmelte.

„Wie gewöhnt sich unsere neue Mitbewohnerin ein?", fragte ich, gerade als Virginia sich uns näherte und durch mich hindurchflog. Obwohl ich nichts spürte, kam es mir ein wenig unangenehm vor.

Schaudernd rief ich ihr hinterher, in Zukunft einen Bogen um mich zu machen.

„Und wenn nicht?", flüsterte sie so leise zurück, dass ich sie kaum verstehen konnte.

„Na ja, Hausarrest hast du ja bereits", lachte ich. „Aber gib mir ein wenig Zeit, dann lasse ich mir eine passende Strafe einfallen."

Die Katzen stimmten in mein Gelächter mit ein, während Virginia sich in einen anderen Teil des Hauses zurückzog.

„Sie ist so unglücklich, es ist einfach herrlich", verkündete Merlin mit vor Vergnügen funkelnden Augen.

Luna hingegen wirkte nicht ganz so erheitert. „Irgendwie fühle ich mich für diesen ganzen Schlamassel verantwortlich."

„Du kannst die bösen Neigungen einer anderen Person nicht kontrollieren", widersprach ich und strich ihr tröstend über das Fell. „Außerdem werden deine Kinder von Anfang an viel mehr über Geister wissen als du. Das ist doch gut, oder nicht?"

„Ja, schon", seufzte sie und schmiegte sich gegen meine Hand.

„Denken wir nicht weiter daran", fiel Merlin ein und streckte sich genüsslich. „Gracie, wir haben eine Überraschung für dich."

Ich hob die Augenbrauen. „Ach, tatsächlich?"

„Hier entlang, bitte."

Die beiden sprangen vom Tisch herunter und liefen den Flur entlang auf mein Schlafzimmer zu. Vor der Tür hielten sie jedoch inne.

„Schau mal nach oben", befahl Merlin mit vor Aufregung kugelrunden Augen.

Als ich die Decke betrachtete, bemerkte ich jedoch nichts Auffälliges ... und der Anblick der langweiligen, weißen Raufasertapete erfüllte mich mit unbändiger Freude.

„Du hast das Dach repariert!“, rief ich aus und beugte mich hinunter, um beide Katzen zum Dank zu kraulen. „Wie hast du das angestellt? Ich dachte, dazu müsstest du nach Nocturna reisen?“

„So gerne ich auch die Lorbeeren einheimsen würde, gebührt der Dank allein Luna“, erklärte Merlin stolz. „Los, erzähl es ihr, meine Liebste.“

Luna druckste verlegen herum. „Na ja, du weißt ja, dass wir uns in letzter Zeit öfters in meinen alten Garten teleportiert haben.“

„Ja, das weiß ich.“

„Da kam mir der Gedanke, dass es doch in der Gegend noch andere Gartenhexen mit einer ebenso vielfältigen Auswahl an Pflanzen geben muss.“ Sie hielt inne und Merlin setzte die Geschichte fort.

„Wir haben also verschiedene Nachbarschaften in ganz Georgia besucht, bis wir etwa zwei Städte von hier entfernt fündig wurden. In einem Örtchen namens Beech Grove. Dort begegneten wir doch tatsächlich einem menschlichen Magier! Der Garten gehörte zwar ihm, aber er machte uns mit einem Freund von sich bekannt, einem Kater. Mr Fluffikins.“

„Und Mr Fluffikins begleitete uns hierher und hat mit einer ausladenden Bewegung seines Schwanzes das Dach repariert! Ist das zu glauben?“, rief Luna aufgeregt. Wenn ich es nicht besser wüsste, würde ich sagen, dass dieser Fluffikins bei ihr einen bleibenden Eindruck hinterlassen hatte.

Merlin schien jedoch nicht im Geringsten eifersüchtig zu

sein, was ich sehr bewundernswert fand, vor allem angesichts ihrer komplizierten Vergangenheit.

„Ich kann nicht glauben, dass ihr euch wegen mir so viel Mühe gegeben habt. Vielen Dank!"

„Na ja, es war immerhin Merlins Schuld. Aber jetzt hat er seine Lektion über Elementarbeschwörung in geschlossenen Räumen gelernt, nicht wahr, Liebster?" Luna warf ihm einen durchdringenden Blick zu.

Beschämt ließ er den Kopf hängen. „Ja, meine Liebste."

„Ich weiß eure Bemühungen wirklich zu schätzen. Danke." Ich kraulte noch einmal ihre Köpfe, bevor ich mich wieder erhob.

„Oh, das war erst der Anfang. Außerdem war es seine Pflicht, den Schaden, den er verursacht hat, in Ordnung zu bringen", erklärte Luna streng, mehr an Merlin gewandt als an mich. „Als Zeichen der Widergutmachung hat er noch eine weitere Überraschung für dich."

Merlin holte tief Luft. „Ich habe viel über unser Gespräch von neulich nachgedacht, und wie viel es dir bedeutet, dass Luna und ich uns gewissen Bräuchen der menschlichen Welt fügen sollen, und daher ..." Er verstummte, und ich blickte ihn verwirrt an. Worauf wollte er hinaus?

Luna stupste ihn in die Seite. „Jetzt spuck es schon aus."

Mein Maine Coon hob den Kopf und starrte mich an. „Und daher haben wir uns entschlossen zu heiraten. Ganz offiziell. Noch vor der Geburt unserer Kinder."

Erfreut klatschte ich in die Hände. „Wow, das ist ja toll! Ich freue mich so für euch ..."

„Und du wirst die Hochzeit für uns planen“, fiel Luna mir ins Wort. „Ist das nicht großartig?“

Mein Lächeln erstarrte. „Äh … Ihr müsst das jetzt nicht alles meinetwegen machen.“ *Vor allem, wenn die ganze Arbeit an mir hängen bleibt.* Ich hatte keine Ahnung, wie man eine menschliche Hochzeit plante, geschweige denn eine für Katzen. Wo sollte ich überhaupt anfangen?

„Ist doch nicht der Rede wert, Gracie. Wir wollen dir diese Freude machen“, versicherte Luna mir. Sie hatte ja keine Ahnung.

„Danke“, erwiderte ich und bemühte mich, weiterhin eisern zu lächeln. „Wann soll das freudige Ereignis denn stattfinden?“

„Dieses Wochenende!“, riefen die beiden im Chor.

Ach, du grüne Neune!

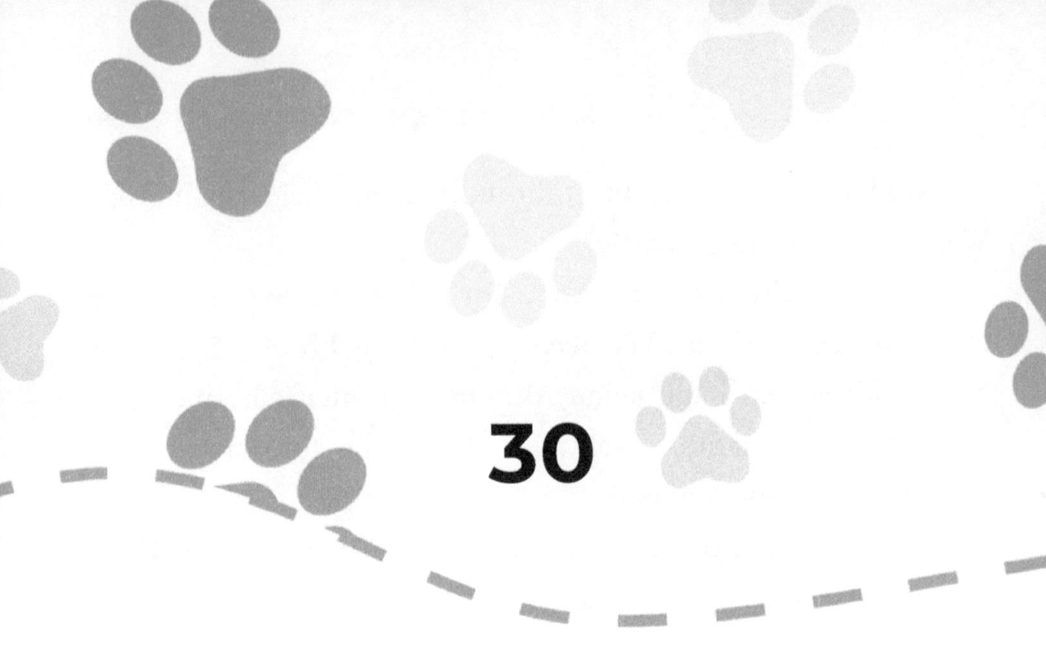

30

Und so endete ein Abenteuer, während die nächsten schon in der Ferne lauerten. Ich musste in Windeseile eine Katzenhochzeit planen, in weniger als zwei Monaten erwarteten wir tierischen Nachwuchs, einstweilen spukte eine neue, geisterhafte Mitbewohnerin in meinem Haus herum, die ich für den Rest meines Lebens meiden wollte, und zu allem Übel war unsere erbittertste Feindin noch auf freiem Fuß.

Es bestand kein Zweifel, dass Dash irgendwann wieder auftauchen würde, vor allem nach Harolds seltsamer Warnung. Trotzdem hatten wir keine Ahnung, wie wir sie aufspüren konnten, also mussten wir wohl warten, bis sie sich zu erkennen gab.

In der Zwischenzeit würden Merlin und ich unermüdlich daran arbeiten, unsere Bindung zu stärken, um für einen erneuten Kampf bereit zu sein. Dank Virginias Angriff hatte ich einen großen Teil seiner aufgestauten Magie verloren. Aber meinem magischen Kater war es zum Glück gelungen, mich wieder aufzupäppeln. Je mehr Zeit wir nun miteinander verbrachten, desto schneller konnte ich seine Magie in mir speichern.

Alles würde sich zum Guten wenden. Daran musste ich fest glauben, ansonsten würde ich noch durchdrehen.

Was mich jedoch an der ganzen Sache am meisten störte, war nicht etwa die Tatsache, dass ich beinahe durch die Hand einer tot geglaubten Gegnerin gestorben wäre, sondern dass mein Kollege und ehemaliger Verehrer Drake über mich und meine Katzen Bescheid wusste ... und wer weiß, was sonst noch alles?

Er besaß besondere Fähigkeiten, die ihn nicht im Geringsten zu beunruhigen schienen. Die Begegnung mit den Geistern hatte ihn kaum aus der Fassung gebracht. Er schien es wie alles andere in seinem Leben zu betrachten, schon irgendwie interessant, aber hauptsächlich ... normal.

Nur zu gerne würde ich ihn fragen, was genau er war, aber wenn er es wüsste, würde er es mir bestimmt offen sagen.

Er wusste jedoch ganz genau, was ich war. Und während jeder Schicht, die wir gemeinsam verbrachten, löcherte er mich mit Fragen über jene Nacht.

Die Tische in Harolds Kaffeehaus waren nie blitzblanker gewesen als jetzt, wo ich mich ständig vor Drakes neugieriger Befragung zu drücken versuchte.

Bisher brachte er das Thema nur auf, wenn wir allein waren, aber was wäre, wenn er sich irgendwann in der Gegenwart anderer verplapperte? Würde ich die Konsequenzen tragen und mich vor der magischen Gerichtsbarkeit verantworten müssen?

Merlin und Luna hatten mir versichert, dass die Schuld allein bei Virginia lag, da sie sich ihm zu erkennen gegeben hatte, aber der Gedanke, dass er so viel wusste, behagte mir trotzdem nicht.

Ich vertraute ihm bedenkenlos meine Sicherheit an, aber meine Geheimnisse?

Auf keinen Fall.

Irgendwie hatte ich das Gefühl, ich würde bald ein paar schwierige Entscheidungen treffen müssen, um ihn, meine magische kleine Familie und mich selbst zu schützen.

Da ich bald auch noch Tante eines flauschigen Kätzchenwurfs sein würde, durfte ich mir keine Fehler erlauben ...

MERLINS LETZTER KAMPF

Als mein Kater mir eines Tages einen toten Vogel als Geschenk vor die Füße legte, rümpfte ich ein wenig die Nase.

Als dieser tote Vogel plötzlich wieder zum Leben erwachte, schrie ich laut auf.

Zunächst tat ich es als eines der vielen merkwürdigen Vorkommnisse ab, die einen eben erwarten, wenn man mit einem magischen Kater zusammenlebt, aber je öfter es geschah, desto skeptischer wurde ich.

. . .

Wie sich herausstellt, versammelt eine vertraute Feindin eine Armee von Untoten um sich, mit der sie uns in die Knie zwingen will. Aber Merlin und ich werden uns ihren bösen Absichten nicht beugen ... vor allem nicht, wenn dadurch die Existenz der magischen Welt auf dem Spiel steht!

Denn wenn die Magie stirbt, wird jedes magische Wesen mit ihr sterben.

Nein, ich lasse ganz sicher nicht zu, dass mein Kater Opfer dieses finsteren Krieges wird. Ich bin bereit, mich den fiesen Zombiescharen und unserer mächtigen Erzfeindin zu stellen. Nichts wird Merlin und mich auseinanderbringen – dafür bin ich bereit, alles zu geben.

1

Hallo allerseits, ich bin Gracie Springs, eine Mittzwanzigerin, die sich durch einen Job als Barista die Uni finanziert. Eigentlich hätte ich meine Masterarbeit schon vor Monaten fertig schreiben sollen, aber bisher fehlte mir einfach die Zeit.

Das kann man mir aber nun wirklich nicht zum Vorwurf machen. Im Ernst, versuchen Sie doch mal, als menschliche Vertraute eines magischen Katers zu arbeiten, auf den es mindestens zwei gefährliche Todfeinde abgesehen haben, und dann will ich sehen, wie Sie mit Ihrem Alltag klarkommen.

Seit mein Maine Coon Merlin mir seine Zauberkräfte offenbart hat, ist ständig jemand hinter mir her.

Als ich in die Kleinstadt Elderberry Heights in Georgia zog, wohnte ich zunächst mit meinem stinknormalen Kater in dem Haus, das meine Großmutter mir schenkte, weil sie sich auf den

Florida Keys zur Ruhe setzen wollte. Mittlerweile haben sich auch noch Merlins schwangere Katzenfrau Luna sowie deren ehemalige Vertraute, ein missmutiges, fieses Gespenst namens Virginia, zu uns gesellt.

Langsam wird es etwas eng hier, und dabei sind die Kätzchen noch nicht einmal geboren!

Ach, und was das Beste ist?

Ich bin eine Nachfahrin von König Artus, und mein magischer Kater entstammt der Ahnenlinie keines Geringeren als des ursprünglichen Merlins!

Nein, nicht der menschliche Schwindler, den alle aus der Sage zu kennen glauben, sondern der echte Zauberer, der zufällig auch ein Kater war.

Aufgrund dieser Vergangenheit besteht zwischen Merlin und mir ein beinahe unzerstörbares Band. Außerdem macht es uns zur Zielscheibe zahlreicher Feinde.

Unsere Hauptgegnerin, Dash, hat sich zwar seit einer Weile nicht mehr blicken lassen, aber wir sind fest davon überzeugt, dass sie irgendwelche fiesen Pläne ausheckt und bald wieder zuschlagen wird.

Was genau sie eigentlich von uns will, weiß ich nicht. Und ehrlich gesagt habe ich Angst, es herauszufinden.

Je mehr ich über die Welt der Zauberei erfahre, desto weniger verstehe ich sie. Ich selbst kann keine Magie wirken, sie aber wie ein Speicher in mir sammeln. Das ist genau genommen auch meine Hauptaufgabe als Merlins Vertraute: ein wandelndes Behältnis für seine überschüssige Magie zu sein. Wäre mein

Kater ein ganz normaler Zauberer, hätte sich unsere Verbindung bei Weitem nicht so dramatisch auf mein Leben ausgewirkt.

Aber da er nun mal alles andere als normal ist, stürzen wir praktisch von einer gefährlichen Situation in die nächste.

Ich will mich wirklich nicht beschweren, da es mir eigentlich Spaß macht, ihm zu helfen. Irgendwer muss den Schurken ja Einhalt gebieten.

Warum also nicht ich?

Berühmte letzte Worte, ich weiß ...

„Aaah! Warum ich?", kreischte ich auf, als Merlin mir einen toten Vogel vor die Füße legte, während ich mir meinen morgendlichen Kaffee brühte.

„Das ist ein Geschenk", erklärte mein flauschiger Maine Coon würdevoll. Meine Reaktion auf seine groteske Geste schien ihn nicht sonderlich zu berühren.

Ich verzog das Gesicht und blickte auf das leblose Federtier auf dem Boden. „Warum sollte ich etwas Derartiges haben wollen?"

„Warum nicht?", entgegnete er. Sein Schwanz begann ungeduldig zu zucken. „Und woher willst du wissen, dass du es nicht magst, wenn du es nicht zumindest probierst?"

Diese Situation war wieder einmal der Beweis dafür, dass man sich nicht gegenseitig verstand, nur weil man miteinander sprechen konnte.

„Äh, danke", sagte ich und beugte mich hinunter, um mein

„Geschenk“ näher zu betrachten. Irgendwie musste ich es unauffällig loswerden, sobald er abgelenkt war. Aber das Problem war, dass Merlin seine Augen und Ohren stets überall zu haben schien.

„Siehst du, war doch gar nicht so schwer“, erwiderte er mit dem Anflug eines selbstgefälligen Grinsens.

Gerade versuchte ich mir zu überlegen, was ich tun sollte – gar nicht so einfach ohne meine erste Ladung Koffein –, als der Vogel plötzlich wieder zum Leben erwachte.

Ich schrie auf und stolperte rückwärts, bis ich unsanft auf dem Hintern landete.

„Keine Panik, Gracie!“, rief Merlin, der bereits zum Sprung ansetzte. „Ich beschütze dich vor diesem gefiederten Feind!“

Perplex sah ich zu, wie er in die Luft sprang, sich den Vogel mit seinen spitzen Fangzähnen schnappte und mit einem eleganten Bogen wieder auf dem Linoleumboden landete.

„Hätte schwören können ... dass er ... tot ist“, murmelte er mit vollem Mund. Dann biss er zu meinem Entsetzen kräftig zu, dass die Knochen knirschten.

Ach, das arme, kleine Rotkehlchen!

Abermals legte Merlin den nun eindeutig toten Vogel zu meinen Füßen ab und begann, sich ausgiebig zu putzen.

Ich wusste nicht, was ich sagen sollte. Ein weiteres Dankeschön brachte ich nicht über die Lippen, aber natürlich konnte ich meinen Kater auch nicht für sein natürliches Verhalten tadeln.

Während ich weiterhin verdutzt auf den Vogel starrte, begann er wieder zu zucken. Erst kaum merklich mit der Flügelspitze, dann öffnete er plötzlich eines seiner kleinen, schwarzen Augen.

Langsam wich ich zurück, bis ich mit dem Rücken gegen den Kühlschrank stieß.

„Das lässt du mal schön bleiben!", fauchte Merlin und stürzte sich auf das Rotkehlchen, bevor es erneut in die Luft fliegen konnte.

Diesmal biss er so fest zu, dass er dem armen Tier das Genick brach und der Kopf in einem unnatürlichen Winkel herunterhing.

Ich holte tief Luft und hoffte, ein derartiges Schauspiel nie wieder in meiner Küche erleben zu müssen. Selbst ohne Kaffee war ich nun hellwach … und zweifellos fürs Leben gezeichnet.

„Ist er jetzt wirklich tot?", flüsterte ich nach einem Moment des Schweigens, besorgt, meine Stimme könnte den Vogel erneut zum Leben erwecken, wenn ich nicht leise genug war. Sofern Merlin ihn diesmal endgültig getötet hatte.

Wir beobachteten fassungslos, wie der kleine Federhaufen sich wieder regte.

So hatte ich meinen Tag eigentlich nicht beginnen wollen!

2

„Warum stirbt er denn nicht?“, rief ich und richtete mich hastig wieder auf.

„Da muss dunkle Magie im Spiel sein“, erklärte Merlin, bevor er sich erneut auf den irgendwie-toten-aber-auch-nicht Vogel stürzte. „Geh und sag Luna Bescheid. Ich kümmere mich um diesen Quälgeist!“

Das ließ ich mir nicht zweimal sagen. Ich rannte schnurstracks aus der Küche und zur Haustür hinaus, ohne mir ein Paar Schuhe anzuziehen. Der Morgentau durchnässte meine Socken, aber ich achtete nicht weiter darauf. Keinesfalls wollte ich im Haus sein, während Merlin mit dem monströsen Federvieh in der Küche kurzen Prozess machte.

Ich lief nach hinten in den Garten, wo Luna sich auf dem Rasen sonnte. Während ihrer Schwangerschaft hatte sie einen Großteil ihrer Zeit im Freien verbracht. Ich hatte ihr sogar geholfen, ein paar Blumen und Kräuter anzupflanzen, damit sie sich mehr wie zu Hause fühlte.

Als sie mich erblickte, rollte sie sich trotz ihres beachtlichen Bauches elegant und geschmeidig auf die Pfoten.

Die Kätzchen konnten jeden Augenblick kommen. Nachdem Merlin und Luna festgestellt hatten, dass sie Nachwuchs erwarteten, gaben sie mir eine Woche Zeit, um eine Hochzeit für sie auf die Beine zu stellen. Da der heilige Bund der Ehe den Menschen viel mehr bedeutete als ihren Vierbeinern, sollte ich mich ihrer Meinung nach um alles kümmern. Das lag nun mehrere Wochen zurück. Nach ihren kurzen Flitterwochen kehrten die Frischvermählten in den ganz normalen Alltag zurück ... so normal das Leben mit zwei sprechenden Katzen und einem Geist eben sein kann.

Beinahe glaubte ich schon, wir hätten endlich Ruhe vor den magischen Bösewichten, aber das rebellische Rotkehlchen in meiner Küche überzeugte mich irgendwie vom Gegenteil.

„O weh", sagte Luna, als sie meinen besorgten Gesichtsausdruck bemerkte. „Ich habe Merlin ja gesagt, dass dir sein Geschenk nicht gefallen würde, aber er hat darauf bestanden. Er fand, du seist seit Virginias Einzug nicht mehr du selbst gewesen, daher wollte er dir beweisen, wie viel du uns bedeutest."

„Das ist eigentlich ein total lieber Gedanke", erwiderte ich mit dem Anflug eines Lächelns, während ich mir die schmerzende Kehrseite rieb. „Aber du hast recht, der Vogel war eine miese Idee. Vor allem, weil er einfach nicht tot zu kriegen ist."

Luna riss die blauen Augen auf und legte die Ohren an. „Was meinst du damit?“, flüsterte sie.

„Jedes Mal, wenn wir glaubten, er sei tot, erwachte er wenige Sekunden später wieder zum Leben. Ich bin mir ziemlich sicher, dass Merlin ihm sogar das Genick gebrochen hat, aber selbst das hat nichts geholfen.“ Bei der Erinnerung durchfuhr mich ein Schauer ... Der Anblick würde mich garantiert noch in meinen Albträumen heimsuchen. „Ich glaube, ich bin ab heute Vegetarierin.“

„Mach keine Scherze über so etwas Schreckliches!“, fauchte Luna.

„Was genau davon hältst du für einen Scherz?“, fragte ich sie ungläubig.

Sie betrachtete mich einen Moment lang. „Meine Güte, du meinst es ernst, nicht wahr?“

„Todernst“, presste ich hervor. „Oder, besser gesagt, untot ernst.“

„Damit haben wir es allem Anschein nach zu tun“, erwiderte Luna und nickte grimmig.

„Du meinst doch nicht etwa ...?“ Ich brachte den Satz nicht einmal zu Ende. Die Idee erschien mir zu irrwitzig.

„Zombies“, bestätigte sie meinen schrecklichen Verdacht.

„Aber wie kann das sein?“, platzte es aus mir heraus. Verflixt, warum hatten wir immer so ein Pech? Obwohl mir diese Angelegenheit weniger eine Frage des Glücks zu sein schien.

„Nicht das *wie*, sondern das *warum* macht mir Sorgen“, erklärte Luna.

„Jetzt bin ich aber neugierig."

Wortlos starrte sie in Richtung Haus.

„Wie genau entstehen Zombies, Luna?", hakte ich nach.

Kurz blinzelte sie in die Sonne, dann wandte sie sich mir zu. „Also, du weißt ja, dass Katzen sieben Leben besitzen, stimmt's?"

„Klar", versicherte ich ihr ungeduldig, obwohl ich eigentlich immer angenommen hatte, dass es sich dabei lediglich um eine Redewendung handelte. Diesbezüglich musste ich später noch einmal genauer nachfragen, wenn wir nicht gerade einen Zombie in der Küche hatten.

„Das gilt nicht für alle Katzen, nur für uns Hexen. Wir sind nicht unsterblich, aber uns werden zusätzliche Leben gewährt."

„Okay", erwiderte ich nickend. „Das klingt logisch."

„Wir können unsere Leben auf andere übertragen. Dazu ist ein komplizierter, aber relativ bekannter Zauberspruch nötig. Normalerweise wird er für gute Zwecke verwendet, wie etwa, um die Leben zwischen sich und einem Partner aufzuteilen."

„Aber bei dem Vogel, den Merlin mir gebracht hat, ist das nicht so?", mutmaßte ich.

„Nein", antwortete sie und ließ den Blick in die Ferne schweifen. „Es gibt auch eine abgewandelte Version des Zaubers, mit dem man Tote wieder zum Leben erwecken kann."

„Aber der Vogel ist doch eben erst gestorben. Ich habe es genau gesehen."

Luna blickte äußerst besorgt drein, was mich nicht sonderlich beruhigte. „Ja, das bedeutet, dass irgendjemand, der dunkle Magie praktiziert, ganz in der Nähe sein muss."

„Glaubst du, er oder sie wird noch mehr Zombies kreieren?“

„Der erste war bestimmt kein Unfall, daher glaube ich schon, dass noch weitere folgen werden.“

„Aber warum sollte jemand all seine Leben aufs Spiel setzen, nur um uns einzuschüchtern?“ Das war es, was ich nicht verstand. Auch wenn wir den Vogel nicht töten konnten, waren wir doch um einiges größer und stärker als er und somit in der Lage, ihn auf andere Weise zu bezwingen.

„Das ist es, was mir die meisten Sorgen bereitet“, flüsterte Luna. „Die wirklich bösen Magier unter uns – diejenigen, die sich nicht davor scheuen, einen Zauber wie diesen zu wirken – können auch Gedanken und Willen anderer kontrollieren. Womöglich hat der Schurke sich eine ganze Armee hilfloser Hexen gefügig gemacht, von denen jede eine Schar Zombies befehligt.“

Seufzend fuhr ich mir mit der Hand durchs Haar. „Also sieht es übel für uns aus, was?“

„Richtig übel“, presste Luna hervor, als fürchtete sie sich, die Worte auszusprechen.

Dabei war sie doch die Mutigste von uns. Wenn diese Zombie-Situation sie dermaßen erschreckte, mussten wir uns auf etwas wirklich Schlimmes gefasst machen.

Dieser Tag wurde einfach nicht besser …

3

„Jetzt, da du weißt, womit wir es zu tun haben, sollten wir Merlin mit dem untoten Ding nicht länger allein lassen“, rief Luna und flitzte um das Haus herum zur Vordertür.

Ein wenig zögerlich folgte ich ihr. Ein Zombie-Vogel allein konnte nicht viel anrichten, aber eine ganze Schar von ihnen? Kein Wunder, dass Hitchcocks Horrorfilm über diese Viecher sich zu einem immerwährenden Kultschocker etabliert hatte.

Als ich die Küche betrat, sah ich, wie Luna Merlin besorgt umrundete und inspizierte. „Bist du sicher, dass er dich nicht gekratzt hat?“

Merlin schüttelte sein fluffiges Fell. „Selbst wenn, könnte mir das nichts anhaben. Der Lebenübertragungszauber kann nicht durch Dritte gewirkt werden. Wenn jemand mich in einen

Zombie verwandeln möchte, muss er das von Angesicht zu Angesicht tun."

Luna maunzte betrübt. „Genau das bereitet mir ja solche Angst, mein Lieber."

Er rieb sein Gesicht gegen ihres. „Mach dir keine Sorgen um mich, Schatz. Konzentrier dich lieber auf unsere Babys in deinem Bauch, um alles andere kümmere ich mich."

Luna kniff die Augen zusammen und peitschte genervt mit dem Schwanz. So sehr sie Merlin auch liebte, gefiel es ihr gar nicht, wenn er sie von unseren Abenteuern ausschloss. Als sie noch ihre eigene Magie besaß, war sie die mächtigere von beiden gewesen, und manchmal schien es so, als ob sie es ein wenig bereute, ihre Kräfte für ihn aufgegeben zu haben ... vor allem, wenn es darum ging, Geister zu bekämpfen oder seltsame Geräusche in der Nacht zu untersuchen.

„Luna hat mich über die magische Komponente dieser Situation aufgeklärt", berichtete ich meinem Kater. „Ich glaube, das meiste davon verstehe ich, aber was ist jetzt mit dem Vogel passiert?" Das verfluchte Vieh war nirgends zu sehen.

Merlin durchquerte die Küche und ließ sich vor mir nieder. „Ich habe unseren Feind auf die bestmögliche und bekömmlichste Art besiegt." Er hielt inne und reckte stolz die Nase in die Luft.

„Du ..."

„Ich habe ihn gefressen!", verkündete er mit weit aufgerissenen Augen. „Eigentlich mag ich kein korrumpiertes Fleisch, aber einem geschenkten Gaul schaut man nicht ins Maul.

Außerdem musste ich ihn ja irgendwie loswerden. So wird er wenigstens nicht zurückkommen."

Ich erschauderte bei dem Gedanken an das untote Flattervieh in seinem Magen. *Igitt!*

„Aber wer würde einen Zombie auf uns hetzen und warum?", überlegte Luna mit besorgtem Blick.

„Dir ist doch bestimmt aufgefallen, dass wir Feinde magisch anziehen", witzelte Merlin. „Die letzten paar Wochen war es schon fast unheimlich ruhig."

„Moment mal. Da gibt es jemanden, dem wir diese Fragen unbedingt stellen sollten", murmelte ich, bevor ich den Korridor entlangmarschierte und gegen die Wand hämmerte. „Ich weiß, dass du da drin bist!", brüllte ich. „Komm raus! Wir müssen mit dir reden."

Es dauerte nicht lange, bis ein aufgebrachter Geist durch die Wand glitt und mich mit einem eisigen Blick bedachte.

Wenn Blicke töten könnten ... Das wünschte sich unsere gespenstische Mitbewohnerin bestimmt, aber zu ihrem Pech war sie völlig machtlos und an unser Haus gebunden.

Virginia verbrachte den Großteil ihrer Zeit in den Wänden, weil sie dort ihre Privatsphäre hatte. Anfangs machte sie sich noch einen Spaß daraus, plötzlich aufzutauchen und uns zu erschrecken, aber je weniger wir auf ihre Überfälle reagierten, desto mehr zog sie sich zurück.

Trotzdem könnte die einstige Schurkin etwas über unseren neuen Zombie-Feind wissen. Fragen schadete nichts.

„Warum wurden wir heute von einem Zombie attackiert?",

wollte ich von der beinahe völlig durchsichtigen Gestalt wissen, die vor mir schwebte.

„Deswegen also der ganze Aufruhr?", entgegnete sie hämisch. „Und niemand hat daran gedacht, mir Bescheid zu sagen, obwohl ich doch so gerne dabei zusehe, wie ihr in Grund und Boden gestampft werdet."

Ich verdrehte nur die Augen. Virginia mochte nicht mehr die Jüngste sein, aber ihr Mundwerk war so frech wie das einer Teenagerin. Und sie war auch ebenso stur.

„Hätte ich von einem Zombie-Angriff gewusst, hätte ich der Gegenseite meine Hilfe angeboten", schnaubte sie verächtlich.

„Ich glaube kaum, dass du dich mit Vögeln verständigen kannst", gab Luna zurück und machte einen Buckel.

„Ebenso wenig wie du, *Schätzchen*", säuselte Virginia schnippisch.

„Du hast uns ausspioniert", sagte ich. Das war keine Frage, sondern eine Feststellung.

Unser Hausgeist zuckte mit den Achseln. „Vergiss nicht, dass ich wegen dir hier festsitze. Natürlich spioniere ich herum. Leider gibt es da aber niemandem, dem ich Bericht erstatten könnte."

Ich nickte und nagte an meiner Unterlippe. Damit hatte sie wohl recht. Sie konnte sich mit niemandem außerhalb dieser vier Wände unterhalten, und natürlich hüteten wir uns, Fremde ins Haus zu lassen.

Ganz offensichtlich arbeitete sie nicht mit dem Zombiebeschwörer zusammen. Einerseits waren das gute Nachrichten, da niemand außer ihr somit uneingeschränkten Zugang zu unserem Heim hatte.

Aber andererseits hatte ich nicht die leiseste Ahnung, was ich als Nächstes tun sollte.

Und etwas sagte mir, dass es weitaus schwieriger sein würde, eine Horde Zombies zu besiegen, wenn wir nicht wussten, wann oder woher sie kamen. Immerhin hatten wir ein paar Wochen Zeit gehabt, um uns auszuruhen. Uns stand ein Kampf bevor, der nicht leicht zu gewinnen sein würde.

4

„Sollen wir in Nocturna Nachforschungen anstellen?“, fragte ich meine Katzen. Nocturna war eine geheime Zauberstadt, die man nur durch den Kessel eines aktiven Magiers oder einer Magierin erreichen konnte ... In unserem Fall durch das Vogelbad im Vorgarten, in dem Merlin für gewöhnlich seine Tränke braute.

„Wir können nicht immer gleich nach Nocturna rennen. Man kann Probleme auch auf andere Weise lösen“, erwiderte mein Kater mürrisch. Einer seiner Zähne spitzte aus seinem Maul hervor, was ihm einen genervten, aber auch leicht albernen Ausdruck verlieh.

„Das sagst du nur, weil Tom der Kater immer noch nach dir sucht, um dich zu vermöbeln“, neckte Luna ihn. Dank den beiden war mir schnell klar geworden, dass das Liebesleben von Katzen noch weitaus komplizierter war als das der Menschen.

Merlin und Luna hatten sich getrennt, um ihren jeweiligen Karrieren als Magier zu folgen, waren anschließend zu erbitterten Feinden geworden, lieferten sich einen heftigen Kampf, kamen plötzlich wieder zusammen und nun erwarteten sie einen Wurf Kätzchen. Währenddessen hatte Merlin einige von Lunas anderen Verehrern vor den Kopf gestoßen, die ihre Entscheidung alles andere als guthießen. Einer von ihnen hatte Merlin sogar zu einem Zaubererduell herausgefordert, worauf der Maine Coon sich idiotischerweise einließ.

Mit einer Rückkehr nach Nocturna würde er seine Magie riskieren, denn wenn er das Duell verlor, musste er als Normalsterblicher weiterleben. Leider waren Luna und ich nicht in der Lage, die Stadt ohne ihn aufzusuchen, da er der einzig aktive Magier unter uns war. Doch ohne seine Magie wäre uns nicht nur der Zutritt zu der Zauberstadt verwehrt, wir würden auf unserer Seite des Kessels zudem völlig ungeschützt dastehen.

Umso frustrierender war diese ganze Situation. Unser Zombiebeschwörer manipulierte buchstäblich Leben und Tod. Ich für meinen Teil zog es vor, lebendig zu bleiben, herzlichen Dank auch.

Nervös knetete ich mir die Hände, während ich von einer Katze zur anderen sah. „Aber wo sollen wir sonst mit unseren Nachforschungen beginnen? Versuchen wir, einen der Zombies zu fangen und ihn zu fragen, was er weiß?"

Virginia schwebte dicht an mich heran und ich wedelte mit der Hand, als wäre sie ein lästiger Geruch, den es zu vertreiben galt.

Sie lachte nur und kam noch näher. „Dein Sieg gegen mich war pures Glück. Glaub ja nicht, dass dir das ein zweites Mal gelingt. Auf keinen Fall könnte jemand, der so unvorbereitet ist wie du – wie ihr alle drei –, einen Beschwörer der Untoten bezwingen. Schon bald werde ich nicht mehr der einzige Geist sein, der hier herumspukt."

Luna machte einen Buckel und schlug mit der Tatze nach ihr. „Verschwinde, du Quälgeist! Du bist der einzige Schwächling hier. Als du dich entschieden hast, mich zu hintergehen, nur weil du mächtiger werden wolltest, hast du damit dein Todesurteil unterschrieben. Das hast du dir alles selbst zuzuschreiben … und vielleicht auch dieser furchtbaren Illusionshexe."

Merlin nickte nachdenklich, schien jedoch nicht wirklich zugehört zu haben. „Natürlich könnten wir einen Zombie fangen, aber es wäre sinnlos ihn am Leben … äh, animiert zu halten. Sie sind nicht sehr schlau und können nichts weiter tun, als ihr Ziel zu verfolgen. Im Grunde sind sie die perfekten Handlanger, denn sie sind leicht zu ersetzen, lassen sich nicht ablenken und würden ihren Beschwörer niemals hintergehen."

„Ihr glaubt wirklich, ihr hättet eine Chance, was?" Virginia lachte höhnisch.

Merlin wirbelte zu ihr herum und funkelte sie wütend an. „Sei still, sonst fresse ich dich auch noch auf!"

Sie öffnete den Mund, um etwas zu entgegnen, doch er starrte sie so feindselig aus seinen grün schimmernden Augen an, dass sie es sich anders überlegte.

Seufzend schwebte sie in eine andere Ecke des Zimmers, weit

entfernt genug, um sich nicht mehr aktiv am Gespräch zu beteiligen, aber immer noch so nah, dass sie uns weiterhin belauschen konnte.

„Könnte Dash dahinterstecken?“, fragte ich meine Katzen. „Es war ja nur eine Frage der Zeit, bis sie erneut zuschlagen würde. Wäre es möglich, dass sie die Drahtzieherin ist?“

„Das wäre eine von vielen Möglichkeiten“, sagte Luna, bevor sie sich die Pfote leckte und sich damit übers Gesicht fuhr.

„Allerdings könnte sie überall sein“, überlegte ich. „Sie könnte jede nur erdenkliche Gestalt angenommen haben. Woher sollen wir wissen, ob wir sie gefunden haben?“ Dashs Fähigkeit, die Wahrnehmung anderer zu manipulieren, hatte ihr beim ersten Mal erlaubt, uns gefährlich nahe zu kommen.

„Gar nicht“, erwiderte Merlin grimmig. „Zumindest nicht sofort. Aber ich bin mir ziemlich sicher, dass sie uns lebend schnappen will, um ihre Rachepläne an uns zu verüben. Ich finde, wir sollten ihr absichtlich in die Falle laufen und anschließend überlegen, was zu tun ist.“

„Liebling!“, rief Luna entgeistert aus und stampfte so energisch mit der Vorderpfote auf, dass Merlin und ich erschraken. „Das klingt furchtbar gefährlich. Denk doch an die Kätzchen!“

„Das tue ich doch, deswegen will ich auch, dass du hierbleibst.“ Er rieb seinen Kopf gegen ihren und marschierte dann hinüber zur Haustür, wo er ungeduldig mit dem Schwanz peitschend auf mich wartete.

„Komm schon, Gracie!“, rief er in einem Tonfall, der keinen

Widerspruch duldete. „Je eher wir die Sache ins Rollen bringen, desto schneller können wir ein für alle Mal damit abschließen."

Eigentlich wollte ich mich nicht in ihren Disput einmischen, aber einen besseren Plan hatte ich auch nicht, um den Zombiebeschwörer zu stellen. Außerdem wollte ich nicht nur untätig herumsitzen, bis unser Feind erneut zuschlug.

Seufzend zog ich mir ein Paar Schuhe an, wobei ich Luna einen entschuldigenden Blick zuwarf, dann schnappte ich mir meine Schlüssel und folgte Merlin nach draußen.

„Na, dann wollen wir den Bösewicht mal schnappen", sagte ich, nachdem ich die Tür hinter mir geschlossen hatte.

„Besser gesagt: Wir lassen uns von ihm oder ihr schnappen", korrigierte mein Kater mich mit einem selbstgefälligen Grinsen.

Ich nickte und folgte ihm die Straße hinunter. Hoffentlich würde dieser nicht einmal halb ausgegorene Plan überhaupt funktionieren.

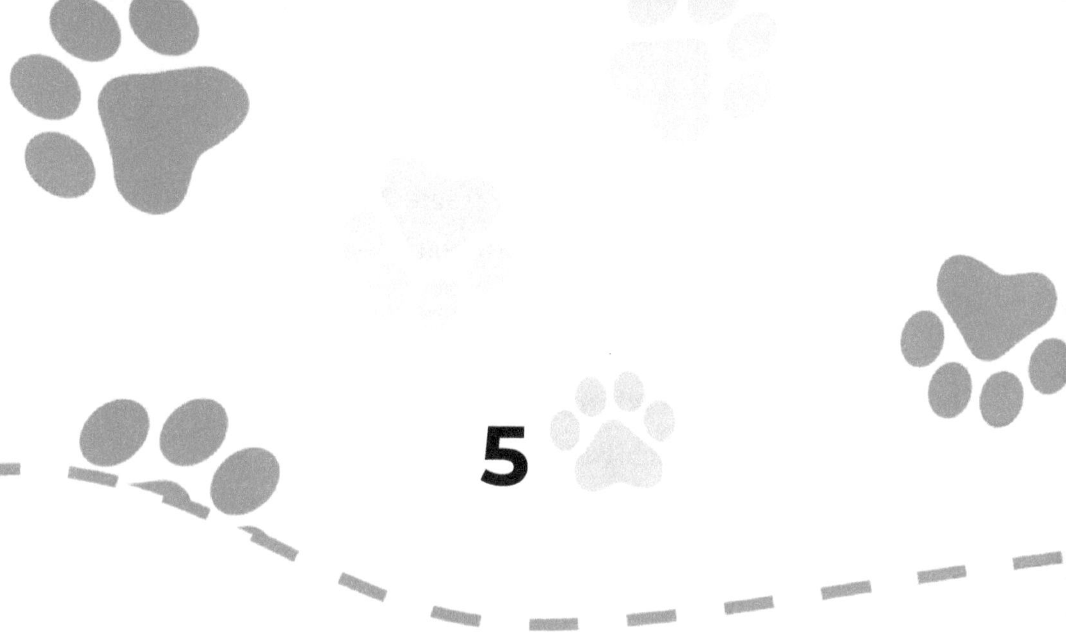

5

Während ich die Straße in Begleitung meines stattlichen Katers entlangschlenderte, versuchte ich, so lässig wie möglich zu wirken.

„Was soll ich tun?“, flüsterte ich Merlin zu, nachdem ich mich vergewissert hatte, dass niemand uns hören konnte.

„Verhalte dich ... natürlich“, murmelte er zurück.

Als wir um die Ecke bogen, begegneten wir der alten Mrs Harkness, die verträumt lächelnd ihre Begonien goss.

„Guten Morgen, Grace!“, grüßte sie. „Und deinem pelzigen, kleinen Begleiter natürlich ebenfalls einen guten Morgen.“

Ich winkte und setzte mein gewinnendstes Lächeln auf. „O ja, es ist ein herrlicher Morgen!“, rief ich zurück.

„Du sollst dich *natürlich* verhalten, sagte ich“, fauchte Merlin leise.

„Wie war das, meine Liebe?“, fragte Mrs Harkness stirnrunzelnd, während sie den Gartenschlauch abstellte und in die Sonne blinzelte.

„Äh, ich ... ich habe nur die natürliche Schönheit des Tages bewundert!“, erklärte ich und lief schnell weiter, bevor sie noch begriff, wer eben tatsächlich gesprochen hatte.

Ich wartete einen ganzen Häuserblock ab, bis ich mich wieder etwas sagen traute. „Das war knapp“, murmelte ich, während ich neben Merlin in die Hocke ging und ihn hinter den Ohren kraulte. Auf diese Weise würden andere Passanten hoffentlich denken, ich sei einfach nur jemand, der seinem Haustier gut zuredete. „Du solltest nicht sprechen, solange wir in der Öffentlichkeit sind. Jeder könnte uns hören.“

Merlin zwinkerte mir verschwörerisch zu und ich richtete mich wieder auf, um unseren Weg fortzusetzen.

Doch plötzlich jaulte mein Kater laut auf und kickte verstört mit den Hinterbeinen.

Ich wollte ihm beruhigend über den Rücken streicheln, doch er schlug meine Hand weg. „LUNA!“, maunzte er unglücklich.

Als ich die Straße hinuntersah, entdeckte ich tatsächlich einen kleinen, weißen Punkt in der Ferne. Das war zweifellos Luna. Ich hatte sie noch nie so schnell rennen sehen.

Sobald sie uns eingeholt hatte, ließ sie sich direkt vor Merlin auf den Gehweg plumpsen.

„Ich hatte dir doch gesagt, dass du zu Hause bleiben sollst!“, fauchte dieser.

„Und ich habe dir gesagt, dass ich mich nicht länger von euch ausschließen lasse“, zischte sie leise zurück.

„Und *ich* habe euch gesagt, dass wir hier draußen, wo uns jeder hören kann, nicht miteinander reden sollten.“

„Davon weiß ich nichts“, schmollte Luna. „Seht ihr, ich bin total ausgeschlossen. Aber ich lasse nicht zu, dass ihr ohne mich Abenteuer erlebt, nur weil ich bald Mutter werde. Wir sind ein unschlagbares Team. Ihr braucht mich.“

„Na schön, aber jetzt Klappe halten, solange wir in der Öffentlichkeit sind!“, schnauzte ich, gerade als ein klappriger Minivan an uns vorbeifuhr. Der Fahrer starrte mich an, als hätte ich völlig den Verstand verloren … was ja auch irgendwie stimmte.

Kaum war er verschwunden, maunzte Luna schrill und rieb ihr Gesicht gegen meine Hand. Damit wollte sie mir wohl zustimmen. Wenigstens einer der beiden war auf meiner Seite. Allerdings hatte Luna ebenfalls recht: Bisher war sie bei unseren Abenteuern unabdingbar gewesen, ohne ihre Hilfe wären wir wahrscheinlich nicht mit dem Leben davongekommen.

Merlin starrte uns aus seinen großen, grünen Augen an und peitschte missbilligend mit dem Schwanz. Da er jedoch nichts weiter sagte, wertete ich das ebenfalls als Zustimmung.

„Ich habe keine Ahnung, wohin wir gehen sollen“, gab ich flüsternd zu. „Kann einer von euch die Führung übernehmen?“

Luna miaute und trottete voran, warf nur einen kurzen Blick über die Schulter, um zu sehen, ob wir ihr folgten.

Merlin grummelte kaum hörbar vor sich hin, setzte sich

jedoch in Bewegung. Er hasste es, nicht das Sagen zu haben, was allerdings auch nicht allzu oft vorkam.

Luna legte ein ziemlich strammes Tempo vor, und nach ein paar weiteren Blocks war ich völlig außer Atem und begann zu schwitzen.

„Das funktioniert nicht", beschwerte ich mich. „Niemand schenkt uns Beachtung."

Merlin öffnete den Mund, wahrscheinlich um mir ein „Hab ich dir doch gleich gesagt" oder ein „Geschieht dir recht, weil du mir das Reden verboten hast" entgegenzuschleudern.

„Oh, ich würde nicht *niemand* sagen", ertönte eine tiefe Stimme aus einem nahe gelegenen Azaleenbusch, bevor mein Kater etwas erwidern konnte. Die Worte klangen seltsam fließend, ohne einen Atemzug dazwischen, was einen unheimlichen, schlangenähnlichen Effekt erzeugte. Obwohl ich nicht gleich wusste, woher, war ich mir sicher, die Stimme zu kennen. Wie könnte ich einen derart sonderbaren Klang vergessen?

Luna rannte geradewegs ins Gebüsch, während Merlin neben mir auf dem Gehweg wartete. Wir hörten Getuschel, dann erschien Lunas kleines, weißes Gesicht zwischen den Blumen und sie bedeutete uns, näherzukommen.

O Mann, hoffentlich tauchte der Besitzer dieser Azaleen nicht plötzlich auf, denn ich hatte keine Ahnung, wie ich diese skurrile Situation erklären sollte. Merlin verschwand ebenfalls in dem Busch, während ich mich auf Hände und Knie niederließ und zwischen dem Geäst hindurchspähte.

Drei Paar glühende Augen blickten mir entgegen ... blau,

grün und gelb. Sofort wusste ich wieder, wer der Neuankömmling mit den strahlenden Bernsteinaugen war.

Mr Fluffikins!

Was nur bedeuten konnte, dass wir wirklich tief in der Klemme steckten.

6

„Mir wurde aufgetragen, eine Störung in dieser Gegend zu untersuchen“, erklärte der schwarze Kater.

Wir hatten ihn vor einiger Zeit kennengelernt, als Merlin in unserem Haus Blitze heraufbeschwor und dadurch das Dach beschädigte. Da ich nicht das nötige Geld für die Reparatur besaß und Merlin das Loch mit seiner Magie nicht wieder zu schließen vermochte, durchstreiften Luna und er sämtliche Nachbarschaften im Süden Georgias auf der Suche nach Hilfe, bis sie auf Mr Fluffikins stießen.

Seine Zauberkraft war anders als die meiner Katzen. Statt an ein einziges Naturelement gebunden zu sein, bezog Fluffikins seine Magie aus dem Erdkern. Mit einer solchen Macht konnte er fast alles tun.

Dank seiner außergewöhnlichen Fähigkeiten befehligte er ein Gremium aus verschiedenen übernatürlichen Kreaturen in einer kleinen Stadt namens Beech Grove, nicht allzu weit entfernt von hier. Beech Grove war gewissermaßen das magische Zentrum der Region, was Fluffikins zum mächtigsten Zauberer im Umkreis machte. Wenn man also ihn höchstpersönlich wegen der Störung hierhergeschickt hatte, musste es sich um etwas Großes handeln.

Ich biss mir auf die Unterlippe, um nicht mit tausend Fragen gleichzeitig herauszuplatzen.

Auf Lunas und Merlins Hochzeit hatte ich schnell gemerkt, dass Fluffikins großen Wert auf Förmlichkeit und Tradition legte. Er erwartete, nein *verlangte* sogar, dass alles auf eine bestimmte Art geschah. Und was die magische Hierarchie anging, stand mein Kater weit über mir.

Wie erwartet ergriff Merlin prompt das Wort, wobei er die Schnauze in die Luft reckte, um dem anderen Kater zu demonstrieren, dass er sich von diesem nicht einschüchtern ließ … auch wenn das vielleicht gar nicht der Wahrheit entsprach. „Hat diese Störung womöglich etwas mit Zombies zu tun?“

Fluffikins legte den Kopf schief. Seine Augen schienen in der Dunkelheit zu schweben. „Zombies? Nein, mit so etwas Schrecklichem keineswegs.“

„Also …“ Merlin trat von einer Pfote auf die andere. „Wir wurden heute Morgen von einem Zombie-Rotkehlchen angegriffen und haben Grund zu der Annahme, dass weitere folgen werden.“

„Sicher, dass das kein einmaliger Vorfall war? Vielleicht jemand, der seine magischen Kräfte noch nicht lange besitzt und während des Lebenübertragungszaubers versehentlich das falsche Wesen erwischt hat?"

„Wir sind uns sicher", erwiderte Luna ernst.

„Also gut. Braucht ihr vielleicht meine Hilfe, jetzt, da ich sowieso hier bin?", bot Fluffikins an. „Das ist das Mindeste, was ich tun kann, während ich nach meinem Ziel suche."

„Wer ist denn dein Ziel?", fragte ich neugierig.

Der schwarze Kater seufzte genervt. „Es ist eine höchst lästige Angelegenheit. Ein junger Vampir treibt in eurer Stadt sein Unwesen. Mit seinem leichtsinnigen Verhalten gefährdet er die Geheimhaltung unserer magischen Welt."

„Mir ist nichts Ungewöhnliches aufgefallen", erwiderte ich mit einem Achselzucken. „Vielleicht ist es ja gar nicht so schlimm, wie du denkst."

„Bisher hatten wir Glück, aber wenn wir ihn nicht bald unter Kontrolle bringen, könnte die Situation eskalieren." Damit wandte er sich von mir ab und wieder dem Ranghöchsten unter uns zu. „Merlin, brauchst du meine Hilfe beim Bekämpfen der Zombies?"

Der schüttelte hochnäsig den Kopf. „Danke, nicht nötig. Das schaffen wir auch ohne ..."

„TSCHIII TIII TIII JAAAAH!" Ein lauter, seltsamer Schrei durchdrang die Luft. Wenige Sekunden später krachte etwas durch das Gebüsch und landete direkt vor uns.

Es stellte sich auf die Hinterbeine, schüttelte sich und

funkelte Merlin dann mordlustig aus seinen kleinen, schwarzen Augen an.

„TSCHIIIIII!“, quietschte es und stürzte sich auf meinen verdatterten Maine Coon.

Merlin wich zurück, doch sein kleiner Angreifer hatte ihn bei den Schnurrhaaren gepackt und ließ sich nicht abschütteln.

Sofort eilten die beiden anderen Katzen ihm zu Hilfe. Luna schlug mit ausgefahrenen Krallen nach dem Störenfried, um ihren Geliebten zu verteidigen.

Mr Fluffikins beschwor einen rosafarbenen Magiewirbel herauf, der sich wie ein Lasso um die winzige Kreatur legte und von Merlin wegzerrte. Der schwarze Kater schnappte sich das Ding und hielt es hoch, um es näher zu betrachten.

Es fauchte und knurrte und versuchte verzweifelt, sich zu befreien. Als Fluffikins es weiter ungerührt an einem Ärmchen festhielt, begann es, an seiner eigenen Schulter zu nagen.

Da erkannte ich plötzlich, dass es sich um ein Eichhörnchen handelte. Kaum war mir klar geworden, womit wir es zu tun hatten, durchtrennte der kleine Nager seinen Arm mit einem letzten Biss und schlüpfte aus dem magischen Griff eines völlig verdatterten Fluffikins.

Mit einem lauten „TSCHIII TSCHIII JAAAAH“ flitzte es aus dem Gebüsch.

Mr Fluffikins drehte sich im Kreis und schickte einen Magiestrahl in die Luft, der um uns herum explodierte. Schützend warf ich mir die Arme über den Kopf.

„Niemand in einem Umkreis von einem Block kann uns jetzt

sehen oder hören, aber wir müssen uns dieser widerlichen Kreatur so schnell wie möglich entledigen!“, rief er. Ohne zu zögern jagten die drei Katzen dem Eichhörnchen hinterher, bereit für einen erbitterten Kampf.

7

Eine regelrechte Armee von Eichhörnchen fiel vom Himmel herab ... oder besser gesagt, von einem Baum in der Nähe. Da ich noch immer auf Händen und Knien mit dem Kopf in einem Azaleenbusch steckte, war ich ihnen hilflos ausgeliefert.

Winzige Pfoten mit scharfen Krallen kratzten mir über den Rücken – Autsch, das tat vielleicht weh! So schnell ich konnte krabbelte ich rückwärts aus dem Gebüsch und sprang auf die Füße, aber die kleinen Mistviecher ließen nicht von mir ab.

Merlin, Luna und Mr Fluffikins eilten mir zu Hilfe und griffen die Eichhörnchen an, die sich an mir festkrallten.

Doch es rückten unablässig neue nach. Schwarze, graue, braune, sogar rote Eichhörnchen, allesamt mit wildem Blick und dem Ziel, uns in Stücke zu reißen.

Ehrlich gesagt wusste ich nicht, wie wir sie bekämpfen sollten. Eigentlich wollte ich das auch gar nicht. Es hatte mir immer so viel Freude bereitet, den possierlichen Tierchen dabei zuzusehen, wie sie sich an dem Vogelhäuschen in unserem Garten bedienten.

Im Gegensatz zu diesen pfiffigen Besuchern waren die Eichhörnchen, mit denen wir es nun zu tun hatten, ganz anders. Sie verhielten sich geradezu wahnsinnig. Ich war mir ziemlich sicher, dass sie ebenfalls untot waren. Offenbar hatte der geheimnisvolle Zombiebeschwörer uns gefunden, was bedeutete, dass unser Plan aufgegangen war. Im Nachhinein betrachtet, war es ein furchtbarer Plan gewesen.

Plötzlich kam mir noch ein anderer beunruhigender Gedanke: Konnten untote Eichhörnchen trotzdem noch Tollwut verbreiten? Ich setzte einen Besuch in der Ambulanz auf meine To-Do-Liste, um mich untersuchen zu lassen ... vorausgesetzt, wir überlebten diesen total verrückten Kampf.

Eines der kleinen Monster versenkte die Zähne in meinem Hals und ich schrie vor Schmerzen auf. Geschah mir recht, was musste ich auch mitten in einer so brenzligen Situation meinen Gedanken nachhängen?

Gerade, als ich den fiesen Nager abgeschüttelt hatte, griff mich auch schon der nächste an und schleuderte mir eine Eichel gegen den Kopf.

Was zur ...? Ich drehte mich in die Richtung, aus der das Geschoss gekommen war, und ein Dutzend weiterer Nüsse sowie anderer harter Gegenstände trafen mich im Gesicht.

Okay, jetzt reicht es aber!

Mittlerweile war es mir egal, ob ich die knuffigen, kleinen Tierchen verletzte. Genau genommen waren sie ja schon tot, und wenn ich nicht bald etwas unternahm, könnte mich und die Katzen ein ähnliches Schicksal ereilen.

Aber Gracie Springs ließ sich nicht so einfach herumschubsen, o nein!

Ich stampfte wild herum und versuchte, die Biester zu zertreten. Doch meine Bemühungen waren vergeblich. Umgehend erhoben die plattgetrampelten Monster sich wieder und krochen rachesuchend auf den Bäuchen herum.

„Es sind zu viele!", schrie Merlin. „Ich kann sie nicht alle auffressen!"

Luna biss und schlug und krallte unermüdlich weiter. Ihr wunderschönes, weißes Fell war von Blut durchzogen. Auch Fluffikins sah ziemlich mitgenommen aus, während er seine Magie wie eine Peitsche umherschwang, um die Horden untoter Eichhörnchen von uns fernzuhalten.

In der Ferne heulte plötzlich ein Motor auf. Als ich mich in Richtung des Geräuschs drehte, ergriff eines der fiesen Nagetiere die Gelegenheit und kletterte flink auf meinen Kopf.

Laut schreiend griff ich nach ihm und versuchte, es von mir herunterzuwerfen, bevor es mir eine sichtbare Narbe verpassen konnte.

Das Geräusch des herannahenden Motors wurde immer lauter. Wer auch immer es war, würde einen echt schrägen Kampf zu Gesicht bekommen: Frau und Katzen gegen wütende, deformierte Eichhörnchen. Wie sollte ich das nur erklären?

Nein, Moment! Mr Fluffikins hatte doch ein Schutzschild um uns errichtet. Unser Geheimnis war sicher, doch waren wir es auch? Immerhin waren wir nur zu viert, und unser Gegner befehligte eine schier unendliche Armee aus Zombie-Eichhörnchen. Hatten wir es wirklich mit Dash zu tun? Wollte unser Angreifer uns wirklich lebend schnappen?

Brumm, brumm. Der brüllende Motor näherte sich mit rasender Geschwindigkeit, und plötzlich bog ein Motorrad um die Ecke, auf dem ein Fahrer mit dunklem Helm saß.

Ein zweiter Nager kletterte auf meinen Kopf und zerrte an meinem Pferdeschwanz. Ich schaute zu Merlin hinüber, aber der lag von zwei Dutzend Eichhörnchen übermannt auf dem Boden, wie Gulliver im Land der Liliputaner.

Das Motorrad heulte erneut auf und ich sah entsetzt zu, wie es auf den Gehweg fuhr und geradewegs auf uns zusteuerte.

Fluffikins' Schild mochte uns für Augen und Ohren unsichtbar machen, aber es würde uns nicht vor einem Aufprall schützen. Der Fahrer ahnte nicht einmal, in welcher Gefahr er schwebte.

Das war es also. Entweder würde mich das heranrasende Motorrad töten oder die Schar Zombie-Eichhörnchen.

Warum musste ich ausgerechnet auf diese Weise sterben?

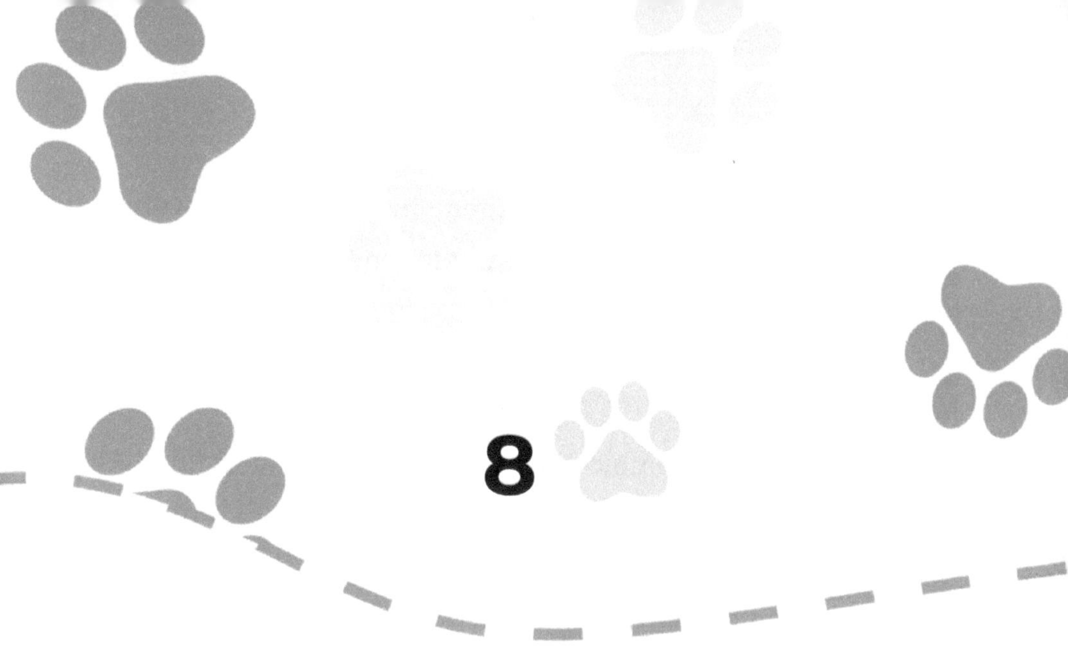

8

Im letzten Moment schlidderte das Motorrad zur Seite, wobei es einige der untoten Nager überrollte. Trotzdem zuckten die platt gefahrenen Zombies noch in dem Versuch, sich abermals zu erheben.

Das Gefährt wendete und kam kurz vor mir zum Stehen. Als der Fahrer das verdunkelte Visier anhob, erkannte ich ihn als meinen Kollegen und Freund, Drake.

„Schnapp dir die Katzen und steig auf!", rief er, bevor er das Visier wieder herunterklappte.

Das musste er uns nicht zweimal sagen, denn wir kletterten allesamt so schnell wir konnten auf den Rücksitz, während die übrig gebliebenen Eichhörnchen uns mit Eicheln bewarfen.

Kurz wunderte ich mich, wie er uns trotz des Schutzzaubers sehen konnte, aber ich war viel zu schockiert und dankbar, um diesen glücklichen Zufall infrage zu stellen. Außerdem war

Drake in Sachen Magie ja schon immer außergewöhnlich gewesen und konnte Dinge tun, die anderen nicht möglich waren.

„Gut festhalten!“ Drake ließ den Motor aufheulen und fuhr los.

Die restlichen Zombie-Nager schimpften und schnatterten und jagten uns mit unmenschlicher Geschwindigkeit hinterher.

Da wir nun die Schutzbarriere verlassen hatten, konnte uns jeder sehen, ob magischer oder nicht-magischer Natur, und auch den wütenden Zombie-Mob, der uns verfolgte.

Drake drückte ordentlich aufs Gas und raste weit über der erlaubten Geschwindigkeit durch die Gegend … zumindest fühlte es sich für mich so an.

Als wir scharf um eine Kurve bogen, krallten Merlin und Luna sich an mir fest.

Mr Fluffikins hatte eine Wolke wirbelnder, rosafarbener Magie heraufbeschworen, die zwar kaum sichtbar war, aber anscheinend stark genug, um ihn auf dem Gefährt zu halten. Wäre ja nett gewesen, wenn er seinen Zauber auch auf meine Katzen gewirkt hätte, aber nein.

Meine armen Oberschenkel!

Plötzlich flitzten wir an meinem Haus vorbei, und ich nahm eine Hand von Drakes Hüfte, um ihm auf die Schulter zu klopfen. „Halten wir hier nicht an?“

„Auf keinen Fall!“, brüllte er zurück. Seine Stimme war über den Motor und den Wind kaum zu hören. „Mit den kleinen Biestern ist nicht zu spaßen. Ich bringe euch so weit weg von hier wie möglich.“ Zumindest glaubte ich, dass er das sagte.

Also fuhren wir unter tosendem Gebrüll weiter. Nach etwa zwanzig Minuten hielten wir vor einem schicken Bungalow am Rande der Stadt an.

„Willkommen in meiner bescheidenen Hütte“, sagte Drake, während er das Motorrad in der Einfahrt neben einem Segway-Roller parkte.

„Danke“, erwiderte ich atemlos. Obwohl ich wieder festen Boden unter den Füßen hatte, fühlte es sich so an, als rauschte die Welt noch immer an mir vorbei.

Drake nahm den Helm ab, und sein kunstvoll mit Gel gestyltes Haar kam zum Vorschein. „Zum Glück habe ich den Kampf nicht verpasst. Ich meine, Zombie-Eichhörnchen? Wer hätte gedacht, dass so etwas überhaupt existiert? Ich habe es ja immer gehofft, aber …“

„Moment mal, woher weißt du, dass das Zombies waren?“, fragte ich und starrte ihn schockiert an.

Er beugte sich hinunter, um seine Frisur im Seitenspiegel des Motorrads zu begutachten und zwinkerte sich selbst zu. „Ach, ich weiß eben ein wenig über fast alles, einschließlich Zombies. Bei dem leeren Ausdruck in ihren Augen war ich mir sofort todsicher.“

„*Untot* sicher“, murmelte ich und konnte mir ein kleines Lächeln nicht verkneifen. Wie immer schaffte er es, die Lage nicht allzu ernst zu nehmen.

„Warum haben euch die Viecher eigentlich angegriffen?“,

fragte er und wandte sich mir zu, nachdem er sich überzeugt hatte, dass seine Haare perfekt saßen.

„Äh …“, begann ich, hielt jedoch sofort inne.

Wie sollte ich das nur erklären? Zwar hatte er Virginias Geist gesehen und mitbekommen, dass meine Katzen sprechende Magier waren, aber wir hatten ihm einen Trank verabreicht, der dazu diente, seine Erinnerungen zu löschen und unsere Spuren zu verwischen. Trotz unserer Anstrengungen weigerte er sich jedoch, alles Seltsame, was an jenem Abend geschehen war, als Traum abzutun. Er wusste, dass etwas im Busch war, also musste ich äußerst behutsam vorgehen.

Aber wie sollte ich ihm die Schar mordlustiger Eichhörnchen erklären?

Glücklicherweise blieb mir eine Antwort erspart, da in diesem Moment Mr Fluffikins vom Motorrad sprang und sich zu Wort meldete. „Da ist ja der Kerl, nach dem ich gesucht habe“, verkündete er mit einem säuerlichen Lächeln.

„Was läuft, mein kleiner Katzenfreund?“, fragte Drake lachend, bevor er uns durch die Garage in sein Haus führte.

Fluffikins hielt den Schwanz gesenkt und leicht eingerollt. „Ich bin hier, um sicherzustellen, dass du dich bei deinem zuständigen Gremium für übernatürliche Wesen registrierst. Du hast während deiner nächtlichen Streifzüge ziemliches Chaos angerichtet.“

Drake hielt auf der Türschwelle inne und drehte sich mit zusammengekniffenen Augen zu dem autoritären, schwarzen Kater um. „Wie war das?“

Fluffikins schlüpfte an ihm vorbei und sprang auf die Küchentheke, ohne den Blick von Drake zu wenden. „Bist du registriert? Wenn nicht, nehme ich dich umgehend mit."

Luna, Merlin und ich waren vor der Tür stehengeblieben und beobachteten die beiden mit großen Augen. Drake schien nicht so recht zu verstehen, was hier gerade vor sich ging.

„Warum muss ich mich registrieren?", fragte er mit einem nervösen Kichern. „Und was ist das für ein Gremium? Klingt ja ziemlich cool, und ich würde es auch echt gerne tun, aber ich bin kein übernatürliches Wesen."

Mr Fluffikins seufzte. „Bitte sag mir jetzt nicht, dass du keinen blassen Schimmer hast, was du bist."

Drake vergrub die Hände in den Hosentaschen und wippte auf und ab. „Ich bin nur ein ganz normaler Typ, der von seinem Treuhänderfonds lebt und sich die Zeit mit allem Möglichen vertreibt."

Der schwarze Kater lachte trocken auf. „Ein ganz normaler Typ? Wohl kaum!"

Wir alle starrten ihn schweigend an und warteten darauf, dass bei Drake endlich der Groschen fiel.

Was für eine Enthüllung! Ich hatte ja schon immer geahnt, dass mit meinem Kollegen etwas nicht stimmte, aber das?

Drake schüttelte den Kopf und verschränkte die Arme vor der Brust. „Sorry, da komme ich nicht ganz mit."

Fluffikins seufzte erneut und schüttelte ebenfalls den Kopf. Seine nächsten Worte sprach er langsam und deutlich aus, als hätte er es mit jemandem zu tun, der schwer von Begriff war.

Falls Drake sich dadurch gekränkt fühlte, ließ er sich nichts anmerken.

„Du bist ein übernatürliches Wesen und musst dich bei deinem Gremium registrieren."

„Ach, wirklich?"

Wir nickten alle.

„Und was für ein Wesen soll ich bitte sein, Mr Schmusekater?"

„Ein Vampir", fauchte Fluffikins. „Und wage es ja nicht, mich noch einmal Mr Schmusekater zu nennen!"

9

Drake trat einen Schritt zurück und stützte sich an der Wand ab. „Nein“, sagte er und schüttelte den Kopf. „Das ist unmöglich. Ich würde doch merken, wenn ich ein Vampir wäre.“

Ich warf Merlin einen Blick zu, der nur genervt die Augen verdrehte.

Luna blickte mitleidig drein, sagte jedoch nichts.

„Ist schon in Ordnung, Drake. Wirklich. Du bist immer noch du“, versicherte ich ihm.

Er stöhnte und schüttelte wieder den Kopf. „Nein, das kann einfach nicht sein.“

Mr Fluffikins hob eine Tatze und fuhr eine seiner Krallen aus. „Sieht aus, als müsste ich dich überzeugen. Na schön, fangen wir ganz von vorne an. Weißt du manchmal Dinge, die du eigentlich gar nicht wissen kannst? Hast du Erinnerungen an etwas, das gar nicht wirklich geschehen ist?“

Drake nickte stumm, und Fluffikins fuhr die zweite Kralle aus.

„Wachst du manchmal an fremden Orten auf, ohne zu wissen, wie du dorthin gekommen bist?“

Wieder nickte Drake.

Jetzt hob Fluffikins eine dritte Kralle. „Besitzt du einen unstillbaren Durst nach Reichtum und Wissen?“

Drake erwiderte nichts.

„Du weißt ein wenig über fast alles“, mischte ich mich ein. „Und du lebst von einem Treuhänderfonds.“

Er war so blass geworden, dass er viel mehr wie ein Vampir aussah als zuvor. So aufgewühlt hatte ich ihn noch nie erlebt, nicht einmal, während Virginias Geist versuchte, uns zu töten. Jetzt versuchte er verzweifelt, mit den Händen an der Wand Halt zu finden.

Als er wieder imstande war zu sprechen, hörte seine Stimme sich heiser und ein wenig quietschend an. „A-a-aber ich trinke doch kein Blut. So etwas würde ich niemals tun!“

Fluffikins fuhr die Krallen wieder ein. „Habe ich irgendetwas von Blut trinken erwähnt?“, fragte er ungehalten. Dann warf er mir einen genervten Blick zu. „Ihr Menschen und eure dämlichen Märchen. Dank eurer sogenannten Unterhaltungsliteratur herrscht immer noch ein völlig veraltetes Bild von Vampiren. Dabei trinken sie schon seit Jahrhunderten kein Blut mehr!“

„T-tut mir leid?“, murmelte ich fragend und ein wenig

verwirrt. Warum schnauzte er mich deswegen an, wo ich doch die Einzige war, die versuchte zu helfen?

„Normalerweise werden neu erschaffene Vampire nicht einfach sich selbst überlassen. Bei deiner Verwandlung muss irgendetwas schiefgegangen sein“, erklärte der schwarze Kater und wartete Drakes Reaktion ab.

„Also wurde ich nicht als Vampir geboren?“ Dessen Stimme quietschte immer noch, als befände er sich gerade mitten in der Pubertät. „Meine Eltern sind keine ...“

„Himmel, nein, niemand wird als Vampir geboren. Was für eine lächerliche Vorstellung!“ Jetzt verdrehte Fluffikins genervt die Augen. Als Merlins Vertraute wusste ich längst, dass Katzen nicht gerade zu den geduldigsten aller Geschöpfe zählten.

Aber Drake hatte von all dem keine Ahnung. Die Existenz von Magie mochte er akzeptiert haben, aber das hier war etwas völlig anderes. Er hatte gerade herausgefunden, dass er ein Monster war, das auch noch unbeabsichtigt Chaos verursachte.

Er sank auf den Boden und vergrub den Kopf in den Händen. „Ich bin tot“, murmelte er. „Ich bin tatsächlich tot.“

„Na ja, genau genommen bist du untot“, erklärte Fluffikins von oben herab.

„Wie die Eichhörnchen vorhin“, fügte Merlin mit einem Lachen hinzu.

Luna bedachte ihn mit einem scharfen Blick. „Sei etwas netter zu ihm, Liebster. Siehst du nicht, wie durcheinander er ist?“

Fluffikins hatte in das Gelächter mit eingestimmt, fing sich jedoch schnell wieder. „Wie konntest du mit dem Kerl befreundet sein, ohne zu wissen, was er ist?“, fragte er mich.

„Gute Frage“, erwiderte ich und wandte mich Merlin zu.

Der plusterte sich abwehrend auf. „Was denn? Ich kann doch nicht über alles und jeden Bescheid wissen! Natürlich ahnte ich, dass mit ihm etwas nicht stimmte, aber Vampire sind normalerweise stolz auf ihren übernatürlichen Status. Woher sollte ich denn wissen, was er ist, wenn er selbst keinen blassen Schimmer hatte?“

Da hatte er allerdings recht.

„Beruhig dich“, schnurrte Luna und presste sich gegen ihn, um ihn zu besänftigen.

„Ihr drei werdet von hier aus ja wohl wieder nach Hause finden, oder?“, fragte Fluffikins meinen Kater, bevor er sich neben den leise schluchzenden Drake stellte. „Du kommst mit mir.“

Doch der arme Kerl weinte vor sich hin, ohne von Fluffikins oder uns anderen Notiz zu nehmen. Ich wusste zwar nicht, was der schwarze Kater eigentlich genau tat, aber garantiert ließ er sich nicht mit einem Nein abspeisen. Und bestimmt würde er auch nicht klein beigeben.

Wie ich vermutet hatte, streckte er die Tatze aus und tippte Drake auf die Schulter. „Hast du mich gehört, Vampir? Du musst …“

„Vielleicht sollten wir nicht ganz so schroff mit ihm umgehen“, schlug ich vor. „Und da du schon mal hier bist, könntest du uns ja vielleicht mit unserem Zombie-Problem helfen? Immerhin hast du es uns vorhin angeboten. Vergessen wir die Vampir-Geschichte doch fürs Erste und kümmern uns um die Zombies, okay?“

Er schüttelte energisch den Kopf. „Das war, bevor ich meine Zielperson gefunden hatte. Jetzt muss ich schnellstens zurück nach Beech Grove. Dort erwarten mich und den Vampir dringende Formalitäten.“

„Soll das ein Witz sein?“, fauchte Luna. Sonst war sie nie so aggressiv, aber scheinbar war ihr diesmal der Geduldsfaden gerissen. „Du bist der Diplomat unserer gesamten Region, und du scherst dich einen feuchten Dreck um eine Zombie-Invasion?“

„Es war von Anfang an klar, dass sie nur hinter euch her sind, also spielt der Fall eine untergeordnete Rolle. Was jedoch diesen Kerl hier angeht …“ Er nickte in Richtung Drake. „Er hat Chaos in ganz Peach Plains gestiftet. Wir müssen ihn so schnell wie möglich unter Kontrolle bekommen, sonst riskieren wir es, dass die gesamte magische Welt auffliegt.“

„Also willst du uns einfach unserem Schicksal überlassen, auch wenn wir bei dem Kampf gegen den Zombiebeschwörer draufgehen?“, rief ich entrüstet und setzte meinen eisigsten Blick auf.

„Folgender Vorschlag“, erwiderte Fluffikins mit einem Seufzen. „Stellt einen schriftlichen Antrag an das Gremium, dann melden wir uns in fünf bis zehn Werktagen zurück.“

Ich nickte nur stumm. Andernfalls hätte ich den nutzlosen Blödmann in Grund und Boden gebrüllt.

Erneut tippte Fluffikins Drake auf die Schulter und räusperte sich. „Kommst du jetzt mit, oder was?“

Drake schluchzte auf, erwiderte jedoch nichts.

„Na schön, dann machen wir es eben auf die harte Tour“, fauchte Fluffikins, bevor er und Drake in einer wirbelnden Wolke aus funkelnder, rosafarbener Magie verschwanden.

10

Luna, Merlin und ich begaben uns hinaus in Drakes Garten, wo mein Kater zweimal blinzelte, um uns nach Hause zu teleportieren. Es war einfacher für ihn, diesen Zauber im Freien zu wirken als in einem unbekannten Gebäude.

„Das hat uns ja echt viel gebracht", grummelte der Maine Coon, bevor er zu seiner Wasserschüssel hinüberging, um einen Schluck zu trinken.

„Es war ein guter Plan, mein Lieber", versicherte Luna ihm. „Nur leider hat Drake uns gerettet, bevor unser Gegner uns gefangen nehmen konnte."

„Ich bin ziemlich sauer auf dich", erwiderte er, nachdem er sich die Schnauze geputzt hatte.

Sofort stellte sie den Schwanz auf und machte einen kleinen Buckel. „Lass das. Es geht mir gut."

Merlin nahm dieselbe Haltung ein. „Ich habe von Anfang an

gesagt, dass du zu Hause bleiben sollst, weil es gefährlich werden könnte, aber du wolltest ja nicht hören. Und jetzt sieh nur, was passiert ist! Dir oder den Kätzchen hätte etwas zustoßen können!“

„Ich bin kein zartes Pflänzchen und auch kein Kind mehr“, fauchte Luna zurück.

„Ach, glaubst du etwa ...“

„Schluss jetzt!“, ging ich energisch dazwischen. „Wir ziehen alle am selben Strang. Wenn wir uns gegeneinander wenden, haben wir erst recht keine Chance. Bisher haben wir keine Ahnung, womit wir es zu tun haben. Machen wir uns die Sache nicht noch schwerer, als sie ohnehin schon ist.“

Luna entspannte sich und senkte betreten den Kopf. „Du hast natürlich recht, Liebes.“

Obwohl Merlin genau genommen mein Chef war, beschloss ich, die Führung zu übernehmen. Sonst würden wir nie vorankommen. „Merlin, ich weiß ja, dass du nur deine Familie beschützen willst, aber du musst Luna ihre eigenen Entscheidungen treffen lassen. Sie würde sich oder die Kätzchen doch nie absichtlich in Gefahr bringen. Sie ist klug und stark, und wir brauchen ihre Hilfe, wenn sie uns denn helfen möchte.“

Keiner der beiden erwiderte etwas. Zumindest erhob niemand Einspruch.

Nach einigen Augenblicken angespannten Schweigens fuhr ich fort: „Also gut, unser erster Plan war nicht gerade erfolgreich, daher sollten wir uns etwas anderes überlegen. Ich weiß ja, dass du in Nocturna gerade nicht sehr beliebt bist, Merlin, aber ich finde, dort sollten wir als Nächstes hingehen. Immerhin könnte Dash unsere Gegnerin sein, und sie interessiert sich für unsere Blutlinien."

„Mit dem Blutmagier haben wir uns doch schon getroffen. Wir wissen genau, wie wir aufgrund unserer Abstammung miteinander verbunden sind." Merlin stand immer noch steif da, aber immerhin war sein Schwanz nicht mehr ganz so buschig.

Als ich jedoch widersprechend den Kopf schüttelte, stellte er ihn sofort wieder auf.

Ich seufzte laut. Warum musste mit ihm alles zu einem Machtkampf ausarten? Ich wollte doch einfach unser Zombie-Problem lösen, bevor sie uns erneut angriffen. Das würde ich nämlich nur zu gerne vermeiden.

Trotzdem wählte ich meine nächsten Worte mit Bedacht. „Offensichtlich haben wir irgendetwas übersehen. Wäre es nicht besser, wenn wir noch einmal zurückgingen, um zu sehen, was es ist?"

Luna streckte sich ausgiebig und trottete dann zu mir herüber. „Und bevor du dich beschwerst, ich komme mit!"

„Keine von euch kann die Stadt ohne meine Hilfe betreten", gab Merlin ein wenig höhnisch zu bedenken. Doch er wirkte nicht mehr so angriffslustig wie zuvor.

„Dann ist es ja umso besser, dass du sie uns nicht verweigerst", konterte ich mit einem frechen Grinsen.

„Was ist mit Tom und seiner Gang?", fragte mein Kater. „Sie suchen vermutlich noch nach mir, um das Duell zu beenden."

Seit der Begegnung und besagtem Kampf war gut ein Monat

vergangen, aber mir war nur zu bewusst, dass Katzen äußerst nachtragend sein konnten. „Kannst du dein Aussehen nicht durch Magie verändern?", schlug ich achselzuckend vor.

„Ich bin ein Himmelsmagier, wie du weißt. Illusionen übersteigen meine Fähigkeiten." Er gähnte und ließ sich dramatisch auf die Seite plumpsen.

„Wenn du magst, könnte ich dir eine Verkleidung verpassen?"

„Nein, danke." Sofort sprang er wieder auf und stolzierte den Gang hinunter.

„Wo willst du hin?", rief ich ihm nach.

„Das Portal nach Nocturna öffnet sich erst bei Sonnenuntergang. Ich mache solange ein Nickerchen", lautete die schnippische Antwort.

Luna gähnte ebenfalls. „Klingt nach einer guten Idee", sagte sie, bevor sie durch die Katzenklappe in den Garten verschwand und mich allein in der Küche zurückließ.

Vielleicht könnte ich ja ein wenig an meiner Masterarbeit schreiben, um nicht ganz unproduktiv zu sein.

„Wie ich sehe, bist du noch am Leben und putzmunter. Schade", bemerkte Virginia, die durch die Wand geflogen kam und vor mir schwebend Halt machte.

Nein, mit ihr wollte ich mich auf keinen Fall herumschlagen.

Ich schnappte mir meine Schlüssel und verließ hastig das Haus.

Zwar wusste ich nicht genau, wohin ich gehen sollte, aber hoffentlich würde ich ein paar Stunden Ruhe und Frieden finden, bevor ich mich noch tiefer in diesen Zombie-Schlamassel stürzte.

11

Während ich auf den Parkplatz vor Harolds Kaffeehaus einbog, sinnierte ich darüber nach, wie armselig mein Leben doch war. Nein, ich war heute nicht für eine Schicht eingeteilt. Ja, mein Sozialleben war völlig den Bach runtergegangen.

Um ehrlich zu sein, hatte ich seit meinem Umzug nach Elderberry Heights kaum neue Bekanntschaften geschlossen. Der Rest meiner Familie wohnte in Michigan, ausgenommen meiner Großmutter Grace, die ihren Lebensabend nun in Florida verbrachte. Meine Freunde waren dort geblieben, wo wir zusammen studiert hatten, und meine Nachbarn hier waren allesamt gut vierzig Jahre älter als ich.

Immerhin hatte ich mich während der letzten Monate mit meiner Chefin, Kelley, angefreundet. Nicht nur nach dem Tod ihres Vaters und der anschließenden Mordermittlung war ich ihr zur Seite gestanden, sondern auch bei der Umstrukturierung des Kaffeehauses, welches seitdem nur noch Pumpkin Spice Lattes verkaufte.

Außerdem waren sie und Drake ein Paar, was sie zur idealen Informationsquelle machte, um mehr über die nächtlichen Unruhen zu erfahren, die Fluffikins erwähnt hatte.

Soweit ich wusste, war Kelley zu einhundert Prozent menschlich. Aber das hatte ich ursprünglich auch von Drake gedacht.

Wer sollte da noch den Durchblick behalten?

„Hey, Gracie! Was kann ich dir bringen?", fragte Kelley, kaum, dass ich den Laden betreten hatte.

„Nur einen Tee, danke." Eigentlich war ich kein großer Fan von Tee, aber mittlerweile hing mir alles, was mit Pumpkin Spice Lattes zu tun hatte, zum Hals raus. Natürlich würde ich das Kelley nicht auf die Nase binden, da ich sie nicht verletzten wollte. Aber wenn ich ein kostenloses Getränk ablehnte, würde sie mich als Testobjekt nutzen und irgendetwas Neues und Ungeheuerliches zusammenbrauen. Daher entschied ich mich trotz der Hitze für einen Tee.

„Wie läuft es so?", fragte ich sie, als sie eine Tasse voll kochendem Wasser vor mir auf den Tresen stellte. Beiläufig schnappte ich mir einen Teebeutel mit Geschmacksrichtung Hibiskus aus dem Sortiment und tauchte ihn in die Tasse.

„Viel los, wie immer", strahlte sie.

„Hey, hast du heute schon was von Drake gehört?" *Wow, super unauffällig, Gracie!* Es war mir ein Rätsel, dass ich mit meinen sozialen Kompetenzen nicht schon längst draufgegangen war.

Aber um fair zu sein, hatte ich es meistens nur mit sprechenden Katzen und anderen übernatürlichen Wesen zu tun.

Kelley schüttelte den Kopf. „Nicht seit heute Morgen, als wir kurz miteinander geschrieben haben. Warum? Ist etwas?"

„Oh, ja klar. Äh, ich meine nein! Alles in Ordnung!", korrigierte ich mich hastig, während ich ein paar Päckchen Zucker in den Tee leerte und mit einem Holzstäbchen umrührte. Dabei presste ich fest die Lippen zusammen. Warum hatte ich mir auf dem Weg hierher keinen Plan überlegt?

Nach einer innerlichen Rüge hob ich den Blick und sah Kelley an. „Er hat sich in letzter Zeit nur ein bisschen merkwürdig verhalten, findest du nicht?"

„Inwiefern?", fragte sie zerstreut, während sie die Bestellung einer Kundin zubereitete.

„Das ist schwer zu erklären", sagte ich ausweichend, da ich keinesfalls mein oder Drakes Geheimnis preisgeben wollte. „Du weißt schon, irgendwie komisch eben."

Kelley legte nachdenklich den Kopf schief und hantierte fachmännisch mit dem Mixer. „Na ja, er war schon immer ein wenig anders. Deshalb mag ich ihn ja so gerne."

„Du hast recht", erwiderte ich, enttäuscht, so schnell gegen eine Wand gelaufen zu sein. „Bei ihm sollte uns gar nichts wundern."

„Allerdings. Neulich hat er einfach so einen Segway-Roller gekauft", sagte sie mit einem Kichern.

„Und ein Motorrad", ergänzte ich lachend.

Kelley verdrehte in gespielter Verzweiflung die Augen. „Rate mal, was von beiden ich lieber mag.“ Sie erschauderte und goss den Inhalt des Mixers in ein großes Glas. „Segways sind nicht für zwei Menschen gemacht, aber das hat ihn nicht davon abgehalten, mich damit letzte Woche für ein Date abzuholen.“

Ich stimmte in ihr Lachen ein. Es tat gut, sich zur Abwechslung über etwas so Belangloses zu unterhalten. Wir plauderten noch ein wenig, aber ich wollte sie auch nicht zu lange von der Arbeit abhalten. Harolds Kaffeehaus war immer gut besucht.

„Tja, dann sollte ich mal wieder …“

„Warte kurz!“, unterbrach Kelley mich und holte ihr Handy aus der Schürzentasche. Ich hatte es gar nicht klingeln gehört, was mich aber auch nicht wunderte, da sie es während der Arbeit für gewöhnlich stumm schaltete.

„Hey, es ist eine Nachricht von Drake!“, verkündete sie mit einem aufgeregten Grinsen, doch ihre Miene verfinsterte sich zunehmend, während sie die WhatsApp las. „Er sagt, er sei für ein paar Tage verreist und fragt, ob ich jemanden finden könne, der seine Schichten übernimmt.“

Kelley ließ das Handy sinken, starrte jedoch weiter vor sich hin. „Eigentlich waren wir für heute Abend verabredet, aber anscheinend ist er schon unterwegs. Er hat mir nicht mal gesagt, warum er weg musste.“

„Vielleicht denkt er sich eine Überraschung für dich aus“, mutmaßte ich mit gespielter Begeisterung. Natürlich kannte ich den wahren Grund für Drakes Abwesenheit. Falls ich ihm vor Kelley über den Weg laufen sollte, würde ich ihm raten, sich etwas Besonderes für sie auszudenken, wenn er nicht seine Beziehung aufs Spiel setzen wollte. Andererseits, wenn er wirklich ein Vampir war, wäre Kelley ohne ihn vielleicht besser dran.

„Oder er betrügt mich“, stöhnte Kelley auf.

„Nein, das würde er nie tun!“ Ich streckte die Hand aus und drückte ihr beschwichtigend den Arm.

„Du hast doch selbst gesagt, dass er sich in letzter Zeit merkwürdig verhält. Weißt du irgendetwas?“ Fragend sah sie mich an.

„Nein, nein, auf keinen Fall! Das meinte ich damit auch gar nicht. Drake ist verrückt nach dir, glaub mir! Okay, ich muss jetzt wirklich los.“

So schnell ich konnte, verließ ich das Café. Das war wirklich keine Glanzleistung von mir gewesen.

12

Anschließend fuhr ich eine gute Stunde durch die Gegend, um mich zu sammeln. Die letzten Wochen waren so ruhig gewesen, dass ich mich schon fast wieder an ein normales Leben gewöhnt hatte. Ich glaubte doch tatsächlich, dass die Gefahr *nicht* hinter jeder Ecke lauerte, dass ich *nicht* Kopf und Kragen riskieren musste, um die magische Welt meiner Katzen geheim zu halten.

Wie sehr ich mich doch geirrt hatte.

Je mehr ich darüber nachdachte, desto verzweifelter wurde ich angesichts meiner verzwickten Lage. Wozu sollte ich mein Studium überhaupt noch abschließen? Es war ja nicht so, dass ich mit meinen Pflichten als Vertraute je einen normalen Job würde ausüben können.

Irgendwann einmal hatte ich mit dem Gedanken gespielt, meine akademische Laufbahn sogar noch zu vertiefen und einen

Doktor zu machen. Ich liebte die Schule und wäre gerne vielleicht einmal Professorin geworden. Aber wie könnte ich mich je ganz meinen Studenten und Kollegen widmen, wenn das Geheimnis meines Katers immer an erster Stelle stehen würde?

Trotz meiner äußerst verständnisvollen Chefin Kelley war ich aktuell ja noch nicht einmal in der Lage, meine Masterarbeit fertig zu schreiben, wie sollte ich da dann bitte eine Doktorarbeit verfassen? Oder überhaupt weitere Kurse belegen?

Außerdem war da noch die Tatsache, dass ich offensichtlich niemals die Zeit und Gelegenheit haben würde, mich zu verlieben, zu heiraten und Kinder zu bekommen ... was ich zwar jetzt noch nicht wollte, aber bestimmt irgendwann einmal.

Mein Kater und seine besonderen Bedürfnisse würden immer Vorrang haben, und somit würde ich immer den Kürzeren ziehen.

Natürlich liebte ich Merlin und Luna und würde auch ihre Kätzchen in mein Herz schließen, aber was wäre, wenn ich mir je mehr vom Leben wünschte?

Vielleicht sollte ich mir den Kopf nicht zu sehr über die Zukunft zerbrechen, da ich nicht einmal wusste, ob wir unser gegenwärtiges Abenteuer überhaupt überleben würden ... oder das nächste, oder das danach ...

Jetzt war ich aber wirklich etwas voreilig.

Doch meine Sorge galt nicht nur mir, sondern auch Drake. Es war schrecklich gewesen, ihn wie ein Häufchen Elend auf dem Boden sitzen zu sehen.

Eigentlich hatte ich immer angenommen, ihn könne nichts

aus der Ruhe bringen, aber selbst er hatte scheinbar seine Grenzen. Wie würde sich sein Leben gestalten, nun, da er sich seiner wahren Identität bewusst war?

Im Vergleich zu seinen Problemen verblassten meine regelrecht. Nicht nur war er jetzt ein Wesen der Nacht, er musste sich dieser Veränderung ganz alleine stellen. Meine magische Leibeigenschaft hatte mir wenigstens eine Familie beschert, die mich liebte und unterstützte.

Von diesem Gedanken besänftigt fuhr ich schließlich zurück nach Hause. Kaum trat ich durch die Tür, erblickte ich einen äußerst mies gelaunten Kater auf dem Küchentisch sitzend. „Ach, sieh mal an, wer sich endlich wieder blicken lässt!“, fauchte Merlin. „Unsere Wasserschüssel ist seit Stunden leer!“

„Ich war doch gerade mal eineinhalb Stunden weg“, sagte ich kopfschüttelnd und zwang mich, tief durchzuatmen, um nicht die Beherrschung zu verlieren.

„Von wegen!“, gab Merlin empört zurück.

Ich presste die Lippen zusammen und schnappte mir die Wasserschüssel aus Edelstahl, während ich mir die Erkenntnisse, die ich in den letzten Stunden gewonnen hatte, ins Bewusstsein rief: Dies war mein Leben, und die Katzen gehörten zur Familie. Ich liebte sie, auch wenn sie mir den letzten Nerv raubten. Und ich hatte eine vielversprechende akademische Karriere aufgegeben, um einem äußerst verwöhnten Kater jeden Wunsch zu erfüllen, ungeachtet der Tatsache, dass er magische Kräfte besaß.

Ich füllte die Schüssel und stellte sie neben Merlin auf den Tisch.

Er schlürfte verhalten davon, dann nieste er und grummelte: „Es hat nicht die richtige Temperatur. Was tust du mir nur an, Gracie?“ Egal, wie magisch unsere Welt sein mochte, letztendlich war Merlin auch nur ein typischer Kater.

„Verzeihung, Eure Hoheit“, erwiderte ich mit einem sarkastischen Knicks.

Merlin peitschte mit dem Schwanz und sah mich aus zusammengekniffenen Augen an, bevor er schließlich seufzend einlenkte. „Na schön, tut mir leid, dass ich so hart zu dir bin. Ich habe heute einen ziemlich miesen Tag, aber das sollte ich nicht an dir auslassen.“

Wow, eine aufrichtige Entschuldigung! Dieser Tag würde als einer der besten in die Geschichte eingehen, trotz der mehrfachen Anschläge auf mein Leben.

„Wegen der Zombies, meinst du?“, fragte ich sanft, während ich die Schüssel wieder zur Spüle trug. Wenn er es schaffte, sich zu entschuldigen, konnte ich mich auch ein wenig mehr bemühen.

„Was?“ Er starrte durch den Raum auf einen Sonnenstrahl, in dem er gerade bestimmt lieber faul liegen würde als sich mit mir zu unterhalten. „Zombies? Ach, nein. Ich meine, die sind natürlich ein Problem, aber eigentlich mache ich mir Sorgen um meine Luna.“

Ich stellte die Schüssel auf den Boden und Merlin gesellte sich dazu, um sicherzustellen, dass das Wasser diesmal die richtige Temperatur hatte, bevor er ausgiebig davon trank.

„Ich weiß ja, dass du sie nur beschützen willst“, erwiderte ich vorsichtig. Ich hatte ihm ja bereits meine Meinung zu diesem Thema gegeigt, aber er schien sich noch immer den Kopf darüber zu zerbrechen. Doch in dieser Angelegenheit war ich ganz auf Lunas Seite. Girlpower!

„Bitte sag mir nicht, dass ich mich entschuldigen sollte", grummelte Merlin.

„Das wäre sicher keine schlechte Idee."

„Ich habe es bereits versucht, aber sie wollte meine Entschuldigung nicht annehmen."

Was für eine Überraschung. „Wirklich?"

„Ja, ich bin ja nicht dumm", gab er schnippisch zurück, blickte dann jedoch schuldbewusst drein, weil er mich angefahren hatte. „Tut mir leid. Ich weiß, dass du nichts dafür kannst, aber das sage ich nicht einfach nur so. Als ich mich entschuldigen wollte, sagte Luna, sie sei zu müde, um weiter zu diskutieren und wir sollten es auf später verschieben."

„Oh", sagte ich, weil mir nichts Besseres einfiel. „Ach, das wird schon wieder. Wahrscheinlich will sie sich auf eines nach dem anderen konzentrieren, und die Zombies sind gerade einfach das dringendere Problem."

„Mhm", murmelte Merlin nur und steckte den Kopf wieder in die Wasserschüssel.

O weh. Hoffentlich vertrugen sich die beiden wieder, bevor die Kätzchen zur Welt kamen.

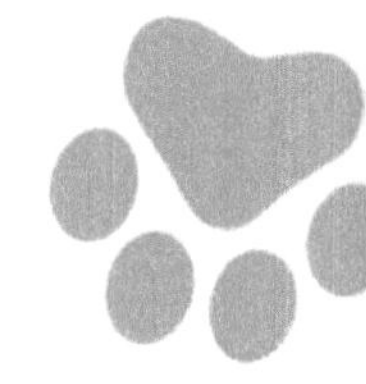

13

Als endlich die Sonne unterging, begaben meine Katzen und ich uns zu Merlins Zauberkessel, der Vogeltränke aus Stein im Garten, die seine Verbindung zur magischen Welt und auch Nocturna darstellte.

Wir warteten, bis ein paar Wagen vorbeigefahren waren, und sobald die Luft rein war, machten wir uns ans Werk. Merlin sprang in die Tränke und plantschte im Wasser herum, dann bedeutete er mir, mich durch das Portal zu begeben.

Es war erst meine zweite Reise per Kessel. Mit wild pochendem Herzen stürzte ich mich in die kleine Öffnung, die in eine andere Dimension führte. Diesmal schaffte ich es immerhin, auf beiden Füßen zu landen. Ein paar Sekunden später gesellten sich die Katzen zu mir, und gemeinsam begutachteten wir die geschäftigen Kopfsteinstraßen der alten Stadt. Die Gebäude waren im Stil bayrischer Fachwerkhäuser erbaut und auf Katzengröße ausgerichtet. Dadurch erhielt alles irgendwie eine niedliche, märchenhafte Atmosphäre.

„Also, was jetzt? Immerhin ist das deine Idee gewesen", fragte Merlin und sah mich erwartungsvoll an. Seit unserem Gespräch in der Küche schien sich sein aufgebrachtes Gemüt zum Glück etwas gelegt zu haben.

„Wir sollten uns an den Blutmagier wenden", sagte Luna. Es war eigentlich gar nicht ihre Art, das Wort an sich zu reißen, aber das Verhältnis zwischen ihr und Merlin war noch immer äußerst angespannt. Wahrscheinlich wollte sie die ganze Sache hier so schnell wie möglich hinter sich bringen.

Ich nickte. „Genau, das wollte ich auch gerade sagen."

„Dann nichts wie los." Luna trottete das Kopfsteinpflaster hinunter, ohne auf uns zu warten.

Merlin und ich wechselten einen perplexen Blick, bevor wir ihr folgten. Je eher wir hier fertig waren, desto schneller konnten wir unser Zombie-Problem ein für alle Mal beseitigen.

Während wir durch die dunklen Straßen von Nocturna schlenderten, wurden wir von ein paar freundlichen Katzen gegrüßt, aber Luna spazierte unbeirrt weiter.

Als wir um eine Ecke bogen, stolperte ich über einen hervorstehenden Kopfstein und landete auf Händen und Knien.

„Alles in Ordnung?", fragte Merlin, der sofort zu mir kam, um meine Schürfwunden zu untersuchen.

Ich atmete zitternd aus. Es tat zwar weh, aber nicht so schlimm, dass ich magische Heilung benötigte. „Mir geht's gut.

Es ist nur nicht so einfach, den Weg ohne Beleuchtung zu sehen“, sagte ich und rappelte mich wieder auf.

„Der Mond scheint doch hell“, erwiderte Luna und schielte hinauf zum Himmel.

„Schon, aber ich sehe bei Nacht nun mal nicht so gut wie ihr“, erinnerte ich sie. Die Bewohner Nocturnas brauchten natürlich keine Laternen, daher waren manche Straßen weniger gut ausgeleuchtet als andere.

„Stimmt auch wieder.“ Luna setzte sich hin und wartete, bis ich mich gesammelt hatte.

Gerade, als wir den Planwagen des Blutmagiers, eines Red-Point-Siamkaters, erreichten, kam eine schattenhafte Gestalt aus einer der Seitengassen geflitzt und stürzte sich auf Merlin.

„Aha! Ich wusste, dass du dich nicht ewig verstecken kannst“, fauchte ein fetter, orange-getigerter Kater.

Als junger Maine Coon war Merlin zwar noch nicht ganz ausgewachsen, trotzdem kam es selten vor, dass andere Katzen größer waren als er. Sein Angreifer schien allerdings fast doppelt so breit zu sein.

„Lass ihn in Ruhe!“, rief ich und stampfte mit dem Fuß auf, während Luna das Schauspiel aus einigen Metern Entfernung verfolgte.

„Dieser Angsthase schuldet mir noch ein Duell“, verkündete der Dicke und sofort wusste ich, um wen es sich handelte.

„Du musst Tom sein“, sagte ich und deutete anklagend mit dem Finger auf ihn.

Er grinste breit, wobei er uns seine spitzen Zähne zeigte. „Wie hast du das nur erraten?"

„Es gibt keinen Grund zu kämpfen", presste Merlin hervor, der noch immer unter seinem massigen Gegner gefangen war. „Luna hat ihre Wahl getroffen und sich nun mal gegen dich entschieden."

„So ist es!", rief Luna, kam jedoch nicht näher. „Jetzt lass uns bitte in Ruhe. Wir haben etwas Wichtiges zu tun."

Tom schnaubte abschätzig. „Wichtiger als das hier? Wohl kaum. Ich warte seit Wochen, um es diesem Mistkerl hier zu zeigen. Wo hast du nur gesteckt, Merlin?"

„Ich habe auch noch ein Leben außerhalb von Nocturna. Und wenn ich mich recht erinnere, ist das ja der Grund für diesen ganzen Schlamassel", fauchte dieser und zappelte wild.

Als Tom von ihm herunterpurzelte, gelang es Merlin, sich aus dessen Fängen zu befreien. Nun standen sie sich einander mit aufgebauschten Schwänzen gegenüber und fauchten sich feindselig an.

„Du bist doch nur neidisch", zischte Merlin.

„Quatsch, es passt mir nur nicht, wenn miese Kater wie du unverdientes Glück haben", konterte Tom. „Also, bringen wir es gleich hier auf der Straße zu Ende, oder was?"

„Nein, auf keinen Fall." Merlin warf Luna einen Blick zu, die ermutigend nickte. „Ich will nicht, dass jemand verletzt wird. Verlegen wir die Sache auf die Felder vor der Stadt."

Tom trat einen Schritt zurück und setzte sich hin. „Ich nehme dich beim Wort", sagte er, ohne den Blick von Merlin abzuwenden. „Wir treffen uns in fünf Minuten, sonst verlierst du."

„Versprochen", erwiderte Merlin und neigte leicht den Kopf.

Tom grinste tückisch, blinzelte zweimal und war verschwunden.

14

Luna trottete zu Merlin und mir herüber. „Kommt, wir müssen uns beeilen. Uns bleibt gerade genug Zeit, um den Blutmagier zu besuchen, bevor dieser Schuft zurückkehrt."

Merlin maunzte betrübt und ließ beschämt den Kopf hängen. „Ich weiß, dass du dieses Duell nicht gutheißt, Liebling, aber du weißt ja, was geschieht, wenn ich nicht antrete."

„Was passiert denn dann?", fragte ich. Von den sonderbaren Methoden der Konfliktlösung hier in Nocturna hatte ich nicht die geringste Ahnung.

„Ich werde zur Zielscheibe aller Magier in der Gegend. Wenn ich mich weigere zu kämpfen, haben alle das Recht, mir meine Magie zu nehmen, da ich sie gewissermaßen aufgegeben habe", erklärte Merlin tonlos, als hätte er sein düsteres Schicksal bereits akzeptiert. Das war doch sonst so gar nicht seine Art.

Energisch schüttelte ich den Kopf. Wenn es sein musste, würde ich eben als Einzige an ihn glauben. „Das dürfen wir nicht riskieren. Ach, Merlin, es tut mir so leid. Ich hätte dich nicht zwingen sollen, hierher zurückzukehren. Du hast noch versucht, mich zu warnen."

Er hob eine Pfote, um mich zum Schweigen zu bringen. „Nein, das ist allein meine Schuld. Ich hätte Tom nicht provozieren dürfen. Obwohl ich wusste, wie eifersüchtig er ist, habe ich ihm mein Glück unter die Nase gerieben."

„Aber der Blutmagier …", miaute Luna kläglich.

„Den können wir aufsuchen, sobald die Sache hier geklärt ist", sagte ich. Mir war klar, dass sie Merlin nicht kämpfen lassen wollte, aber sie könnte wenigstens den wahren Grund für ihre Bedenken zugeben, anstatt diese Ausrede vorzuschieben.

„Was geschieht, wenn du verlierst?", fragte ich meinen Maine Coon ernst. So wenig mir der Gedanke auch gefiel, mussten wir jede Möglichkeit in Betracht ziehen. Sollte Merlin das Duell verlieren, würde er zwar nicht sterben, dafür aber den Rest seines Lebens ohne Magie verbringen müssen … Und was würde dann aus mir werden?

Merlin seufzte. „Dann wird der Zombiebeschwörer bestimmt weitaus weniger an mir interessiert sein."

„Das wäre zumindest eine Lösung für unser Problem", sagte ich mit einem matten Lächeln, da ich wusste, dass er gerade jemanden brauchte, der zu ihm hielt.

„Ehrlich gesagt bin ich erleichtert, dass Tom den Fahndungsaufruf nicht schon nach unserem ersten Aufeinandertreffen herumgeschickt hat. Wahrscheinlich wollte er erst noch ein paar eigene Haken landen, anstatt mich einfach meiner Magie berauben zu lassen."

Ich nickte langsam und sah zu Luna hinüber. Sie verfolgte alles mit weit aufgerissenen Augen, sagte jedoch nichts. Bestimmt wollte sie Merlin die Entscheidung überlassen, so wie sie sich wünschte, dass er ihr ebenfalls Entscheidungsfreiheit gewährte.

„Können wir dir irgendwie bei den Vorbereitungen helfen?", fragte ich nach einem kurzen Moment des Schweigens.

„Ja." Merlin erhob sich und streckte sich ausgiebig. „Du musst während des Duells so nah wie möglich bei mir bleiben, aber genug Distanz wahren, um nicht verletzt zu werden."

„Woher soll ich wissen, was der richtige Abstand ist?" Zu nah, und ich wäre in Gefahr. Zu weit weg, und Merlin würde in Gefahr schweben. Das dürfte nicht einfach werden, aber es war das Mindeste, was ich tun konnte.

Merlin rieb seinen Kopf gegen mein Schienbein. „Keine Ahnung, aber du wirst es schon herausfinden. Deine Anwesenheit verschafft mir einen Vorteil Tom gegenüber. Da er keine Vertraute hat, bin ich der Einzige mit einer extra Magiereserve."

Oh, richtig!

Vielleicht konnten wir dieses Duell ja doch gewinnen. Und ich würde die entscheidende Rolle spielen! Mit meiner Hilfe könnte es ihm gelingen, Tom offen und ehrlich zu besiegen, und dann bräuchten wir uns nie mehr vor einem Besuch in Nocturna zu fürchten.

Endlich bedeutete mein Status als Vertraute etwas. Er verlieh mir eine gewisse Macht … die ich unbedingt für das Allgemeinwohl einsetzen wollte.

Mit etwas Glück würde Merlin einen kurzen, schmerzlosen Sieg davontragen und wir hätten anschließend noch genug Zeit, den Blutmagier aufzusuchen, bevor die Sonne aufging und Nocturna in tiefen Schlummer verfiel.

Wenn nicht, musste ich den Tag in einer Stadt verbringen, die nicht für Menschen gedacht war. Und sollte Merlin seine Magie verlieren …

„Ich hätte noch eine Frage", platzte ich heraus. Obwohl ich ihn nur ungern noch weiter beunruhigen wollte, musste ich es einfach wissen.

Merlin setzte sich auf den Allerwertesten und starrte mich an. „Ja?"

„Wenn du deine Magie verlierst, was geschieht dann mit mir?", fragte ich verlegen.

„Na ja, weißt du noch, was mit Virginia geschehen ist, als Luna ihre Magie aufgab? Das Band zwischen ihnen wurde getrennt. Dir dürfte nichts passieren, solange du der entschwindenden Zauberkraft nicht hinterherjagst und dich von Brunnen fernhältst." Er lächelte matt und ich beugte mich zu ihm hinunter, um ihm den Kopf zu kraulen.

„Oh, da ist allerdings noch etwas, das du wissen solltest", fügte er ein wenig kleinlaut hinzu. „Falls ich verliere, können Luna und ich immer noch mit der Hilfe einer anderen Katze von hier verschwinden, aber du Gracie ... du würdest für immer in Nocturna festsitzen.“

15

In Nocturna festsitzen? Aber was sollte ich hier tun? Was für ein Leben könnte ich in einer Welt führen, in die ich einfach nicht gehörte?

„Kann mir denn keine andere Katze helfen?", quiekte ich.

Merlin sah mich an, senkte jedoch gleich wieder den Blick. „Du bist an mein Blut gebunden. Nur durch unsere Verbindung bist du in der Lage, hierherzureisen. Ohne meine Magie besteht dieses Band jedoch nicht mehr."

Ich schluckte schwer und spürte den Kloß, der sich in meinem Hals gebildet hatte. Was Merlin jetzt brauchte, war eine starke rechte Hand, keine zusätzliche Belastung. Ich musste meine Zukunftsängste beiseiteschieben und ihn unterstützen, so gut es ging.

Merlin war ein mächtiger Zauberer, das hatte er mir schon oft bewiesen.

Er konnte dieses Duell gewinnen.

Nein, er *würde* es gewinnen.

Ich musste nur fest daran glauben.

Bisher hatte er mir nie einen Grund geliefert, an seinen Fähigkeiten zu zweifeln.

Mit übertriebenem Enthusiasmus klatschte ich in die Hände. „Dann müssen wir einfach dafür sorgen, dass du diesen Kampf gewinnst. Los geht's!"

Merlin nickte langsam und blinzelte zweimal, um uns zu einer Lichtung außerhalb der Stadt zu teleportieren. Am Horizont erblickte man gerade noch ein paar Häuserdächer, die von einer Feuersbrunst über unseren Köpfen erhellt wurden.

„Äh, Merlin, was für eine Art von Magier ist Tom eigentlich?", flüsterte ich, den Blick fest auf die Flammen gerichtet, die uns jeden Moment zu erfassen drohten.

„Vulkanmagie", erwiderte er angespannt, während er die Gegend nach seinem Rivalen absuchte.

Ich folgte seinem Blick, konnte jedoch nichts sehen. Von Tom fehlte jede Spur.

„Vielleicht hat er erkannt, dass er keine Chance hat, und will aufgeben?", schlug ich hoffnungsvoll vor, doch Merlin wirkte nicht überzeugt.

Fasziniert beobachtete ich, wie das Feuer über uns wellenartig hin und her wiegte. Die Flammenwogen schienen gegen eine unsichtbare Barriere zu krachen und sich dann wie Lavaströme darüber zu ergießen.

Unter meinen Füßen bildeten sich Risse, und ich sprang zur

Seite, um von dem plötzlichen Erdbeben nicht verschlungen zu werden.

Der winzige Riss wurde immer breiter und zog sich über die ganze Lichtung, bis aus der Erde ein Thron aus Dreck und Steinen emporragte.

Die Flammen im Himmel vereinten sich in einem tödlichen Wirbel mit dem Gebilde, und aus dem zerstörerischen Naturschauspiel sprang Tom heraus.

„Wird auch Zeit, dass du endlich auftauchst", sagte der getigerte Kater mit einem fiesen Grinsen. „Typisch für dich, in letzter Minute aufzukreuzen."

„Typisch für dich, ein völlig überzogenes Spektakel aufzuziehen", gab Merlin angewidert zurück. „Aber es braucht schon etwas mehr als ein paar billige Partytricks, um mich zu beeindrucken."

„Genug geplaudert. Dein Schwanz gehört mir!" Mit einem gehässigen Kichern stürzte Tom sich auf Merlin.

Ich hielt mich so nah es ging bei meinem Maine Coon auf, denn je weniger Abstand zwischen uns, desto eher konnte er seinem Gegner ordentlich eins auf den Deckel geben.

Züngelnde Flammen schossen hinter Tom empor und trieben ihn noch schneller vorwärts.

Merlin stand wie angewurzelt da und schien das Spektakel hypnotisiert zu verfolgen. Doch gerade als Tom mit ihm zu kollidieren schien, drehte er sich um und beschwor selbst einen Sturm herauf.

Ein tosender Orkan bildete sich über ihm und fegte auf Tom

zu. Dieser war mit so viel Schwung unterwegs, dass er nicht mehr rechtzeitig bremsen konnte. Er prallte mit voller Wucht auf den Wirbelwind und wurde mitsamt seiner Flammen in den Strudel hineingezogen.

Merlin brüllte etwas, doch ich konnte ihn über den tosenden Sturm nicht hören.

Der Wirbel drehte sich immer schneller und hob Tom hoch in die Luft. Doch mein Kater war noch nicht fertig. Er kickte die Hinterbeine aus, eine Bewegung, die ich nur zu gut kannte und fürchtete. Immerhin hatte er auf diese Weise ein Loch in mein Dach geschlagen.

Immer wieder kickte er aus, härter und schneller. Staub wirbelte um ihn auf und versperrte mir die Sicht.

Im Himmel braute sich etwas zusammen und dann ...

KRACH!

Ein knisterndes Blitzgewitter schlug in den Wirbelsturm ein, und ich schwor, ich sah Toms Skelett aufflackern, wie in den Cartoons, die ich früher als Kind immer angeschaut hatte.

Merlin stolperte und fiel zu Boden. Gerade hatte er seine beiden mächtigsten Zauber hintereinander angewandt, und die Anstrengung forderte ihren Tribut.

Der Tornado verschwand, und Tom krachte ebenfalls zu Boden.

Beide atmeten schwer, machten jedoch keine Anstalten, sich zu erheben. Um Tom herum flackerte Magie.

Merlin regte sich nicht.

„Merlin!", rief ich ihm zu. „Du musst den Regen heraufbeschwören. Das ist ganz leicht, du schaffst es!"

Mein Kater streckte eine Pfote in die Luft, doch ihm fehlte die Kraft, um einen Zauber zu wirken.

Ich rannte auf ihn zu. Vielleicht konnte meine Berührung ihn genug stärken, um den Kampf zu beenden. Beinahe hatte ich ihn erreicht, als plötzlich eine Säule aus Erde vor mir aus dem Boden schoss und mir den Weg versperrte.

Schnell sprang ich zur Seite, doch eine zweite Säule tauchte vor mir auf.

„Merlin!", schrie ich und hämmerte verzweifelt gegen den erdigen Käfig, der mich nun von allen Seiten umgab.

Nein, nein, nein!

Wenn ich nicht schnellstens zu ihm gelangte, könnte das unser Ende bedeuten ...

16

Außer über den Himmel züngelnde Flammen konnte ich nichts sehen. Schreiend hämmerte ich gegen die Barriere aus Schmutz und Stein, die ich nicht durchbrechen konnte.

„Gib auf!", brüllte Tom über das Tosen.

Ich verstummte und wartete auf Merlins Antwort.

„*Nie... mals*", presste er zwischen schweren Atemzügen hervor.

„Deine Magie gehört mir!", krächzte Tom. Anscheinend hatte der Kampf ihm ebenfalls einiges abverlangt. „Ich muss nur die Pfote ausstrecken und sie mir nehmen."

Eine Zeit lang herrschte beklemmendes Schweigen.

Was ging da vor sich? War Merlin stark genug, um weiterzukämpfen? Hatte Tom ihm bereits seine Magie geraubt? Und was würde mit der Magie geschehen? Ob sie zurück in die Natur floss, so wie es bei Luna gewesen war, oder wäre Tom wirklich in der Lage, Merlins und seine eigenen Kräfte gleichzeitig zu besitzen?

„Das ist deine letzte Chance", fauchte Tom angriffslustig. „Steh auf und kämpfe wie ein Kater! Oder gib dich geschlagen."

Etwas fiel auf meine Wange und erschreckte mich. Als ich zurückwich, landete etwas Kaltes, Nasses auf meiner Schulter.

Regen!

Merlin hatte es geschafft. Er hatte den Regen heraufbeschworen! Große, schwere Tropfen prasselten mit zunehmender Stärke auf mich herab.

In ihm steckte also noch Kampfgeist!

Fauchend und zischend bekämpften sich die beiden Kater weiter. Währenddessen schwoll der Regen an, bildete Pfützen um meine Füße, bis ich knietief und schließlich bis zu den Schultern im Wasser stand.

Bald schon musste ich auf der Stelle schwimmen, darauf wartend, dass der Wasserspiegel weit genug anstieg, um mich über die Mauer aus Erde zu befördern.

Als ich endlich einen Blick über die Barriere werfen konnte, sah ich, wie Merlin Tom beim Kragen gepackt hatte und im Begriff war, zum verheerenden Schlag auszuholen. Ich verlor jedoch den Halt und platschte zurück in den Pool unter mir.

Kurz darauf gelang es mir, mich ein zweites Mal hochzuziehen, sodass ich mit zitternden Knien auf den schmalen Streifen Erde klettern konnte. Nun war ich jedoch knapp fünf Meter über dem Boden und hatte keinen blassen Schimmer, wie ich sicher auf der anderen Seite hinunterkommen sollte.

Die beiden Kater unterbrachen ihr Duell und wandten sich mir zu.

Tom grinste fies und nutzte den Moment der Ablenkung, um sich aus Merlins Klauen zu befreien. Dann beschwor er einen gigantischen Feuerball herauf, den er in meine Richtung schleuderte. Hastig sprang ich von der Erdwand hinunter, ohne weiter darüber nachzudenken, wie ich unten ankommen würde.

Um jeden Preis wollte ich einen qualvollen Feuertod vermeiden.

Kurz bevor ich auf dem Boden aufschlug, erfasste mich eine Windbö und setzte mich sanft ab. Merlin hatte mir buchstäblich den Hintern gerettet.

Unglücklicherweise schien Tom darauf gezählt zu haben, seinen Gegner abzulenken, denn im Handumdrehen hatten ihre Positionen sich umgekehrt.

Der riesige gestreifte Kater stürzte sich auf meinen Maine Coon und schlug mit seinen mächtigen Pranken auf ihn ein, attackierte sein Gesicht, seine Brust … das Zentrum seiner Magie.

„Ach, Merlin, hast du wirklich geglaubt, du könntest gewinnen?“, lachte er höhnisch, während er dem Ärmsten einen so heftigen Stoß versetzte, dass dieser durch die Luft flog.

Das alles war meine Schuld. Wäre ich doch nur hinter der Barriere geblieben …

Ich unterdrückte ein Schluchzen, um Merlin nicht noch weiter abzulenken. Immerhin würde er mit dem Leben davonkommen. Ihm blieb noch eine glückliche Zukunft mit seiner Familie, Luna und den Kätzchen …

Plötzlich bemerkte ich etwas Weißes, das über das Feld auf die beiden Kämpfenden zusteuerte. Luna besaß doch keine Magie mehr, was also hatte sie vor?

Die Frage wurde gleich darauf beantwortet, als sie sich von hinten an Tom heranschlich und ihre Klauen und Zähne in seinem Nacken versank.

Tom schlug wild um sich, doch Luna ließ nicht los. Sie war unglaublich stark. Mir wurde klar, dass sie ihm nicht nur die Magie nahm, denn nur wenige Sekunden später sank er leblos zu Boden. Luna hatte ihn umgebracht.

Sie hatte das Duell beendet und dabei sämtliche Regeln gebrochen.

„Luna!", rief ich entsetzt aus und rannte auf sie zu. „Was hast du nur getan?"

„Er hätte doch sowieso verloren", erwiderte sie mit einem ungerührten Schulterzucken.

„Aber du hast ihn getötet!", widersprach ich mit Tränen in den Augen. In kürzester Zeit war so viel passiert, dass ich es nur schwer verarbeiten konnte. „Warum hast du das getan?", presste ich hervor.

„Merlin braucht seine Magie", sagte sie kühl und wandte sich mir mit ausgefahrenen Krallen zu. Ihre Augen glühten rot vor Wut, als sie sich auf mich stürzte.

Erschrocken trat ich einen Schritt zurück, konnte ihrem Angriff jedoch nicht ausweichen.

Sie landete auf mir, und alles wurde schwarz.

17

Als ich langsam wieder zu mir kam, befand ich mich an einem mir unbekannten Ort.

An einen Felsen gekettet dastehend.

Auf dem Gipfel eines Berges.

Na wunderbar ...

Ich zerrte an meinen Ketten, doch sie gaben kein Stück nach.

Merlin! Was war mit Merlin passiert?

Angestrengt ließ ich meinen Blick durch die Dunkelheit wandern, bis ich einen kleinen, metallenen Käfig erspähte, von der Sorte, die man normalerweise dazu verwendete, um Stinktiere oder Waschbären einzufangen.

In diesem jedoch lag ein bewusstloser Merlin.

„Merlin! Wach auf!", flüster-schrie ich. Obwohl ich niemanden sonst hier oben gesehen hatte, könnte unser

Entführer ganz in der Nähe sein. Wir mussten einen Ausweg finden, bevor es zu spät war.

„Wie sind wir hierhergekommen?“, fragte ich ihn, doch er regte sich nicht. Plötzlich fiel es mir siedend heiß wieder ein.

Luna.

Sie hatte Tom getötet und sich dann gegen mich gewendet. Aber warum nur?

Merlin stöhnte leise im Schlaf, reagierte jedoch weiterhin nicht auf meine Hilferufe. Immerhin war er am Leben, auch wenn er mir bei meinen Ausbruchplänen nicht von Nutzen sein würde.

Wieder zerrte ich an meinen Fesseln, bis ich völlig außer Atem war.

„Lass es bleiben“, ertönte eine tiefe, unheimliche Stimme ganz in der Nähe. „Du kannst nicht gewinnen.“

Ich ließ den Blick über den Berggipfel schweifen, konnte jedoch niemanden sehen.

„Wer bist du? Und warum hast du uns hierhergebracht?“, rief ich in die Dunkelheit.

„Du bist ziemlich vorlaut für jemanden, der in der Klemme steckt“, erwiderte die Stimme mit einem gehässigen Kichern. Wenigstens einer schien sich hier zu amüsieren. Ich für meinen Teil fand die ganze Sache alles andere als lustig. Außerdem konnte ich die Stimme nicht ganz zuordnen. Sie klang vertraut und fremd zugleich.

Endlich erblickte ich am Rande des Gipfels eine schwarze Katze.

Neben der Katze flammte plötzlich ein Kessel auf und tauchte alles in ein unheimliches, sumpfgrünes Licht.

„Mr Fluffikins?“, fragte ich zögerlich. War der nicht mit Drake im Schlepptau in seine eigene Stadt zurückgekehrt? Und war er nicht eigentlich einer von den Guten?

Die Katze wirbelte zu mir herum, umhüllt von dem magischen Licht. „Erkennst du mich jetzt?“

Die Augen glühten grünlich und das gesamte Fell war rabenschwarz. Mr Fluffikins hatte einen kleinen, weißen Fleck auf seiner Brust und bernsteinfarbene Augen, also war es nicht er.

Was für schwarze Katzen kannten wir sonst noch …? *Oh.*

„Dash“, presste ich zwischen zusammengebissenen Zähnen hervor.

„Das hat ja ziemlich lange gedauert“, lachte die gefährliche Illusionshexe, als handelte es sich hierbei um ein Spielchen. „Aber natürlich kennst du mich besser in dieser Gestalt.“

Ein Schleier aus Magie versperrte mir die Sicht. Nachdem er sich wieder gelichtet hatte, stand mir eine finster dreinblickende Polizistin gegenüber. In dieser Gestalt war ich Dash zum ersten Mal begegnet, als sie den Tod meines ehemaligen Chefs, Harold, untersuchte. Natürlich war das nichts weiter als eine Falle gewesen. Als Illusionshexe konnte sie jede beliebige Form annehmen.

Eigentlich hatte ich Dash aufgrund ihrer Verkleidung als Polizistin immer für eine weibliche Magierin gehalten, aber nun war ich mir ziemlich sicher, dass ein Kater vor mir stand. Moment mal, warum machte ich mir überhaupt Gedanken um die richtige

Anrede für jemanden, der mich höchstwahrscheinlich umbringen wollte?

Denk nach, Gracie. Lass dir was einfallen!

„Wo ist Luna?“, fragte ich, während mir kalter Schweiß auf der Stirn ausbrach.

Wieder füllte eine Magiewolke mein Blickfeld, aus der eine schneeweiße Katze mit glänzenden blauen Augen trat.

„Ich bin doch hier, Liebes“, sagte Dash mit Lunas Stimme.

Verflixt, ich hätte es wissen müssen! Luna würde uns niemals hintergehen. Von Anfang an hatte Dash dahintergesteckt … zumindest seitdem wir Nocturna betreten hatten.

Ich versuchte, mich auf sie zu stürzen, doch meine Fesseln hielten mich zurück. „Was hast du ihr angetan?“

Dash wechselte zurück zu ihrer natürlichen Gestalt, einer unscheinbaren, schwarzen Katze. „Ist doch egal. Du wirst sie sowieso nie wiedersehen.“

„Sag mir sofort, wo sie ist!“, brüllte ich und zerrte an den Ketten.

„Entspann dich und genieß lieber die letzten Momente deines Lebens. Der weißen Katze geht es gut, wenn du es unbedingt wissen willst. Was jedoch dich angeht … Du wirst sterben.“ Dash kicherte hämisch. Noch nie zuvor hatte ich einen so übermächtigen Drang verspürt, ein Tier zu verletzen … nicht einmal die Zombie-Eichhörnchen, die erst vor wenigen Stunden versucht hatten, mich zu töten.

Dash hob den Blick zum Nachthimmel und studierte die Sterne, dann sagte sie: „Weißt du, ihr hättet alle überleben können. Mein Plan war so einfach: Ihr solltet nach Nocturna kommen, um den Blutmagier zu sehen. Dann hätte ich das Blut gestohlen, ohne dass ihr etwas gemerkt hättet. So wäre niemand zu Schaden gekommen. Aber nun werden dank euch viele sterben müssen."

Ich schluckte schwer. Wie sollte ich mich nur aus diesem Schlamassel befreien, noch dazu ohne Merlins Hilfe?

Was ich brauchte, war ein Wunder.

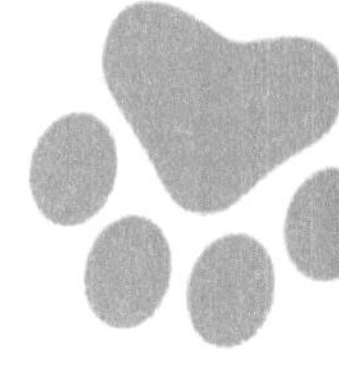

18

„Lass mich sofort los“, verlangte ich, fest entschlossen, nicht kampflos draufzugehen ... oder noch besser, dieses Schicksal ganz zu vermeiden. „Niemand muss verletzt werden. Wir können die ganze Sache hier und jetzt beenden.“

„Und warum sollte ich das tun?“, wollte Dash wissen, bevor sie sich zu ihrem köchelnden Kessel umdrehte.

„Weil tief in dir etwas Gutes steckt“, wagte ich zu behaupten.

Dash lachte bitter. „Da hat wohl jemand zu viele Märchenfilme geschaut. Nein, ich bin durch und durch böse.“

Das klang nicht gerade erbaulich. Aber ich durfte mich nicht entmutigen lassen. Ich musste es unbedingt irgendwie schaffen, mich aus dieser Lage zu befreien.

„Warum tust du das?“, fragte ich. „Was springt dabei für dich heraus?“

Dash funkelte mich aus ihren grünen Augen an. „Oh, das ist ganz einfach: Als ich herausfand, wer Merlin und du wirklich waren, welches Band zwischen euch bestand, wusste ich, dass ich endlich gefunden hatte, wonach ich seit Jahrhunderten suchte."

„Jahrhunderte? Bitte, niemand ist so alt."

„Wieder einmal liegst du völlig daneben. Ich bin beinahe eintausend Jahre alt."

Mir klappte die Kinnlade herunter. Das hatte ich nicht erwartet. „Aber wie kann das sein?"

Dash grinste und zeigte mir ihre spitzen, weißen Zähne. „Du bist nur eine Nachfahrin, der letzte Sprössling einer langen Ahnenreihe. Ich hingegen bin das Original."

„Du bist also Merlin, der Schwindler!", rief ich, als mich die Erkenntnis wie ein Blitz traf. Es war die einzig logische Erklärung in Anbetracht der Tatsache, wie interessiert sie – oder besser gesagt er – an Merlins und meiner Herkunft war. „Aber du bist doch gestorben!"

Der kleine, schwarze Kater verschwand in einer Wolke aus Magie, und ein uralter Mann mit einem bis zum Boden reichenden, weißen Bart kam zum Vorschein. „Das dachte zumindest jeder. Zum Glück konnte ich mich hinter meinen Illusionen verstecken, bis ich gefunden hatte, was ich brauchte."

„Du warst der erste Vertraute überhaupt. Und du hast dem wahren Merlin deine Loyalität geschworen!", zischte ich empört.

Dash wirkte völlig unbeeindruckt. „Tja, warum sollte ich mich mit der Rolle des Untergebenen zufriedengeben, wenn ich der Meister sein kann?"

Was für eine Katastrophe! Die beiden einzigen anderen Vertrauten, die ich je kennengelernt hatte, waren beide der Machtgier verfallen. Würde es mir genauso ergehen, falls ich das hier überlebte?

Ich rief mir unsere letzte Begegnung mit Dash in Erinnerung. Wenn es mir gelänge, ihn ins Gespräch zu verwickeln, könnte ich uns etwas mehr Zeit verschaffen. Vielleicht konnten Merlin und ich dann doch noch heil aus dieser Situation herauskommen.

„Warum hast du die Zombies auf uns gehetzt?" Darüber wunderte ich mich tatsächlich.

„Oh, ist doch ganz einfach: Ich musste euch irgendwie nach Nocturna locken. Und glücklicherweise bist du leicht zu durchschauen. Du bist schnurstracks hergekommen, sobald du deinen Meister dazu überredet hattest, nicht wahr?"

„Merlin und mich verbindet eher eine gleichwertige Partnerschaft", korrigierte ich ihn, wobei ich einen schnellen Blick auf meinen gefangenen Freund warf. *Bitte, wach auf!*

„Spielt das eine Rolle, wenn ihr sowieso beide bei Sonnenaufgang sterben werdet?"

„Warum willst du uns denn unbedingt töten?"

„Warum nicht? Übrigens weiß ich genau, was du vorhast. Du willst mich ins Gespräch verwickeln, um mich von meinem fiesen Plan abzulenken. Aber das ist mir egal. Alles muss genau zur richtigen Zeit geschehen, und ich habe dir ja gerade verraten, wann das ist."

„Bei Tagesanbruch", wiederholte ich mit trockener Kehle.

„Und selbst du bezeichnest deinen Plan als fies. Sollte dir das nicht etwas sagen?“

„Gut und Böse liegen dichter beieinander, als man denkt“, wiegelte er gelangweilt ab. „Mit der Zeit ändert sich nur die Wahrnehmung. Du magst mich als Fiesling erachten, aber zukünftige Generationen werden mich als Gott verehren.“

„Du bist ein Monster“, zischte ich mit aller Verachtung, die ich aufbringen konnte.

„Und deine Meinung ist mir völlig egal. Du bist nichts weiter als eine Fußnote in der Legende meines glorreichen Wegs zum Ruhm. Mit deiner Blutsverbindung und der richtigen Sternenkonstellation werde ich das mächtige Schwert Excalibur erneut schmieden und es einsetzen, um die Herrschaft über die Welt der Magie und die der Menschen an mich zu reißen.“

„Du klingst wie ein Wahnsinniger“, erwiderte ich.

„Warte du doch mal tausend Jahre auf deine Rache und dann sag mir, wie dir das gefällt.“

„Rache? Gegen wen?“

„Merlin versprach mir die Erfüllung eines großen Wunsches als Dank für meine Arbeit als sein Vertrauter. Da ihm jedoch meine Forderungen nicht gefielen, versuchte er, sich durch einen Trick herauszuwinden und mich um das zu bringen, was mir zustand.“

„Du wolltest genauso mächtig werden wie er“, rief ich ungehalten. Bestimmt fand Dash seine eigenen Argumente logisch, aber für mich waren sie einfach nur aberwitzig. „Dabei sollen Vertraute einfach nur Magiespeicher sein.“

„So war es nicht immer!“, brüllte Dash-Merlin. „Warum existieren diese Regeln wohl, hm? Hmm?“

„Also hat er dich verflucht. Wie hast du überlebt?“

„Nein, er hat mich ins Exil gezwungen. Sobald er mir die Magie gewährte, konnte er sie nicht mehr zurücknehmen. Nicht ohne das hier.“ Er griff in den Kessel und zog ein glänzendes Schwert heraus.

„Ist das etwa …?“ Mir stockte der Atem.

„Excalibur, richtig. Zumindest wird es das wieder sein. Vor fast eintausend Jahren auf den Tag genau zog dein Vorfahre Artus es aus einem Stein und erklärte es zur ultimativen Waffe. Aber das war nicht der ursprüngliche Grund, warum Excalibur erschaffen wurde.“

Ich blinzelte verwirrt. Nichts von alledem stimmte mit der Legende überein, die ich kannte. „Wie bitte?“

„Merlin hat es wegen mir angefertigt. Nicht etwa, um …“

„Moment mal, tut mir leid, aber ich komme nicht mehr ganz mit. Wir sprechen hier mittlerweile über drei verschiedene Merlins.“

Der dunkle Magier stöhnte genervt. „Also gut. Der ursprüngliche Katzenzauberer kreierte diese Waffe, aber nicht, um einem anderen das *Leben* zu nehmen, sondern die Magie.“

„Und sie war für dich bestimmt.“

„Genau, aber zu diesem Zeitpunkt war ich bereits entkommen. Aus Frust rammte er die Scheide in einen Felsen. Dadurch konnte er das Schwert aber nicht mehr selbst herausziehen.“

„Sonst hätte er seine Magie verloren“, schlussfolgerte ich.

Dash grinste. „Ganz genau."

„Also war Artus …?"

„Nichts weiter als ein Mittel zum Zweck. Da er das Schwert herauszog, würde er niemals eigene Magie besitzen können. Das machte ihn zum perfekten unterwürfigen Vertrauten … Ach, sieh mal einer an, wer endlich beschlossen hat, sich unserer Unterhaltung anzuschließen."

Ich sah hinüber zum Käfig, wo Merlin – mein Merlin – sich endlich zu regen begann.

19

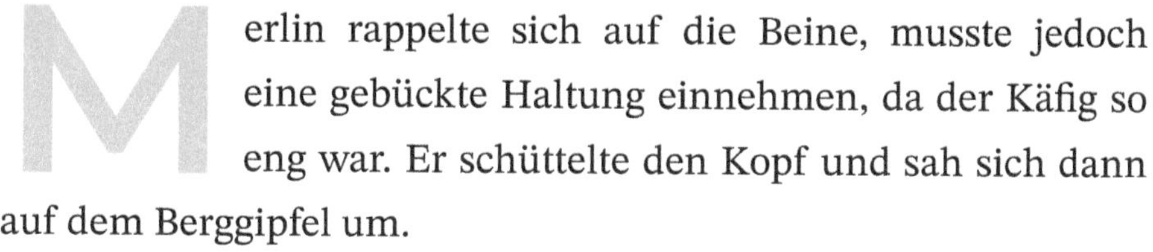

Merlin rappelte sich auf die Beine, musste jedoch eine gebückte Haltung einnehmen, da der Käfig so eng war. Er schüttelte den Kopf und sah sich dann auf dem Berggipfel um.

„Gracie!“, rief er, als er mich erblickte.

„Merlin, es ist alles in Ordnung“, rief ich erleichtert zurück. Mit seiner Hilfe hatten wir noch eine Chance. „Wir kommen hier schon irgendwie raus.“

„Hast du mir denn nicht zugehört?“, wollte Dash wissen und stampfte auf mich zu.

„Doch, schon. Aber du hast schon einmal gegen uns verloren und wirst es bestimmt wieder tun.“

„Ach, wollen wir wetten? Was ist der Einsatz? Ich weiß schon: dein Leben!“ Der alte Zauberer schmunzelte amüsiert über seinen eigenen Witz.

„Wer ist der denn?“, fragte Merlin ein wenig lallend. So viel seiner Magie zu verbrauchen, schien noch immer an seinen Kräften zu zehren. Wir waren eindeutig im Nachteil.

Ich seufzte. „Lange Geschichte, aber zusammengefasst ist das Dash, der eigentlich Merlin, der menschliche Betrüger von damals ist. Er will uns umbringen, um Excalibur wiederherzustellen oder so was in der Art.“

Dash warf mir einen giftigen Blick zu. „Hey, etwas mehr Respekt, bitte. An dem Plan habe ich lange gearbeitet. Außerdem hast du das Beste vergessen.“

Ich zuckte gelangweilt mit den Schultern. Insgeheim freute es mich, sein Ego angeknackst zu haben. Im Moment war das die einzige Möglichkeit für mich, ihm irgendwie zuzusetzen. „Ehrlich gesagt finde ich den Plan viel zu kompliziert. Ist das wirklich das Beste, was dir in knapp tausend Jahren eingefallen ist?“

„Es gibt nichts daran auszusetzen!“, schrie er, wobei ihm Spucke aus dem Mund flog. „Gut, vielleicht hat dieses alberne Duell uns ein wenig vom Weg abgebracht, aber das Endergebnis wird sich dadurch nicht ändern. Einst formten unsere Vorfahren ein ewiges Band, nachdem Artus das Schwert aus dem Stein zog. Excalibur wurde von dem Katzenmagier geschmiedet, um mir die Magie zu rauben, doch stattdessen war Artus der Erste, der seinem Fluch unterlag. Aus diesem Grunde sind unsere drei Blutlinien jetzt und immerdar miteinander verknüpft.“

Ich lächelte spöttisch. „Immerdar ...“

„Das reicht jetzt!“ Dashs Stimme hallte bis weit in die Ferne, was nur verdeutlichte, wie isoliert wir auf diesem Berggipfel waren.

„Allerdings, ich habe genug von diesem Unsinn“, presste Merlin hervor, der immer noch zusammengekauert in dem viel zu kleinen Käfig saß. „Im Gegensatz zu dir bin ich ein wahrer Magier, der letzte Spross einer der mächtigsten Zaubererfamilien dieser Welt. Und genau deshalb werde ich dich besiegen, du Hochstapler!“

Obwohl er nicht viel Platz hatte, gelang es ihm, mit den Hinterbeinen aufzustampfen, um ein Blitzgewitter heraufzubeschwören.

Außerhalb des Käfigs geschah jedoch rein gar nichts.

Merlin atmete scharf ein und ließ sich auf den Bauch plumpsen.

Dash lachte höhnisch. „Dachtest du etwa, damit würde ich nicht rechnen? Das ist ein magischer Käfig. Jeder Zauber, den du wirkst, wird dein Gefängnis nur noch verstärken. Es gibt kein Entkommen.“

Keuchend erhob Merlin sich und rammte seinen Körper gegen die Gitterstäbe.

Zu Dashs Belustigung zeigte auch dieser Versuch keinerlei Wirkung.

Doch ich wollte nicht einfach so aufgeben. Zwar konnten wir uns nicht mithilfe von Magie befreien, aber ich hatte ja sowieso nie eigene Zauberkräfte besessen. Also musste ich mir eine andere Lösung einfallen lassen.

Dash steckte Excalibur zurück in den Kessel und widmete

sich wieder seinem Zaubertrank. Was genau er tat, wusste ich auch nicht, aber langsam fielen mir die Augen zu.

Nein! Wenn ich einschlief, wäre alles verloren.

„Du hast uns noch gar nicht erzählt, was du mit dem Ding vorhast, wenn es fertig geschmiedet ist. Außer uns umzubringen natürlich."

Dash ignorierte mich.

„Hey!", rief ich. „Erde an Dash oder Merlin, oder wer auch immer du sein magst!"

Der bärtige Zauberer wirbelte zu mir herum. „Ich bin mehr als nur ein Wesen. Ich bin jeder und auch niemand!"

„Hochinteressant. Also, was ist jetzt mit dem Rest deines Plans? Willst du ihn mir nicht anvertrauen?"

„Wozu? Du wirst bald tot sein." Ein Lächeln umspielte seine Lippen. Wie schön für ihn, dass der Gedanke an mein bevorstehendes Ableben ihm Freude bereiten konnte. Ich für meinen Teil hatte keinesfalls vor, heute zu sterben. Aber ich musste an seine Eitelkeit appellieren, um mehr Zeit zu gewinnen.

„Mag sein, aber ich bin einfach neugierig", erwiderte ich.

„Eigentlich ist es noch etwas zu früh, aber wir können ruhig schon mit den Vorbereitungen beginnen." Dash zog das Schwert erneut aus dem Kessel und brachte es zu mir herüber, blieb jedoch einige Meter entfernt stehen. Dann verwandelte er sich zurück in seine Katzenform.

Das war meine Chance!

Ich trat nach ihm, verfehlte ihn jedoch völlig.

Er ignorierte mich, hob eine Tatze und fuhr die Krallen aus.

Mit einem gequälten Keuchen kratzte er sich die eigene Brust auf. Einige Tropfen Blut quollen hervor und landeten auf dem Schwert, das er vor sich abgelegt hatte.

„Durch die Vereinigung unserer drei Blutlinien erwecke ich die Macht Excaliburs erneut zum Leben und verschließe damit das Portal zwischen Nocturna und der Welt der Menschen, sodass niemand sich mir je wieder in den Weg stellen kann. Dann werde ich als das mächtigste – und einzige – magische Wesen wie ein Gott über das Universum regieren. Klar soweit?"

Mit diesen Worten sprang er auf den Felsen, an den ich gekettet war, und kletterte hinunter auf meine Brust, wobei er mir tief in die Augen starrte.

„Jetzt bist du an der Reihe. Ich werde mir nur ein paar Tropfen Blut von dir leihen."

„Wage es ja nicht!", brüllte ich und zerrte heftig an meinen Fesseln, jedoch vergeblich.

Als Dash ausholte und mit den Krallen über meine Wange fuhr, presste ich die Augen zusammen. Nach ein paar Sekunden öffnete ich sie wieder ... und stellte fest, dass ich mich an einem völlig anderen Ort befand.

20

Verdutzt starrte ich auf das Kassengerät vor mir, das einen Betrag von vier Dollar und fünfzehn Cent anzeigte. So viel kostete unser klassischer Pumpkin Spice Latte im größten Becher. In der Hand hielt ich eine Fünf-Dollar-Note.

Vor mir stand ein Kunde, der mit ausgestreckter Hand auf sein Wechselgeld wartete, während er zerstreut auf seinem Handy herumscrollte.

Okay … Ich war wohl gerade kurz völlig weggetreten.

Schnell holte ich das Wechselgeld aus der Kasse und reichte es ihm. „Ihr Getränk ist gleich fertig", sagte ich mit meinem freundlichsten Kundenlächeln, dann ging ich hinüber zu Kelley, die bereits an der Espresso-Maschine herumhantierte, um die Bestellung zuzubereiten.

Irgendwie fühlte ich mich ein wenig benebelt, wie damals an

meinem einundzwanzigsten Geburtstag, als ich törichterweise versucht hatte, einundzwanzig Shots runterzukippen. Bereits nach dem siebten übergab ich mich auf den Schoß meines Dates und schwor danach dem übermäßigen Partysaufen ab.

Allerdings konnte ich mich nicht erinnern, letzte Nacht etwas getrunken zu haben. Um ehrlich zu sein, erinnerte ich mich überhaupt nicht an gestern Abend … und an heute Morgen auch nicht. Ich wachte auf und war direkt bei der Arbeit.

Hm. Anscheinend beherrschte ich diesen Job buchstäblich im Schlaf. Vielleicht sollte ich es als Nächstes mit einer Hand hinter dem Rücken versuchen.

„Wie läuft's denn heute so?", fragte die nächste Kundin mit einem Grinsen.

Ich erwiderte ihr Lächeln und wandte mich wieder der Kasse zu. Freundliche Kunden waren einfach das Beste. Die meisten behandelten mich wie eine Unannehmlichkeit, die sie von ihrem Handy ablenkte … obwohl sie ja diejenigen waren, die einen Kaffee von mir wollten!

„Heute ist ein guter Tag. Richtig schön", antwortete ich, auch wenn ich mich an nichts erinnern konnte. Aber kein Kunde – egal wie freundlich – wollte blödsinniges Geschwätz von einer Barista hören.

Denn ich war wirklich von der Rolle, oder nicht?

Oder verlor ich langsam den Verstand … und mein Gedächtnis?

Ich nahm die Bestellung der Kundin entgegen und reichte ihr das Wechselgeld. Nach ihr folgte bereits ein weiterer Kunde.

Und danach noch einer.

Und noch eine Kundin.

Mir blieb kaum eine Verschnaufpause zwischen den Bestellungen. Harolds Kaffeehaus war zwar immer ziemlich gut besucht, aber das hier war wirklich total verrückt. Ich erkannte niemanden, der hereinkam, dabei hatten wir eigentlich eine regelmäßige Stammkundschaft.

„Kelley?", fragte ich und trat von der Kasse weg, wo bereits der nächste Kunde wartete.

„Hmmm?", erwiderte diese, während sie weiter an der Espresso-Maschine arbeitete.

„Kommt dir heute auch irgendetwas seltsam vor?", wollte ich wissen und trat unbehaglich von einem Fuß auf den anderen.

„Inwiefern?", fragte sie, ohne von ihrer Beschäftigung aufzublicken.

Ich zuckte mit den Achseln. Wirklich erklären konnte ich es auch nicht.

Kelley kicherte. „Da hatte wohl jemand ein paar Gläser zu viel gestern Abend."

Ich ergriff ihren Arm, aber sie sah mich noch immer nicht an. „Ich trinke nicht, Kelley. Das weißt du doch."

„Ist mir wohl entfallen", erwiderte sie kühl. „Jetzt geh zurück an die Kasse. Da hat sich schon eine Riesenschlange gebildet."

Ich folgte ihrem Befehl, obwohl mir das alles jetzt noch merkwürdiger vorkam. Kelley hatte eigentlich immer Zeit für einen kleinen Plausch, egal wie viel los war. Ihr lag viel daran, die Angestellten bei Laune zu halten. Außerdem war ich eine ihrer engsten Freundinnen. Wenn ich ihr sagte, dass etwas nicht stimmte, würde sie doch normalerweise alles stehen und liegen lassen, um mir zu helfen.

„Willkommen bei Harolds Kaffeehaus. Ich bin gleich für Sie da“, sagte ich zu der Kundin am Kopf der Schlange, dann ging ich noch einmal zu Kelley zurück, um eine Theorie auszutesten.

„Glaubst du, Drake könnte dich betrügen?“, fragte ich sie. Das war zugegebenermaßen ein riskantes Unterfangen. Bei unserem letzten Gespräch hatte sie mir von ihrer Sorge erzählt, dass Drakes plötzliches Verschwinden mit einer anderen Frau zu tun haben könnte.

Natürlich wollte ich ihre Sorgen nicht noch vertiefen, aber ich brauchte einfach eine stärkere Reaktion von ihr. Dann würde sich zumindest das ungute Gefühl in mir legen, dass hier etwas faul war.

„Das würde er nie tun“, erwiderte sie mit einem verträumten Lächeln. „Wir sind viel zu glücklich miteinander, als dass er mir so etwas antun würde.“

Okay, das reichte!

Wo war ich und wer stand hier wirklich vor mir? Denn das war definitiv nicht die Kelley Carmine, die ich kannte und liebte.

„Tut mir echt leid, aber ich muss dringend los“, sagte ich, riss mir die Schürze runter und warf sie auf den Boden.

„Du kannst doch nicht einfach mitten in der Schicht abhauen!“, rief sie mir hinterher.

„O doch, und wie!“, rief ich zurück, während ich um den Tresen herum in Richtung Tür sauste.

21

Bevor ich das Café verlassen konnte, packte mich eine Hand am Arm.

Drake.

„Hey. Wo willst du denn so eilig hin?", fragte er auf seine typisch entspannte Art. Zum Glück war er nicht mehr das Häufchen Elend, das ich bei unserer letzten Begegnung erlebt hatte.

„Irgendetwas stimmt hier nicht", erklärte ich leise, um die Aufmerksamkeit der Kunden nicht auf mich zu ziehen. „Ich muss hier weg."

„Ja, voll seltsam, nicht wahr?", stimmte er mir zu. „In der einen Sekunde chille ich mit Fluffikins und seiner Gang in Beech Grove, in der nächsten stehe ich plötzlich auf der Arbeit."

Diese Information musste ich erst einmal verdauen. „Also warst du erst irgendwo anders, und auf einmal bist du hier aufgetaucht? Ich glaube, so war es bei mir auch.“ So sehr ich mir auch das Gehirn zermarterte, konnte ich mich nicht erinnern, was vorher geschehen war.

Drake wippte auf und ab. „Kann gut sein, dass das hier eine Illusion ist.“

„Eine was?“ Das Wort klang so vertraut. Aber warum nur?

„Eine Illusion“, wiederholte er. „Du weißt schon, eine Täuschung. Es ist nicht real.“

„Illusion“, murmelte ich nachdenklich.

Endlich fiel es mir wie Schuppen von den Augen.

Dash!

Er steckte hinter all dem. Illusionen waren seine Spezialität, eine Fertigkeit, an der er seit knapp tausend Jahren feilte. Der fiese Magier hatte Merlin und mich auf einen Berggipfel verschleppt, wo er mit unserem Blut etwas Schreckliches anstellen wollte. Mein Blut hatte er bereits, aber ich wusste nicht, ob er auch schon an Merlin herangekommen war.

Ich musste schnellstens dorthin zurück, für den Fall, dass uns noch Zeit blieb.

„Merlin steckt in Schwierigkeiten“, flüsterte ich Drake ängstlich zu. „Ich muss dringend wieder zu ihm.“

„Okay“, erwiderte er achselzuckend. „Wir seh’n uns.“

Er ließ mich los und ich eilte durch die Tür hinaus ins gleißende Sonnenlicht.

Alles um mich herum war weiß. Als das Licht sich regulierte, erkannte ich, dass ich wieder hinter der Kasse stand, die den

Betrag von vier Dollar fünfzehn Cent anzeigte. Durch meinen Fluchtversuch hatte ich die Illusion von vorne ablaufen lassen.

Abermals rannte ich zu Drake hinüber, der neben mir die einzig vernünftige Person hier zu sein schien.

„Das war ja echt schräg“, sagte er.

„Wie kommt es, dass du keine Täuschung wie alle anderen bist?“, wollte ich wissen. Ich stand dicht bei ihm und senkte die Stimme zu einem Flüstern.

„Wow, was für eine tiefsinnige Frage“, erwiderte er mit weit aufgerissenen Augen.

„Ich meine es ernst. Kelley ist nicht sie selbst. Sie verhält sich merkwürdig, aber du bist ganz der Alte. Warum?“

Nachdenklich legte er den Kopf schief. „Wenn ich so darüber nachdenke, bin ich gar nicht wirklich ich.“

Ich schürzte die Lippen. Was sollte das denn nun wieder bedeuten?

Zum Glück lieferte er mir die Erklärung von selbst. „Ich meine, mein Verstand ist hier, aber mein Körper ist es nicht“, fügte er hinzu.

„Drake, du stehst doch vor mir. Ich sehe dich, mit Haut und Haaren.“

Er schüttelte den Kopf. „Nein, nicht wirklich. Pass auf.“

Ich beobachtete ihn, doch nichts geschah, außer, dass er ein paar Sekunden lang schwieg.

„Siehst du?“, rief er nach etwa einer Minute aus.

„Was denn?“ Soweit ich das beurteilen konnte, war rein gar nichts passiert, aber er wirkte völlig aus dem Häuschen.

„Ich bin abgehauen“, erklärte er begeistert, als sollte ich das einfach so hinnehmen und auch noch beeindruckt sein. „Eben war ich zurück in Beech Grove und hab ‚Alles locker?‘ zu Mr Fluffikins gesagt.“

„Drake, das ist doch lächerlich. Du warst die ganze Zeit über hier“, widersprach ich ihm, während meine Schläfen schmerzhaft zu pochen begannen.

Er tastete seine Brust ab und runzelte die Stirn. „Nein, das hier bin nicht wirklich ich. Zumindest ist das nicht mein echter Körper. Der ist bei Fluffikins. Mein inneres Ich ist hier bei dir.“

„Drake, hör mir zu“, sagte ich und zog ihn ein Stück weiter weg, damit uns niemand belauschen konnte. „Im Moment kämpfe ich gegen einen extrem mächtigen Illusionsmagier. Er hat mich wohl hierhergeschickt, weil ich zu viele Fragen gestellt habe. Aber ich muss unbedingt einen Weg zurück finden.“

Drake nickte nachdenklich. Er kümmerte sich zwar nie groß um etwas, aber zumindest war er nicht auf den Kopf gefallen. Das machte mir ein wenig Mut.

„Wie bist du eben hier weggekommen?“

Er zuckte mit den Schultern. „Keine Ahnung. Hab’s einfach getan.“

Ich stöhnte auf. Das war sowas von nicht hilfreich. „Aber *wie*? Ich muss hier weg. Kannst du es mir beibringen?“

Darüber dachte er kurz nach. „Ich habe einfach die Augen geöffnet – meine richtigen Augen – und schon war ich zurück in Beech Grove. Als ich sie schloss, war ich wieder hier. Ich weiß nicht, wie ich es sonst erklären soll.“

„Okay“, sagte ich entschlossen. „Dann werde ich das mal versuchen.“

Ich schloss die Augen und versuchte, mir den Berggipfel vorzustellen, auf dem ich eben noch gewesen war. Doch als ich sie wieder öffnete, starrte Drake mich erwartungsvoll an.

„Hat es funktioniert?“, fragte er neugierig.

„Nein. Warte, ich probier es noch mal.“ Mindestens ein Dutzend Mal versuchte ich es, jedoch immer erfolglos.

„Drake, ich stecke hier fest“, jammerte ich frustriert.

Er vergrub die Hände in den Hosentaschen. „Tut mir leid.“

„Ich stecke fest ...“, wiederholte ich, als mir plötzlich eine Idee kam. „Aber du nicht. Du kannst mir helfen!“

„Klar. Was soll ich tun?“

„Okay, pass auf, das ist jetzt sehr wichtig. Du musst zu Mr Fluffikins zurückgehen und ihm sagen, dass Merlin und ich von einem bösen Magier auf einem hohen Berg in Nocturna gefangen gehalten werden. Ich stecke in einer Illusion fest, und Merlin in einem magischen Käfig. Es gibt keinen Ausweg. Der fiese Magier will unser Blut für einen richtig üblen Zauber verwenden. Ihr müsst kommen und uns da rausholen.“

Er hob die Augenbrauen. Endlich hatte ich es geschafft, seine Neugier zu wecken. „Nocturna? Von dem Ort habe ich noch nie gehört.“

„Mr Fluffikins hoffentlich schon. Schaffst du das, Drake? Kannst du die Welt retten?“

„Klar, warum nicht?“ Im nächsten Moment war er

verschwunden und hinterließ nur die leblose Hülle seiner Illusion.

Jetzt blieb mir nichts anderes übrig, als abzuwarten und zu hoffen, dass ich mein Vertrauen in den richtigen Mann – äh, Vampir – gesetzt hatte.

22

Verwirrt blinzelnd öffnete ich die Augen. Das hell erleuchtete Café war einer dunklen, kargen Nachtlandschaft gewichen. Außer dem Licht von Mond und Sternen konnte ich rein gar nichts sehen.

Doch, da leuchtete noch etwas ... ein Kessel, in dem eine neongrüne Flüssigkeit brodelte.

Ich war zurück auf dem Berggipfel!

Aber wie war das möglich?

Aus dem Augenwinkel bemerkte ich eine rosafarbene Wolke und ein anderes, grün aufblitzendes Licht.

Zwei schwarze Katzen duellierten sich mit ihrer Zauberkraft, Fluffikins gegen Dash, Gut gegen Böse.

„Drake?", schrie ich in die Dunkelheit.

„Hier bin ich", erwiderte er gelassen, während er gefährlich nahe am Rande des Abgrunds stand.

„Ihr habt uns gefunden!“ Vor Erleichterung wäre ich am liebsten in Tränen ausgebrochen.

„Hat leider ein wenig gedauert, hier gibt’s ziemlich viele Berge.“

Jetzt musste ich wirklich heulen. Vielleicht würde ich heute ja doch nicht sterben.

„Übrigens bist du an einen Felsen gekettet, ist dir das bewusst?“, fragte er, während die beiden Kater sich weiter bis aufs Blut bekämpften.

„Allerdings. Kannst du mich hier rausholen?“, bat ich ihn und zerrte an meinen Fesseln, um ihm zu demonstrieren, dass ich mich nicht allein befreien konnte.

Drake schlenderte gemächlich auf mich zu, als hätten wir alle Zeit der Welt.

Ich versuchte, nicht genervt zu stöhnen oder die Augen zu verdrehen. Er konnte ja durchaus Gefühle zeigen, wenn er wollte, wie vor Kurzem, als Fluffikins ihm eröffnet hatte, dass er ein Vampir war. Aber verdiente diese Situation nicht auch ein wenig mehr Elan?

Drake hatte etwa die Hälfte des Weges zwischen uns zurückgelegt, als sich plötzlich seine Augen weiteten und er vornüber zu Boden fiel.

Hinter ihm stand Dash und wirkte äußerst selbstgefällig.

„Drake!“, schrie ich. „Steh auf!“

„Das sollte ihn fürs Erste außer Gefecht setzen“, verkündete der dunkle Magier, bevor Fluffikins wie ein feuriger Komet gegen ihn prallte und so ihren Kampf fortsetzte.

Ich beobachtete sie einen Augenblick lang, aber in der Dunkelheit der Nacht war es schier unmöglich, die beiden schwarzen Kater auseinanderzuhalten. Das einzige Erkennungsmerkmal war, dass ihre Magie in unterschiedlichen Farben funkelte. Warum nur war Merlins Magie ebenso grün wie die von Dash, und nicht rosa wie die von Fluffikins?

„Merlin?", rief ich aus, als mir einfiel, dass mein Kater ja auch noch hier war. „Geht es dir gut?"

„Alles in Ordnung", erwiderte er mit schwacher Stimme. „Aber ich komme hier nicht raus."

„Hat Dash dir etwas von deinem Blut genommen?"

„N-nein, ich glaube nicht."

„Dann ist es noch nicht zu spät." Wir hatten immer noch eine Chance. Mithilfe der Verstärkung, die eingetroffen war, konnten wir es schaffen.

„Bald geht die Sonne auf. Uns bleibt nicht mehr viel Zeit", warnte Merlin mich.

„Solange wir Dash daran hindern können, dir Blut abzunehmen, sind wir auf der sicheren Seite", versprach ich ihm. Hoffentlich behielt ich damit recht.

Fauchend und zischend jagten die beiden schwarzen Kater sich über den Berggipfel. Dash mochte weitaus stärker sein als Merlin oder ich, aber Mr Fluffikins war ihm im Kampf durchaus gewachsen.

Mein Blick wanderte von ihnen über Merlin zu Drake. Ich wartete auf die perfekte Gelegenheit. Irgendwie würden wir dieses Ding gewinnen. Uns blieb nichts anders übrig.

Die kämpfenden Kater krachten gegen Dashs glühenden Kessel und kippten ihn um, sodass die sumpfig grüne Flüssigkeit herausschwappte und im Boden versickerte.

„Ihr seid zu spät“, verkündete Dash in seiner seltsam grollenden Stimme. „Die Sonne geht auf! Mir fehlt nur noch eine letzte Zutat, um die Macht von Excalibur erneut zu erwecken.“

Und tatsächlich erschienen die ersten Sonnenstrahlen am Horizont. Ich hatte dem Anbruch eines neuen Tages noch nie so bekümmert entgegengesehen. Sollten wir diese Situation überleben, würde ich den Sonnenaufgang für den Rest meines Lebens als Ende und nicht als Anfang betrachten.

Fluffikins warf einen flüchtigen Blick gen Himmel. Nur eine Sekunde, aber mehr brauchte es auch nicht.

Sobald sein Gegner abgelenkt war, stürzte Dash auf Merlins Käfig zu, um sich dessen Blut zu holen und das verfluchte Schwert erneut zum Leben zu erwecken.

„Nein!“, brüllte ich verzweifelt.

Aber der dunkle Magier machte sich bereits am Schloss zu schaffen. Er verwandelte eine seiner Krallen in einen Schlüssel, der zweifellos perfekt in das Schlüsselloch passte.

Merlin presste sich gegen die Rückwand des Käfigs, um zwischen sich und Dash so viel Distanz wie möglich zu bringen.

Aus dem Augenwinkel sah ich, wie ein rosafarbener Blitz über den Berggipfel schoss und den fiesen Zauberer mit der Heftigkeit eines Güterzugs rammte. Dash wurde von dem Aufprall erfasst und in hohem Bogen über die Klippen geschleudert.

Die Wolke aus rosafarbener Magie zischte durch die Luft, machte eine scharfe Kurve und sauste wieder auf uns zu. Neben Drake kam sie zum Stehen und verpuffte.

„Was ist da gerade passiert?“, fragte ich Mr Fluffikins.

„Er war abgelenkt, also habe ich ihn vom Berg gestoßen“, erklärte der schwarze Kater und reckte stolz die Brust heraus.

„Und das wirst du bitter bereuen“, donnerte die Stimme des dunklen Magiers um uns herum. Als er wieder auf der Bildfläche erschien, war er jedoch weder ein Kater noch ein krausbärtiger alter Mann.

Stattdessen erhob sich vor unseren Augen ein gewaltiger Drache in die Luft.

Ein Drache, der alles andere als glücklich aussah.

23

Mit offenem Mund starrte ich das gewaltige, grüne Monstrum an. In den letzten Monaten hatte ich ja schon viel haarsträubende Magie erlebt, aber nichts davon hatte mich derart von den Socken gehauen wie ein waschechter Drache, der vor mir in der Luft schwebte.

Dash brüllte und spie einen Feuerball aus, der das Gras vor meinen Füßen verkohlte.

„Was ist hier los?", rief Drake, der endlich wieder zu Bewusstsein gekommen war und sich aufrappelte. „Wow, coole Spezialeffekte!"

Der Drache schickte einen weiteren Feuerstrahl in seine Richtung.

„Nein!", schrie ich, gerade als das Inferno meinen armen Freund erfasste.

Dash lachte höhnisch und wandte sich seinem nächsten Opfer zu: Mr Fluffikins.

Entsetzt starrte ich auf die Säule aus Flammen, die ein paar Meter entfernt loderte. Auf meiner Stirn und Oberlippe bildeten sich Schweißperlen. Diesen Angriff konnte Drake unmöglich überlebt haben.

Und das war allein meine Schuld. Ich hatte ihn in diese Sache hineingezogen.

Fluffikins und Dash nahmen ihr Duell wieder auf. Obwohl der dunkle Magier dem schwarzen Kater in seiner neuen Gestalt deutlich überlegen war, ließ Fluffikins sich nicht einschüchtern und stürzte sich entschlossen auf seinen Gegner.

Ich überließ sie ihrem Kampf und ließ traurig den Kopf hängen, während das Feuer langsam erlosch.

„Autsch, das war heiß", murmelte Drake. Ruckartig sah ich auf und beobachtete, wie er sich von einem Häufchen verbrannter Erde entfernte. Er selbst schien keinen Kratzer abbekommen zu haben. Nicht einmal ein Fleckchen Asche haftete an ihm.

„Drake!", flüsterte ich eindringlich, nachdem ich mich vergewissert hatte, dass die beiden Duellanten abgelenkt waren.

Als er sich mir zuwandte, bedeutete ich ihm mit einer Kopfbewegung, näherzukommen.

„Sind meine neuen Vampirkräfte nicht einsame Spitze?", freute er sich. „Ich bin gerade buchstäblich durchs Feuer gegangen."

„Ja, wirklich super." Natürlich lagen mir tausend Fragen auf der Zunge, was diesen Trick anging, aber ich wusste, dass Drake nicht derjenige war, der sie mir beantworten konnte. Außerdem gab es Wichtigeres, auf das wir uns im Augenblick konzentrieren mussten.

„Hör zu", fuhr ich fort. „Du musst Merlin aus diesem Käfig rausholen. Dash hat ihn aufgeschlossen, bevor Fluffikins ihn über die Klippen gestoßen hat, also müsstest du ihn ganz leicht öffnen können. Kapiert?"

„Logo."

„Und sei immer schön langsam und unauffällig. Dash sieht in dir keine Bedrohung, und das soll auch so bleiben."

Drake zeigte mir ein Daumen hoch, bevor er sich über den Gipfel auf Merlins Käfig zuschlich. Tatsächlich gelang es ihm, die Tür ohne Weiteres zu öffnen.

Ich hatte erwartet, dass Merlin vor Magie glühend ins Freie stürmen würde, doch stattdessen taumelte er auf schwachen Beinen heraus. Der arme Kerl hatte in den letzten vierundzwanzig Stunden so viel durchmachen müssen, ich war mir nicht sicher, wie viel er noch verkraftete.

Am liebsten hätte ich ihm ermutigende Worte zugerufen, aber dann könnte Dash auf ihn aufmerksam werden. Also musste ich im Stillen darauf vertrauen, dass mein Kater wusste, was zu tun war.

Und er hatte definitiv irgendetwas vor.

Langsam, aber entschlossen näherte er sich mir. Wollte er mich aus meinen Fesseln befreien? Wäre ich endlich in der Lage, mich an dem Kampf zu beteiligen anstatt nur tatenlos zuzusehen?

Aber nein. Er hielt ein paar Meter vor mir an und mit Entsetzen realisierte ich, was er wirklich vorhatte.

„Merlin, das darfst du nicht tun!“, flüster-schrie ich, da ich immer noch vermeiden wollte, Dashs Aufmerksamkeit zu erregen.

Mein Kater warf mir einen flüchtigen Blick zu, bevor er sich wieder dem Schwert zuwandte, das auf dem Boden lag. „Es gibt keinen anderen Weg“, sagte er tonlos.

Bevor ich ihn aufhalten konnte, fuhr er die Krallen aus und kratzte sich über die Brust, so wie Dash es bei sich selbst getan hatte.

Blut quoll aus der Wunde hervor, rann an seinem Fell hinab und tropfte langsam auf das Schwert.

Mein Kater hatte soeben Excalibur neue Macht verliehen ... der Waffe, die uns vernichten sollte.

24

Da nun alle drei Blutlinien darauf vereint waren, begann das antike Schwert, weiß zu glühen.

Merlin holte tief Luft, stellte sich auf die Hinterbeine und ließ sich dann mit den Vorderpfoten auf Excalibur fallen.

Das Schwert zischte und fauchte, während es sein Leuchten auf Merlin übertrug. Gemeinsam erstrahlten sie wie ein Leuchtfeuer, das umgehend Dashs Aufmerksamkeit erregte.

„Nein!“ Der dunkle Magier ließ von Fluffikins ab und steuerte schnurstracks auf das gleißende Licht zu.

„Drake!“, brüllte ich und bedeutete ihm, zu mir zu kommen.

„Ich habe einen Plan“, fuhr ich fort, während der Drache verzweifelt versuchte, Merlin von Excalibur zu trennen, doch die beiden schienen zu einer Einheit verschmolzen zu sein.

Nachdem ich Drake meinen Plan zugeflüstert hatte, bedachte

er mich mit einem skeptischen Stirnrunzeln. „Na, ich weiß nicht. Das klingt ziemlich verrückt."

„Vertrau mir einfach. Das ist vielleicht unsere einzige Chance."

Er nickte und schlurfte davon.

„Was hast du getan?", fauchte Dash, ohne sich an jemand Bestimmten zu richten.

Endlich ließ das Schwert Merlin frei, woraufhin dieser völlig erschöpft zu Boden fiel.

Der Drache riss Excalibur mühelos an sich, da niemand sich ihm in den Weg stellte. Mit neuem Elan stürzte er sich, das Schwert schwingend, auf Fluffikins.

„Pass auf!", schrien Drake und ich gleichzeitig.

Der schwarze Kater beschwor ein Lasso aus rosafarbener Magie herauf, mit dem er Dash die Waffe ohne Probleme entriss. Dann richtete er es mithilfe seines Zauberlassos geradewegs auf das Herz des Drachen.

Während Excalibur von Fluffikins' Magie getragen durch die Luft schwebte, wurde mir klar, dass das Schwert seinen ursprünglichen Zweck nicht erfüllt hatte. Die Zauberkraft des schwarzen Katers war noch genauso stark wie zuvor.

„Ihr Idioten habt meinen wunderbaren Plan ruiniert", keifte der Drache, nachdem auch er realisiert hatte, dass die Waffe Fluffikins' Magie nicht absorbierte. „Dafür werdet ihr sterben!"

Dash und Fluffikins setzten ihren Kampf unter Einsatz ihrer vollen Kräfte fort. Excalibur fiel zu Boden, nichts weiter als ein nutzloses Relikt.

Merlin lag keuchend da und öffnete ein Auge.

Drake kauerte einige Meter entfernt und wartete auf die perfekte Gelegenheit, um unseren Plan auszuführen.

Einstweilen hing ich weiterhin gefesselt an meinem Felsen.

„Was hast du nur getan, du Dummkopf?“, fragte ich Merlin. Tränen strömten mir unablässig übers Gesicht. Mann, ich war zu einer richtigen Heulsuse mutiert.

„Mein Blut“, flüsterte er und erschauderte. „Es ist nicht länger magisch. Der Fluch ist gebrochen.“

„Du hast das Artefakt zum Leben erweckt und dann seine Macht aufgehoben, um es unbrauchbar zu machen“, fasste ich zusammen.

„Genau“, sagte er, bevor er erneut das Bewusstsein verlor.

„Merlin!“, rief ich, doch nichts vermochte ihn aufzuwecken.

Bitte sei nicht tot, bitte sei nicht tot!

So durfte es einfach nicht enden. Wir konnten doch nicht diesen Kampf gewonnen haben, nur um den Krieg zu verlieren. Merlin war nicht tot. Das war völlig undenkbar.

Das Duell zwischen Fluffikins und Dash zog sich eine gefühlte Ewigkeit hin. Drake schien ebenfalls der Geduldsfaden zu reißen, denn er beschloss, von unserem ursprünglichen Plan abzuweichen.

„Hey, Feuerspucker!“, rief er, sprang auf und fuchtelte wild mit den Händen in der Luft.

„Du! Dich hatte ich doch längst vernichtet!“, brüllte Dash, der sich von Fluffikins abwandte und geradewegs auf Drake zusteuerte.

Oh, dieser Schwachkopf! Jetzt würde er ebenfalls sterben. Wieso hatte er nicht warten können, so wie ich es ihm aufgetragen hatte?

Gerade, als ich mir diese Frage stellte, verschwand Drake vor meinen Augen und erschien auf dem Rücken des Drachen wieder. In dieser Position gelang es ihm, seinen Gegner in Richtung des Käfigs zu lenken, in dem Merlin zuvor gefangen war.

In letzter Sekunde verschwand Drake abermals. Nein, das stimmte nicht ganz. Er bewegte sich nur so schnell, dass man ihn mit bloßem Auge kaum erfassen konnte.

Kurz bevor Dash gegen den Käfig prallte, sprang Drake von dessen Rücken hinunter.

Da der Zwinger magisch war, absorbierte er bei dem Aufprall die Kräfte des dunklen Magiers, wodurch dieser in seine ursprüngliche Form zurückverwandelt wurde: ein alter Mann mit langem Bart.

Durch die Magie, die der Käfig erst Merlin und dann Dash abgezapft hatte, war er so groß geworden, dass er den alten Greis mit Leichtigkeit in sich aufzunehmen vermochte.

„Schließ die Tür ab!“, kreischte ich, doch Drake war längst dabei.

Fluffikins schwebte zu uns herüber und landete mit einem dumpfen Schlag auf dem Boden. „Deine erste Unterrichtsstunde bei Connie scheint wohl gut gelaufen zu sein.“

„Ja, Vampir zu sein, ist gar nicht so übel“, gab Drake zu und vergrub die Hände in den Hosentaschen.

„Also gut, du kommst mit mir“, wandte der schwarze Kater

sich an den kläglichen Kerl im Käfig, bevor er eine rosafarbene Wolke heraufbeschwor und mit seinem Gefangenen verschwand.

Nun blieben nur noch Merlin, Drake und ich übrig.

„Warte, ich helfe dir", sagte mein Freund, flitzte in Lichtgeschwindigkeit zu mir herüber und löste meine Fesseln, als wären sie nichts weiter als dünne Schnüre.

Ich starrte ihn an. „Hättest du das schon die ganze Zeit über tun können?"

„Wahrscheinlich schon", gab er zu. „Aber ich versuche immer noch, den Dreh rauszubekommen."

Ich gab ihm ein High-Five, dann kniete ich mich neben Merlin nieder, hob ihn hoch und drückte ihn an meine Brust. Zum Glück lebte er noch, was aber auch bedeutete, dass ihm die ganze Sache nachher unglaublich peinlich sein würde.

„Wir müssen zurück in unsere Welt, um Luna zu finden", sagte ich zu Drake.

„Dann nichts wie los."

„Moment", flüsterte ich und betrachtete noch einen Moment lang Merlins kleines Katzengesicht. Seine rosa Zunge spitzte zwischen seinen Zähnen hervor. Irgendwie wirkte er so unschuldig.

„Ich kann nicht", fuhr ich dann mit einem traurigen Lächeln fort. „Es ist mir nicht möglich, Nocturna zu verlassen. Nicht mehr."

25

„Wenn du nicht gehst, gehe ich auch nicht", sagte Drake zu meiner Überraschung.

„Ist schon in Ordnung", erwiderte ich leichthin. „Geh nur."

Er scharrte mit dem Fuß in der verbrannten Erde. „Okay, aber wie?"

„Wie bist du denn mit Mr Fluffikins hierhergekommen?" Das hatte ich mich schon die ganze Zeit über gefragt.

„Mit dieser rosafarbenen Magie, die immer um ihn rumschwebt", erklärte Drake.

„Bestimmt kommt er zurück, um dich zu holen, nachdem er Dash ins Gefängnis verfrachtet hat."

Drake nickte, als wäre ihm das ziemlich egal. „Aber was ist mit dir?"

Ich seufzte und sah hinab auf den bewusstlosen Kater auf

meinem Arm. „Nur Merlin kann mich nach Nocturna bringen und wieder zurück. Als seine Vertraute bin ich an ihn gebunden."

„Aber er besitzt keine Magie mehr, nicht wahr?"

„Richtig."

Drakes Gesicht drückte gemischte Gefühle aus. Wie untypisch für ihn. „Und wie kommst du dann hier weg?"

Ich erschauderte und drückte Merlin fester an mich. Mir war gar nicht aufgefallen, wie kalt es plötzlich geworden war, jetzt, da das Adrenalin nachließ. „Gar nicht."

Er rümpfte die Nase und schüttelte den Kopf. „Also, du kannst zumindest nicht auf diesem Berggipfel versauern. Lass mich dich von hier wegbringen."

„Nein, ist schon in Ordnung, Drake …"

Noch bevor ich den Satz zu Ende sprechen konnte, hatte er mich hochgehoben und flitzte in atemberaubender Geschwindigkeit den Hang hinunter. Panisch hielt ich Merlin umklammert, um ihn nicht fallen zu lassen.

„Hier ist es doch nett", sagte Drake, als er mich kurze Zeit später wieder absetzte.

Ich hielt weiterhin fest die Augen geschlossen. Es dauerte eine Weile, bis die Welt um mich herum aufhörte, sich zu drehen.

Nachdem ich noch einmal tief Luft geholt hatte, öffnete ich ein Auge und schwankte leicht.

Drake stützte mich mit einer Hand, während ich meinen bewusstlosen Kater noch immer in den Armen hielt.

„Du hast mich zurück nach Nocturna gebracht", stellte ich fest.

Er zuckte mit den Achseln. „Schien mir ein ganz guter Ort zu sein.“

Wir sahen uns um. Auf der anderen Straßenseite spazierte ein Pärchen älterer Himalayakatzen vorbei, ansonsten war niemand unterwegs.

„Entschuldigung“, rief ich ihnen zu. „Dürfte ich Sie um einen Gefallen bitten?“

Sie hielten an und musterten mich aus großen Augen.

„Könnten Sie meinen Freunden zurück auf die andere Seite helfen?“

„Natürlich, wir helfen gerne“, erwiderte das Weibchen mit einer niedlichen, quietschenden Stimme. „Unser Haus liegt gleich am Ende der Straße. Treffen wir uns doch zehn Minuten vor Sonnenuntergang wieder hier. Wir bereiten einstweilen das Portal vor.“

„Vielen Dank“, sagte ich und neigte den Kopf. Mist, daran hatte ich gar nicht mehr gedacht.

Das Pärchen verabschiedete sich und ging weiter seines Weges.

„Sie können euch von hier fortbringen, aber leider erst später. Die Portale öffnen sich nur bei Nacht“, erklärte ich Drake. Immerhin hatte ich noch ein wenig Gesellschaft, bis ich mich in meinem neuen Leben ganz allein zurechtfinden musste.

Wir warfen beide einen Blick gen Himmel, wo die Sonne am höchsten Punkt stand.

Drake lächelte mich an. „Na ja, keine schlechte Art, die Zeit zu verbringen, vor allem, da ich in meinem unsterblichen Leben viel zu viel davon habe."

„Bist du wirklich unsterblich?", fragte ich, während wir die verlassenen Straßen Nocturnas entlangschlenderten. Scheinbar hatten sich sämtliche Bewohner bereits ins Bett verzogen.

„Natürlich gibt es noch Arten, auf die ich sterben kann. Allerdings nicht sehr viele. Für gewöhnlich leben Vampire schon ziemlich lang." Er vergrub die Hände in den Hosentaschen und seufzte tief.

„Wie fühlt es sich an, ein Vampir zu sein?"

Er zuckte mit den Achseln. „Zuerst war es ein ziemlicher Schock, aber mittlerweile habe ich mich daran gewöhnt."

„So schnell? Du hast es doch erst gestern herausgefunden."

„Ja schon, aber anscheinend bin ich bereits seit ein paar Jahren einer. Weißt du noch, als ich dir von meiner Begegnung mit dem Gespenst erzählt habe?"

Ich nickte gebannt.

„Ich glaube, in dieser Nacht ist es passiert. Fluffikins und sein Team helfen mir, mich an alles zu erinnern. Ihrer Meinung nach ist das der Schlüssel, um herauszufinden, warum ich so anders bin." Er runzelte die Stirn, setzte dann aber sofort wieder eine gleichgültige Miene auf.

„Du warst doch schon immer anders", sagte ich mit einem Lachen.

Er grinste ebenfalls, aber ich bemerkte, wie halbherzig der Versuch war. „Mag sein, aber ich glaube, das meinten sie nicht.

Ich kann Dinge tun, zu denen Vampire normalerweise nicht in der Lage sein sollten."

„Wie etwa durchs Feuer zu gehen?"

„Unter anderem." Wieder zuckte er mit den Schultern. „Ich weiß auch nicht. Über mich gibt es noch einiges herauszufinden."

Ich würde ihm so gerne helfen, wusste aber nicht, wie. Hier in Nocturna konnte ich nichts weiter tun, als ihm zuzuhören, und ihm das Beste wünschen, sobald er weg war. Daran musste ich mich noch gewöhnen ... an den Gedanken, dass meine Freunde und Familie ihr Leben ohne mich fortführen würden, ohne zu wissen, was mit mir geschehen war ...

Plötzlich vibrierte mein Handy in meiner Tasche.

„Was? Ich habe in dieser Dimension Netz?" Ich zog das Telefon heraus und sah, dass Kelley anrief.

„Da muss ich rangehen", sagte ich zu Drake, bevor ich den Anruf annahm. „Hallo?"

26

„Gracie!“, brüllte Kelley in den Hörer. „Du wirst nie erraten, was passiert ist!“

Ich schaltete den Lautsprecher ein, sodass Drake mithören konnte, hob aber einen Finger an die Lippen, um ihm zu bedeuten, dass er den Mund halten sollte. Kelley durfte auf keinen Fall erfahren, dass wir zu so früher Stunde zusammen waren. Natürlich war zwischen uns nichts vorgefallen, aber ich konnte Kelley unmöglich die Wahrheit erzählen, und ich war zu erschöpft, um mir eine glaubwürdige Lüge auszudenken.

„Was denn?“, fragte ich mit gespieltem Interesse.

„Also, gestern Nacht konnte ich nicht einschlafen, weil ich mir solche Sorgen um Drake und mich gemacht habe“, begann sie.

Als sie pausierte, um Luft zu holen, fiel ich ihr ins Wort, um

Drake zu verteidigen. „Kelley, ich habe dir doch schon gesagt, ihr beide …“

„Nein, hör zu, das ist jetzt nicht weiter wichtig. Also, eigentlich schon, aber deshalb rufe ich nicht an.“ Sie hielt kurz inne, um erneut tief durchzuatmen, und fuhr dann fort: „Weil ich nicht schlafen konnte, bin ich spazieren gegangen, um ein wenig frische Luft zu schnappen, und da habe ich, glaube ich, deine Katze gefunden!“

Ich sah hinunter auf Merlin, der noch immer in meinem Arm lag. „Wirklich? Aber er ist hier bei mir.“

„Okay, aber du hattest doch zwei Katzen, oder nicht? Den großen, braunen Flausch und die kleine Weiße.“

Ich schnappte nach Luft. „Hast du etwa Luna gefunden?“

„Da bin ich mir ziemlich sicher. Warte, ich schicke dir ein Bild.“

Mein Handy vibrierte, und ich öffnete die eingehende Nachricht. Tatsächlich, da starrten mir Lunas hellblaue Augen entgegen.

„Ein besseres Foto konnte ich leider nicht schießen“, sagte sie, während ich es betrachtete.

„Geht es ihr gut?“, fragte ich verzweifelt. „Ist sie bei dir?“

Kelley gähnte laut, als wolle sie mir beweisen, wie müde sie war. Da war sie allerdings nicht die Einzige.

„Ich habe die ganze Nacht versucht, dich zu erreichen“, erklärte sie schläfrig. „Aber erst jetzt bin ich durchgekommen. Wo warst du denn?“

Auf dem Gipfel eines Berges, wo ich unter anderem gegen einen Drachen gekämpft habe.

„Äh, das ist jetzt nicht wichtig", sagte ich. „Geht es Luna gut?"

„Ja, ich glaube schon. Sie sitzt in meinem Brunnen fest, also bin ich mir nicht ganz sicher, aber sie miaut laut vor sich hin. So wurde ich überhaupt aufmerksam auf sie."

Ich konnte mir bildlich vorstellen, wie Kelley gerade über den Brunnen gebeugt stand und auf meine Katze hinunterblickte. Zum Glück hatte sie Luna gefunden. Merlin würde unglaublich erleichtert sein, wenn er aufwachte.

„Kelley, du musst sie unbedingt da rausholen", rief ich und wurde von einer vorbeilaufenden Schildpattkatze mit einem missbilligenden Blick taxiert.

„Ich habe bereits die Feuerwehr angerufen", erzählte mir meine Freundin. „Die holen Katzen aus Bäumen, warum also nicht auch aus Brunnen? Sie wollen vorbeischauen, sobald sie Zeit haben. Solange hänge ich hier rum und warte. Zum Glück habe ich mir heute sowieso freigenommen. Wann kommst du denn vorbei?"

Ich ließ das Handy sinken und schluckte schwer. Eine Welle von Übelkeit übermannte mich. Was sollte ich ihr nur antworten? Ich würde nie wieder bei ihr vorbeikommen können, da ich auf ewig in Nocturna gefangen war. Aber wie sollte ich ihr das erklären?

„Ich komme, so schnell ich kann", presste ich hervor, bevor ich den Anruf beendete.

„Luuunaaa“, stöhnte Merlin und drehte sich in meinen Armen um.

„Es geht ihr gut. Kelley hat sie gefunden“, erzählte ich ihm mit einem strahlenden Lächeln. Ich freute mich so sehr, dass der kleinen Familie nichts zugestoßen war, auch wenn ich nicht länger mein Leben mit ihnen würde teilen können.

„Wir müssen sofort zurück“, sagte Merlin beharrlich und tippte mich mit seiner Pfote an. „Lass mich runter. Ich muss zu Luna.“

„Aber es ist mitten am Tag. Wir sitzen bis zum Sonnenuntergang hier in Nocturna fest“, informierte ich ihn, während ich ihn absetzte. Zum Glück war er wieder bei Bewusstsein. Zumindest darüber musste ich mir nicht mehr den Kopf zerbrechen.

„Hey, das Ding funktioniert doch, oder?“, fragte Drake und deutete auf mein Handy. Mit der anderen Hand zog er sein eigenes Telefon heraus und warf einen Blick auf sein Display.

„Kein Empfang“, sagte er und wedelte mir mit dem Ding vor dem Gesicht herum. „Erinner mich daran, dass ich zu deinem Anbieter wechsle, sobald wir zurück sind.“ Erwartungsvoll streckte er mir die Hand entgegen. „Darf ich?“

„Äh, klar doch.“ Ich reichte ihm das Handy und sah zu, wie er eine Nummer eintippte.

„Es klingelt!“

Jemand nahm ab, und ich hörte eine gedämpfte Stimme am anderen Ende.

Drake strahlte erfreut. „Hey, Tawny. Ich muss dringend mit Fluffikins sprechen.“

27

„Äh, könntest du jemand anderen damit beauftragen, den bösen Buben zu überwachen, und uns hier rausholen, bitte?“, sagte Drake, nachdem Fluffikins ans Telefon gekommen war und er auf Lautsprecher geschaltet hatte.

„Wo seid ihr denn?“, wollte der schwarze Kater in seinem unheimlichen, schlangenartigen Tonfall wissen.

Drake blinzelte und sah sich um, vermutlich, weil er sich an etwas orientieren wollte. „In dieser Stadt, Nocturna. In der Nähe des Marktplatzes. Da steht ein Brunnen.“

„Aber Drake“, unterbrach ich ihn. „Das Portal öffnet sich nur …“

Plötzlich erschien Mr Fluffikins in seiner gewohnten rosafarbenen Wolke vor uns.

Drake beendete den Anruf und reichte mir mein Handy zurück.

Mir klappte vor Überraschung die Kinnlade herunter. „Das verstehe ich nicht. Wie kann das sein?"

„Die Magie deines Katers ist anders als meine", erklärte Fluffikins, als wäre das ganz offensichtlich. „Für uns gelten unterschiedliche Regeln."

„Ist seine deshalb grün und deine rosa?", fragte ich, immer noch ein wenig verwirrt.

„Ja, so in etwa." Der schwarze Kater setzte sich auf das Kopfsteinpflaster und peitschte nachdenklich mit dem Schwanz. „Um ehrlich zu sein, ist mir selbst noch nicht ganz klar, wie so viele verschiedene Magieformen nebeneinander existieren können, aber ich werde nicht ruhen, bis ich es herausgefunden habe."

„Gibt es denn außer unseren noch weitere?", fragte Merlin, der zu meinen Füßen saß.

„Allerdings. Deine Magie entstand vor über tausend Jahren in England. Meine ist sogar noch älter, so alt wie diese Welt selbst, wenn nicht noch altehrwürdiger." Er grinste breit. Offensichtlich erfüllte ihn die Seniorität seiner magischen Fähigkeiten mit Stolz.

„Was gibt es denn sonst noch da draußen?", fragte ich und kniete mich neben Merlin nieder, um ihn zu kraulen.

„Keine Ahnung, aber das werde ich, wie gesagt, schon noch herausfinden. Sobald ich meine Nachfolgerin entsprechend ausgebildet habe …"

„Tawny", warf Drake mit einem verklärten Grinsen ein. Da war wohl jemand verknallt. Das war keine gute Nachricht für Kelley, aber andererseits würde die Beziehung wohl sowieso nicht mehr allzu lange halten, jetzt, da Drake von seinem übernatürlichen Status wusste.

„Richtig. Sobald Tawny meinen Posten als Diplomatin für die Peach-Plains-Region einnimmt, werde ich um die Welt reisen, um alles über die verschiedenen Magiesysteme und ihre Beziehung zueinander zu lernen."

„Heißt das, du kannst Gracie von hier wegbringen?", fragte Merlin. Erst jetzt bemerkte ich, dass seine ehemals grünen Augen nun honigbraun waren. Die Magie in ihm war erloschen, weil er sie geopfert hatte.

„Ich kann es versuchen", erwiderte Fluffikins mit einem Nicken. „Stellt euch alle dicht um mich herum und legt mir eine Hand auf."

Wir bildeten einen Kreis um ihn und folgten seiner Aufforderung.

Ein rosafarbener Nebel umhüllte uns, und als er sich wieder lichtete, stand ich allein auf dem Kopfsteinpflaster.

Wenige Sekunden später kehrte Fluffikins zurück.

„Tut mir leid, Gracie", sagte er. „Anscheinend bist du an das Magiesystem von Nocturna und seine Regeln gebunden."

Mir stiegen die Tränen in die Augen, doch ich versuchte, mich zusammenzureißen. „Ich verstehe."

„Deine Freunde können dich ja immer noch hier besuchen", tröstete er mich.

Ich nickte traurig. „Ich weiß."

„Und ich werde bei meinen Nachforschungen nach einem

Weg suchen, um dich wieder in die Welt der Menschen zurückzubringen."

„Danke", murmelte ich.

Mr Fluffikins warf mir noch einen letzten trübseligen Blick zu, bevor er endgültig verschwand.

So ganz allein wurde mir erst bewusst, wie erschöpft ich war. Die letzte Nacht hatte ich aufgrund des Kampfes um Leben und Tod kein Auge zugetan.

Ich war so unglaublich müde.

Also legte ich mich mitten auf der Straße hin und schloss die Augen. Es dauerte nicht lange, bis ich in meine ganz eigene Welt abdriftete.

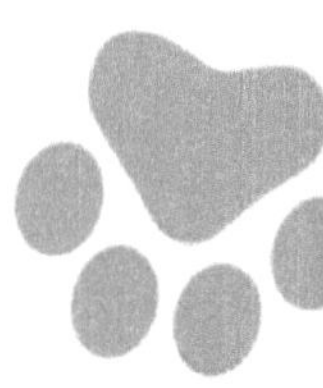

28

Ich wachte auf, als mich eine weiche Pfote in die Seite stupste.

„Merlin?“, murmelte ich. „Luna?“

Doch als ich die Augen öffnete, erblickte ich die ältere Himalayakatze von vorhin neben mir sitzen. Sie musterte mich besorgt.

„Willst du immer noch unser Portal benutzen?“, fragte sie und stupste mich erneut an.

„Nein, danke.“ Ich setzte mich auf und rieb mir den Schlaf aus den Augen.

„Geht es dir gut, Liebes? Du siehst ziemlich mitgenommen aus.“

Liebes. So nannte mich Luna auch immer. Wenn ich die Augen schloss, konnte ich mir beinahe vorstellen, dass sie und Merlin hier bei mir waren. Aber in Wahrheit war ich ganz allein.

Für immer.

Ich stieß einen kläglichen Seufzer aus und begann, herzzerreißend zu schluchzen.

„Du brauchst etwas Warmes im Bauch. Komm mit“, sagte die mitfühlende Fremde und führte mich zu ihrem Haus.

„Leider wirst du nicht reinpassen, aber wenn du kurz wartest, werde ich dir ein wenig Milch rausbringen“, versprach sie, bevor sie in ihrer gemütlichen, kleinen Hütte verschwand.

Mit knurrendem Magen wartete ich auf ihre Rückkehr. Die ganze Zeit über war ich so verängstigt, traurig und übermüdet gewesen, dass ich gar nicht realisiert hatte, wie hungrig ich war.

Ich versuchte, mich auf meine Umgebung zu konzentrieren, um nicht an das nagende Hungergefühl zu denken.

Um mich herum erwachte das Städtchen langsam zum Leben. Die Sonne ging bald unter, was bedeutete, dass die Bewohner Nocturnas ihren Tag begannen. Ich beobachtete, wie Katzen aller Rassen und Größen ihre Häuser verließen, um sich auf den Weg wohin auch immer zu machen.

Ein Wurf schwarz-weiß getupfter Kätzchen folgte seiner Mutter mit trippelnden Pfötchen den Gehweg entlang.

Der Anblick entlockte mir ein Lächeln. Mein früheres Leben mochte vorbei sein, aber hier ging alles seinen geregelten Gang. Es gab noch immer Happy Ends und neue Anfänge. Solange ich nicht aufgab, konnte auch ich mir eine glückliche Zukunft erschaffen.

Plötzlich bemerkte ich einen flauschigen, braunen Kater, der ein kleines, weißes Bündel in der Schnauze herumtrug und panisch die Straße hinauf und hinunter flitzte. Als sie näherkamen, erkannte ich, dass das Kätzchen kaum älter als ein paar Tage sein konnte. Es hatte noch nicht einmal die Augen geöffnet.

Ach, du meine Güte. Hoffentlich war alles in Ordnung.

Ich stand auf und klopfte zaghaft an die Haustür des Himalaya-Pärchens. „Entschuldigen Sie, ich glaube, hier geht irgendetwas vor sich."

Das Weibchen fauchte verängstigt und spähte durch das Fenster hindurch. „Was für Schwierigkeiten hast du verursacht?", fragte sie mit weit aufgerissenen Augen.

„Es war keine Absicht. Ich meine, ich habe doch gar nichts …"

„Hat es dir etwa die Sprache verschlagen?", ertönte Merlins Stimme hinter mir. Er nuschelte zwar ein wenig, aber ich hätte ihn überall erkannt.

Ich wirbelte zu ihm herum. Er war der braune Flauschball gewesen, der eben mit dem Kätzchen in der Schnauze wie ein Wilder umhergerast war.

„Ist das …?" Meine Stimme brach und ich begann zu weinen.

Merlin nickte.

„Hier, nimm ihn", murmelte er durch einen Mundvoll Fell.

Ich streckte die Hände aus und er legte das winzige Kätzchen hinein. Zärtlich hob ich es an mein Gesicht.

„Er ist so winzig!", quietschte ich verzückt. „Wie heißt er denn?"

Merlin hob den Kopf und schnupperte in die Luft. „Er hat

noch keinen Namen. Luna und ich mussten uns erst einmal um dringendere Angelegenheiten kümmern."

„Luna! Geht es ihr gut?"

„Ja, sie hat alles gut weggesteckt. Die Geburt hat sie heldenhaft gemeistert und vier gesunde Kätzchen zur Welt gebracht. Drei Mädchen und den Kleinen hier."

„Oh!", schluchzte ich und übersäte das winzige Fellknäuel in meinen Händen mit Küssen. „Danke, dass du ihn hergebracht hast, damit ich ihn sehen kann."

„Deshalb bin ich nicht hier", widersprach Merlin und grinste über das ganze Gesicht. „Ich habe ihn hergebracht, um dich nach Hause zu holen."

Erstaunt richtete ich mich auf. „Wie bitte?"

„Meine geniale Frau hat mich an etwas erinnert."

„Und das wäre?"

„Du bist an mein Blut gebunden."

„Ja schon, aber du besitzt keine Magie mehr, weshalb ich hier festsitze."

„Nein, ich bin nicht mehr magisch, aber ich bin auch nicht länger der Letzte meiner Blutlinie."

Ich starrte auf das Kätzchen in meinen Händen. „Du meinst doch nicht etwa ..."

„Er hat mich hierhergebracht", erklärte Merlin. „Jetzt wollen wir doch mal sehen, ob er dich mit uns nach Hause transportieren kann. Wir brauchen dich, Gracie. Du gehörst zur Familie."

Und schon brach ich wieder in Tränen aus.

„Danke für die Hilfe, aber ich muss jetzt gehen", rief ich der

Himalayakatze zu, die noch immer aus dem Fenster spähte. Dann wandte ich mich wieder Merlin zu.

„Lass uns nach Hause gehen“, sagte ich, während ich das Kätzchen in der einen Hand hielt und ihn mit der anderen berührte.

„Na endlich. Ich dachte schon, du würdest nie fragen.“

29

Zu Hause war alles noch genau so, wie ich es zurückgelassen hatte, mit Ausnahme der vier winzigen, neugeborenen Katzenbabys.

„Ich liebe sie ja so sehr“, quietschte ich, als Luna mich den drei Mädchen vorstellte. Sie alle kamen ganz nach Merlin, während der kleine Junge aussah wie seine Mutter.

„Du musst uns helfen, Namen für sie auszuwählen. Merlin und ich können uns auf keinen einzigen einigen“, sagte sie und begann, ihre Jungen zu säugen.

„Mit dem größten Vergnügen!“

In diesem Moment schoss Virginia aus der Wand und kreischte: „Buh!“

Die kleinen Kätzchen fiepten erschreckt und schmiegten sich an ihre Mutter.

„Du hast es doch gerade nicht wirklich gewagt, meine

pelzigen Nichten und Neffen zu verängstigen, oder?“, zischte ich mit einer bisher nicht gekannten Wut.

Virginia kicherte gehässig. „Ich werde noch einen Heidenspaß mit den kleinen Biestern haben.“

„Du warst es!“, rief ich, als mir plötzlich ein Licht aufging. Hastig sprang ich auf die Füße und stürzte mich auf Virginia.

„Keine Ahnung, wovon du redest“, erwiderte sie gelangweilt und schwebte zurück in Richtung Wand.

Doch so einfach wollte ich sie nicht davonkommen lassen. „Du hast uns wochenlang ausspioniert und Dash verraten, wann er sich Luna am besten schnappen kann. Bestimmt hast du ihm auch einen Tipp gegeben, wo er sie verstecken sollte, was? Oder war es purer Zufall, dass sie in Kelleys Brunnen gefangen war?“

„In *meinem* Brunnen. Auf *meinem* Grundstück!“, keifte Virginia. „Und was spielt das überhaupt für eine Rolle? Irgendwie habt ihr Dummköpfe es ja geschafft, ihn zu besiegen, da ist es doch egal, ob ich meine Finger im Spiel hatte.“

„Mir ist es nicht egal“, erwiderte ich erbost. „Vor allem, weil du jetzt auch noch die Kätzchen verängstigst.“

„Ach, hör doch auf so rumzujammern“, stichelte Virginia.

Statt ihr zu antworten, zog ich mein Handy hervor und wählte eine Nummer.

„Was tust du da?“, fragte unsere ungebetene Mitbewohnerin argwöhnisch.

„Ich rufe den Geisterjäger“, verkündete ich mit einem breiten Grinsen.

Nach dem zweiten Klingeln nahm Drake ab. „Was läuft?“

„Hi, Drake. Bist du gerade bei Mr Fluffikins?“, fragte ich atemlos.

„Jep.“

„Ihr müsstet mir einen Gefallen tun.“ Schnell erklärte ich ihm die Lage.

„Klar, damit können wir dir helfen“, sagte Drake, bevor er auflegte.

Etwa fünf Minuten später erschien er mit Mr Fluffikins und einem alten Mann mit langem, weißem Bart in meinem Wohnzimmer.

Ich schrie auf und stellte mich schützend vor Luna und die Kätzchen. „Dash steht direkt hinter euch!“

Drake starrte mich verwirrt an. „Was? Oh, das ist nicht Dash, sondern …“

Virginia stieß einen ohrenbetäubenden Schrei aus, der Drakes Stimme übertönte.

Ich sah gerade noch rechtzeitig zu ihr hinüber, um mitzubekommen, wie der alte Typ eine riesige Sense durch die Luft schwang und Virginias körperlose Gestalt darin aufsaugte.

„Was ist da gerade passiert?“, fragte ich gleichermaßen entsetzt und begeistert.

Drake wackelte mit den Augenbrauen. „Du hattest doch Probleme mit einer verirrten Seele, also habe ich meinen Freund, den Sensenmann mitgebracht.“

Dashs Doppelgänger verneigte sich und ging dann in die Küche, um meinen Kühlschrank zu durchforsten.

„Danke!“, rief ich ihm hinterher.

Er hob lässig eine Hand und wandte sich dann wieder dem Inhalt des Kühlschranks zu.

„Er ist nicht sehr gesprächig", erklärte Drake achselzuckend.

„Kommt schon, ihr beiden. Ich will euch die Kätzchen vorstellen", sagte ich, griff nach Drakes Hand und zog ihn mit mir.

Mr Fluffikins folgte uns ins Schlafzimmer, wohin Luna sich mit den Kleinen verzogen hatte. Sie lagen auf einem Nest aus Decken und alter Kleidung.

Kurz darauf gesellte sich auch Merlin zu uns, der von irgendeiner Erledigung zurückkehrte. Um was genau es sich handelte, wusste ich nicht, und ich fragte auch nicht danach.

„Sie sind so winzig", sagte Drake verzückt und ließ sich im Schneidersitz vor Luna und ihren Babys nieder.

„Du hättest sie mal vor ein paar Stunden sehen sollen", entgegnete ich voll Stolz. „Ich schwöre, da waren sie erst halb so groß."

Wir alle setzten uns hin und warteten, bis die Kleinen mit dem Säugen fertig waren.

Der kleine Junge zog sich als erster zurück und robbte ein Stück von seiner Mutter fort. Aber da die Kätzchen noch so jung waren, wagten sie sich nie allzu weit von Luna weg.

Zu meiner Überraschung bewegte sich der kleine, weiße Junior diesmal jedoch zielstrebig durchs Zimmer, bis er gegen Drakes Fuß stieß und leise zu maunzen begann. So wagemutig war bisher jedenfalls noch keiner von ihnen gewesen.

Drake lachte und hob ihn hoch.

„Äh“, sagte er, nachdem er das winzige Fellknäuel betrachtet hatte. „Warum hat er denn rote Augen?“

Ich lachte. „Sei nicht albern, die Kätzchen öffnen ihre Augen erst in ungefähr einer Woche.“

Wortlos drehte er den kleinen Kater zu mir um, sodass ich sein Gesicht sehen konnte. Und tatsächlich funkelte er mich aus glühend roten Augen an.

„Hm, das ist aber kein gutes Zeichen“, stellte Fluffikins fest.

30

Während der nächsten Woche kamen Drake und Mr Fluffikins jeden Tag vorbei. Angeblich wollten sie nur sehen, wie wir nach dem großen Kampf gegen Dash zurechtkamen, aber es war mehr als offensichtlich, dass sie den kleinen Katzenjungen mit den roten Augen überwachten.

Seine Schwestern hatten die Augen noch nicht geöffnet und robbten die meiste Zeit nur um Luna herum. Er jedoch sprang und raste schon munter durch die Gegend. Seine Lieblingsbeschäftigung war es, den Laserpointern nachzujagen, die ich aus dem Tiergeschäft besorgt hatte. Seltsamerweise gelang es ihm jedes Mal, den roten Punkt zu erwischen und dabei die Batterie des Geräts zu versengen.

Und einmal, als er niesen musste, beschwor er versehentlich einen Minitornado im Haus herauf!

Als er begann, Luna während des Säugens zu beißen, sodass sich die Milch mit Blut vermischte, wussten Merlin und ich, dass es an der Zeit war zu handeln.

Beim nächsten Besuch unserer Freunde aus Beech Grove ließen wir Drake bei Luna und den Kätzchen zurück, um im Garten mit Mr Fluffikins zu sprechen.

„Was geht da mit meinem Sohn vor sich?“, wollte Merlin wissen.

„Er ist ein Vampir“, erklärte der schwarze Kater nüchtern.

„Er ist ein Magier“, widersprach mein Maine Coon und stampfte verärgert mit den Hinterpfoten auf. Zwar konnte er nicht länger Blitzgewitter heraufbeschwören – oder sonstige Naturereignisse –, aber trotzdem verfiel er manchmal noch in alte Angewohnheiten.

„Ich glaube, er ist beides“, mischte ich mich ein. Die zwei Kater starrten mich an. „Meiner Meinung nach ist irgendetwas passiert, als Drake und er das erste Mal aufeinandertrafen. Zwischen ihnen besteht eine Verbindung.“

„Und jetzt ist Drake sein Vertrauter?“, fragte Merlin bestürzt.

„Da bin ich mir nicht so sicher, aber es könnte doch sein“, sagte ich.

Merlin ignorierte mich und wandte sich an Fluffikins. „Als du neulich herkamst, um Drake einzusammeln, hast du doch gesagt, dass Vampire kein Blut mehr trinken würden, dass es ein veraltetes Verhalten sei. Aber warum tut mein Sohn es dann?“

Mr Fluffikins räusperte sich. „Das gilt nur für menschliche Vampire.“

„Was ist mit Vampirkatzen?“

Der schwarze Kater schüttelte seufzend den Kopf. „Keine Ahnung. So etwas hat es noch nie zuvor gegeben.“

Auf seine Worte folgte betretenes Schweigen.

„Wird mit dem Kleinen alles in Ordnung sein?“, fragte ich schließlich.

Fluffikins nickte. „Er ist sehr stark und entwickelt sich viel schneller als gewöhnliche Katzen. Das ist euch ja sicher auch schon aufgefallen.“

Merlin und ich nickten ebenfalls.

„Ich sage das zwar nur ungern, aber ihr müsst ihn gehen lassen. Vertraut ihn Drakes Obhut an. Die beiden müssen zusammen sein.“

Merlin richtete den Blick gen Himmel. „Aber wie soll ich dann wissen, ob es ihm gut geht?“, fragte er mit erstickter Stimme.

Fluffikins tätschelte ihm mitfühlend die Pfote. „Keine Sorge, ich verspreche, dass ich die beiden wie mein eigen Fleisch und Blut behandeln werde.“

Mein Kater wandte sich mir zu. „Das wird Luna gar nicht gefallen.“

„Ich weiß“, erwiderte ich mit einem traurigen Lächeln. „Mir gefällt es auch nicht. Aber ich kann es verstehen.“

„Ich ja auch. Am besten, ich rede allein mit ihr.“ Abrupt drehte er sich um und flitzte durch die Katzenklappe zurück ins Haus.

Wenige Augenblicke später gesellte Drake sich zu uns.

„Wie ich hörte, hast du mit Kelley Schluss gemacht", sagte ich beiläufig, weil mir das Thema einfacher erschien als diese ganze Vampir-Geschichte. Vor ein paar Tagen hatte sie sich bei mir ausgeheult, während wir gemeinsam Eiscreme löffelten und uns schnulzige Filme auf Netflix ansahen.

„Es war das Richtige", erklärte er. „Versprich mir, dass du ihr hilfst, einen anständigen Kerl zu finden. Einen, der sie verdient."

„Natürlich!" Zwar hatte sich in der letzten Woche viel verändert, aber Kelley zählte noch immer zu meinen engsten Freundinnen.

„Ich werde umziehen", fügte Drake leise hinzu. „Nicht nach Beech Grove, sondern in eine ganz neue Stadt."

„Es gab eine offene Position als Stadtvampir", erklärte Mr Fluffikins. „Ich habe für ihn gebürgt."

„Wow, Glückwunsch! Du und dein Kater werden dort bestimmt viel Spaß haben." Ich war zu traurig über die Trennung von dem Kätzchen, um ihm ein aufrichtiges Lächeln zu schenken.

Verwirrt sah Drake zu Fluffikins.

„Du und der Kleine seid untrennbar miteinander verbunden. So wie Gracie und Merlin", erläuterte dieser.

Das stimmte. Obwohl Merlin seine Magie geopfert hatte, war ich noch immer an ihn und seine Familie gebunden. Und es war unschwer zu erkennen, dass Drake und sein neuer Begleiter zusammengehörten.

„Na, dann habe ich zumindest einen Freund bei mir."

„Wie wirst du ihn nennen?", fragte ich. Es gefiel mir nicht, dass die Kätzchen nun schon über eine Woche alt waren und immer noch keine Namen hatten.

„Hmmm.“ Drake dachte einen Moment lang nach, dann grinste er spitzbübisch. „Da er ja ebenfalls ein Vampir ist, nenne ich ihn wie den einen Typen aus Twilight.“

Ich lachte laut auf, was Drake nur noch mehr anstachelte.

„Ja, auf jeden Fall. Er soll Jacob heißen“, verkündete er.

Ich brachte es nicht über mich, ihm zu erklären, dass Jacob eigentlich der Werwolf war. Drake wirkte so stolz wegen seines Einfalls.

Merlin kam wieder heraus und nickte uns grimmig zu. „Luna versteht die Situation. Aber ihr müsst ihr versprechen, dass wir ihn ab und zu besuchen dürfen.“

„Na klar!“, rief Drake. „Ihr könnt jederzeit vorbeikommen. Im Ernst, wann immer ihr wollt!“

„Dann sollten wir uns jetzt besser auf den Weg machen, bevor die Mutter ihre Meinung doch noch ändert“, drängte Fluffikins.

Gemeinsam gingen wir zurück ins Schlafzimmer, um uns zu verabschieden.

„Mach's gut, Jacob!“, rief ich, bevor Fluffikins, Drake und das kleine Vampirkätzchen in einer Wolke aus rosafarbener Magie verschwanden.

Luna blinzelte verwirrt. „Jacob? Seit wann heißt er denn so?“

„Drake hat ihn gerade getauft“, erklärte ich beinahe ein wenig zerknirscht.

Sie seufzte. „Wir sollten den anderen auch endlich Namen geben, Liebling.“

Merlin nickte. „Aber zuvor habe ich noch eine Bitte an Gracie.“

„Klar, egal was es ist. Du weißt, ich würde alles für euch tun.“ Ich setzte mich auf den Boden, um meinen Katzen näher zu sein.

Merlin rollte sich auf meinem Schoß zusammen und starrte mich aus seinen großen, goldbraunen Augen an. „Als ich meine Magie aufgab, habe ich dich von deinen Pflichten als Vertraute befreit. Es war der einzige Weg, um dich zu retten. Aber du musst wissen, dass du die beste Vertraute warst, die ein Zauberer sich wünschen konnte. Ich liebe dich und bin so dankbar, dass wir einander begegnet sind.“

„Ich liebe dich auch, Merlin“, erwiderte ich mit Tränen in den Augen.

„Gracie, würdest du mir dabei helfen, ebenso wunderbare Vertraute für meine Kinder zu finden? Natürlich wird das keine einfache Aufgabe werden, aber ich wünsche mir für sie nur die Besten, so wie auch ich die B…“

„Merlin“, unterbrach ich ihn. „Nimm mich. Ich liebe eure Kätzchen als wären sie mein eigen Fleisch und Blut. Und ich werde ihnen ebenso zuverlässig dienen, wie ich dir gedient habe. Auf diese Weise bleiben wir eine große Familie. Das heißt, wenn es für dich in Ordnung ist.“

Merlin und Luna wechselten einen liebevollen Blick.

„Ach, Liebes, wir haben dich wirklich nicht verdient“, schluchzte sie dann. „Aber ich bin so glücklich, dass du ein Teil unseres Lebens bist.“

„Ja, auch Daisy, Rosie und Honey können sich glücklich

schätzen“, fügte Merlin hinzu und beugte sich vor, um sein Gesicht gegen Lunas zu reiben.

Sie strahlte ihn an. „Heißt das …?“

„Ich weiß, wie schwer es für dich war, unseren kleinen Jungen gehen zu lassen. Deshalb bin ich einverstanden, dass wir den Mädchen die Namen geben, die du für sie ausgewählt hast. Mittlerweile gefallen sie mir sogar richtig gut.“

Erfreut begannen sie, einander abzulecken und ich verließ das Zimmer, um der jungen Familie etwas Privatsphäre zu gönnen.

Ich gehörte auch zu dieser Familie und würde sie alle mit meinem Leben beschützen.

So hatte ich mir meine Zukunft zwar nicht ausgemalt, aber ich nahm mir fest vor, jede Sekunde davon zu genießen.

Mein Name ist Gracie Springs, und ich besitze keine Zauberkräfte. Aber mein Leben steckt trotzdem voller Magie.

MEHR BÜCHER ZUM LESEN

Mein Name ist Tawny Bigford. Ich bin fünfunddreißig Jahre alt, Single und liebe heiße Duschen. Nachdem ich meinen Morgen unter der eiskalten Brause starten musste, marschierte ich hinüber zum Haupthaus meiner Vermieterin, um mich über die Wassersituation zu beschweren. Doch dort fand ich nur ihre Leiche vor.

Nun glaubt jeder, ich hätte etwas mit ihrem Tod zu tun ... Das war so ganz und gar nicht der erste Eindruck, den ich bei den neuen Nachbarn hinterlassen wollte! Aber wie soll ich meine Unschuld beweisen, wenn ich kaum etwas über die Frau weiß, die ich angeblich umgebracht haben soll?

Dann erfahre ich auch noch, dass sie die offizielle Stadthexe von Beech Grove war. Ihr ehemaliger Vorgesetzter – ein vorlauter schwarzer Kater namens Mr Fluffikins – hat mir eröffnet, dass ich ihre magischen Aufgaben übernehmen muss, bis der Mörder gefasst und zur Rechenschaft gezogen wurde.

Ob es mir gefällt oder nicht, ich arbeite jetzt als Aushilfe für die Agentur für Paranormale Zeitarbeit. Also muss ich den Mord an meiner Vermieterin aufklären, mich mit meinen neugewonnenen Kräften vertraut machen und nebenbei auch noch in einer fremden Stadt Fuß fassen.

Kinderspiel für eine Aushilfshexe wie mich!

Hole dir noch heute dein persönliches Exemplar und fange direkt an zu lesen. Oder blättere einfach weiter und stürze dich direkt in das erste Kapitel.

Viel Spaß!

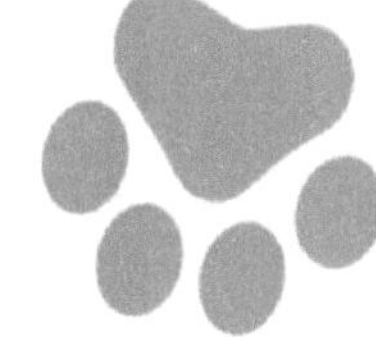

KURZE VORSCHAU

EINE HEXE FÜR ALLE GELEGENHEITEN

„Aaaaaaaaaaaah!“ Ein Aufschrei entriss sich meiner Brust, als ich mit einem Sprung vor dem eiskalten Strahl, der aus dem alten Duschkopf sprudelte, flüchtete.

Normalerweise liebte ich es, meinen Morgen mit einer ausgiebigen und dampfend heißen Dusche zu beginnen, während der ich meinen Gedanken nachhing und sie schließlich zu einer Art Plan für den Tag zusammenfügte. Doch seit ich vor ein paar Wochen nach Beech Grove gezogen war, hatte ich Glück, wenn ich überhaupt fünf Minuten lang warmes Wasser hatte, bevor der Boiler den Geist aufgab und ein bösartiger Strahl aus flüssigem Eis meine gute Laune ruinierte.

„Das war‘s!“, rief ich, während ich den Wasserhahn abdrehte. Meine Vermieterin würde heute etwas von mir zu hören bekommen, ob es ihr gefiel oder nicht.

Die alte Mrs Haberdash hatte mir ihrerseits sehr sorgfältige Anweisungen gegeben, als ich den Vertrag unterschrieb, um das kleine Gästehaus am hinteren Rand ihres Hanggrundstücks anzumieten. Obwohl sie im Haupthaus wohnte, nur einen kurzen Spaziergang entfernt, sollte ich sie dort niemals besuchen. Alles, was ich brauchte, könne ich per Telefon, oder besser noch – *zumindest ihrer Meinung nach* –, mit einem altmodischen Brief klären.

Aber klar. Nee, sicher nicht.

Ich hatte versucht, es auf ihre Art zu machen, aber bis jetzt waren alle meine Versuche, Hilfe bei den Sanitäranlagen zu bekommen, unbeantwortet geblieben, und leider hatte eine unbrauchbare Dusche eine unbrauchbare Mieterin zur Folge. Ich hatte versucht, nach ihren Regeln zu spielen und es war nach wie vor nichts passiert. Jetzt war es an der Zeit, nach meinen Regeln zu spielen.

Immer noch nass, steckte ich meine eingeseiften Haare zu einem Dutt hoch, um sie von den Schultern zu halten, warf mir ein Etuikleid über, zog Flip-Flops an und machte mich auf den Weg, endlich meine apathische Vermieterin zu konfrontieren.

Ich denke, jetzt wäre ein guter Zeitpunkt, um mich vorzustellen.

Mein Name ist Tawny, Tawny Bigford. Tawny ist die Kurzform von *Tanya,* ein Name, den ich hasse, seit Tanya Mills mir in der zweiten Klasse bei einem Rechtschreibtest einen Kaugummi ins Haar geklebt hat. Also bin ich jetzt Tawny.

Ich bin fünfunddreißig, liebe meine Duschen – wie Sie bereits wissen – und bin wunderbarerweise, glücklich und ganz bewusst Single.

Okay, ich hatte mal einen Mann. George war sein Name. Aber einige Jahre nach unserer Heirat beschloss er, dass er viel lieber mit einer Mutter vom Lehrer- und Elternverband namens Patricia zusammen wäre.

Eine Mutter vom Lehrer- und Elternverband!

Angeblich begegneten sie sich eines Nachmittags vor der örtlichen Mittelschule, und es war Liebe auf den ersten Blick. Warum George überhaupt dort war, werde ich nie verstehen. Es ist ja nicht so, dass wir eigene Kinder hätten oder es einen anderen Grund gäbe, warum er sich genau zur falschen Zeit am falschen Ort befand.

Aber es ist nun einmal passiert und hat unser aller Leben verändert.

Ehrlich gesagt, wäre es mir lieber gewesen, er wäre mit seiner jüngeren, hübscheren Sekretärin durchgebrannt. Dann könnte ich mich wenigstens über das Klischee beschweren.

Aber er und Patricia, die zwei Jahre älter ist als er, sind widerlich glücklich miteinander. An den meisten Tagen tue ich einfach so, als gäbe es die beiden nicht.

Okay, ich klinge vielleicht *ein bisschen* verbittert. Und ich lebe vielleicht allein in einem angemieteten Gästehaus, aber – enttäuschend kalte Duschen außen vor – ich liebe mein Leben wirklich. Im Grunde schreibe ich zwei Bücher pro Jahr, schicke sie im Tausch für einen Gehaltsscheck an meinen Verlag und mache dann mit dem Rest meiner Zeit, was ich will.

Ja, ich könnte mehr schreiben, um mehr zu verdienen, aber warum? Es reicht mir völlig, genügsam zu leben, weil das bedeutet, frei zu sein. Und deshalb habe ich mehr Hobbys, als ein Mensch allein wahrscheinlich jemals haben sollte.

Aber ich schweife ab ...

Dies war nicht die Zeit, um über meine Hobbys zu ratschen, sondern um Mrs Haberdash zu konfrontieren und eine Versorgung mit heißem Wasser einzufordern, die länger als fünf Minuten pro Tag anhielt. Es war schließlich ein einfaches und grundlegendes Bedürfnis.

Als ich nun vor ihrer Tür stand, holte ich tief Luft, um meine Wut zu besänftigen, und klopfte vorsichtig an.

War nur ein Scherz, ich hämmerte mit aller Wut, die ich in mir hatte, gegen die Tür.

Als niemand antwortete, begann ich zu schreien. „Ich weiß, dass Sie da drin sind! Und ich muss mit Ihnen reden!"

Immer noch nichts, also versuchte ich es mit dem Türknauf und war überrascht, dass dieser sich öffnen ließ, wenn man bedachte, wie sehr die Frau ihre Privatsphäre schätzte.

Ich stieß die Tür auf und stürmte hinein, bereit, mit der alten Mrs Haberdash Tacheles zu reden.

Unglücklicherweise hatte ich bei meinem rechtschaffenen Eintritt nicht auf meine Füße geachtet. Ich hatte nicht gedacht, dass ich das müsste, aber etwas Großes und Schweres lag gleich hinter der Schwelle auf dem Boden, und ich knallte direkt dagegen, verlor das Gleichgewicht und plumpste in einem ungeschickten Gewirr von Gliedmaßen zu Boden.

Nicht nur meine eigenen, sondern auch jene von Mrs Haberdash. *Oh …. ha.* Mein Magen drehte sich mit einer schmerzhaften Gewissheit um.

„M-M-Mrs Haberdash?“, fragte ich, und meine Stimme zitterte vor Schreck, als ich mein Gesicht der alten Frau zuwandte, die auf dem Boden des Eingangsbereichs ausgestreckt da lag.

Ihr Mund war geschlossen, die Augen weit aufgerissen, ihr Körper noch kälter als die Dusche, der ich gerade entkommen war.

Ja, sie war tot, und dank meiner Tollpatschigkeit hatte ich gerade meine DNA überall auf ihrer Leiche verteilt.

Nein, nein, nein! Ich versuchte zu schreien, aber es gelang mir nicht.

Und dabei dachte ich, eine kalte Dusche sei die absolut schlechteste Art, den Tag zu beginnen. Oh, wann würde ich jemals lernen, es gut sein zu lassen?

ÜBER MOLLY FITZ

Obwohl USA-Today-Bestsellerautorin Molly Fitz genau genommen nicht mit Tieren sprechen kann, führen sie und ihre drei tierischen Co-Autoren oft tiefgründige und lebhafte Gespräche, während sie den alltäglichen Dingen des Lebens nachgehen.

Molly lebt mit ihrem Kind und ihrem eigenen Privatzoo irgendwo in der Wildnis von Alaska. Gelegentlich wagt sie sich hinaus, um ein exquisites Essen zu genießen, einen guten Kaffee zu trinken oder neue Tierfreunde zu treffen.

Erfahre mehr über Molly und ihre deutschen Veröffentlichungen, indem du dich gleich für ihren Newsletter anmeldest:

www.katzengeheimnisse.com

MISS DOLITTLES GEHEIMNIS

Angie Russo hat sich gerade mit dem ersten sprechenden Katzendetektiv von Blueberry Bay zusammengetan. Gemeinsam mit seiner bunt zusammengewürfelten Schar menschlicher und tierischer Helfer ist Octocat fest entschlossen, jede Situation zu retten – solange sie nicht mit seinem persönlichen Zeitplan kollidiert.

Viel Spaß mit Band 1 – **Kommissar Katerchen**

MERLINS MAGISCHE ABENTEUER

Gracie Springs ist keine Hexe ... ihr Kater hingegen schon. Jetzt muss sie alles in ihrer Macht Stehende tun, um sein Geheimnis zu wahren, oder sie riskiert, den Rest ihres Lebens in einem magischen Gefängnis zu verbringen. Zu dumm, dass sie den Ärger geradezu magnetisch anzuziehen scheint!

Viel Spaß mit Band 1 – **Merlin findet eine Vertraute**

AGENTUR FÜR PARANORMALE ZEITARBEIT

Tawny Bigfords gewöhnlich zu nennendes Leben nimmt eine magische Wendung, als sie über die Leiche ihrer Vermieterin stolpert und von einer sprechenden schwarzen Katze rekrutiert wird, die Rolle der Verstorbenen als offizielle Stadthexe von Beech Grove, Georgia, zu übernehmen.

Viel Spaß mit Band 1 – **Eine Hexe für alle Gelegenheiten**

DAS GEISTERHAFTE GÄSTEHAUS (MIT TRIXIE SILVERTALE)

Sydney Coleman hat alles erreicht – und doch steht sie irgendwann vor dem Nichts. Gerade, als sie ihr neues Bed and Breakfast eröffnen will, stellt sich ihr ein Geistertrio auf Schritt und Tritt in den Weg. Die Geister bestehen darauf, dass sie den Mord an ihrer

Herrin aufklärt, aber Sydney braucht dringend Geld. Wenn nicht bald ein paar zahlende Gäste eintreffen, ist ihre Spukvilla dem Untergang geweiht.

Viel Spaß mit Band 1 – ***Mörderischer Mondschein***

VERBINDE DICH MIT MOLLY

Wenn du ebenfalls ein großer Fan von spannenden, schrägen Tierkrimis bist, sollten wir unbedingt Freunde werden.

Wie wäre es, wenn du direkt einmal meine Facebook-Seite besuchst, die ich speziell für meine treuen deutschen Leser eingerichtet habe? Hier der Link dazu:

Facebook.com/Katzengeheimnisse

Oder melde dich für meinen Newsletter an und sichere dir als Abonnent gratis ein digitales Geschenkpaket, einschließlich einer exklusiven Kurzgeschichte über Octocat:

Katzengeheimnisse.com/Abonnieren